中公文庫

# 極　　北

マーセル・セロー

村上春樹訳

中央公論新社

目次

# 極北

# 第一部

# I

毎日、何丁かの銃をベルトに差し、私はこのうらぶれた街の巡回に出かける。

ずいぶん長いあいだ同じことを続けているので、身体がすっかりそれに馴れてしまった。寒冷な空気の中で、せっせとバケツを運び続けてきた手と同じように。

冬が最悪だ。深い眠りからなんとか自分を引きはがし、暗闇の中、手探りでブーツを探す。夏の方がありがたい。この土地は途切れることのない光に酔いしれたようになり、一週間か二週間のあいだ、時は夢うつつのうちに過ぎていく。私たちは語るに足る春と秋を持たない。ここでは一年のうちの十ヶ月、気候はその歯をむき出しにするのだ。

今は常に静まりかえっている。街は天国よりもさらに空っぽだ。しかしこのような状態になる前、言いようもなく悲惨な時代があったので、成人市民たちのあいだで徹底した殺し合いが行われたことを、私としてはむしろ感謝したいくらいのものだ。

そう、歳月の梯子（はしご）を上るどこかの段階で私は、自分の純真な、最良の部分を失ってしまったのだ。

私が若いころには、満ち足りた幸福な時代があった。一年は正確な時計のように規則正しく過ぎていった。大地が掘り返せるほど柔らかくなるとすぐに、私たちは温室で育てた作物を外に植え替えた。六月になると玄関ポーチに座って、肩が痛くなるまで空豆の莢（さや）を剝いた。乾燥させなくてはならないジャガイモがあり、収穫しなくてはならないキャベツがあり、塩漬けにするべき肉があり、秋になれば茸やベリーを集めなくてはならなかった。そして寒さに閉じこめられると、私は父さんと一緒に狩りに出たり、氷穴を開けて釣りをしたりした。流木を集めて湖の畔（ほとり）で火をおこし、コクチマスやムースの肉をあぶって食べた。冬の道を馬で行って、ツングース人たちから毛皮の服やカリブーを買ったりもした。

学校があった。図書館もあり、そこではミス・グレナディンが本にスタンプを押し、冬には燃えさかるストーブのそばで、私たちのために本を読んでくれた。

学校のひけたあと、凍りつく季節が訪れる前の最後の穏やかな日々、フライパンのかたちをした土地を横切り、歩いて帰宅したことを覚えている。明かりの灯った窓が琥珀色に輝き、私たちはバターに似た味のするマロニエの実を求めて、木々のあいだを探し回った。チャーロの笑い声が霧の向こうから、軽やかに響いた。折れた枝でばし！　ばし！　と勢いよく叩いて歩くと、その実が私たちのまわりの草の上に音を立てて落ちた。

私たちが礼拝をしていた古い集会所（ミーティング・ハウス）も、町の反対側にまだ残っている。私たちは無言でそこに座り、薪がぱちぱちとはぜる音に耳を澄ませたものだ。

最後に集会所に足を踏み入れたのは五年前のことだが、そのときも、もう何年もそこを訪れてはいなかった。子どもの頃、私はそこに座らされる一分一分を腹の底から憎んだものだった。

集会所は昔と同じ匂いがした。使い込まれた木材、水しっくい、松葉、そんないろんな匂いが入り混じっている。しかし今では背もたれのついた長椅子は、薪にするために残らず打ち壊され、窓はたたき割られていた。部屋の隅で、私のブーツのつま先は何かぐにゃりとしたものを踏みつぶしたが、それは何本かの指だった。しかしその持ち主の姿はどこにも見当たらない。

私は自分が生まれ育った家に住んでいる。中庭に井戸があり、父の作業場は、私の子供時代と変わらず、くぐり戸の隣にある、低い屋根の建物をまだ独り占めしている。

家のいちばん良い部屋は、日曜日や、お客や、クリスマスといった特別なときのためにとってあったのだが、そこには母の自動ピアノ(ピアノラ)があり、その上にはメトロノームと、両親の結婚式の写真と、金メッキをした大きな木製のMの字が置かれていた。私が誕生したときに父が作ったものだ。

最初に生まれた子供として、私は両親の新たな宗教的熱情の矢おもてに立たされることになった。メイクピースという名前がつけられたのもそのせいだ。二年後にチャーロが生まれ、その翌年にアンナが生まれた。

メイクピース。その名の故に、私が学校でどれほどからかわれたことか。そして自分を護(まも)

るために拳を用いたことで、私がどれほど両親の不興を買ったことか。

しかしとにかくそのようにして、私は闘いを愛するようになった。

今でもときどきピアノラをかける。ロールが箱一杯ぶんあって、それらはまだちゃんと機能を果たしている。しかし調律はほとんどでたらめだ。私の耳はそれを修理できるほど立派なものではないが、かといって狂いを無視していられるほど鈍くもない。

たぶん薪にした方が、そのピアノラは私にとって、まだしも価値があっただろう。寒い冬には、何枚も重ねた毛布にくるまりながら、夢見る目でその楽器を見つめたものだ。頭の中で歯ががちがちと音を立て、雪が庇（ひさし）まで積もっていた。そしてこう思ったものだ。おい、何をしてるんだ、メイクピース、さっさと手斧を手にとって、身体をもう一度温めればいいじゃないか！　そうしなかったのは、私自身は一度も持つことのなかった誇りのためだった。これをなくしたら、新しいピアノラをどこで手に入れればいいのだ？　私に調律ができないからといって、またそれができる人間を見つけられないからといって、そういう人間が存在しないというわけではないし、そういう人間がゆくゆくこの世に生まれてこないというわけでもない。

我々の世代は本を読んだり、ピアノラを調律したりするのに向いてはいない。しかし我々の両親の世代や、そのまた両親の世代は、誇るべきことを数多く持っていた。信じられないというのなら、あれをよく見てもらいたい。メープルの合板のふしと、真鍮（しんちゅう）のペダルの見事な工芸。それを製作した人間は、とても丹念な仕事をしていた。その誰かは愛を込めてピアノラを造ったのだ。私はそういう品物を簡単に燃やしてしまいたくない。

本はどれも私の家族の持ち物だ。チャーロと母は、読書が大好きだった。いちばん下の棚だけは違う。そこにあるのは私が持ち帰った本だ。

私は本を見つけるといつも、ディランシー通りにある古い武器庫に持っていく。武器庫は今では空っぽだが、外側のドアには鉄がふんだんに使ってあり、鍵なしでそこに入るには、樽一杯の火薬が必要になる。前にも言ったように、私が本を読むことはない。しかしゆくゆくそれらを読む人のために、本を保管しておくのは大事なことだ。ピアノラの調律法について書かれた本も、ひょっとしたらその中にあるかもしれない。

私がうちの棚にある本を見つけた経緯はこんな具合だ。

ある朝、私はマーサー通りを進んでいた。冬のさなかだった。見渡す限り雪に覆(おお)われていたが、風はなかった。雌馬の鼻から出る息は、まるでやかんから上がる湯気みたいだった。風のない日には、雪がすべての音を吸い取ってしまう。あたりに満ちた沈黙は気味が悪かった。耳に届くのは、蹄(ひづめ)が雪を踏みしめる音と、小さな吐息のような獣の息づかいだけだ。

出し抜けにがしゃんという音がして、一抱えの本が窓から雪の中に転がり落ちた。それはおそらくその通りで、ガラスが割れずに残っていた最後の窓だった。馬は驚いて、棒立ちになった。馬をなだめてから、私は窓に目をやった。するとなんということだろう、小さな人影が窓からぶらさがるようにして、その本の中にすとんと飛び降りてきた。

彼はむくむくとした青いつなぎ服にくるまり、毛皮の帽子をかぶっていた。そして本をかき集め、そこを立ち去ろうとしていた。

私は彼に向かって叫んだ、「よう、何をしてるんだ？　本を持っていくんじゃない。燃やしたいのなら、何か別のものを見つけるんだな」。そこにはいくつかのほめられない表現もまじえられていたが。

すると男は、出現したときと同じくらい素速く、両手に抱えていた本を地面に投げ出し、銃に手を伸ばした。

バンという銃声が響き、馬が再び棒立ちになり、通りは前にも増してしんと静まりかえった。

私はできるだけ穏やかに馬を下り、まだ煙を立てている銃を手にしたまま、倒れた男の方に歩いていく。銃を抜いたことで、まだ少しばかり高ぶっている。しかし既にいくらか気分が重くなりかけている。もし彼が死んだら、今夜はきっとうまく眠れないだろう。私は自分を恥じさえした。

男はじっと横たわっている。でもとても浅くではあるけれど、息をしている。倒れたときに帽子が脱げ、数歩離れた雪の上にそれが転がっている。散らばった本のあいだに。男は、最初目にした印象よりずっと小柄だった。華奢（きゃしゃ）な中国人の少年だ。彼が取ろうとしたのは銃ではなく、腰に着けたなまくらのボウイ・ナイフだった。チーズを切るのにも苦労しそうな代物（しろもの）だ。

大したものじゃないか、メイクピース。

彼は意識を少し取り戻し、苦痛にうめき、私を押しやろうとした。「撃たれたところを見せてみな。なんとかしてやれるから。私はここの警官なんだ」。しかし彼の着ている服はあまりにも厚かったし、それにこんなところにじっとしているのは危険すぎる。武装もせず、馬にも乗らず、しかも真っ昼間だ。

気は進まなかったが、彼をよそに移すしかなさそうだ。この騒動を無駄なものにしないために、本も回収した方がいい。私は本を黄麻布の袋に放り込んだ。少年の身体にはほとんど重みがない。胸が痛んだ。いったい何者なんだろう？　まだ十四歳くらいだろうか？　私は彼を鞍に乗せ、馬に私の前を歩かせる。家に着くまで、彼は意識を失ったり取り戻したりを繰り返す。

ありがたいことに、彼はまだ息をしている。馬から降ろそうとするとき、少年は私の肩に弱々しく手をかけようとする。傷の痛みがまだそれほどのものでないことを私は知っている。撃たれたとき、人の身体は自前の麻薬のようなものを分泌する。しかしそのような感覚のさなかにあっても、何かまずいことが自分の身に起こったという知覚はある。自分の内にありながら自分では治せないものが壊されてしまったと、人にはわかる。そしてもう二度と自分が元通りにはなれないのだということが。

いったん馬から降りると、少年は私がそばに寄ることを拒む。傷つけて悪かった、手当てをしてあげたいのだと、いくら説明しようとしても、彼は私の手をぴしゃりと叩いて退けた。私たちのあいだに共通の言語がないことは明らかだった。五語か十語に一語でもいい、互いに知っている単語があれば、なんとか意思を通じ合わせられる。しかし我々のあいだにはひとつとしてそういうものがなかった。

私は彼のためにやかんいっぱいのお湯と、長いピンセットと、ガーゼと、石炭酸石鹸を用意し、あとは自分で好きにやらせた。用心のために、部屋の外から鍵をかけておいた。

黄麻布の袋から取り出した本を居間の棚に並べた。本のサイズはどれも少しずつ違ったので、両親の本のように小綺麗には棚に収まらなかった。その何冊かは絵本だった。少年はそれらを読むつもりだったのだろうか、それとも燃やすつもりだったのだろうか？　考えるまでもなく、おおよその見当はついた。

焼かれた本はいつも、私の心を少しばかり沈み込ませる。

弾丸を一発消費するたびに、すぐ五発の弾丸を造るようにしていた。それはしばらくのあいだ私のルールになっていた。私の造る弾丸は安上がりとはとても言えない。かかる時間の面から言っても、それを精錬するために使う燃料の面から言っても。そんな少量ずつ造っているのでは、経済効率はずいぶん悪くなる。

でも私はこのように考えていた。燃料はなくなったらなくなったで、なんとかなるものだ。広葉樹を切り倒して、木炭を造ればいい。もしどうしても困ったら、神よ許し給え、ピアノラを燃やせばいい。でも怠けて、ずるずるとものごとを後回しにして、おかげで弾薬が底をつくという事態だけは避けなくてはならない。

取り引きをする相手を見つけられたらということだが、もちろん弾丸には適正価格がある。しかし誰かを相手にいったん闘いを始め、人数に勝る敵にどこかに追い詰められたとき、一発の弾丸に適正な値段がつけられるだろうか？　自分の銃の撃鉄が空っぽの弾倉を叩く音を耳にしないですむための適正な値段、そんなものが存在するだろうか？

それに加えて、私は弾丸を造る作業そのものが好きだった。金属が溶けていく様子を見るのが好きだった。るつぼの上に身を屈め、父親が遺した燻しガラスのレンズ越しに炎を眺めるのが、鉛が疾風のように転がっていくのを見るのが好きだった。その変貌を目にするのが好きだったし、朝になって鋳型の砂の中から、冷えた不格好な銃弾を取り出すのが好きだった。

問題は、言うまでもないことだが、私の造る弾丸がまったくクリーンではないことだった。もし再び銃で撃たれることがあるとしたら、私は外科医の手術道具に使われる鋼鉄のようにぴかぴかした、立派な弾丸で撃たれたいと思う。私の手製の――誰かが馬医者の診療所の床に落としていって、そこでどんな汚れや黴菌を拾っているかもしれない何かのような――得体の知れない弾丸ではなく。

五発の弾丸をこしらえたあとで、私は少年に食事と、枕元のアルコールランプをつけるための火を持っていった。彼が熱を出していることは一目でわかった。目は閉じられていたが、瞼の下で瞳がぴくぴく動いていた。短く硬い、黒いまつげだ。枕の上の青みを帯びた黒髪は、私にカラスの翼を思い出させた。彼は自分の言語で何かを呟いていた。

おまるは空っぽだった。でも私は少年の着ていた、悪臭を放つ青いつなぎ服を脱がせた。もし生き延びるようであれば、チャーロの古着を与えればいい。

夜が明けるとすぐ、私は朝食を持っていった。

彼の肌には黄色いところはなかった。骨のように真っ白だ。もみあげの部分にうっすらと黒い毛がはえていたが、口ひげも顎ひげもほとんど見えなかった。

私が置いていった食事を彼はすっかりたいらげていた。しかし私がおまるの方に行こうとすると、彼はひどく動揺した。とても恥ずかしがっていた。私は少年に好感を抱くようになっていた。私はあやうく彼を殺すところだった。それなのに、彼は私に便を見られるのを恥ずかしがっている。まるで小さな子供だ。

私は手真似で、はっきり意思を伝えようと懸命に試みた。ベッドに横になって、休んでいなさい、と。その様子はまだひどいものだった。しかし私が馬糞の掃除をし終えたとき、彼は中庭に姿を見せた。チャーロの格子柄の上着を着て、チャーロのスリッパをはいた少年は、前よりももっと年若く、小柄に見えた。立っているのがやっとみたいだったが、それでも厩（うまや）の仕切りまでなんとかやって来て、私が雌馬に餌を与える様子を見ていた。馬を見るのが好きなようだった。

「マ」と彼は言って、馬を指さした。

動物に名前をつけないことにしているんだと、私は説明しかけた。私はただ動物たちを

「雌馬」とか「糠毛」とか「葦毛」とか呼ぶ。いつか殺して、その肉を食べなくてはならないかもしれないものに名前をつけるのは、私には正しいこととは思えなかった。そのような際には、「アダムスキ」だの「デイジーメイ」だのの肉ではなく、ただの馬肉と考えた方が気が楽だ。でも少年にそんなことを説明できない。だからそれ以来、雌馬は「マ」という名前になった。

それから少年は自分を指さし、「ピング」と言った。少なくともそんな音に聞こえた。それでいい。ピング。店のカウンターに置かれた呼び出しベルの音か、シャツのボタンがはじけるときの音みたいだ。あるいはバンジョーの弦をはじいた音。それは異教徒の名前として、どのような意味あいを持っているのだろう。それともその地には「聖ピング」なんていう、私が耳にしたことのない聖人がいるのだろうか。

でもとにかく彼はピングだ。名前は名前だ。そして私も自分の名を名乗った。私は自分を指さし、こう言った。「メイクピース」

彼はひどく戸惑った顔をした。自分が聞き間違いをしたみたいに、顔を大きくしかめた。その言葉をあえて口にしていいものかどうか、自信が持てないようだった。だから私はもう一度繰り返した。「メイクピース」

それで彼の顔に大きな笑みが広がった。「メイク・ア・ピス（おしっこする）？」

私はまじまじと相手の顔を見た。しかし私をからかっているような気配は見えなかった。彼の耳にはそういう名前に聞こえた、というだけのことなのだろう。でも、私だって彼の名前を聞いて、少しばかり笑ったのだから、それはおあいこみたいなものだ。そう考えるとおかしかった。

ピングを私の家に住まわせながら、なおかつ彼を信用しないというのは、筋の通らないことだった。私は意固地で、孤独で、疑り深い人間だし、だからこそここまで長く生き延びられた。私自身を別にすれば、この家の屋根の下で最後に眠った人間はチャーロで、それは十年も前の話だ。でもそのときに思ったのだが――そして今でもそう思っているが――もし誰かを家の中に入れるのなら、その相手を全面的に受け入れるしかない。うちの中庭から馬に乗って出て行くとき、私はこのように自分に言い聞かせる。私が出会う相手はすべて、程度の差こそあれ、私を殺し、私から何かを奪おうとしている人間なのだ、と。しかし自分の家の中でそんな風に暮らすことはできない。私はピングを信用することに決めた。この相手なら信用していいという直感を得たからではない。彼がどんな人間かなんて、そんなことは私にわかりっこない。そうする以外にやりようがなかったというだけのことだ。

とはいっても、昼食時に馬に乗って帰宅して、鍵がしっかりかかったままになっていて、薪がそのまままきちんと積み重ねてあり、ニワトリたちが餌をついばみ、キャベツとリンゴが野菜貯蔵庫に手つかずのまま仕舞われているのを目にして、少しばかり驚いた。でもピングの姿は見当たらなかった。正直に打ち明けると、彼がどこかに行ってしまったのかと思って、私は悲しい気持ちになった。

私はブーツを履いたままどたどたと二階に上がり、階段の途中で声をかけた。でも彼の気配はなかった。私はチャーロの部屋のドアをさっと開け、そこで目にしたものに息を呑んだ。

ピングが、母の古い刺繡セットとともに、鏡の前にいた。アルコールランプがともっていた。彼は古い鋼の針を一本一本手に取り、炎の中で振り、それを耳たぶに刺していた。彼はこちらを見て微笑み、それから私が仰天している様子を笑った。彼の耳は針だらけで、それこそヤマアラシみたいなかっこうになっていた。ひどく痛いだろうに、本人はとくにそれを気にしているようには見えなかった。それどころか、なおも両耳に針を突き刺し続けた。そして耳を刺し終えると、おまけのように鼻に一本か二本、肩にも一本か二本刺した。

私は肝の据わった人間だ。そうでなければやっていけない。しかしその光景を目にして、いくぶん気分が悪くなった。ピングは私に向かって、自分は気が狂っているのではないと素振りで示した。これらの針は肩の傷を治すためのものなのだと。しかしそれがいかなる白魔術なのか、あるいは黒魔術なのか、私には語るべき言葉もない。

## 2

ピングにはほかにもいくつかの奇妙な習慣があった。肩の傷が治ると、彼は私よりもさらに早起きになった。そして冬の暗闇の中、中庭に出ていった。私はしばらくそれに気がつかないでいたのだが、ある朝その姿を垣間見ることになった。彼はそこで一人で踊っていた。彼は身体をまっすぐにして、とてもゆっくり身体を動かした。まるで頭の上に瓶（かめ）でも載せているみたいに。十分か十五分、それが続いた。彼は中庭の中を踊りながら、両手を宙に振り、ときどき一本足で立った。それからさっとうずくまりもした。

踊りを終えたとき、私が見ていたことを知っても、彼はとくに動じないようだった。「それはなんだい、いったい？」と私は尋ねた。

「ゴン・フー、ゴン・フー」と彼は言った。それだけだ。彼はゴン・フーのステップをいくつか私にやって見せようとしたが、私はそれがあまり気に入らなかった。あまりにもゆっくりした動きだったので、もし私がそんなものを踊ったなら、自分がどんなに愚かしく見えるかについて考え出すだろうし、ほどなく何か別のことを考え始めるだろう。私の頭はふらふらとあちこちに彷徨い出て、チャーロのことや、アンナのことや、母や父のことを考え、やがては足がもつれてしまうことだろう。そしてピングはそんな私を見て大笑いするに違いない。でもやってみると、なかなか悪くはなかった。そして実を言えば、私はそれをやっているあいだに、いくつかの役に立つことを思いついたのだ。

ピングが同居しているおかげで、私は旅に出ることを考えるようになった。北の山地にはカリブーを飼っている連中がいて、彼らは肉とウィスキーを喜んで交換した。問題は彼らの放牧地がずいぶん遠方の、山の上にあることだった。沼地を何キロも横切らなくてはならない。

そこに行くには夏場には一ヶ月もかかるし、無事に着けたとしても、家に持ち帰るまでに肉が駄目になっている。そして冬場は、私としては家をあまり長く留守にしたくなかった。冬は人が旅をするのに適した季節で、腹を減らせた危ない連中が徘徊しているからだ。

しかしピングが留守番をしてくれるとなれば、話は違ってくる。橇を引いて冬の道を移動できるし、好きなだけそこに肉を積み込める。肉はしっかり冷凍され、ピングと私は雪解けの季節までそれを食べ続けることができる。新鮮な肉のことを考えただけで、私の口の中は唾でいっぱいになった。そしてピングは見るからに鉄分が不足していた。顔は真っ青で、やつれ果てていた。

週に一度、ダンスを終えたあと、ピングは私の剃刀を使って頭を剃った。手先が器用だったのだろう。傷あとを一度として目にしたことはなかった。

そのことを思いついてから二、三日して、私は頭を剃っている彼のところに行った。そして炭を使って、自分が計画していることを、貯蔵室の白い壁に描いて示した。

マに古い橇をつけ、そこにウィスキーの瓶を何本も積んだ。私がどのようにしてウィスキーを手に入れたか、それは長い話になる。

テントと寝袋も用意した。旅に出る前日の夜、私はたっぷりと食事をとった。汗が出て、腹痛が起こるくらいたっぷりと。翌朝、夜が明けてすぐに、凍った河に沿って私は街を出た。

当然のことながら、銃と弾薬も、それ以外のいくつかの雑貨と共に荷物に詰めた。そして出発する前に、ピングにライフルの扱い方を教えた。

河の堤に沿って一群れの汚いテントがあり、ゴミを燃やすにおいがした。

街のはずれで、凍ったベリーを集めている痩せた女のわきを通った。それは私がずいぶん久しぶりに見かけた人間の姿だった。彼女は私に微笑みかけ、コートの前をはだけて、痩せ細った乳房を見せた。でも私はただ雌馬を急かして先に進んだ。

人間たちはネズミのように狡猾で、温かい食事を手に入れるためなら、喜んで人を二度殺すことだろう。長年にわたる観察が私にそれを教えてくれた。その一方で、腹一杯食事をし、納屋に豊かな収穫を蓄え、暖炉に火を燃やすことができれば、人はこの上なくチャーミングで、寛大になれる。満ち足りた人間くらい節度のあるものはいない。

しかしその人物から食事を取り上げ、将来を不確かなものにし、彼を監視する人間はどこにもいないとわかれば、彼はあなたをただ殺すだけではなく、どうしてあなたがそんな目に遭わなくてはならないのか、その理由を百一個くらい聞かせてくれるだろう。あなたは彼を侮辱したし、彼の妻に色目をつかったし、彼に手斧を貸してやらなかったし、彼よりも広い土地を所有しているし、あなたの豆は収穫されたのに、彼の豆は駄目だった。そんなことが次々に出てくる。彼があなたに温かい食事を振る舞ったのに、あなたはその礼状を書かなかった。ただそれだけのことかもしれない。

まだまともな警察官や判事がいて、裁判が行われ、訴追された人が申し立てをできた時代にだって、私はそのような話をよく耳にした。人々は好んでこう言った、「裁判長、それは自己防衛のためにおこなったことです」と。しかし誰だって自己を防衛するために行動する。それは間違いなく言えることだ。そうやってどこかの男があなたの頭の皮を剝ぎ、ならず者たちがあなたのトウモロコシ畑に火をつけ、銃を持った男があなたの安物の懐中時計を奪い取る。

張った氷の上には新しい雪が積もっており、それが馬の蹄に食い込んだ。私は馬から降り、しばらく馬の隣を歩いた。河べりにはいくつか、集落の最後のしるしがあった。焼け落ちた小屋、墓に立てられた木の十字架、崩れた壁らしきもの。でもやがて高地に入り、見渡す限り樹木しか目に入らなくなった。その背後には山が見えるだけだ。考えてみれば不思議なものだ。長い歳月をかけて、我々はこの大地に、目に見える痕跡をひとつとして残すことができなかったのだ。

いわゆる「文明」の最後の名残をあとにして、私の心は高揚した。日暮れの直前に、私は二羽の、白く色を変えたヤマウズラを夕食用に仕留めた。最初の一羽はクリーンショットだったが、二羽めは地面に落ちたものの、まだばたばたと翼を震わせていた。だからブーツで息の根を止めなくてはならなかった。

朝になって、私はテントを畳み、曙光の差す前に再び移動を始めた。薄暗い光の中で、私の頭はふらふらと彷徨いだした。ピングは今ごろ何をしているのだろう？　そして私の人生について思いなした。あのような神から見捨てられた場所で、給料をもらってもいない職務を、住民のために何年にもわたって続けている。住民といっても、隙あらばお互いをひどい目にあわせてやろうと腹を決めているような連中だ。なのになぜそんなことを続けているのだろう？　私は街を出て、自然の中で生活していけるくらいの才覚は備えている。命をつなぐために、略奪したり、食べ物を盗んだり、誰かを誘拐したりする必要はない。そのことについては幾度も真剣に考えたのだが、結局のところ、私を街につなぎ止めているのはただひとつ、我が家の存在だった。私はそこに過去の生活の一部をとどめている。いつの日かそこに、母と父とチャーロとアンナが戻ってきてくれるのではないかと、儚(はかな)い望みをつないでいるのだ。自らが幸運であると自覚しないとき、私たちはなんと幸運であることか。自暴自棄になった人々のあいだで暮らさずに済むということ。報酬をきちんと受け取れるということ。屋根のスレートの具合やら、パンがうまく膨らまないことやらを気遣っていられるということ。荒地で見かけた女を思った。その乳房とぼろぼろの歯のことを考えた。もし世の中がこのようにならなかったら、彼女はいったいどんな人間になっていただろう？　彼女がまだ小さな赤ん坊だった頃、父親はその子がいつか、凍ったベリーを摘み、食事のために見知らぬ男に身を売るようになるだろうなんて、考えもしなかったはずだ。我々は敗残の時代に生きていると私が言うのは、そういうことだ。

山地に着くまでに五日を要した。

カリブーを飼う人々はもう何千年も前から、この山地に暮らしている。白人たちがここにやってくるずっと前から。彼らは常に簡素な暮らしを送ってきた。群れを追って夏の放牧地に移動し、冬になれば下に降りてきた。彼らはそうやってうまく生きてきた。

私の父は何によらず、手仕事をするのが好きだった。便利な機械がまわりに溢れていた時代にあってもそうだった。私たちはなんとか彼に新しいものを使わせようとした。私たちは子供の常として、新しいものに夢中になったからだ。しかし父は耳を貸さなかった。「不具合がひとつ増えるだけだ。壊れるものがひとつ増えるだけだ」

ものは複雑であればあるほど、壊れたときには始末に負えなくなる。たしかにそのとおりだ。

それに比べてカリブー飼育者たちは、ものごとを一貫して簡素なままにとどめていた。季節の進行に逆らうことなく、自分たちの手で修理できないものは何ひとつ使わないようにしていた。そこには故障するべきエンジンもない。同じひとつの動物を、食べたり、それに乗ったり、身にまとったりする。私には一日だって、彼らのような生活を送ることはできないだろう。私はスプリングのきいたベッドで、寝間着を着て、シーツにくるまって眠るのが好きだ。小麦が手に入ったときにはそれを挽き、新鮮な野菜を食べるのが好きだ。しかしだんだん私は、自分がそういう種族の最後の一人ではないかと考えるようになっている。そしてもし私に子供がいたなら、そして彼らが自分たちの子供を育てる時代になったら、みんなもっとカリブー飼いに近い人間になっていくことだろう。

カリブーを飼育する人々は、その昔は罠猟師でもあった。毛皮の需要が高く、西方の世界で高値で取り引きされていた時代のことだ。そのころの冬の道は交通が賑やかだった。十一月になって道が凍結するとすぐに、商人たちがそこを熱心に行き来するようになり、それが雪解けまで続いた。その道は今では不気味なほど人影がない。しかしちょうどカリブー生息地域の入り口のあたり、河が鋭く湾曲しているところに、一軒の小屋が建っていた。その高台の土地は、凍った河に向かってげんこつのような形に突き出している。屋根についたブリキの筒から、一条の煙が立っているところを見ると、そこには人が住んでいるようだった。

唐松でできた作りかけの橇が敷地のそこら中に置かれていた。皮を剝がれ、そのまま凍りついた大きなカリブーの残骸がひとつ、入り口前の階段にぶらさがり、小屋の裏手にある枠には、半ダースばかりなめし皮が干してあった。橇の刃が氷の上で立てるごりごりという音を聞きつけた一匹の犬が、小さな犬小屋から飛び出してきて、鎖を思い切り引っ張り、愚かしいほど盛んに吠えたてた。

小屋の戸が音を立てて勢いよく開き、長身のツングース人が手を上げ、ポーチから私に歓迎の挨拶をした。小屋には人はほかにいないようだった。戸口にはコートは一着しかかかっていなかったから。

できるだけ早い機会に取り引きを終えてしまいたい、必要以上に山奥まで入り込みたくない、というのがもともとの心積もりだったから、それはまさに私の歓迎するところだった。

私は小屋に入った。小屋の中は汚らしかったが、暖かかった。どうやら四人か五人の人間が起居してるらしい。そしてこの男以外の全員が、今は群れとともに出かけているようだった。

彼は私のために茶を沸かし、カリブーの肉を焼いてくれた。長旅のあとだったから、美味く感じられた。私は自分の用向きを彼に告げた。彼はソロモンといって、そこの料理番をしていた。おれと一緒にここで待ってるといい、もうすぐみんな帰ってくるはずだから、と彼は言った。その取り引きなら、みんな乗り気になるはずだよ。

小屋の棚の上には三本脚の死んだ狼が、包装紙にくるまれ、紐で縛られて置いてあった。ソロモンによれば、その狼は何ヶ月にもわたって、カリブーの群れを餌にしていたということだった。そしてそいつを捕らえるのはひどくやっかいだった。最後には、そいつを仕留めるのに毒薬を持ち出さなくてはならなかった。狩人としての彼らにとってそれは自慢できることではなかったのだが。彼らはその狼を村に持ち帰るつもりだった。狼を殺せば、頭領が報奨金を払ってくれるからだ。

日が暮れると、一人また一人と男たちが、重い足を引きずるようにして戻ってきた。小屋の入り口から入ってきて、何も言わずに不潔なテーブルの前に腰を下ろし、食事をとった。ソロモンはカリブーの肉の塊を出し、彼らはそれを自分のナイフで細く切り、塩をつけて口に運んだ。それからカリブーの腸のスープが出された。そのにおいは私には実に不快な代物だった。しかし冬のあいだ緑色野菜をとれない彼らには、その代用品となるのだろう。

食事が終わると男はすぐに、食卓の油布の上に残った食べかすを、手で払って床に落とし、次の人間に席を譲るために立ち上がった。

一人の男はみすぼらしい自分のベッドに横になり、ぼろぼろになった古いギターを手に、自分のために歌を歌った。

私は長旅のあとでたっぷりと食事をとり、ストーブは熱く燃えていたので、彼らが使わせてくれた簡易寝台の上でやがて眠りの中に入り込んでいった。しかし夜中にふと目覚めると、ギターを弾いていた男が私の顔を上から覗き込んでいた。あんたの持っている二丁の銃のひとつか、あるいは両方を、何かと引き替えに譲ってもらえないかな、と彼は言った。私ははっきりと返事をした。もしこの銃の弾丸が欲しければ、それを頭にくらう以外に方法はないし、さっさとここから消えなければ、遠からずそういう目にあうだろうと。

男はたじろいで引き下がった。そいつはあんまりな言い方じゃないか、と文句を言いながら。人が眠っているときに面倒な話を持ち出す方が間違っている、と私は言った。取り引きの話なら明日の朝まで待てるはずだ。

朝食が済むと時を置かず、私はウィスキーの瓶を彼らの前に持ち出した。それを見ると、彼らは目の色を変えた。それは一目瞭然だった。しかし彼らは彼らなりの粗野なやり方で、駆け引きをしようとした。そんなものにはさして興味はない、というような顔をして。見え透いた演技だったが、彼らの面目を潰さないために、私はいかにも騙されているふりをしてやった。

私たちはしばらくのあいだ肉の値段について交渉を続けた。いちばん賢いやり方はカリブーを生きたまま連れて帰ることだと、私は考えていた。荷車に綱で結んで引いていくのだ。彼らは自力で旅することができるし、雪の下の地衣類を食べる。好きなときに殺して肉をとることができる。しかし男たちはその場合は、毛皮の料金ももらわなくてはならないと強く主張した。それでもなんとか価格で合意に達し、私たちは手に唾を吐いて握手をした。そして一緒にウィスキーを一口飲んだ。

それから彼らは四頭のカリブーを、群れの中から選び出して殺した。一頭ずつ小屋の裏につれ出し、最後の瞬間までやさしく扱い、恐怖を感じさせないように気を配って殺した。恐怖を感じると、肉の味が損なわれ、硬くなってしまうからだ。喉がかき切られると、動物は目をむいた。雪の上に血が飛び散った。それから彼らは皮を剝ぎ、内臓を抜くために死骸を引きずっていった。動物たちの目はどんよりと曇り、そのはらわたは湯気を立てていた。内臓は彼らに譲った。彼らは内臓に目がないのだ。

畜殺は終わった。橇に荷物が積み込まれ、昼前には出発の用意が整った。彼らがウィスキーでぐでんぐでんになるまでそこにうろうろしていたくはなかった。もし連中に分別があれば、ウィスキーを元手によそで有利な取り引きをしただろう。しかし彼らに分別があるとは私には思えなかった。それにギターを弾いていた男（グスタフという名前だった）は飲んで騒ごうと心を決めているみたいだった。

あとになってわかったことだが、彼はもっと抜け目のない男だった。そして私はほっとして、油断していたに違いない。八十キロ以内には、死んだ狼と、五、六人の酔っぱらったカリブー飼いしかいないとたかをくくって。そこで一服してキャンプを張ってしまったからだ。というのはその小屋を出たあと、丸一日旅をして、そして目が覚めたとき、眠っているあいだに誰かが私の銃を盗んでいったことがわかった。ライフルも、二丁の拳銃も、たっぷりと銃弾が入った箱も。私の人生の大きな一部が、そっくり持ち去られてしまったのだ。

私は自分のどうしようもない愚鈍さを天に呪った。私をこれほど愚かな人間に育てた母を呪い、腹黒く狡猾なカリブー飼いたちを呪った。次々に多くのものを呪った。しかし言うまでもないことだが、誰かを呪って、それで銃が戻るわけではない。家に古いショットガンが一丁残っている。それからピングにライフルを一丁預けてきた。それだけしかない。それだけしかない銃なしでは死んだも同然だ。疑いの余地なく。だから私にはとてもシンプルな選択しか残されていなかった。

私は雌馬にまたがり、足跡を辿った。グスタフは足跡を隠そうという努力を払っていなかった。たぶん武装した男を丸腰で追跡することに、私が二の足を踏むだろうと考えたのだ。私の方が速く進むことはわかっていた。なにしろ相手はカリブーに乗っているのだから。しかし彼がどれくらい前に出発したのか、それはわからない。あまりに早く彼に追いつかないように注意した。夜中にこっそりと近づく以外に、私に勝ち目はないのだから。ちょうど彼が私に対してそうしたように。相手に近づいたと感じたとき、私は馬を降りて歩いた。

料理用の火を最初に目にした。そのそばにテントがあった。日が暮れるまで近寄ることはできない。だから私は時間を潰した。

私は頭の中でいくつかの計画を巡らせていた。しかし彼がテントを離れたときの様子を目にして、とるべき方法は決まった。

私は暗闇の中でそこまで這っていき、料理に使った燃えさしでテントに火をつけた。テントの床はトナカイの皮だったが、その下には寝心地をよくするために乾いた枝が敷き詰めてあった。だからすぐに火が回った。そして煙と熱は、彼をしばらくのあいだうとうととさせたのだろう。あるいは酒を飲んでいたのかもしれない。というのは、彼がテントから出てくるまでにけっこう時間がかかったから。彼の姿はまるで巣からよろよろといぶし出される寝ぼけた蜂のように見えた。あやうく難を逃れたことにほっとしながらも、自分が陥った苦境を悟って真っ青になっている。

極北を旅するとき、テントの外にコートをかけておくのは、大事なことだ。ツングース人たちはかなり厳格にその習慣を守る。いちばんの理由は、そうすることが毛皮のために良いからだ。毛抜けが少ないし、形もきれいに保たれる。しかしそこには他の理由もある。それは百にひとつの可能性かもしれないが、常に考慮する価値のある可能性だ。もし寝込みを襲われたり、あるいは何かで急に外に出なくてはならない事情が生じて、そのときに実に運が悪くというか、ストーブを蹴ってひっくり返してしまい、おかげでテントが焼け落ち、中にあったものがすべて失われてしまうということもあるからだ。

自分が焼死せずにすんだことを祝福する間もなく、コートをなくしてしまった者は、星のちりばめられた空を見上げ、そして耳にするだろう。自らの息の中で、氷の結晶がかちかちとぶつかり合い、「天使の囁き」と呼ばれる音を立てるのを。そしてシャツ一枚の両腕をさすりながら、悪寒が全身を覆っていくのを感じる。

もし私がそのカリブー飼いの立場に立たされたなら、凍死する前に、盗んだ銃に込められた弾丸の一発を頭に撃ち込んだだろう。凍死というのはおそろしく酷い死に方だから。その夜は氷点下四十度、彼が死ぬまでにおおよそ二時間かかった。

凍死するとき、最後に感じるのは、身体が焼けつく感覚だ。心臓は最後の熱い血液を皮膚に向けて送り出すが、その一方で内臓は既に機能を終えている。だから肝臓が凍りかけているというのに、人は暑さのあまりシャツを脱ぎ捨てようとするのだ。

翌朝、私は脱ぎ捨てられた服を辿り、森の奥深くに入っていって、彼を見つけた。素っ裸で、すっかり青白くなり、髪には薄氷が張り、ペニスは凍りついていた。ありがたいことに、それでも銃は放さず持っていた。

# 3

人を殺したときは、いつだって気が重くなる。

それが私が女であるせいなのか、あるいはもともとの性格がやわにできているせいなのか、自分でもよくわからない。

でも思い出せる限りずっと、私は自分の内なる女性的な部分と闘ってこなくてはならなかった。今は女性的でいられるような、やわな時代ではないのだ。

長身で肩幅が広く、低い声をしているせいで、男のふりをしてやっていくのはとても簡単だった。それなのに、このろくでもないカリブー飼いのために、あやうく涙をこぼすところだった。でも自らを罵って、なんとかそれを回避した。立場が逆だったら、この男は私のために涙したりしないとわかっていたからだ。

やわさは——そして良心や誠実さは——ピアノラや、マーサー通りの古い武器庫に置かれている書物と同じだ。今の時代にはそんなもののための場所はない。それでも、きれいなお菓子を口にせず、ためらわずに人を殺し、ダンスもせず、楽譜も読めないからといって、私がそういうものごとに憧れていないということにはならない。

橇に戻ると、野生の犬たちに肉をいくらかかじり取られていた。しかし残りはまだ山ほどある。旅の成果は上々と言えるだろう。新鮮な肉が手に入ったし、銃は戻ってきた。私は馬の両脚を縛って置いていったのだが、私が呼ぶとよたよたと唐松の林の中から出てきた。

荷が重くなったせいで、足取りは遅くなった。行きは五日で行けたところが、帰りには七日かかった。街に入ったときにはくたくたで、身体はひどいにおいを放っていた。

門をノックすると、上の窓からピングがライフルを手に覗いた。私を見ると彼の目は輝いた。私たちは肉を裏手の日の当たらないところに干した。そのあとで、少しは身体をきれいにした方がいいかもしれないと思った。

私が旅に出ている間に気温は下がって、井戸の水は凍りついていた。ピングはどうすればいいのかわからなかったので、なんとか工夫して間に合わせていたが、私としては水が不足する生活には耐えられない。

昼間はまだ太陽の光が少し残っていた。私はピングを荷車に乗せ、氷挽き鋸を持たせ、湖に行った。二時間ばかりかけ、荷車がいっぱいになるまで氷のブロックを切り出した。淡く薄められた黄色い光に照らされ、氷のブロックは巨大なシュガー・キャンディーのように、あるいは粉砂糖をまぶした青白いトルコゼリーのようにきらきら輝いた。私たちはそれをうちまで運び、中庭に積み上げた。

私は浴屋（バスハウス）のストーブに火を入れた。父が杉材を使って建てたものだ。中に入ると、冷えている時でも空気の中に甘い匂いがしたが、温まると材木からかぐわしい香りがこぼれ出て、鼻をつんと刺した。銅のやかんに少し水を入れ、ストーブに載せて沸かした。それが沸騰しかけたところで、氷のブロックの上にかけた。氷はしゅうっという音を立て、熱のためにひび割れた。バスハウスが蒸気で十分暖かくなるまでに長い時間がかかった。その頃にはもう日は暮れて、星が濃いブルーの空に針穴をうがっていた。私は分厚いローブを身体に巻きつけ、それにタオルとサンダルという格好で中庭を横切った。凍てつく空に煙がのろのろと立ち上っていた。それは冷めるにつれてだんだん垂れ下がり、やがては洗濯ロープのようにまっすぐ横向けに伸びていった。

私は暖まった部屋の外のフックにローブをかけ、きいきいと軋む戸口から中に入り、乾いた熱を含んだ壁に向き合った。身体から穢れがじわじわと浸み出ていくようだった。おなかの皮膚のひだになった部分に、汚らしいたまりを作りながら。

ピングは外の庭で歯をかたかた言わせながら待っていた。中に入るのをためらっているのだろう。私は彼の名前を呼んだ。重いドアが音を立てて開き、狭いすきまから顔がのぞいた。熱を少したりとも外に逃したくなかったし、耳の中で脈打っている血液が私を荒っぽくしていた。中に入るか、ドアを閉めるか、どっちかにしてくれよ、と私は叫んだ。次の瞬間には彼は中に入っていた。チャーロの古い部屋着を首までしっかりとめ、タオルを何枚か巻きつけ、ほんのわずかも肌を露出していなかった。

彼は目を丸くして私をじっと見つめていた。言うまでもないことだけれど、彼が見つめているのが私の乳房であることが、私にはわかった。それはタオルからはみ出ていたのだ。そしてその下には陰毛があった。男の身体を見るものと思っていたところに、骨張った女の裸体があったものだから、驚くのもまあ無理はない。でもそんなことは私にはもうどうだってよかった。それがありのままの私なのだし、それに私が女だという事実をどのように打ち明ければいいのか、それに代わる適当な案もなかった。

でもピングは長いあいだ、私をじっと見つめていた。それから何か言いたいことがあるみたいに、口が開いた。やがて部屋着の紐の結び目の上で、両手が震えた。そしてその手はぎゅっと紐を引いた。一刻も早くそれを脱ぎ去ってしまいたいと言わんばかりに。彼は自分が目にしたものが気に入って、ものにしたいと思ったのだろうか。そんな考えが私の頭をよぎった。それはまったく私の望む展開ではなかったから、それ以上こちらに近づいてきたら一発お見舞いしてやろうと、拳を固く握りしめた。でも次に彼がとった行動は、古いガウンを脱ぎ捨て、すすり泣きながら身体を二つに折ることだった。

そしてなんということか、どうやらピングは女性であるようだった。

間違いない。臀部の上のくぼみ、小さな東洋女の乳房、真っ黒なふさふさとした陰毛。それだけではない。そのお腹のふくらみ具合から見て、妊娠三ヶ月、四ヶ月はとっくに過ぎているようだった。

私は両手を下におろした。そしてピングの両腕が私の身体にまわされるのを感じた。そのざらざらとした坊主頭が頬にあたった。彼女は私の耳もとで吠えた。まるで肉体を失った魂のように。

私だってこのような時代に女として生まれたのだから、彼女が泣く理由はある程度わかった。世界中の人間が、まるで袋に詰められた猫たちのように激しく争っている。残酷な行為は日常茶飯事だ。街の西のはずれには、埋められていない人骨が山と積まれ、白く晒されている。彼女はほっとしたのだ。きっと長いあいだ、私にどのように打ち明けようかと、思い悩んでいたのだろう。

私は肩の銃創のことを思い出して身震いした。そして腹を下にした姿勢でピングを鞍に乗せなかったことを神に感謝した。

彼女は私にお腹を触らせてくれた。真ん中から少し下のところに、大きな豆のさやの筋のような線が一本ついていた。豆の筋よりも黒みを帯びているが。彼女の乳首はチョコレート・ブラウンで、大きめだった。

だいたいどうして彼女のことを男だと思ったりしたのだろうと、私は首をひねった。でも考えてみればこの十年のあいだ、程度の差こそあれ、誰かの妻かあるいは所有物としての女しか、私は目にしたことがなかったのだ。ピングがどのように暮らしていたのか、どこからやってきたのか、子供の父親が誰なのか、私は知りたかった。しかしそんな質問を理解させるための言葉を私は持たなかった。

そのときピングは私の腕の中でとても小さく感じられたので、まるで自分が母親で彼女が私の子供であるみたいに思えた。私は彼女を抱き、その赤ん坊のような坊主頭を撫でた。やがてすすり泣きは鼻をすするような音に変わっていった。眠っているのか起きているのか、それすらよくわからなくなった。

翌日、家の中は静かだった。ピングはいつもよりずいぶん遅く、眠そうな目をして階段を下りてきた。そして恥ずかしそうに私を見た。昨夜の驚きがまだ尾を引いているのだ。新しい生命がそこにあるのだと思うと、それだけで世界が少し違ったものに感じられた。

# 4

私がカリブー飼いたちのところから戻って、ピングが妊娠していることを知ったのは一月の終わり近くのことだ。カレンダーと、月の満ち欠けの絵の助けを借りて、受胎のおおよその期日を知ることができた。二人で計算したところ、出産はどうやら夏の盛りになるようだ。

春が近づくにつれ、もっと多くの畑を耕さなくてはと思うようになった。なにしろ食い扶持が一人増えるのだ。私がふんだんに所有しているもののひとつに、袋入りの種がある。この何年ものあいだに、ダウンタウンの店舗からはほとんどすべてのものが略奪されてしまったが、それでもいくつかの雑多なものは手つかずに残されていた。ウィロウ通りの農業雑貨店には、袋入りの種が詰まった大きな箱がいくつも置いてあったが、誰一人それには手を出さなかった。明日まで生き延びることが最大の関心事である場合、人はまず今日の空腹を満たし、自らの身を護らなくてはならない。当然のことだ。そしてそのふたつをこなすだけで、文字どおり手一杯になってしまう。作物の種を蒔くなんて、誰に思いつけるだろう。

それらの種の袋に印刷してある使用期限は、もうとっくに切れていた。しかしそんな日付に意味がないことを私は知っていた。種子は力強いものだ。南方の砂漠には、百年以上にわたって、雨が降るのを地中で待ち続ける種子を持つ植物がいる。もう一度花を咲かせるいっときを、ただじっとそこで待ち続けているのだ。実物を目にしたことはないが、話だけは聞いている。一世紀のあいだに一度か二度、その石と砂しかない不毛の土地に雨が降る。するとそこにはあらゆる草や花が一斉に、ここぞとばかりに芽を出し、咲き誇るのだ。

消防署の屋上は物見台になっている。それは森林の火事を見つけるために造られたものだった。ある日、農業雑貨店から種子を持ってきたあと、私はその梯子を登り、街道を東西の方向に見渡してみた。道路は森の間を、白い絹のリボンのように折れ曲がりながらどこまでも続いていた。

街はいつにもましてがらんとして見えた。私はそのことに感謝した。かつてそこにあったものを私は懐かしく思っている。しかし私とその当時とのあいだには、越えることのできない深淵があった。血と炎の河だ。

まわりのすべてが崩壊してしまったとき、人をまっすぐ立たせておいてくれるのは、決まった習慣だ。私は自らを警察官と呼び、身なりを整え、朝のパトロールのために馬の手入れをする。そうすることで私は、自分が絶望に呑み込まれてしまうのをなんとか食い止めている。というか、少なくともピングが現れるまではそうだった。チャーロが死んだあと、警察官というのが名のみのものになってしまったことは、自分でも承知していた。

私が唯一の生き残りかもしれないという思いが、初めて頭に浮かんだ。私とピングとが、で、この街の異なった区域で、最後に残った二人なのではあるまいか。一ヶ月か二ヶ月前までは、この街の異なった区域で、少なくとも三組の一家が細々と命を繋いでいた。私はそのことを知っていた。しかし今、この古い物見台から見下ろすと、人のいる気配はまったく見あたらなかった。

朝の靄（もや）は消え、そのあとに灰色の凍てつく一日がやってきた。氷点下三十度。しかし人の営みを示す、煙らしきものは目につかない。

思い出せる限り、この場所は私の人生そのものだった。自分が生まれる前のことを考えてみる。私の両親が、ほかのたくさんの開拓者（パイオニア）の家族とともにこの地にやってきたときのことを。それからまだ一世代も経っていないのに、ここは再び無人の地になってしまった。ソフトボール場を巡って造られた観客席のすきまから、樹木が生え出ているのが、私が立っている場所から見えた。ソフトボール・グラウンドは、分厚い茂みの迷路のようになっていた。メイン・ストリートの広告板は風雨にさらされ、ぼろぼろになっている。私がよく麦芽乳を飲んだドラッグストアは、黒こげのガラスと材木でできた蜜蜂の巣箱のように見える。結局線路がここまで到達しなかった駅舎は、建築途中のままで、それが完成する見込みは今となっては皆無だ。この場所を築くために何万人、何百万人という人々が払ってきた血のにじむような営為は、そしてそれに費やされた長大な時間は、結局のところ、悪戯小僧に一蹴りで崩される蟻塚程度のものに過ぎなかったのだ。

この土地はかつて、最初の入植者（セトラー）たちにすべてを約束していた。それが今はどうなったか？　荒野の中に朽ち果てていくゴーストタウンだ。

この場所には、隅から隅まで探しても、もう私たちしか残っていない。日ごとに私はそれを確信していった。かつては三万を数えたこの街の人口は、今では二人の女と一人の胎児だけになってしまった。それなのに不思議なことだが、私はこの街に対してこれまでにないほどの好意を抱いている。私は徒歩でそこを巡るようになった。もう何年ものあいだやらなかったことだ。それは私を街になぜか近づけてくれた。割れたガラスや紙切れを脚の下に踏みつけ、捨てられたものを点検する。汚い人形、いくつかの眼鏡、破れた靴――それらは私の街の物語を語ってくれる。

チャロナア一家とベラスケス一家が住んでいた家は、放棄されている。私は塀に梯子をかけて、中を覗いてみた。チャロナア家の庭には哀れなほど痩せた縞柄の猫が一匹いたが、人のいる気配はまったくなかった。ベラスケスの家は荒されることなく残っていた。家具は手つかずのままだし、庭には掘り起こされた痕跡があった。しかし彼らがよそに移っていったことは明らかだった。殺し屋のルディーと、その凶暴な息子のエミール。

最後の人間たちが去ってしまうと、野生がそこを自分の手に取り戻そうと腹を決めたようだった。コンシダイン・アベニューで私は、野生の豚の一群に出くわした。全部で少なくとも十二匹はいただろう。古いゴミの山を漁っていた。黒く、角張って、昔風のトランクのように見えた。私は馬上から二丁の拳銃の弾丸を撃ち尽くし、何とか二匹を殺した。あとはきいきい鳴きながら逃げ去ってしまった。私はすぐさま路上でその二匹を捌き、それをひきずって家まで戻った。肺と臓物は縞猫のために、チャロナアの家の庭に投げ入れた。

家に着いて、凍った路上についた長い血の跡を見やったとき、私は不思議な感情に襲われた。私は二丁の空の拳銃をベルトから抜き、台所のテーブルの上に載せた。ふと気がついたのだが、十五年のあいだこの街で、弾丸を込めた銃を持たずに家の外にいたのはそれが初めてだった。

何日かのあいだ、私たちは腹一杯食事をした。夏場のために脇腹肉を燻製にした。豚たちがいったい何を食べてそんなに肥え太ったのか、深くは考えないようにした。

あとになって私は、臓物を気前よく猫にくれてやったことを悔やんだ。というのは、臓物を使ってドライ・ソーセージを作る方法をピングは知っていたからだ。

もうひとつ気がついたのは鳥のことだった。四月になると鳥たちの声はひどく騒々しくなり、朝もまだ暗いうちに目が覚めてしまうほどだった。ありとあらゆる種類の鳥たちがいた。私は食用になる鳥のことは知っていたが、小さい鳥になると、雀かコマドリか、わかるのはせいぜいそれくらいだ。しかし今では見たこともない鳥たちがうようよいる。自然環境が一変したのだ。鳥たちは自然に落ちた果物やベリー類を食べ放題だし、巣作りの場所にも不自由しない。

ピングと私は会話を成立させる方法を見つけようと模索を始めた。私は語学の才とは無縁の人間だ。しかしお茶は「チャイ」で、食事時間はだいたいどれも「ディナー」で間に合わせた。そのほか我々の共同生活を単純化する役を果たしてくれる一群の単語があった。政治を論じたり、身の上話を交換したりするのはとても無理だが、実を言えば、私はそんなものを望んではいなかった。

赤ん坊が動くのを初めて感じたとき、驚きの色がピングの顔に浮かび、何かわからないことを早口で叫ぶと、私の手を取って自分のお腹にあてた。しかし私には何も感じられなかった。彼女は私の腕を指でとんとんと叩き、そこに感じるべきものを教えてくれさえしたのだが。でもその六週間から八週間後、彼女のメロンのような小さなお腹の中で何かが動いているのを、私は感じ取ることができた。そして四月になる頃には、はっきりとした形がわかるようになった。しかし自分が今触っているものが足なのか、お尻なのか、それとも小さな頭なのか、そこまで見分けはつかない。

女の子だとピングは確信していた。どうしてそれが判断できるのか、私にはわからない。彼女は夜になると、その子供のために小さなドレスの型を切り抜いた。その小さなものはピアノラが好きなようだった。ロールをひとつかけてみたところ、胎児はずいぶん活発に動いた。その子が音楽的な才能を持って生まれ、うまくピアノラを調律してくれるといいのだがと私は思った。その曲は私がかつて聴いたものとはずいぶん違っていたから。

その春は、これまでの人生で過ごした最良の時期のひとつだった。ピングは血色を取り戻し、髪を伸ばした。お腹は見る見る膨らんでいった。私は庭に蒔くための種を選びながら、農業雑貨店で幸福なひとときを送った。種の入った茶色の袋を見ていると、将来に希望を抱くことができた。素敵な気持ちだった。豆、トウモロコシ、ほうれん草、かぼちゃ、蕪（かぶ）、ラディッシュ、メロン、エンドウ、トマト、ズッキーニ、キャベツ、トウヂシャ。雪解けがやってくると、すぐに私は地面を掘り起こし、灰と馬糞をそこに混ぜた。花の種も少し蒔いたっていいじゃないか。花の種ならふんだんにあるんだから。コトネアスター、キャンディータフト、マリゴールド、パンジー。毎朝早く目を覚まし、鳥のコーラスを聴きながら、菜園のプランを練る。そうしていると、確かな実感を得ることができた。私の世界にいくらかの正気と、色彩と、秩序が戻ってきたのだと。

四月の終わり近く、私は望遠鏡を手に再び物見台にあがった。そして道路の遥か東方に何か動きがあるのを認めた。まず土煙が見え、それから人々の列が地平線に姿を見せ、こちらに近づいてくるのが見えた。ずっと遠くから望遠鏡を通してそれを見ていると、まわりの静けさが不気味なものになる。そこに音があることは想像がつく。重い荷物の下であえぐ馬たち、鞭と棒が振るわれる音、じゃらじゃらという鎖の音、落伍者を罵る男たちの声。しかし実際にはまだ何も聞こえない。そして望遠鏡はすべてを平板にしてしまう。絵本の挿絵みたいに。

それを目にしたときに最初に頭に浮かんだのは、子供向けの聖書に載っていた大きな彩色画だった。紅海を二つに分かつモーゼを描いたものだ。両側にそそり立つ水の壁はまるでガラスのようにどこまでも滑らかだ。壁と壁のあいだには干上がった海床があり、そこに残された魚たちはぴしゃぴしゃと跳ね、あるいは逃げるイスラエル人たちの足に踏みつぶされていた。ずっと背後ではファラオの軍隊が、その高くそびえる青い壁のあいだに、今まさに足を踏み入れようとしていた。ファラオの戦車(チャリオット)は鼻息も荒い二頭の大きな黒馬に引かれていた。その馬蹄の響きが背後に迫ってくるところをよく夢に見たものだ。私はあえいでいる魚たちのあいだに倒れて膝をつき、こう思う。あっさりと片をつけてください。あっさりと片をつけてください、と。でも私はそのとき、チャーロが口を開けて息をする音に目を覚まし、部屋がまだ潤んだような早朝の光に満たされていることを知る。

私はいつもは、面倒なことにできるだけ関わらないようにしている。しかしピングが赤ん坊を産もうとしていることで、自分自身の命に関しては、いつもより少しばかり大胆になっていた。私はなんといってもこの地区における唯一の法執行者であり、この大がかりなキャラバンが自分の街の郊外を通り過ぎるあいだ、結婚式に忍び込んだ盗賊みたいにこそこそ隠れているのは、正しいこととは思えなかった。

街道は街の北側を巡るように走っている。街と街道とのあいだを一本の砂利道が結んでいたが、十年にわたる凍結と解凍のために、路面は荒れ果てていた。雌馬の脚をそこに踏み入れさせる危険を冒したくなかったから、道ではないところをギャロップで進ませた。隊列は二百人近くの人間で構成されているようだった。私が近づいてくるのを見ると、隊列は徐々に速度を緩め、やがて停止した。あまりそばに寄りたくなかったので、五十メートルほど離れたところで私は歩を止め、誰かが近づいてくるのを待った。

待っているあいだ、私の馬は蹄でしきりに地面をひっかいていた。熱い視線が私に注がれるのを感じた。馬に乗った五人か六人の男が、囚人たちを率いており、少なくとも三丁のライフルが目についた。私は自分の大胆さを悔やみ始めていた。やがて痩せた長身の男が列を離れてこちらにやってきた。私の隣に来ると、帽子をちょっと傾けた。鋭い、ざらついた顔、瞳は青く、ごつい手綱を持つ指は長く、ほっそりとしている。

　彼はかさかさに乾いた薄い唇を噛み、地面に唾を吐いた。「どうやら雨は降りそうにないな」

「どれくらい旅を続けるかによるね」と私は言った。

「あと四週間ほどだろう」

　彼が腰に差している拳銃は長い銀の銃身を持っていた。彼の指の一本であるかのように細く、優雅だ。彼は私が一人ではないことを警戒しているようだった。近くに仲間が身を潜めているのではあるまいかと。彼はもちろん冷静でリラックスしているように見えた。ファラオが常にそうであるように。しかし彼の部下たちの落ち着きのない目の動きを見れば、そこに隠されている思いはおおよそ見当がついた。彼らは自分たちが待ち伏せにあうのではないかと恐れ、そわそわとあたりを見回していた。

「何を商っているんだね？」と私は彼に尋ねた。何も言わなかった。

　青い目は狭くなり、鋼鉄の棘となった。

　私は列をなした人々のむっつりとした顔を見た。汚れた衣服をまとい、行進が止まったのを利用して、しゃがみ込んで休息をとっている。若い百姓女たち、中国人も混じっている。

あかぎれで頬が赤くなっているものもいれば、色黒のアジア系の顔も見える。

「あんたたち、ここらを通りかかるのは初めてだね」と私は言った。相手がそれでもまだ押し黙っているようなら、いささか厄介なことになる。

彼は鞍の頭に重ねた両手を見下ろし、それからゆっくりと顔を上げた。私の質問に急いで答える必要なんてどこにもないんだ、と教えるように。

「一月にもここを通ったぜ」

「ほう、そうかい」、あとに続いた間を埋めるために私はそう言った。そして頭の中で計算をした。どれくらい素速く男に向けて銃を抜けるか、そのあとどれくらい素速く雌馬に拍車をあて、ここから立ち去れるか。心臓が高鳴り、時間の進みはのろくなり、私の目は鋭利さを帯びていった。闘争のための化学物質が血液中に注入されていくしるしだ。彼の背後にいる馬上の男たちのにやついた顔を、ひとつひとつ目に留めることができた。

「実を言えばな」と彼は続けた。「一人の若い女に、ここらあたりで逃げられたんだ。あんたひょっとして、その女を見かけなかったか？」

私は首を振った。

「そいつは残念。俺はその女が気に入っていたんだが」。男が鞍の上で姿勢を変えると、革が軋んだ。「お会いできてなにより」、そう言って帽子に手をやり、馬に拍車をあて、もとの位置に戻っていった。男たちは座り込んでいた囚人たちを立ち上がらせ、行進を再開した。

私は隊列に背中を向けないように、長いあいだそこにじっとしていた。ひとつには好奇心があったからだ。奴隷たちと支配者たち。この連中はどこからやってきたのか、これまでどのような人生を送ってきたのか。でもそれと同時に、目を離したとたん、誰かがこちらに銃口を向けるかもしれない。それが心配でもあった。

ほかのみんなが立ち去るか死ぬかしたあと、自分一人がこの街に残っていることについて、それが正しい選択なのかどうか、悩んだこともあった。その日、人々の列が自らの足で立てる砂埃（すなぼこり）の中に消えていったとき、ふと恐怖に襲われた。外なる世界で、私のいないところで、いったい何が起こったのだろう。

# 5

ピングに街の地図を見せ、この家がある位置を示し、二人が最初に出会った位置を示した。そしてその前に彼女がどこに住んでいたのかを尋ねた。彼女は地図を何度もぐるぐる回転させ、位置を確認し、マラハイド通りの古い消防署のすぐ裏手に、十字のしるしをつけた。顔を上げて私を見る彼女の顔には、何かが浮かんでいた。それは紛れもなく、激しい怯えだった。そこにあるのは、ただの紙の上の記号であったにもかかわらず。だから私は微笑み、彼女の頰を撫でた。そんなところに戻る必要はないんだ、と教えるために。

消防署は街の北端にある。街道からすぐのところに。街道を西に行くとガス田と金鉱があり、東には何もないツンドラの土地が広がっている。そこに入ると道路はだんだん細くなり、海の手前千六百キロのところで消えてしまう。

ときどき旅行者がそこで夜を過ごしたものだ。消防自動車が収まっていた小屋は今では空っぽだが、建物そのものは頑丈だったので、四方の壁だけは今もしっかり残り、風よけの役ていった缶が散らばっている。煉瓦には焼けこげたあとがあり、そこを通り過ぎた人々が捨てていった缶が散らばっている。私はできるだけそのあたりには近づかないようにしていた。どんな理由があるにせよ、そんな人気のない道路を長く旅せざるを得ないような連中と関わり合いたくなかったからだ。その昔、道路を行き来する人々はみんなに歓迎されたものだ。いろんな取り引きができたからだ。安い値段でものが買えたし、誰かの最新の消息を聞くこともできた。しかしやがて、耳にするのは悪いニュースばかりになった。第一波は空きっ腹を抱えてやってきた。そのあとに尾羽うち枯らし、物乞いをする人々がやってきた。そして最後は、夜中にこっそりと忍び寄り、眠っている人々の首を掻き切り、運べるものならなんでもかっさらって、夜明けまでに煙のように消えてしまうような連中になった。街のいちばんたちの悪い輩ですら教訓を得て、ある時点からはその道路に近づかないようになった。

もう長いあいだ、私は誰からも命令を受けなくなっていた。しかしどこか東の方にはまともな街がいくつか残っていて、そこでは法律がまだ一応は機能しているはずだ。私は常にそのような希望を抱いていた。まず父を葬り、次に母を葬り、それからアンナを、チャーロを葬っていったとき、我々がかつて送っていた生活が過去のものとなり、誰も歌わない古い唄のように忘れられていったとき、それが私にとってのひとつの慰めになった。たぶん、この街はとりわけひどいことになったのだろう――かつてはそう考えていたものだ。それとも私たちは、ただ忘れられてしまったのかもしれない。しかしここはともかく、よそでは以前の生活が今も同じように営まれているのだと。

しかしこの惨めなキャラバンや、鎖に繋がれた女たちは、そして馬上のいかつい顔をした支配者たちは、かつての世界にはまったく存在しなかったものたちだ。そしてそこから導かれる結論は、私の推測とは正反対のものだった。よその土地はここよりも**もっと**ひどいことになっているのだ。

ピングが地図にしるしをつけた場所の近くには、たしかに古びたマンホールがあった。かつてはそこにも蓋がついていたのだろう。でも誰かが転がして持っていって、それを溶かして道具だかナイフだかに変えたに違いない。小さいマンホールだから、よほど気をつけていないと見逃してしまう。ピングもきっと何かの偶然で、たまたまそれを見つけたのだろう。

私はまわりをよく見まわした。でも街は静まり返っていた。馬から降り、屈んで穴の中をのぞいてみた。残した馬は消防署のわきにある草むらの方に寄っていった。家の外で私は馬を繋がない。できるだけ自由に動ける状態にしておきたい。何か面倒があればどこかに逃げ、呼んだら戻ってくるくらいの知恵をその馬は具えているはずだ。

「誰か下にいるか?」、がらんとした穴に向かって叫ぶと、その声は平板な、誇張されたこだまとなって戻ってきた。

私は拳銃をホルスターに差し、下に降りた。

十メートルか二十メートル、暗闇の中を下水溝が続いていた。私は獣脂ロウソクを火口箱(ほくちばこ)から取り出して火をつけ、炎に目をやられないように手で壁を作った。私の生まれ育った哀れな街の建築技術は、これで捨てたものではない。その下水溝は、ほとんど身を屈めずに立てるほど広かった。壁はコンクリートで固められ、区画ごとに区切られている。中央の細い水路には、この前の雨で流されてきた小枝や木の葉が詰まり、踏むと柔らかかった。

壁についたくぼみに、獣のねぐらのようなものを見つけた。小枝や、しゃぶられた骨や、ぼろ切れや、くしゃくしゃになった紙でそれはこしらえられていた。黒く焦げた本を私は足でひっくり返してみた。そこがピングのすみかだった。ポーチの下に暮らすウッドチャックのように暗闇に棲息し、こっそり地上に出てきては、薪がわりにする本を集めていたのだ。そのとき私には理解できた。彼女の妊娠にはラブ・ストーリーなんて存在しないのだということが。

下水溝から地上に出て、舌をこんと鳴らすと、雌馬は小屋から出てきた。彼らは一月に付近を通り過ぎたとき、寒さをしのぐために、この小屋にキャラバンを一夜滞在させ、女たちを中に閉じこめたのだろう。

護送する男たちの一人が、足を痛め、疲れ切った女に目をとめたのだろう。おい、今度はお前だ。

彼女があのなまくらのナイフをその男に突き立てたと思いたい。でもおそらくは、その男は麦わらの上で眠り込んで、そのすきに彼女は逃げ出したのだろう。そしてマンホールの中に飛び込み、暗闇の中に身を潜めた。

三ヶ月近く、寒さと飢えに苦しみつつ、ピングはそこに隠れていた。いったいどうやって生き延びたのか、何を食べていたのか、それを考えると胸が痛んだ。

帰宅してピングと顔を合わせたとき、その目を正面から見られなかった。彼女の幸福さは、軽やかな明るい響きのように家の中を満たしていた。しかし彼女がかつてどれほど酷い目にあわされてきたか、今ではそれがわかっていたし、おかげで自分の身に起こった悪しき出来事が、私の脳裏にいやおうなく蘇った。

そのあとに起こったことについて、多くを語りたくない。あまりにつらすぎて、文章にできないのだ。六月にピングが死に、赤ん坊もそのとき死んだ。

そのあと私はひどい状態になり、人生の目的もすっかり消え失せてしまった。過去の歳月に起こった、私にとっての悪しきことも、またどのような種類の悪しきことも、それに比べれば取るに足らないことに思えた。

# 6

街の南側に墓を掘り、二人を埋めた。樺の木に囲まれた場所で、そこにはかつて古い四つ角があった。唐松の棺桶に二人を収めて葬り、墓石の代わりに白い石をひとつ置いた。でもそこに何か言葉を記すことは、どうしてもできなかった。

夏至に近い頃で、一日中太陽が出ていた。虫と鳥がうるさくて、頭がおかしくなりそうな季節だ。それ以上街中で暮らすことはできないと思い、馬に乗って山の中に移った。

その夏は二ヶ月ばかり、湖の畔にあるうち捨てられた小屋に住んだ。古い小型ボートがあり、網を張って魚をとった。しかし今になってみると、それ以外の時間に自分が何をしていたのか、まったく思い出せない。覚えているのは、八月も末に近く、夏の白夜がそろそろ終わりかけ、蚊が姿を消した頃、私は夕食を終え、ブーツを履いて、湖に身を投げるために外に出ていったことだ。

ボートは水から上げてあった。湖はかなり大きくて時には波も立ち、ボートが岩に打ちつけられて傷つく恐れがあったからだ。私はボートを水に降ろし、湖の真ん中に向けて漕ぎ出した。

水が動きが立てる音が好きだ。オールから水滴の垂れる音、船尾のごぼごぼという音、時折小さな波が船体に打ちつける音。そして温まった唐松が醸し出す匂いが、焼きたてのロールパンから立ち上るシナモンの香りと同じくらい好きだ。

私の気持ちの中では、夏と冬の始まりの間にあるそのような時期は、中年に差し掛かった自らと相通じる哀しみを湛えている。あと数週間のうちに最初の雪が降り、谷を囲む馬蹄形の山々が白く彩られるであろうことを私は知っている。温度計の水銀が急激に落下し、それがどれほどの寒さかを教えてくれるのは、アルコール温度計だけになってしまう。気温は氷点下五十度から五十五度にも達し、湖は厚さ二メートルの氷の下に閉じ込められる。凍りついた大気には、もう何の匂いも嗅ぎ取れなくなる。湖は、翌年の五月がやってきて、ばりばりという轟音と共に氷が割れ出すまで、沈黙を守り続ける。

百メートルばかり進んだところで、私はオールを引き上げ、ボートを水面に漂わせた。頭上の空は紫色に染まり始めていた。網を仕掛けていたところまで来ると、それをたぐって上げた。これが最後だ、と私は思った。もう何年ものあいだ味わったことのなかった平和な感覚が私の中にあった。

二匹のカワヒメマスがボートの床に、どさっという重い音を立てて落ちた。その気の毒な生き物たちに、私は申し訳なく思った。その一匹を摑んでみた。それは私の手の中で跳ね、それから滑り抜けるようにボートのへりを越えていった。残りの一匹も放り投げてやった。銀色の煌(きら)めきがあり、それはインクブルーの水の中に消えていった。

深まりゆく闇の中で、私は一人きりだった。なんとかブーツを脱ぎ、ぐらぐらするボートの中にまっすぐ立ち、鼻をしっかりつまみ、水中に身を投げる体勢を整えた。

その瞬間を、私はそれまで何度も繰り返し頭の中で想像していたので、まるで前にもやったことがあるみたいな気がした。ジャンプするとき、私はボートを蹴って、遠くの方に押しやった。水はあまりに冷たく、そのショックで呼吸が一瞬止まってしまった。それから突然、私は生きるためにもがき始めた。夏用の上着の詰め物入りの分厚い袖が、水を含んで、鉛の翼のように私の自由を奪った。それでも私は顔をずっと上に向け、空を見るようにした。私は目を閉じ、身体を水中深くに沈めようとした。しかし私の意に反して、私の身体はあがいていた。自分を死なせようとしているのではなく、死ぬつもりなどまるでない、気の毒なよその人間を無理に死なせようとしているみたいな気がした。彼の両足が私を浮かび上がらせ、その鋭く浅い呼吸が私の肺に空気を送っていた。

でもそのうちに足も疲れるだろうし、あらがう力もなくなっていくだろうと私は考えた。

そう思うと少し気が楽になった。口や鼻孔に少しずつ水が入ってきた。私は失禁し、その温かみが私のまわりに雲のように広がった。最後のイメージが洪水のように脳裏を満たすのを、私は待った。自分の哀れな人生のすべてが、望遠鏡みたいにその瞬間に畳み込まれていくのを。仰向けになって湖に浮かびながら、がさがさという耳障りな自分の呼吸音をまだ耳にすることができた。しかし今ではその背後に、それとは違う音も聞こえてきた。コントラバスの低音弦を弓引きするような音。私はその音の方へと引き寄せられる。人生の軛(くびき)から私を解放してくれる音だ。

私はもう一度、頭を水中に沈めた。水が泡を立て、耳を覆い、音を弱くした。身体が震えだした。死は間近まで来ているようだ。脈打つようなベース音は更に高まっていた。私は瞼を開き、谷間の風景をこれが最後と視野に収めた。

上空に小さなシルエットが見えた。それは山の北端の斜面に向かって急角度で上昇していった。飛行機だ。

そのシルエットが尾根のてっぺんに達することなく、中腹に突っ込んでいくのを、私は驚愕の目で見つめていた。微かなぽんという音が聞こえ、そのあとに飛行機の重みで樹木が折れるばりばりという、より大きな音が聞こえた。その音が谷間にしばらくこだましていたが、それもやがて消え、静寂が再びあたりを支配した。

手の指は凍えて、感覚がなくなっていたので、上着のボタンを外すのに時間がかかった。私はそれを水中に脱ぎ捨て、ボートに向かって勢いよく泳ぎだした。ボートにたどり着いたときには、そこに転がり込むだけの力も残っていなかった。私は船尾になんとかしがみつき、水をげえげえと吐き、足をばたつかせ、ボートを押して岸まで運んでいった。

飛行機の残骸のある場所にたどり着いたとき、もう真夜中になっていた。飛行機なんてもうずいぶん長いあいだ目にしたことがなかったので、それは幻覚のように思えた。ひょっとしたら、私はもう実際には湖の底に沈んでいるのではないか、これらのものごとを、私はただ夢見ているのではないかと、半ば考えていた。

複葉飛行機だった。機体は鮮やかな赤と白、夏用の車輪をつけ、右側の翼は衝突の衝撃でもぎ取られていた。私はそのぎざぎざになった金属部分に指を走らせた。

私の心をいちばん強く打ったのは、林の中の匂いだった。それは古い子供時代の夢から抜け出してきたように思えた。その夢が波のように脳裏に押し寄せた。父さんが最後まで残っていたうちの自動車をブロックの上に載せ、ホースを使ってその燃料タンクの中身を缶にあける作業を私にやらせたときのことを、私は考え続けた。そのときホースを強く吸い込みすぎて、ガソリンを少し飲み込んでしまった。吐こうとしたのだが、うまく吐けず、翌日出てきた便は黒くてどろりとしていた。

ガソリン。林の中に漂っていたのはその匂いだった。匂いはあまりに強く、それだけで酔ってしまえそうなほどだった。生ぬるいウィスキーを入れたグラスに鼻をつけたときのような、くらくらとする鋭い感覚があった。

それから突然、森全体が真昼よりも明るい光にさっと照らし出された。まるで稲妻が走ったみたいに。その一秒後に轟音が鳴り響き、衝撃が私を背後に吹き飛ばした。そしてさっき湖の底にかいま見た暗闇に、私を引きずり込んでいった。

# 7

ツングース人たちは、最初の飛行士が東方への空路を開いたときの話――何年前のことかは不明だが――を伝えている。ジギスムンド・ラヴェネフスキーという男が、極北ルートを開拓するべく飛行機で飛び立ったのだ。

初期のことで、小さくてちゃちな飛行機しかなかった。付属機器もろくについていなかったから、休むことなく低空を飛び、地表近くにしがみついているしかなかった。そして気象にもろに左右された。

二日か三日で、ラヴェネフスキーと彼の乗員たちは困難に遭遇した。エンジンのパワーが失われたのだ。パラシュートの用意はなかったし、眼下にあるのは、ただただ果てしのない樹海だった。

飛行機を救える見込みはないとわかって、ラヴェネフスキーは湖面に着水することを決意した。うまくいけば、乗員の何人かは生き延びられるかもしれない。それに賭けてみるしかない。しかし飛行機は湖水に頭から突っ込み、あっという間に沈んでしまった。あとに残ったのは油膜と、しゅうっと立ち上る蒸気だけだった。

当時の政府は捜索を重ねたが、機体も乗員の遺体もまったく見つけられなかった。

しかしツングース人たちは、飛行機が沈んでいくのを実際に目撃した人間がいたという話をしてくれるはずだ。彼らの仲間の曽祖父の祖父が、湖の畔でカリブーの群れを駆っていたとき、その哀れな飛行体が出し抜けに、空から勢いよく落ちてきたのだ。

その男は当時まだ小さな子供だったのだが、飛行体がばしっと勢いよく湖面を打ち、分解し、ほとんど瞬時に水底に沈んでいくのを目にした。数秒後、谷間は再び静寂に覆われたが、湖面はその衝撃にまだぶるぶると震えていた。波が少年の深靴をしぶきで濡らした。

それから少年はたき火をおこした。やがて誰かが姿を見せたときに、お茶をご馳走できるようにと。

私に初めてその話を聞かせてくれたカリブー飼いは、それを愉快な話だと考えていた。その話をしながら、笑い転げて、涙を流さんばかりだった。彼は盛大に身振りをつけながら、その話をした。油まみれの泡が湖面にぶくぶく上がってきているときに、こうして薪を積んでいたんだぜ。

考えてもみなよ！　その子供は白人のかっこいい玩具を目にして、すっかり恐れ入ってしまって、飛行機というのはみんなそうやって着水するものだと思ったのさ！

その話は見かけとしては、少年の無邪気さをおかしがるためのものだったが、そのジョークの本当の落としどころは、ラヴェネフスキーと彼の故障した飛行機にあった。

飛行機を、そのような奇跡を見上げることを思い浮かべただけで、ツングース人たちは自分の卑小さを感じさせられたに違いない。空を飛ぶ方法なら自分たちの呪術師(シャーマン)が知っていると彼らは好んで言う。私は何人かの呪術師に会ったが、彼らにできるのは酒を飲むことくらいだ。空の飛び方なんて知るわけがない。

ラヴェネフスキーの飛行機は高いところから聞こえてくる自慢のようなものだった。白人たちがこう言っているのだ。見ろよ、俺たちにはこんなこともできるんだぞ！　そして人が高慢の鼻をへし折られるのを見るのは、誰だって愉快なものだ。

その話はツングース人たちに、彼らが自分たちの生活から学んだことを語っている。また彼らが私のような人間——彼らとは違った生き方の残骸——と関わることから学んだことを語っている。時間はものごとをふるいにかけていく。単純な方法が生き残る。新しいものに夢中になる気取り屋たちは、自然に脱落していく。何かがどれくらい長く生き延びるかは、それがどれくらい長くこの世界に存在してきたかで決まる。最新のものは最速で消えていく。これまで長きにわたって存続してきたものは、これからも当分は存続していくだろう。

自分たちの方が偉く、自分たちの方が多くの知識を持つと主張する人々によって、放牧民たちは長いあいだ、ひどい目にあわされてきた。私は歴史にさほど詳しいわけではないが、それでも進歩という名の下に、彼らの聖なるものたちが殺され、いくつもの村が破壊され、彼らの生活様式が叩きつぶされてきたことを知っている。だから彼らがその話をすることでいくらか得意になったからといって、責めることはできない。

でもその話を聞くたびに、私はそれとは少し違った思いを抱いた。私はこう考えた。人間というのはなんと素晴らしい生き物だろう！　我々がいったん心を決めたとき、我々にできないことがあるだろうか？　私は自分の祖先に対し、畏怖のようなものを感じる。彼らは一個の人間の頭にはとても収まりきらないほどの、様々な種類の知識に囲まれて生きていたのだ。放牧民たちが言うように、生活を必要以上にややこしいものにしたおかげで、人々は弱体化してしまったと言うこともできるだろう。しかしそれとは別に、彼らの発明の才に素直に驚嘆し、彼らが成し遂げたことは、きっといつかもう一度成し遂げられるだろうという希望を抱くこともできる。

私が意識を取り戻したとき、森は燃えていた。私の眉毛と、髪の多くは焼け焦げ、鎖骨は折れ、轟音のおかげでほとんど何も聞こえなかった。

私は藪の上に仰向けに寝ころび、一条の黒煙が渦を巻きながら空に立ち上るのを見ていた。煙は高く立ち上り、空の星を隠した。私は思った。グローリー・ハレルヤ。やれやれ、なんていうことだ。

小屋に帰ったとき、雌馬が非難を込めたような目で私を見た。私は湖畔でコクチマスを何匹か釣り、山の斜面が焼けていくのを眺めた。森は三日間炎に包まれていた。その残骸の近くになんとか寄れるようになるまでには、一週間近くかかった。そしてそのときにはもう、見るべきものはほとんど残されていなかった。黒くなった金属の骨組み、プロペラ、爆発で吹き飛ばされた黒焦げの箱。それにはもう少しで首をもぎ取られるところだった。

高熱で焼け焦げたせいで、その飛行機にいったい何人の人が乗っていたのか、判断するのは至難の業だったが、たぶん五人か六人というところだろうと見当をつけた。集めることができたものを、獣たちに骨を荒らされたりしないように森の際に埋め、簡単な十字架を作り、石で叩いて地面に立て、しるしにした。

よくよく考えてみると、これらの人々にとっての最良のモニュメントは、彼らがそこに乗ったまま死んでいった飛行機なのではないかという気がした。生まれてこの方、谷間の空にアーチを描くその飛行機ほど美しいものを、私は一度として目にしたことがなかったからだ。

私は迷信を信じる方ではないが、そのことをひとつのしるしとして捉えた。それを送ってくれたのが神なのか、神々なのか、祖先なのか、あるいは空の上の方にいる誰かなのかはわからない。しかしそれが告げているのは、絶望のゆえに自らを放棄してはならないということだった。死と災害から慰めを見出すというのも変なものだ。しかし空を飛ぶ飛行機の姿は私に、自分はもう一人きりじゃないんだということを教えてくれた。飛行機に乗っていた人々は全員死んでしまったが、その飛行機がどこかで組み立てられたというのは確かなことだ。そして誰かが空を飛ぶための燃料を、それに注入したのだ。もちろん私はまだピングとその赤ん坊の死を悼(いた)んでいた。でもその一方、それまでの私は、私たち三人こそが過去の世界からの最後の生き残りであり、心を傾けるべき唯一の存在であると考えていた。しかし今では、過去の残骸以上の何かがこの世界のどこかに残されているらしいと知った。それは過去と同じように機能し、奇跡を実現し、人々や、私には知りようもない事物を搭載して、空に飛び立ったのだ。そして私は心を決めた。なんとしてもその何かを見つけ出してやろうと。

# 8

墜落した飛行機が向かっていたおおよその方向は西だったので、それが飛び立ったのは、こことベーリング海の中間にある街のひとつだろうと、私はまず考えた。何度かの移住の波のあいだに(私の両親もその波のひとつによってシカゴから運ばれてきたのだが)、五つの街が建設された。プリマス、ニュー・プロヴィデンス、ホマートン、エスペランザ、そしてエヴァンジェリンだ。エヴァンジェリンが最初に、最も西端に——いちばん近い街から三百キロ余り奥に——つくられた。

それらの街のひとつで、燃料がかき集められ、飛行機がなんとか調達され、ほかの場所の様子を偵察するべく飛び立ったのだろう。私はそう踏んだ。もし彼らの立場に置かれたなら、私だってきっと同じことをするはずだ。こうして私が生きているのだから、私のような人間がほかにいても不思議はない。メイクピースがあちこちにいて、孤立した生活を余儀なくされている。誰かと接触を求めながらも、森の中で迷った人と同じように、自分が移動したあとに捜索隊が到着するというすれ違いが起こるのを恐れて、動けないでいる。

街と街との間では、もう長年にわたって通信が途絶えていた。いちばん良かった時代ですら、街どうしの繋がりは細々としたものだった。入植者たちはおおむね内向きの姿勢で暮らしていた。人々は社交するために移住してきたわけではない。慌ただしい通商や事業を立ち上げるために、ここまではるばるやってきたわけでもない。彼らはそんな世界に別れを告げてきたのだ。しかしそうはいっても、街と街とのあいだには、いとこ同士のつきあいのような感覚があった。私たちにとっての国家とは、せいぜいその程度のものだった。

父はよく言ったものだ。わたしがアメリカを去る決心をしたのは、貧乏人がみんなおんなじに見えてきたからだよ、と。

父が言うのは顔つきのことではない。そしてまた、アメリカ合衆国の貧乏人のことだけではない。世界の至るところにいる貧乏人のことを、父は語っていた。

それぞれの国の貧乏人は、それぞれに見かけが違うし、その違い方は貧乏じゃない人々の場合よりも大きい、というのが父の唱える説だった。貧しい人々のルーツは大地に根ざしており、彼らが食べるもの、着るもの、彼らの家、彼らの習慣――それらはみんな大地からそのまま育まれたものなのだ。藁か椰子かカリブーの皮か。米か小麦かキャッサバか。毛皮か木綿か毛織物か。彼らの暮らしは丸ごと、その土地の特性や慣習に固定されている。

でもあるとき父は、母と出会う一年ほど前のことだが、旅して回っていて、あることにはっと気がついた。世界中どこの国であれ――ペルシャ、シャム、インド地方、ヨーロッパ、南洋地域、メソポタミア――貧しい人々はみんな同じような見かけになってきた。彼らは同じように暮らし、同じように食べ、同じ服を（中国の同じ地域で作られた服を）着るようになったのだ。

父にとってそれは、人々が土地から切り離されたというしるしだった。それが正しい意見なのか、間違った意見なのか、私には判断できない。私が大きくなって、父の世界観に興味を抱くようになった頃には、そんな世界は既に消え失せていた。

彼はよく言ったものだ。原始時代の泥の中から這い出して以来、我々は「不足」によって形づくられてきた。なんだっていい――チーズ、教会、作法、倹約、ビール、石鹸、忍耐、家族、殺人、金網――そんなものはみんな、ものが足りないから出現したものなのだ。ときにはものは「決して十分ではない」し、またあるときには「ぜんぜん足りない」。とにかく万民に行き渡るということがない。人類全体の物語とは、生活の資を得ようと悪戦苦闘して、それに失敗する人々の物語でしかない。

その悪戦苦闘の痛みが、人類に忍耐というものを教えた。

なおかつ父はこうも言った。自分はものが過剰にある世界に生まれてきた。これはまさに上下が逆さまになった世界だ。そこでは金持ちは痩せ、貧乏人は太っていた。彼の若い頃には、ノアがアララト山に箱船を繋いで以来、世界に出現した人類の総数よりももっと多くの人間が、世界にひしめきあっていた。

豊作の年が続けば、やがて凶作の年がやってくるものだ。それを推測するために、人は格別迷信深くなる必要もなければ、熱心に聖書を読み込む必要もない。食物を求める数十億の人々は、地球を揺るがすような騒ぎを引き起こすことだろう。しかし父の関心はそのような実際的な問題にはなかった。それらの人々はどうにかこうにか食いつなげるだろう。しかしこのような過剰さの代償は魂の貧困化である。父はそう信じていた。そしてそのようないやしく、がさつな世界（と彼が見なすもの）に背を向けたいと思っていた。

ツングース人にしてみれば、自分たちが送っている苛酷な生活をうらやむ人間がいるなんて、ずいぶん変てこな話に思えたはずだ。しかし私の父のような人間は、男女の別なく、大都会の生活を捨て、大地に新しく根を下ろし、彼らの祖先と同じように、つぎあてだらけの、手づくりの世界で成長することを夢見ていた。彼らはそういう生き方を選んだのだ。何の代わりに？　私にはよくわからない。スピードの夢、ガラスの夢、贅沢の夢。自分たちは飢えることがないと知る人々を駆りたてる、そのような夢の代わりなのだろうか。

その何世紀か前であれば、彼らは国王から勅許（ちょっきょ）を得て、より人のまばらな土地に植民地を見つけるべく船出したことだろう。しかし地球はもう満員になっていたし、人生をやり直すための場所なんてどこにもなかった。月でさえ、その時代にはもう旗を立てられていた。

シベリアというのは最初のうち、彼らには冗談に聞こえただろうと思う。人々はそこを凍りついた土地として、石ころと雪に覆われた荒れ地として考えていた。一年のうち十ヶ月、ウラルから太平洋までただ強風が吹き荒れていると。人々がそのように考えていたのは、我々にとっては幸運なことだった。

ほかに良い案も浮かばなかったので、教会は私の父と、もう一人の男とを、視察のためにその地に派遣した。彼らはまず飛行機でモスクワに飛び、それから汽車に乗ってイルクーツクに向かった。

私が知っている極北（ファー・ノース）は、どのような観点から見ても、「凍りついた土地」からはほど遠いものである。しかし父が目にするのはそのような土地だろうと、みんなは予想していた。私がこれまで足を踏み入れた最北の土地は、十五歳のときに父と行ったツンドラ地域、チュクチ族の土地だ。父はチャーロではなく私を連れて行った。私が年上だったからというだけではなく、それが困難な旅になるであろうことが父にはわかっていたからだった。私のタフで実務的なところを、父が評価してくれていたことが、今ではわかる。私以外の家族はみんな、考えたりしゃべったりすることを得手（えて）とする人間だと、父は見ていたのだ。今となってはそのことが、私にとっていささかの慰めとなっている。というのは、長年にわたって私は、父親が誇りに思ってくれるような、もっと学究的で穏やかな人間になれたらと、心底望んでいたからだ。

チュクチ族が住んでいる土地ですら、氷だらけの荒れ地なんかではなかった。

季節は夏で、地面は紫色と茶色に覆われていた。小さな北極ヤナギとシャクナゲが泥地に生えていた。彼らは毛皮をとり、橇を引かせるために、犬を繁殖していた。水面は鮭で膨らみ、脚が長さ三十センチもある蟹を食べることもできた。アシカも見たし、セイウチも食べた。湾の冷たい緑色の海面におどり出て潮を吹く鯨たちも見た。その土地には荒れた印象もなく、貧しい印象もなかった。しかもそれはまさに北極圏の端っこに位置する土地なのだ。父はよく言ったものだ。汽車から降りるときには既に、その土地にすっかり恋をしてしまっていたよ、と。毎日毎日、樺の木や松が、木造の小さな村が、メッキを塗られたタマネギ形の屋根を持つ教会が、車窓の外を勢いよく過ぎ去っていった。かつて夢に見たことのある場所に戻ってきたような気がした。子供時代に読んだおとぎ話そのままに見えたよ。

父の語りたいことは私にもわかった。しかし私はここにある以外の風景を、一度として目にしたことがない。家の裏手にある森の中の熊、狼たち、傘の形をした毒キノコ、いかにもその下にトロール〔訳注・北欧の伝説でほら穴などに住むとされる超自然的怪物〕が住んでいそうな朽ちた橋、私が育ったのはそんな土地だった。だから私にとっておとぎ話は、自分の暮らしからほど遠い世界というのではなかった。

私にほど遠く感じられたのは、むしろ大都会での暮らしであり、父親の話してくれるシカゴの物語だった。あるいは私の目の前で山肌に衝突した飛行機だった。

その土地はロシア政府によって、街を建設し、農耕をすることを目的として、私たちにリースされた。彼らはなぜ我々を受け入れたのだろう？　理由は簡単だ。ロシアの指導者たちは、自分たちの国の中で空白になっている土地を、私たちに埋めてもらいたかったのだ。私たちは生命力のある、若い植物からの接ぎ木のようなものだった。ここに住む人々は病み、数も減っており、国境を接する中国人たちは、ロシアの空白地域を虎視眈々と狙っていた。

極北のささやかな規模の土地を我々に貸与することで、ロシア人たちは多くのヨーロッパ人を、移民として受け入れることになった。移住者たちは、自分たちの手に余るほどの広さの土地を与えられた。私たちにとってその賭けは、有利に展開しているように見えた。北方における夏はますます長くなり、冬はますます穏やかになっていった。この地の冬を温暖にしているものが、地球の混雑している地域を暑くし、飢餓と騒擾（そうじょう）を作りだしていることについては、それほど深刻に考えなかった。

私はそういう初期の時代の、まやかしの夜明けに生を受けた。それは夜明けと見えて、実は日没だったのだ。

しかしそのような平和な時代に、四つか五つの都市が我々のあとに続いて生まれ、父のような人々がそこに移り住み、市民となった。それまで怒りに駆られて銃を撃ったこともなければ、飢餓の経験を一日たりとも持ったことのないような人々だった。

このような人々にとって、新世界における寒さや生活の困難は、刺激的なもの、良きものとして感じられた。スチームバスから出たあとに雪の中を転げ回るのと同じように。この生活は彼らにとって新奇なものであり、自らの意志で選択したものだった。「こんな美しい土地に住み、学校のカフェテリアで出来合いのものを食べるために、バスで長距離通学をしなくてすんで」。「素敵だと思わないかね」と彼らは言ったものだ。そうですね、と私は答えたが、それはただ相手を喜ばせるためにすぎなかった。人々は自分たちがあとにしてきた世界の有様を話してくれた。根を持たない、金のことしか頭にない連中、彼らは軟弱な生活で骨抜きにされ、夜と雨に包まれた荒々しい都市に閉じ込められている。彼らが捨ててきた世界のことを知らないから、彼らの言うことが本当なのかどうか、私には判断できない。しかし物資が不足することの美点に関していえば、私は彼らとは意見を異にしている。我々は暗闇の中から出てきたばかりの、脆い存在なのだ。枝角の上に乗っかったふわふわした蕾のようなものだ。生きていくことを少しでも楽にしてくれるものに対して、なぜわざわざ背を向けなくてはならないのだろう？　都会、機械類、ディーゼル、プラスティック、医薬品、そういうものをなぜあっさりと一蹴しなくてはならないのだろう？

彼らにとって、それはあくまで信念の問題だった。最初の頃、すべての移住者は熱狂的な人々であったのだろう。ロアノークやプリマス〔訳注・どちらも北米大陸の最初の植民地〕に着いた初期の植民者たちは、彼らの見慣れぬ安住の地に最初の日が沈んだとき、いったい何を思っただろう？　劇場や、図書館や、石造りの教会や、整然と並ぶ祖先たちの墓を、彼らはあとに残してきた。今彼らの前に広がるのは奇妙なカナーンの地〔訳注・神の約束した土地〕、その森だ。そこには見たことのない鳥たちがいて、見たことのない植物が生えていた。新しく隣人となった人々の、敵意のこもった槍の穂先があった。その土地が彼らの生活を支えてくれるかどうかさえ、定かではないのだ。

ここに移住する条件として、私たちは祖国を放棄しなくてはならなかった。

その当時、ここらあたりは今と同じくらい空白に近い状態だった。それでもなお、移住者たちはそれを手に入れるために、二重に支払いをしなくてはならなかった。土地の名義を得るために現金を支払い、これまで住んでいた国の市民として有していた権利をすべて放棄しなくてはならなかったのだ。それに加え、その土地の地下に埋蔵されているものについての所有権は与えられなかった。たとえば石油、ダイアモンド、天然ガス、それらはすべて政府のものとなった。私たちが所有できるのは、その土地の僅かな表面に過ぎなかった。

父は古いネイビーブルーのパスポートと、出生証明書、結婚証明書を缶に入れて、屋根裏部屋にしまっていた。しかしそれらは価値を持たない書類だった。そして私のようにここで生まれた人間は、国籍というものを持たなかった。

それは高い代償だったし、多くはそれを支払うことに二の足を踏んだ。中にはカナダに空白地帯があることを指摘し、我々はそちらに移住すべきだと主張する者もいた。しかし彼らに適したカナダの土地は、先住民のものだった。それに対して、海峡を隔てた向こう側では、ツングース人たちはまったくそのような主張をしなかった。

最初のうち、それが問題になるとはまったく考えられなかった。我々のうちでとくに信仰心の篤い人々は、国籍なんてフィクションに過ぎないと見なしていた。しかしここに移ってくることによって、私たちは自らを孤児に仕立ててしまったのだ。

ロシア政府は私たちを本物の市民とは見なさなかった。いつかは結局、彼らは私たちを憎むようになったことだろう。しかし最初のうち、公的なレベルではまったく無関心な状態が長く続いた。一度か二度、政府の高官がすべて遺漏なくことが運んでいるかどうか、視察に訪れた。しかしほどなくそれも途絶えた。私たちのことを気にかけるものはほとんどいなくなってしまった。この広大な国の空白の北縁に、私たちは文字通りたくし込まれていたのだ。自分たちで勝手にやっていけ、というわけだ。

総計で七万の人々が、十年以上のあいだに三波にわけて、ここに入植してきた。その大半は私の両親と同じように、人生の後半になって信仰に目覚めたクエーカー教徒だった。ほかの人々は別の宗派を信仰していた。自分たちは世の終末に生きており、選ばれたものが間もなく至高の天国に運ばれるのだと、彼らは信じていた。中には、それほど多くではないけれど、とくに決まった宗派を持たず、自然だか理性だかを崇拝し、あるいは自分たちが育った古く混み合った都市は、人が生きるという本来の意味を、救いがたく見失ってしまっていると信じているものもいた。

彼らをひとつに結びつけていたのは主に、古い世界は急速に破滅に向かっているという共通の信念だった。貧困から逃れてきたものは一人もいなかった。それどころか、彼らはそれとは正反対のものから逃れてきたのだ。金銭、物欲、偶像崇拝。嬉々として古い生活を捨てたものもいたが、痛切な哀しみをもってそれを捨てたものもいた。彼らはそれを敗北であり、放棄であると考えたからだ。しかし彼らの全員が、極北（ファー・ノース）の広大さと静謐（せいひつ）の中で、静かな音楽のごとき、本来あるべき生活を回復できるはずだと信じていた。それぞれの季節によって、厳しい体験を積むことによって、そしてまた志を同じくする人々と行動を共にすることによって形づくられる、質素で飾り気のない生活だ。

入植者たちは勤勉な人々だった。街は繁栄し、冬は温暖になっていった。我々の住む街の北側には温泉が湧いたので、それをパイプで引いて、温室のために使った。北極圏でトマトが栽培できたのだ。オレンジも作ろうという話も出ていた。

歳月が経過するにつれて、最初に思われていたより、入植者たちのあいだの共通点が少ないことが、徐々に明らかになっていった。世界から孤立していることが、相違をより大きなものにしていった。新しくゼロからやり直そうと努めたところで、人はそのうちに、避けがたく旧来のやり方に落ち着いてしまうものだ。人生の多くは慣習に過ぎない。みんな同じ地点からスタートするのだが、ある者は人より多くのものを手にして、それを護ろうとするし、ある者は人より少ないものしか手に入らず、ぶうぶう不平を言い立てる。

でも私は思うのだが、最初の何年かについていえば、その土地には約束の感覚のようなものがあった。使命感があり、人々の営為には希望が溢れていた。

戦争が勃発したとき、政府は忠誠の誓言を要求した。そこに暮らしていた多くのクエーカー教徒たちは、いかなる誓いをすることも、自分たちの信条に反すると考えていた。彼らは忠誠を明確にすることはできたが、正式に誓うことはできなかった。我々の新しい政府には、そんな微妙な論点はとても呑み込めなかった。要するに、聖書に誓おうが誓うまいが、常に変わらず真実を語るべきだ、というのがクエーカー教徒たちの考えなのだ〔訳注・クエーカー教徒は教義上の理由で、無宣誓証言（affirm）はできても、聖書に手を載せて宣誓する（swear）ことはできない〕。だから彼らが結局、みんなとんでもない泥棒になり嘘つきになったというのは、思えば笑える話だ。政府はそれを悪く解釈した。彼らの目にはそれは拒否と映ったのだ。そしてまた、ここの若者たちは戦争に従軍しないと我々が告げたとき、彼らはそれまで我々に供給してくれていた僅かなものも、すべて引き上げてしまった。安い石油、医薬品、新しい母国語で教えるために私たちのところまで旅してきてくれた教師たち。しかし我々は放っておいてもらうために、わざわざここまでやってきたのだ。彼らが持っているもので、我々が求めているものなど何ひとつなかった。それはむしろ、我々の絆を少しばかり強めたに過ぎなかった。

私は残骸の中から、黒焦げになった翼の破片を手に取り、それでささやかな形見の品を作った。小さな十字架をこしらえ、首に巻いていた紐につけた。ピングの死によって生じた哀しみの底から、飛行機という形をとった新しい希望が浮かび上がってきた。考えれば考えるほど、それは正しい推測に思えてきた。その飛行機は私たちの姉妹都市のひとつか、それともベーリング海に面した、半ば廃墟と化した飛行場から飛び立ってきたものだ。飛行機が帰還しなければ、心を引き裂かれる人々がそこにはいるだろう。それがどんな気持ちか私には想像できた。玄関のドアの鍵が開けられる音がするのを待ちながら、あるいは中庭から聞き慣れた声が聞こえるのを待ちながら、何日も過ごす。でも彼らが戻ってくることはない。それが判明したとき、どのような手が打たれるだろう？　もう一度飛行機を飛ばすのか？　飛行機はほかにまだ残っているのか？

彼らの損失がいかほどのものであれ、ひとつはっきりしていることがある。飛行機を一台組み立てて、それを飛ばすノウハウを知っているところなら、そこはここよりまともな状態にあるということだ。彼らの抱く哀しみでさえ、より整然としたものに違いない。

今私が向かい合っているのは現実の世界だ。私は鉛筆を手にしている。古い練習帳に書き込みをしている。親指の爪にはプラムの黒い染みがついている。私はその木に小鳥のための餌台を取り付けていたのだ。両手の甲は、この前によく見たときよりも、皺が多くなっているみたいだ。私はそれをまじまじと見つめた。私はものごとをいい加減に眺めないようにしている。猟の獲物を追うときと同じだ。自分が見出したいと望むものではなく、そこに実際にいるものだけを私は追う。

しかしそれがあの飛行機のこととなり、その背後に存在すると私が想像する人々のこととなると、私の理性は歯止めがきかなくなってしまう。世界について私が信じる必要のあるすべてのものごとが、私と、現実の鮮明な眺めとのあいだに割り込んでくる。自分がものごとをこのように捉えたいと思うラインに寄り添ういくつかの事実に、私はしがみつき、それ以外のものをみんな絨毯の下に蹴り込んでしまう。

とにかく哀しみにひきずられていたせいで、私の精神状態はまともではなくなっていたのだろう。一種の狂乱が私を捉えていた。ピングが死んでしまったあとの世界はひどく荒涼としたものだったのが、今ではそこには可能性が満ち、私の心は希望にうわついて、眠れないほどだった。極北でこれだけ長く暮らしたのだから、そのしるしに私は気づくべきだった。北極圏での暮らしとは、九ヶ月の寒い月と、三ヶ月の浮かれ騒ぎである。哀しみと、長く暗い冬の日々からの転換は、人の頭のたがを外してしまいかねないのだ。

街に戻り、納得のいくまで堅固に我が家を締め切ってしまうのに、ほぼ一ヶ月を要した。私はすべての窓を塞ぎ、その内側に木のかすがいをしっかりと打ち付けた。入り口のドアに三種類の錠をかけ、その鍵をワックス塗りの袋に入れて、庭の梨の木の根元に埋めた。父は最初の移住のときに、アメリカから持ってきた挿し木から、その木を育てたのだ。それはツンドラのヤナギと同じように小さく、未発達だったが、ちゃんと育った。そしてたまに実をつけた。小さくて皮が厚い梨だった。実がなるのはあまりに珍しいことだったので、それは果物というよりは護符みたいに見えたものだった。父はずいぶんがんばったのだが、どのように努めても、その貧弱な木から年に二個以上の収穫を得ることはできなかった。彼は枝を刈り込み、根を灰汁（あく）で消毒し、絵筆を使って花から花へ花粉をそっとつけた。しかしそんな苦労も実を結ばず、毎年乏しい収穫しか得られなくても、彼は失望を決して顔には出さなかった。

鍵を埋めながら、ふと思った。もしかしたら、私はもうここに戻ってこられないかもしれない。しかし旅に出たいという強い思いと、都合良くねじまげられた事実のおかげで、静かで、思うところの多いものであったかもしれない旅立ちは、慌てふためいた脱出へと変えられてしまった。私は予備の馬を引いて、ほとんど駆け足で街を出ていった。長年にわたって慎重に、用心深く生きてきたあとで、街道に向かって駆け出していくのは、たしかに心躍ることではあった。

街を出てしまうと、少しは正気が戻ってきた。それほど長くまっすぐな道路を一人で旅したことは、これまで一度もなかった。道路の状態の良さには驚かされた。きれいに砂利が敷かれ、おおむね平坦だった。私が予期しなかったのは、そのような不気味なほど平坦で、一直線にまっすぐな場所に立ったとき、自分がどのように感じるかということだった。なにしろ地平線から地平線まで、その道路は続いている。砂利の青白さと、地球の湾曲のせいで、道路は地面から僅かに浮き上がっているみたいに見えた。それは前方にも後方にも、永遠に延びているかのようだった。そしてどちらを向いても、人影ひとつ見えない。いちばん近い入植者の街までは、東に三百二十キロの距離がある。

その道路は機械によって造られたのではない。それを造ったのは人民委員（コミッサール）によって送られてきた奴隷労働者たちだった。何百万もの人がここで死んだ。飢えのために、寒さのために、鉱山での苛酷な労働のために、あるいは脱走しようとして看守に撃たれて死んだ。たとえ脱走に成功してもツングース人に撃たれ、あるいは食料が尽きて、一緒に脱走した相手に殺され、食べられた。死者の数は数え切れない。八月の夕方に空を見上げると、そこは蚊が雲霞（うんか）のように密集している。その一匹一匹が死んだ人の首だと想像してもらいたい。それでもまだ足りないくらいだ。

土地が果たして、そのような呪詛を忘れられるものだろうか？

ブクティガチャックに古い刑務所工場があって、小さい頃に馬に乗ってそこを訪れたことがある。

ブクティガチャック、その名前にさえ不吉な響きがうかがえる。工場の母屋はまだそこに建っている。そして懲罰監房のブロックも残っている。夏には高い草と、暖かさがそこから厳しい印象を取り去っている。しかし私たちを案内してくれたツングース人のガイドは、私が小川の流れから水筒に水を汲んだとき、私の手についた水を激しく払い、そんなものを飲むと身体に良くないと言った。

この土地にはあまりに多くの血が染み込んでいるので、流れの水は飲めないと言った。どうして彼が私を怖がらせなくてはならないのか、よく理解できなかった。ツングース人は何によらず迷信深い人々なのだ。

父は馬にその水を飲ませたが、自分はそれに触れようとしなかった。あとになって父は教えてくれた。囚人たちは原子力発電所や、あるいは爆弾のためにウラニウム鉱石を採掘し、その放射性物質はまた地面に浸透し、戻っていった。その水が私の舌に鉄分の苔を生やしたり、微かな硫黄のにおいを発せさせたりするところを想像すると、胃の具合がおかしくなった。

私たち以外には、ここで暮らすことを選択した人はあまりいなかった。それが真実だ。ツングース人たちは何世紀か前にここに定着した。寒い時期をモンゴルで過ごし、それからトナカイを追って北方に移動してくる。またあるものは、毛皮を求めて西からやってきた。それ以外の大半は囚人か流刑者だ。普通の人々は金を積まれなければ、東方にはやって来なかった。高い給与をもらって、鉱山や油井(ゆせい)で働く。そしてたいていは年季を勤め上げれば、元いたところに戻っていった。彼らが、どこだかはわからないが、住み慣れた古い都会の、騒音に囲まれたアパートで目を覚ますところが想像できる。銀行には預金がある。あの不思議な、血に濡れた、冷ややかな空白の土地は、今ではただ記憶の中にしかない。

しかし私たちは信念をもってここに入植してきた。過去において一握りの人々がそうしたように。その土地は空っぽだったし、私の両親は新しい世界を創造する自由を求めていたからだ。おなじみの話ではないか。人々はやがて、心機一転してやり直せると信じることを、自分たちの本性から抜け出せると考えることを、あきらめることになっただろう。普通ならそう考える。ブクティガチャックで、その例証は私たちのまわりにいやというほどあった。時代の曙光を開いた大量の奴隷たち、陰鬱に立ち並ぶ一群の煙突。でもそうではなかった。私たちはこう考えた。神を持たぬ人民委員(コミッサール)たちは誤った考えを抱いていたし、我々は正しい考えを抱いている。明るい新しい未来は今度こそすぐ手の届くところにあるのだ。神は我々の側にあり、善をなそうという集合意識がそこにはある。私たちはこの凍りついた北の地に、新たなるエルサレムをいくつももたらすのだ。ああ、馬鹿馬鹿しい。

この世界はいやらしい年老いた蛇だ。彼女は奸計(かんけい)に長けた老女であり、私もまた奸計に長けた老女になろうとしている。そしてこの惑星で最後まで生き残る人間は、奸計に長けた老女だろう。彼女はニワトリを飼い、キャベツを育てる。幻想を一切持たず、彼女のすべての子供たちより長生きをする。世界は感傷を解さず、情けを持たない。私は彼女の心を知ろうと、懸命に努めた。おかげで少しはそれがわかるようになったと自負している。あるいは私は彼女に似てきたのかもしれない。ただし、彼女は永遠に生きるが、私はそうではない。

もう十月に近くなった頃、私は再び旅路についていた。移動するのはいつだって気持ちの良いものだ。そして今回、私の心には希望が満ちていた。

街道を歩きながら、時折何かが結びつけてある木を見かけた。色の褪せた布きれ、ガラスのビーズ、古いコイン、そんなものが根もとに巻きつけられていた。それはツングース人の習慣だった。何かの木、何かの場所、それらは彼らにとって神聖なものなのだ。

以前、この道路にまだまともな交通があった頃、人々がおんぼろバスに詰め込まれ、軋みに満ちた長いドライブを経験するようになる前の時代、彼らは布地を結んだり、小銭を置いたりして、無事の帰還を祈ったのだ。ビーズ、気まぐれな足跡、何枚かの紙切れ、我々のうちで結局生き長らえたのがそういうものだなんて、おかしな話だ。いったいどのようにそこに意味を見出せばいいのだろう？

ブクティガチャックの懲罰監房では、壁のあちこちに文字が刻まれている。日付、おそらくは名前、そして呪詛の言葉。まるで自分たちがそこで現実に生きていた証拠を残す必要が彼らにあったみたいに。

バスで旅行したことがあるかどうか、思い出せないが、おそらくそれは恐怖に満ちたことだったろう。自らを放棄し、何か別のものの作動に身を任せてしまうこと。湖の中での私のように。いったい私の何を人は見出すことになるのだろう？

道路の状態は良かった。十日か十二日、私は旅を続けた。無理をすればその半分の日にちで行けたはずだ。でも馬をゆっくりと歩かせていると私は幸福だった。一日に二十五キロから三十キロを進んだ。前に進みながら、鞍の上でときどき半ば目を閉じ、うとうとした。半分眠っている状態で、私は幻影を見た。その幻影の中で私は子供時代に戻っていた。自分にとって良き日々と見えたものは、世界にとっても良き日々であったに違いないと思いがちだ。しかしそれらの歳月、太陽の光に明るく照らされるか、それとも冬場に薪がはぜる心地良い音に耳を澄ませるか、そのどちらかの思い出しかない時代にあっても、暗い影は既に徐々に忍び寄っていたのだ。

七歳のとき、私は当時ウォルター・ペリーマンの経営していた雑貨店で、父と一緒にソーダを飲んでいた。ペリーマンはどこの出身だったかわからないが、とても古いクエーカー教徒の一族の血を引いていた。それはまだよき時代だったのだろう。というのは、何かが不足していたという記憶が、私にはないからだ。私たちはみんなおおむね満ち足りて、食料も行き渡り、家はいまだにどんどん新築され、全般的に秩序が保たれていた。

それは暑い、ぱっとしない夏の午後だった。ウォルターはカウンターを拭きながら、父とおしゃべりをしていたが、やがて二人は話をやめ、一緒にポーチに出ていった。

　私はソーダを手に、二人のあとをついていった。それはガラスの球で蓋をするようになっている瓶に入っていた。私たちはかつてはそういう瓶を使っていた。中の水にはいろんなフレーバーがあったが、いちばんおいしいのは樺のシロップで味付けしたものだった。

　ウォルターと父はじっと生き霊を見ていた。それはぼろに身を包んだ、病的に痩せた人で、裸足だった。柔らかな足はカリブーの蹄のように広がっていた。

　誰かがその女に声をかけたが、彼女はトランス状態にあるかのように動き続け、その大きな目はガラス玉みたいに瞬きもしなかった。きっと何週間も歩き続けてきたのだろう。ウォルターが女の肩に手を触れると、激しく喘ぎながら足下に崩れ落ち、ひとつのかたまりになった。父は彼女を抱えて、ウォルターの店の中に運び、カウンターに横たえた。二人はその頭を起こし、何かを食べさせようとしたが、女の首は横に振られ、彼女は食べ物を押しやった。女の痩せ細った肩が持ち上がった。それから瞼が震えるように閉じられ、彼女は死んだ。私たちの見ている目の前で。

　彼女が最初だった。彼女の赤ん坊が街の外れで見つかった。二人は街の墓地に葬られ、「母と息子。名は神が知る」と書かれた簡素な十字架が立てられた。しかしそれに続いてやってきた人々は、あまりにも数が多すぎたので、同じような扱いを受けることはできなかった。私たちが不人情であったわけではない。彼らを埋めた街の人々の何人かは、埋められることもないまま終わってしまったのだ。

旅の初日の終わり頃に、雪が降り出した。私は悪天候の中で馬を進めるのを苦にはしない。しかし見通しがきかなくなった。前も後ろも、十メートルより先が見えないのだ。進んでいく先に何があるのか、私はそれを把握しておきたい。だから樹木を壁として一方を遮られた空き地をみつけると、道路を外れてそこに避難した。雪が足跡を消してくれた。煙を出したくないので、たき火はおこさなかった。テントを張り終えたときには、もうくたくたになっていて。食事をとる気も起きなかった。それで一食分が節約できる。しかし私は熊みたいに腹ぺこになって、ベーコンを焼く匂いを夢見ながら、真夜中に目覚めることになった。

# 9

十日ばかり、おおむね同じような日々が続いた。朝から夕暮れまで徒歩の速度で進み、目を皿のようにして、馬たちに水と食料を与えられる場所を探した。進むにつれて氷はますます厚くなり、小川の表面にはった氷も、木の枝で優しく叩くくらいでは割れなくなった。手斧を出して、きつい一撃を与えなくてはならなかった。

ほとんどの夜、危険を覚悟の上で火をたいた。一日道路を旅して、一人の人間も見かけなかったが、それでも弾丸を込めた銃を常に膝に置いていた。

空が晴れ渡った最初の凍てつく夜、私はオーロラを見た。まるで神様が洗ったばかりのシーツを打ち振るみたいに、それは空に大きくうねっていた。もし全能の神が緑色のガーゼのシーツの上で眠るのであれば、ということだが。季節が更に深まれば、オーロラはもっと多くの色を帯びるようになる。しかし今だって、私にはずいぶん美しいものに見えた。その動きには心を癒すものがあった。そのたおやかな、流れるような模様が頭上にあると、まるで誰かに髪を撫でられているような気がした。

た。

一週間ほどあとに、私はムースを一頭しとめた。そしてその肉をきちんと処理するために、同じ場所に二日続けて野営した。皮は置いていかなくてはならなかったし、臓物は好きではなかった。しかしそれ以外はすべて燻製にするか、あるいは凍らせて、携行できるようにした。

ムースの肉を捌きながら、私は不思議な思いにとらわれた。その思いはどこからともなく私の中に入ってきたようだった。私は独り言を言った。死ぬ前に一度でいいから、オレンジというものを食べてみたい、と。その「オレンジ」という言葉は、たまらなく美しいものに思えた。オレンジ色の空がどんなだったかを思いだし、その味を想像してみようとした。キャラメルと苺のあいだのどこかにそれはあるのではないか、という気がした。

オーロラの下、この惑星が優しく揺らぎ、一週間ぶんほどの食料が煙にかけられ、燻製処理されているとき、私の心は希望に包まれた。この旅路の終わりには、あの飛行機を飛ばした人物が——それが誰かはわからないが——私を待ち受けているのだと。時おり眠りに落ち、夢を見た。私はどこかに辿り着き、そこで一人の女性に迎えられる。母に少し感じが似ている。彼女は私に会えたことをとても喜んでいるが、その一方で私が着ているみすぼらしい服や、口にする食べ物に少しばかり眉をひそめる。夢の中で彼女は、オレンジの入ったバスケットを私に勧めてくれる。そしていかにも得意そうな（と私には思える）笑みを顔に浮かべて言う、「私たちは、これをあなたのためにとっておいたのよ」と。しかし何度も何度もこの夢を見たというのに、いつもオレンジを口に入れようとする瞬間にはっと目が覚めてしまうのだ。

二週間ほどして、エスペランザに着いた。道路の状態を見て、ここは私の探している場所ではないと直感した。しかし念のために、いちおう街の中に入ってみた。

そこは、後にしてきた私の街に瓜二つだった。まったくの無人だ。飛行機を飛ばせる人間なんているはずもない。湖で死ぬことを断念して以来初めて、自分がとっている行動に対して、疑念らしきものが頭に浮かんだ。危険きわまりない道路を延々と旅して、やっと辿り着いた場所は、出発したところよりも更に荒れ果てている。もしここととアラスカの間にある場所が、あるいはその先にある場所が、すべてこのような有様だったとしたら、私はいったいどうすればいいのだろう？

しかし私が目にした飛行機は本物だった。疑問の余地はない。その乗組員と乗客を、この手で埋葬したのだ。もし「この街の人々はずっと変わらず、以前と同じ暮らしを続けていました」と聞かされたら、私はそこでどのように感じただろう？　自らにそう問いかけることで、私は慰謝を得ようとした。もしそんなことになったら、きっと心が激しく痛んだはずだ。痛まないわけがない。私は地下室のゴキブリ同然の生活を送ってきたというのに、その一方ここでは——そう、たとえば学校とか、葬儀場とか、クリスマスとか、オレンジとか——そんなものがすべて入手可能だった、というようなことになったら……。

戦争があって、その時に森に逃げ込んだ兵士たちが、何十年もあとになってそこから出てきて、とっくの昔に戦争が終わっていたことを知る。そういう話をかつて聞いたことがある。彼らの家族が平和な世界で、豊かな生活を楽しんでいる間、彼らはずっと切り株にたまった水を飲み、ヒルを食べて飢えをしのいでいたのだ。

そんなことを考えるだけで胸が痛む。私は想像する。私は本来のまっとうな世界から切り離され、そこで時間は空しく経過していく。一方の世界は関係なく進行している。それを知った私は、腰布を巻いた野蛮人のような格好で、その光り輝くガラスの都市に乗り込んでいく。

でも私は思うのだが、焼け落ちた家々や、塵芥や、荒廃を——私がかくも長きにわたってくぐり抜けてきた物語を、更にまた一万回も繰り返し語ってくれるような荒廃を——目にするよりは、ほとんど何でもいい、それ以外のものを目にする方がまだましなはずだ。

そして私がオーロラを目にした夜、そこには慰めの一片も含まれていなかった。それは頭上に、あくまで冷ややかに展開していただけだ。これから百万年にわたってそうし続けるであろうように。

失望は私の頭を少し冷やしてくれたが、それでもなお私は旅を続けた。日は短くなり、寒さは深まっていった。ホマートンを過ぎたところで、整備された道路は終わったようだった。そこから海までは、凍結した道路が続いているのだろう。寒さをしのぐために、狩猟用の毛皮を身にまとった。ツングース人が好む格好だ。毎年の夏、クズリ皮の上着、シベリア大角羊の皮で作ったズボンと手袋、トナカイの皮で作った柔らかな深靴なんかと一緒に、それが虫に喰われないようにしておくのはひと苦労だった。
晴れた夜には（おおむね晴れていたのだが）、雪が月光を二倍の明るさにした。暗闇の中の明かりを辿るように、私は前進を続けた。馬たちを優しく扱うように努めたが、彼らの食料を見つけるのは簡単なことではなかった。馬たちは日に日に痩せ細っていった。早晩進行速度を落とすか、あるいは代わりの馬を手に入れるかしなくてはならなくなるだろう。それは自分でもうすうすわかっていた。奥地にはヤクートの子馬たちがいる。しかし彼らを見つけて馴らすには、来年の春までかかるかもしれない。自分に向かっては「急がねば」と言い聞かせていたものの、実際には時間の余裕がないわけでもなかった。しかしそれでも、進むペースが落ちるかもしれないという思いは、私を怯えさせた。前に、前に、と雪を踏む蹄は語っていた。私はただ、ひとつの方向に進んでいきたかったのだ。私の背後には湖の中の暗い影が、そしてピングと死んだ子供の記憶が間近に迫っていた。私にはまだ、それらと正面から向き合うだけの勇気はなかった。

十一月初めのある日、午前半ばの薄暗がりの中で、道ばたに転がった倒木に出くわした。最初に目にしたとき、それは自然に倒れたものなのだろうと私は思った。しかし近寄って見ると、幹には間違いなく斧を使った痕跡があり、切り口は生々しかった。つい最近に切り倒されたものだ。少し先に進むと、新たな倒木があった。そしてその先にまたひとつ。

とはいえ、斧を使う仕事に通じているからといって、その誰かが友好的であるとは限らない。だから私は素速く馬から降り、二頭を木立の奥の方に引いて行った。新雪の溜まりに足を取られ、毛皮の中で汗をかいた。ゆっくりとしか進めなかったが、その代わり誰かとばったり出くわす可能性は少なくなる。私は少しずつ確実に、聞き間違えようのないその物音に向かって進んでいった。鋸(のこぎり)で材木を勢いよく前後に挽く音だ。

馬たちを立木に繋ぎ、一人で腹ばいになって、枝の下をそろそろと前に進んだ。やがて働いている二人の男たちの脚が見えた。フェルトの長靴を履いている。つまり彼らはツングース人ではないということだ。

そこに横たわり、顔を雪だらけにして、彼らの脚をじっと見ながら、これが私たちの身についてしまったことなんだ、と私は思った。極北の地においては、誰かに向かってつかつかと近寄っていくのは、危険を伴う行為である。人々の間に存在する途切れのない恐怖は、霧の中にいるときと同じように、人の身体を実際以上に大きく見せ、ちょっとした仕草を威嚇的なものに変えてしまう。

私は立ち上がって、できるだけゆっくりと友好的に、しかしそれでも銃にはいちおう手をかけたまま、彼らに近づいていく心づもりだった。

しかしまずいことに、木立から進み出ようとしたとき、道路の縁の、密に繁った低木に足を取られてしまった。枝の叉(また)の部分に足が挟まれ、なんとかそこから脱しようと私はもがいた。彼らはその音を聞きつけ、鋸を挽くのをやめた。

身体を自由にしようともがいたあげく、私は茂みから街道に、勢いよく飛び出す格好になった。バランスを失ったせいで、手にした銃を空中で振り回しながら。二人の男たちはパニックにとらわれ、持っていた鋸をがしゃんと下に落とした。ライフルを持った三人目の男がいることに、私はそこで気づいた。少し離れたところに立っていたために、私の目には映らなかったのだ。彼はこちらを向き、銃を上げて発砲の姿勢を取った。

私は道路に仰向けになり、二丁の銃を彼の頭に向けた。しかし私はできるだけゆっくりと、落ち着いた声で、撃たないようにと彼に言った。

銃を捨てろと男は言った。その声に含まれたこわばりから、彼が本気でそう言っていることがわかった。私は静かな声で、ゆっくりと続けた。もしあんたたちを殺すつもりなら、姿を見せないまま簡単に殺すことはできたよ、と。

落ちた鋸の立てた派手な音は、静けさの中でまだ鳴り響いていた。

彼が私を撃ちたくないことがわかった。暴力を振るうのが生来好きな連中がいるが、彼はそういうタイプではなさそうだった。しかしそのつもりはなくても、怯えがその指に引き金を引かせることもある。

だから私は銃をホルスターに戻し、男が近づいてくるのを待った。

彼が勇気を奮い起こしてこちらにやってくるまでに、ひどく長い時間がかかった。彼が私を見下ろして立ち、私の鼻にライフルの銃口をつきつける頃には、お尻はすっかり冷え切って、銃をひっこめたことを私は後悔し始めていた。

他の二人もようやくそろそろとこちらにやってきた。彼らの目は好奇心できらきらと丸くなっていたが、監視役の男ほど近くまで来ようとはしなかった。

銃を持った男は顔に驚愕の色を浮かべていた。彼は私が予期していたより年をくっていたし、他の二人ほどの力もなさそうだった。鋸を手にするよりは銃を手にしていた方が役に立つということなのだろう。彼は他の二人よりも暖かそうな格好をしていた。二人が働いているあいだ警護にあたることが最初から決められていたようだ。彼は角張った開拓者特有の顔をしていた。何度も霜焼けを経験した顔だ。筋ばった大きな鼻は、寒さのために先がピンク色になっていた。

「何の用だ？」と彼は尋ねた。「どこから来た？　誰と一緒だ？　みんなで何人いるんだ？」

顔の前から銃をどかしてくれと私は彼に頼んだ。そして言った。私は一人だけだ。エヴァンジェリンの街で警察官をしている。銃を携行する許可も得ている。

相手がその情報を呑み込むのに手間がかかった。「エヴァンジェリンだと？」と彼は言った。「あそこで生き残っているやつなんか一人もいない。どこから来たのか、本当のことを言え」

声には憤慨したような響きがあった。まるで私が「月から来た」と言って、それを信じることを求めているかのような。それについて考えれば考えるほど、私にははっきり確信できる。彼のその憤慨が、恥辱から来たものであったことが。ツギだらけの服に古い銃、そんな格好でいるところを目撃されること——それは彼のような、昔の暮らしを知っている古株にとっては、まるで便所に入っているところを間違ってドアを開けられたような気持ちのするものだったのだ。

「本当にエヴァンジェリンから来た」と私は言った。彼はあまりに困惑したので、銃を思わず下ろしてしまった。思った通り、荒っぽいことに向いた男ではないのだ。

他の二人が彼の肩越しに顔をのぞかせた。「こいつ、何て言ってるんだ?」

「エヴァンジェリンから来たんだとよ」

彼らは私を男だと思い込んでいたし、それは私にとってありがたいことだった。何週間も旅をしてきたおかげで、かなり薄汚れた顔をしていたのだろう。

立ってもかまわないかと私は尋ねた。木こりの一人が私に手を差し伸べ、立ち上がらせてくれた。それから私は名前を名乗ったが、それに対して心温まる返答はもらえなかった。彼らは無言のままじっと私を見ていた。彼らを会話に引き入れるために、あんたたちはどこから来たのか、と私は尋ねた。私を立ち上がらせてくれた木こりが言った。「ホレブ〔訳注・モーゼが神から律法を与えられた山の名〕だ」

今度は私が当惑する番だった。見かけや、英語を話すところからすると、彼らは入植者(セトラー)のようだ。しかし私の知る限り、この極北の地にはそういう名前の居住地(セトルメント)は存在しない。そして今生き延びている人々が、新しく居住地を立ち上げるだけの意志と力を振り絞れるなんて、まず考えられないことだった。

私は自分の中で何かが、まるで網の中の魚みたいに跳ねているのを感じた。それは希望だった。私はおおむね、人々のことを悪し様に語り、最悪の部分だけを考えるけれど、それでも心密かに、人々が私を驚かせてくれることを待ち受けているのだ。どれほどそうしようと努めても、私は人々に全面的に見切りをつけることができなかった。たとえ九割九分までがゴミのような連中であったとしても、ときとしてそこに天使のごときものが顔を見せることがある。それが私の信頼を再生してくれる、とまでは言えない。再生も何も、そんなものは最初からなかったからだ。しかしそういうことが起こると、心が乱されることは確かだ。

それでもまだ私の新しい友人たちは、双手を広げて私を受け入れてはくれなかった。登場したのと同じくらい素速く私が消え去ってしまうことを、彼らは望んでいた。それは相手の様子を見れば察しはついた。二頭の馬を連れていること、何週間も旅を続けていることを私は説明した。できれば馬に水を与え、身体も洗いたい。申し訳ないが、厄介になることはできまいか？

彼らはその場で同意はしなかったし、いまだ心を許しもしなかった。疑り深い視線が何度も、彼らの間を行き交った。しかしやがて、銃を持った男がこっくり肯いた。そして二人の木こりのうちのより友好的だった方が、私と一緒に馬を連れに行った。

それから私は老人の隣で、二人が材木を切る作業を終えるのを待った。彼は私に好奇心を向けないわけにはいかなかった。あるいは少なくとも私がどこから来たのかについて。そして私にも彼に訊きたいことは山ほどあった。しかし私が何かを質問するたびに、彼はふらふらとその場を離れ、銃口を木立の中に向けた。まるでうかうかしていたら誰かに包囲されてしまう、とでもいわんばかりに。

一時間くらいはそうして、そこで待っていたと思う。彼らは橇に丸太を積み、自分たちの身体にハーネスをつけて、それを引いていった。陰気な連中だった。言葉を交わすこともほとんどない。彼らがいつもこんなに寡黙なのか、それとも私の存在が彼らの口数を少なくさせているのか、どちらか判断はできなかった。

彼らと同じ速度で進めるように、私は馬を引いて歩行した。ようやく橇を引いている一人が私に話しかけてきた。何の目的でこのニュー・ジュディア〔訳注・新しきユダヤの地、神に約束された土地の意味〕にやって来たのかと。そんな呼び方を誰かが口にするのを聞いたのはずいぶん久しぶりだったから、彼が言わんとしていることを理解するのに、一瞬の間が必要だった。

彼らは世界の果てのちっぽけな場所にしがみついて、かろうじて生命を保っている。なのにまだ、そこをそんな古い優雅な名前で呼んでいるのだ。私は思わず笑ってしまいそうになった。

あんたのその質問は、森に住む友人のところに泊まりに行って、その途中で熊に切り裂かれたハンターの話を思い出させるね、と私は言った。

彼は私の顔を見て首を振り、その話は聞いたことがないなと言った。我々のささやかな旅路には娯楽が大幅に不足していたので、私はその話を披露することにした。

ハンターが森の道を歩いて抜けていた。冬のことで、その熊はロシア人が言うところの「シャトゥーン」の状態にあった。つまり夏場に食料が不足して――鮭が遡上してこなかったとか、苺が足りなかったとかで――十分な脂肪を身につけることができず、そのために冬眠から目覚めてしまったのだ。

彼らの目は今では大きく見開かれ、私に注がれていた。まるで子供たちにお話をしているみたいな気分だった。とくに私にその質問をした男は、開いた口が二つ並んだようなまん丸い、邪気のない青い瞳を持っていた。彼の顔に刺激されて、私はその話の細部を膨らませていった。彼が話をそのまま吸収していく様子が好きだったからだ。

二月に目覚めてしまった痩せた熊がどれくらい獰猛か、あんた方にもわかるだろう、と私は言った。腹ぺこのために、毛皮が身体からだらんと垂れ下がっているんだ。そこになんと、おいしそうなハンターが森の小径をのこのこと歩いてきたんだ。熊はよだれを垂らしながら、自分がその男を食べるところを想像した。それから飛び出していって、彼にがぶりと噛みついた。

ハンターと熊はしばらく取っ組み合いをしていた。しかし熊の方がより腹を減らし、より力が強く、より必死になっていた。それから、熊の巨大な顎が、今まさに彼の頭を松ぼっくりみたいにがりがり噛み砕こうというところで、彼はやっとこさ身をふりほどき、必死の思いで駆けて逃げた。

友人の小屋に姿を見せたとき、そのハンターがどんなに無残な、すさまじい格好をしていたか、あんた方にもおおよそ想像はつくだろう。なんとか命は保っていたが、腕の肉は熊にごっそりと食いちぎられ、顔には生々しい爪痕が残っていた。おまけに出血のせいで頭は朦朧としていた。彼はドアをどんどんと叩いた。水が必要だったし、出血を止めるための包帯も必要だった。

友人はドアを開け、彼の姿を一目見て、きまじめな声で、表情ひとつ変えずに言った。「おまえ、フロッシー〔訳注・女性の名前。フローレンスの愛称〕にはもう会ったみたいだな」

おそらく私は、物語をうまく語るコツを忘れてしまっていたのだろう。なんといっても、誰かと親しく交際するような機会を、長い間まったく持たなかったから。話が終わると、あとに沈黙が降りた。それは木の幹を切っていた鋸が地面に落ちたとき、あたりに響いたがしゃんという音を、私に思い出させた。

やがて銃を持っていた男が言った。「このあたりの熊たちには気の毒だ。俺たちの数が減れば減るほど、あいつらの数は増えていくみたいだ」

丸い青い瞳の男は何も言わなかったが、いくらか失望しているみたいに見えた。もっと違う種類の話を期待していたのだろう。

私は彼らに説明した。この話をしたのは、あんた方がこの場所をニュー・ジュディアと呼んだからだと。

彼らはまだよくわからないという顔で私を見ていた。

「言いたいのはこういうことだよ」と私は言った。「事態が悪化し、危険なものになったとき、人はそれになるたけ美しい名前をつけようとするものなんだ。夜中に少しでも安らかに眠れるようにね」

そう言っても、彼らにはやはり話が通じなかった。そして細かく説明することによって、その話に込められていたユーモアは残らずこぼれ落ちてしまった。

「じゃあ、あんたはこの場所をなんて名前で呼ぶんだね？」と丸い目の男が言った。

私には答えられなかった。心の中では、こんなところに名前なんてつけられないと思っていた。私はツングース人とは違う。彼らはここにずっと昔から住んでいるから、すべての場所が彼らにとって何かしらの意味を持つようになっている。私にとってそれはただの街であり、ただの土地であり、ただの雪であり、空であり、熊でしかない。あえて名をつけるなら、私にとってそこは極北(ファー・ノース)だ。

ものごとが悪化することに対して、父は自分なりの表現を持っていた。それは「西に行った(ゴーン・ウェスト)」というものだった。西に行っちまったな、と彼はよく言った〔訳注・物事が悪化するという英語の表現は正しくは「ゴーン・サウス」〕。でも私にとっては「西に行く」という響きは、決して悪いものではなかった。だって太陽も西に向けて進んで行くではないか。そして私の聞いたところでは、昔の人々は新しい土地を求め、自由を求めて西へと向かった。でも私たちの世界が駄目になったことは、まさに「北に行った(ゴーン・ノース)」と表現するべきだろう。私たちがどれくらい遠く「北に行って」しまったか、私はそれを学び始めていた。

我々は道路をそれて、森の中の狭い小径に入った。十五分ばかりその道を進んだ。私は言った。「伐採する場所を、ずいぶん用心深く選んでいるみたいだね」

銃を持った男は、私の言わんとするところを理解した。少なくとも彼の頭はそれほど単純にできてはいないようだ。「街のあまり近くでは困るんだ。私らは静かに暮らしておるし、あまりよその人間にかまわれたくない」

そういうことなのだ。これまでのところ私はついていたようだ。とはいえ、その道行きがもたらすのは果てしないトラブルかもしれない。

我々はその道を注意深く、森の奥に向けて進んだ。そしてようやく、ホレブと呼ばれる場所に近いところに出た。

そこは私が予想していたのとはまったく違っていた。人々はそれを建造するためにずいぶん苦労をしたに違いない。しかしそれは、私たちの両親の世代には、あまり高く評価されそうにない居留地（セトルメント）だった。

狭い小径は一エーカーほどの、方形の開けた土地に通じていた。その中央に五面の柵を巡らせた土地があり、門から中に入るようになっていた。敷地面積はたぶん四分の一エーカーくらいだろう。中にはたくさんの住居があるらしい。細い煙がいくつか別々にそこから立ち上っていることで、それがわかった。

ここで待ってくれと男たちは言って、伐採した木材を持って中に入っていった。

人々が姿を見せるまでに長い時間がかかった。その間、柵の隙間からいくつかの目が私をのぞき見ていた。ひょっとして不意打ちをくらわせようとしているのではないかと、だんだん心配になってきた。しかし二十分ほどして、ようやく正面のゲートが上がり、六人の人が外に出てきた。彼らを率いているのは丈の長い、黒いローブを着た男だった。そしてより風変わりだったのは、彼の隣に私と同じくらいの年齢に見える女がいて、私の足もとにバスケットを置いたことだった。バスケットには、灰色の塩が少しと、これまで見たこともないほど小さなパンの塊がひとつ入っていた。

それは奇妙な、ささやかな歓迎パーティーで、そこに見える顔の二つばかりはとても友好的とは言いがたいものだった。人々を率いている黒服の男は、いかにも神聖ぶった顔で私をまじまじと見たので、私は思わず笑い出しそうになった。

彼は私を抱擁し、私は思わず身を硬くしてしまった。男にそういうかたちで手を触れられるのが、好きではなかったからだ。彼が香水らしきものをつけていることに私は気づいた。

「ようこそ、ブラザー」と彼は言った。「生き残ったものよ。まさに生き残りの中の、生き残りよ」

それに対する何かしらの答えを私が思いつく前に、全員がそこに跪き、彼は全員の感謝の祈りを唱導した。私は愚か者になったような気分でそこに突っ立っていた。でももしその祈りに加わったりしたら、自分が更に愚かしく感じられるだろう。だから私は敬意のしるしとしてさっと帽子を取り、彼らが祈りを終えるのを待った。おかげでただ自分を愚かしく感じるのみならず、耳まで凍りつきそうになった。

祈りが終わると、人々は再び立ち上がった。そして私からの一言を待ち受けるような間が置かれた。この人生でずいぶん多くの苦難を耐え忍んできたが、居心地の悪い沈黙というものがその中に含まれていなかったことに、私は思い当たった。私は人々をざっと見回し、その中に森で出会った三人の顔を認めた。みんなは私が口を開いて何かを語るのを待ち受けていた。

私は咳払いをし、自分の名前と、どこからやって来たかを告げ、彼らの親切に対して謝意を表した。しかしそれだけでは足りなそうだったので、付け加えて言った。私は今日までホレブという名前の居留地について耳にしたことはなかったけれど、まことにそこに住む人々に相応しい名前であると。

「アーメン」と黒衣の香水男が言って、私の手をとって中に導いた。パンと塩を回収するように、女性に向かって肯いた。

「ブラザー」と彼は言った。「あなたの馬を、私たちの馬と共に馬小屋に入れよう。しかし平和のしるしとして、あなたがここの客人である間、あなたが身につけている銃を預からせていただきたい」

彼は私が躊躇しているのを見て取った。「お返しすることは、私が個人的に保証する」。いったいなぜ彼を信用する気になったのか、自分でもよくわからない。しかしその男にはどこか私の伯父の一人を思い出させるところがあった。年齢は五十歳前後だったろう。そして見るところ、真面目一方というのでもなさそうだった。また彼が声を荒らげることなく人々を操る様子に、私は好意を持った。

私はベルトを外し、彼に渡した。そして中に入った。

居留地の内部は、外の見かけより広々としていた。敷地にはいくつかの建物があり、壁にぴたりとくっつくように小さめの小屋が並んでいた。子供たちも含め、全部で三十人から四十人ほどの人が住んでいるようだった。腕に抱かれた赤ん坊が少なくとも一人いて、よちよち歩きの子供たちが数人いた。ずいぶん長い間、子供の姿は目にしたことがなかった。少なくとも生きた子供は。私が主人役の男の後をついて敷地を横切り、いちばん大きな建物に入っていくのを、彼らはじっと目で追っていた。子供たちはいささか薄汚く、栄養十分とは言えないものの、そこそこ元気そうに見えた。

我々はポーチで靴を脱ぎ、屋外用の衣服を脱いだ。そしてがらんとした細長い部屋に入った。それは故郷の集会場を思い出させたが、違いは突き当たりのところに十字架と、マリアと子供を描いた絵が掛かっていることだった。私の育ったところでは、人々はそんなものを掛けることを許さなかったはずだ。

ボースウェイト師（そういう名前であることを私はそのときまでに知るようになっていた）は私に、低い丸いテーブルの下に脚を入れるようにと言った。その下には熱い石炭を入れた鍋が置かれ、テーブルには分厚い綿の布団がかかっていた。アジア式といってもいい。六人か七人がそこに腰を下ろし、脚を布団の中にいれた。火鉢はほかほかと暖かかった。師は私の二丁の銃を箱に入れ、鍵をかけ、祭壇の下に置き、それから一座に加わった。鼻が霜焼けになった男がぼろぼろの壺と、硬いキャンディーを盛った皿を運んできた。作ってから十年は経っていそうなキャンディーだった。師が茶を注ぎ、一座に回した。

「私の一行にとって、今が良き時代であるとはとても言えない」と彼は言った。

「もちろんです」と私は言った。「しかし他の場所に比べたら、あなた方は豊かに生活しています」。私に与えられたエナメルのカップは、部分的には洗われていたかもしれないが、カリブーのシチューの匂いがついていた。

「エヴァンジェリンでは事態はひどいことになっているのかね？」

テーブルを囲んでいた人々はキャンディーを争うように取るのをやめ、私が口を開くのを待った。

「事態なんてありはしません」と私は言った。「もう誰もあそこに住んではいません」。私はそう言ったが、そんなことはおおかた、相手は先刻承知のはずだった。災厄の年月、南から続々とやってきた飢えた人々の群れ。腹を減らしたものたち、切羽詰まったものたち、彼らは同情心を持ったやわな人々を餌食とした。我々は遅ればせながら何人かを警察官に任命し、平和を維持する体制を整えようとした。しかしその頃には我々はもうすっかり、彼らに蹂躙されてしまっていた。「いずれにせよ、街の住民自身がいちばんたちの悪い存在だったんです。人間の善良さなんて、都合が悪くなればどこかに消え失せてしまうものなんです」

「ああ、私たちはもう少し良い面を見るようにしているがね、メイクピースさん」

「エスペランザも同じようになっていました」と私は続けた。「ここに来る途中でそこを通ってきました。ホマートンも同じようなものだと想像します」

「もしあなたがそこに行くつもりでいるのだとしたら、そこまで旅をする手間を省いてあげよう。あなたが今目にしているのが、その場所のなれの果てだよ」

ここはホレブという名前の場所だと思っていたのですが、と私は彼に言った。

「あるいはニュー・ホマートンと呼んでもらってもかまわない」。彼の笑みにはユーモアのかけらもなかった。彼は疲れた、眠りの足りなさそうな目をこすった。人々の薄黒い、燻製肉のような顔をぐるりと見回し、この人々はまるでツングース人のような外見だなと私は思った。彼らは真っ白なつるつるの石鹸みたいな、ヨーロッパ風の顔でここにやってきて、寒さと風によって、そこにアジア的な相貌を彫り込まれたようだった。

「街はどうなったのですか？」

ボースウェイトは首を振った。彼は心底くたびれているようだった。「あなたが今言ったこととおおよそ同じ成り行きだ。いささか遅きには失したが、我々は我々の信念をより物理的なかたちで行使しなくてはならなかった。そして多くの大切なものを手放さなくてはならなかった」

父がそれと同じことを言うところを想像してみた。しかし彼にとってはそれは全面的な敗退であったはずだ。父が口にするのは、「私たちはここに来た。そしてすべてを失った」ということになるだろう。

「事物は寿命というものを組み込まれている」とボースウェイトは言った。「自分が何かの終末に居合わせることになるなどと、人は考えもしない。自分が終末に含まれるだろうなどと、人は予期もしない」

彼のまわりでは人々は肯いたり、キャンディーを茶につけてすすったりしていた。彼らの顔には煩い(わずら)の色はうかがえなかった。まるで、お父さんが自分たちの代わりにいろんなことに頭を悩ませてくれているんだから、という子供たちのように見えた。

ボースウェイトは続けた。「喜ぶべきは、我々の暮らしがより困難に、より簡素になることによって、それだけ神のそばに近づいたと感じられることだ」

丸い目の男がちょうど間に合うように茶をすすり終え、師の言葉を「アーメン」で締めくくった。他のものたちもそれに続いた。

それから師は立ち上がり、好きなだけここに留まればよろしいと私に言った。

銃がないと、腰のまわりが軽くなったように感じた。一日中歩いた後で重いブーツを脱いだときのように。

小屋のひとつにあるベッドが私に与えられた。その小屋はヴァイオレットという女のものだった。脂の多い肉を一切れ添えた、冷たいジャガイモの皿を、彼女は出してくれた。そして私がそれを食べるのをじっと見ていた。小屋の中はひどく嫌なにおいがして、とても食欲が起きなかったのだが、しばらくするとそれにも慣れてしまった。

そこにいるのは我々二人きりだと思っていたのだが、小屋の隅を仕切っているシーツの向こうから、老人のしゃがれた声が突然聞こえた。「あたしは死ぬよ！」とその声は言った。ヴァイオレットはシーツを持ち上げ、その向こう側に行った。「静かにして、お母さん」と彼女は言った。「お客がいるんだから。若い男の人よ」

それは二つの点で間違っていた。

私は礼儀として、シーツの向こうに回ってみた。歯のない小さな年老いた女が、汚い寝具の上に座っていた。彼女は棒きれを入れた袋のように見えた。「あたしは死ぬよ！」とその女は私に向かって叫んだ。

ヴァイオレットは私にちらりと目を向け、シーツを元に戻した。そして「この人にはかまわないで」と言った。

私が使うことになったのは彼女のベッドだった。ベッドといっても床すれすれの高さしかない吊り床で、私が横になると軋んだ。ヴァイオレットは母親と同じベッドで寝た。母親は一晩中ひっきりなしに呻（うめ）いたり叫んだりしていた。

ヴァイオレットは真夜中に起きて、ストーブに薪を足し、その時に私は目を覚ました。ストーブの扉はぎいっと音を立て、薪に火がついたときに、部屋がさっと明るくなった。彼女は扉をすぐには閉めず、こちらにやってきて、私のわきに立った。私は眠っているふりをした。ストーブの火は私の瞼をオレンジ色に染めていた。そこにしばらくじっと立って、私をまじまじ見下ろしているあいだ、私は彼女が鼻で息をする音を聞くことができた。

やがてむずむずするような感触があった。彼女が私の頭を触っているのがわかった。優しい撫で方だったが、私としては実に落ちつかない気持ちだった。

「何をしているんだ?」と私は言った。

彼女は驚きもせず、そのまま撫で続けた。「顔はいったいどうしたの?」と彼女は尋ねた。

「誰かに焼かれたんだ」と私は言った。

「かわいそうに」と女は言った。それからなおも少しだけ、彼女は私の頭を撫でていた。それからストーブの扉を閉め、重い足取りで年老いた女のいるベッドに戻っていった。

私は自分をかわいそうにと思ったことはない。一度だってない。でもそんな風にちょっと優しくされると、私の心はずいぶん久方ぶりに乱れた。そしてピングと赤ん坊のことが頭の中を駆けめぐって、私はしばらくのあいだ寝付けなかった。おまけに一時間ごとに、まるでカッコウ時計のように年老いた女が「あたしは死ぬよ!」と、高いしゃがれた声で叫んだ。まるで私たちみんなの声を代弁するみたいに。

どのような見方をしても、ホレブには何かしら不自然なところがあったし、私としては長居をしたくはなかった。しかし私の馬たちは夜中に疝痛(せんつう)を起こして、翌日の朝そこを発つことはできなかった。そんな状態があと何日か続いた。

ヴァイオレットとその母親と同じ部屋で寝るのも、落ち着かなかった。暑さと、足の裏みたいなにおいと、年老いた女の叫び声が私にいやな夢を見させた。

ある夜、女たちと赤ん坊たちの夢を見た。どの女も別の女の中から転がり出てくる。金切り声を上げる、赤い身体の果てしなき連鎖だ。全員がへその緒で繋がっている。よく紙の切り抜きで作る、連結した家族みたいに。でもこれはまさに限りなく続くのだ。赤ん坊は同時に女であり、それぞれに自分の赤ん坊を産んでいる、だからもしそれを全部広げたら、世界の創成にまで遡(さかのぼ)ることだろう。しなびた猿のような顔つきの女が、最初に二本足で立ち上がって歩行を始めた時点まで。

自分が何かの終末に居合わせることになるなどと、人は考えもしない。それがボースウェ

# 10

イトの口にしたことだった。

ピングの赤ん坊も女の子だった。その子は母親の子宮の中で逆向きになっていて、そのためにへその緒を首に巻き付けて窒息死した。だからその血筋（ライン）も彼女とともに滅んでしまった。そして私自身の血筋について言えば、私がその最後の一人になっている。そしてつるつるとした小さな女が私から生まれ落ちるなどということは、まず起こるまい。

私の暮らしていた場所での生活は、ぎりぎりのものだと考えていた。しかしホレブはそれよりもまだひどかった。森に行ってシダやゴボウをとってくる。食事時になると水っぽいスープが出る。肉を口にできるのは、よくて週に二度だ。たっぷりあるのは信仰だけ。それは一日に三度、礼拝堂でふんだんに与えられる。朝と昼食時と夜には、人々は列をなしてその建物に向かった。そしてボースウェイトはみんなに向かって、一時間近くも聖書を読んだり、説教をしたりした。最初のうち、私は首をひねった。祈りの時間を少なくすれば、食糧事情はもっと改善されるはずなのにと。しかし客人の身として、余計なことは口にしない方が賢明だ。

二日目からあと、私は説教をパスして、そのあいだ森の中を偵察してみることにした。遠くまでは行かなかった。せいぜい居留地から五百メートルというところだ。そこで私は野生のカリブーが五、六頭、ゆっくりと森を歩いているところに遭遇した。彼らは苔をはがして食べていた。銃はまだボースウェイトに取り上げられていたので、私は手をこまねいて、ただそれを眺めているしかなかった。それは私としては我慢のならないことだった。あの愚か者たちは空きっ腹をかかえて教会に集まっている。そしてここでは朝食、昼食、夕食をまかなえるものが、四本の脚で悠々と歩き回っている。さあ、どうぞ私たちをご賞味くださいとでもいわんばかりに。

居留地まで走って帰った。そこには常に一人が見張りとして立っていたが、彼は私を中に入れてくれた。私はまっすぐ小さな礼拝堂に向かい、息を切らせてそこに駆け込んだ。邪魔をして申し訳ないと私は言った。そしてカリブーを見つけたことを話した。だからもし師が私に、預けた銃の一つを使わせてくれるなら、皆さんにお世話になったお返しとして、食卓にたっぷり肉を並べることができるのだがと。

私がそう話しているあいだに、師の顔は手斧のように硬くなった。そして私が語り終えるや否や、会衆に向かってこう言った。皆さんの多くは従兄弟（カズン）メイクピースのことをまだご存じないだろうし、カズン・メイクピースもまたホレブの習わしに通じる機会を持たれなかった。とりわけ、ここでは神への勤めが何よりも優先するということに。聖なるものへの希求は、肉なるものへの希求を超えるのです。

もし私にもう少し知恵があったなら、そこでやめていただろう。すべてのものごとが私に、口を慎めと告げていた。ボースウェイトの怒りに血走った目から、会衆一同のぽかんとした間抜け面に至るまで。しかし一人暮らしがあまりに長かったせいで、私は頑固になっていた。

こんな風に騒々しく、ぶしつけにここに入り込んできたことをみなさんにお詫びします、と私は言った。普通ならこんなことはしません。私はみなさんのお祈りの邪魔をしようとも、師のお説教を中断させようとも思ってはいません。ただ、私自身は教会に通う人間ではないので、自分なりのやり方で、少しでもみなさんのお役に立ちたいと望んでいるのです。イエス様でさえ、安息日に弟子たちにトウモロコシの穂を集めさせたではありませんか。ですから、いかがでしょう。私に銃を使わせてはいただけませんでしょうか？

そのときには自分が、葬式に紛れ込んだ曲芸師になったような、場違いな存在になっていることがわかった。師は私に、礼拝が終わるまで一切の議論はなされないと小声で叱るように告げた。そして私に背を向け、それから十分ばかり大きな声で祈りを続けた。大方の会衆も同じように私から顔を背けた。子供たちの一人か二人はじっと私を見ていたが、親にそっちを見るんじゃないと言い含められた。

私はとても腹を立てていたので、彼の言葉はほとんど一言も耳に入らなかった。私の心は、鼻をくんくん言わせながら森を移動していくカリブーに釘付けになっていた。私だってもちろん腹を減らしていた。しかし私の頭にあったのは礼拝堂にいる、青白い顔をした痩せた子供たちだった。黄色い鼻水をたらし、顔に汚れをこびりつかせた子供たちだ。子供たちには、ありがたいお話をたらふく聞かせるより、一皿の肉料理を与えるべきなのだ。そうすればずっと元気になる。

人々はもそもそとお祈りを唱え続け、私は憤慨したまま、そこから大股で出て行った。

それから二日ばかり、師は私にはまったく話しかけなかった。というか、顔を合わせれば挨拶はしたが、それはとても冷淡で、かたちだけのものだった。ホレブの住民の大多数は彼にならって行動した。でも私はそんなことはまるで気にしなかった。自分の馬たちの世話をするだけで十分忙しかったし、それをやっていないときは、居留地の外に出るようにしていた。でも残念ながら、カリブーの群れはもう二度と見かけなかった。

ヴァイオレットが頭にスカーフをかぶった姿で礼拝堂から帰ってくると（母親はあまりに衰弱していて寝床を離れられなかった）、私はいつも尋ねた。師はどのような説教をしたのかと。このような困難な時代にあっては少しでもキリストに近づいていなくてはならない。マッチの火を保つように、キリストを心にとどめておかなくてはならない。だいたいはそんな他愛もない内容だった。また偽預言者や、王国分裂の危険についても警告を発していた。その口調からするに、どうやら彼は、会衆の中から自分に異議を唱える者が出てくることを歓迎していないようだった。

彼に説教の題材を提供できたことに、ひそかな満足を感じはしたが、私には師を攻撃しようというつもりはなかった。だから馬たちが回復の兆しを見せ、旅を続けるための準備が整ってきたとき、我々はどちらも内心ほっとしていたはずだ。

出発する数日前、私は彼の住まいを訪れた。それは夜で、彼がその日の最後の説教を終えた一時間ほどあとだった。彼はランプの明かりのそばで書き物をしていた。部屋は居心地が良く、隣のテーブルには食べ物の皿が載っていた。

私が入っていくと彼はペンを置き、本を閉じた。

「すてきな部屋ですね」と私は親しみを示すつもりで言った。

「会衆たちが私のために、心地よい部屋を整えてくれたのだ」と彼は言った。まるで私に何かけちをつけられたとでもいうように。

私は彼に旅を続ける用意ができたと告げた。そしてそのために食料を用意したいのだと。それは彼にとってさして驚くべきことではなかった。だから銃を返していただきたい。出発前に狩りをしておきたいので、と私は言った。ホレブのみなさんにはいろいろとお世話になったので、そのお返しとして、手に入れたものはすべてみなさんと分かち合いたい、と。

居留地内には銃器所持を禁ずるきわめて厳しい取り決めがある、と師は言った。あなたが外に出るときには銃はお渡しする。しかしここに戻ってきたときには、もう一度それを戻して、私の保管下に置かなくてはならない。

異存はありませんと私は言った。

しかし私がそこから出て行くとき、彼は学校の教師のような口調で私に尋ねた。君の宗教に対するひたむきな心にいったい何が起こったのだろう、と。入植者の子供であれば、教会の中で育てられたも同然であろうに。

打ち明けて言わせてもらえるなら、私はそこにあまり意味を見出せなかったのです、と私は言った。宗教は、愛によって人をやわにし、自分たちはほかの人たちより立派だとか思わせたりします。聖書を隅から隅まで読みましたが、こいつはインチキだと思いました。すべてがレビ人たちによってでっちあげられたものであることは、私の目には明らかでした。彼らは、ほかの部族に自分たちが養ってもらえるように、話をでっちあげたのです。よくできたお話ではありますが、その馬小屋には山ほどのろくでもない馬糞が詰まっています。たとえばウリムとトンミムとかね〔訳注・ユダヤの大祭司が神意を問う際、胸当てに入れて用いたもので、金属または宝石製と思われる実体不明の品〕。旧約聖書の王様たちほどたちの悪い罪人はほかにいないと思います。

「興味深い」と彼はつぶやくように言った。「まことに興味深い」

あけすけにものを言ったことで気を悪くされたのなら、それは謝ります、と私は言った。しかし、もってまわった言い方ができない人間なのだということをおわかりください。朝には銃をいただきにここに来ます。私はそう言った。

帰ろうとしたとき、彼は私の名前を呼んだ。

「時として」と彼は言った。「私たちの責務は生き延びることとなる。私たちはずいぶん小ぶりになってしまった。しかしこのコミュニティーはひとつにまとまっている。君は君の街の最後の生き残りだ。考えてもごらん。君のところをも含めて、ほかの街がみんな壊滅した一方で、この集団がこうして生き残れたのは、まさに恩寵というべきではないかね」

私は常に、たまたまの幸運というものの力を、何より信じて生きてきました、と私は言った。

「そうだな」と彼は言った。「たしかに」

しかし黄昏の中、ヴァイオレットの小屋まで歩いて帰るあいだ、彼の言うことにも一理あるかもしれないと私は思った。ボースウェイトはこの小さな集団を、なんとかひとつにまとめているのだ。そしてたとえ仮に、モーゼやモハメッドがはったり屋であったとしても、むき出しの真実をそのまま人々に押しつけるよりは、適当なはったりを並べて、それでよかったのかもしれない。我々はすべて、荒れ地の中に孤独に放り出され、やがては息絶えていくはかない存在にすぎない。そんなことを、「これが真実だ」とわざわざみんなに教えてまわるのは、とても親切とは言えないし、実際的とも言えないだろう。

そして寝床に横になり、ヴァイオレットの母親がもらす苦悶の声を聴きながら（「あたしは死ぬよ！　あたしは死ぬよ！」）、私は考えた。私がボースウェイトに腹を立てるのは、本当は彼のことを強く信じたがっているからではないのか。本当は私だって、全能なる主の腕に子猫のように抱かれて落ち着き、その叡智に身をそっくり任せてしまいたいのではないか？

その夜また気味の悪い夢を見た。今度の夢では、何千もの数の人々が波止場にいて、大きな船に乗り込もうとしていた。しばらくの間、我々は群れをなして埠頭で出発を待っていた。ところがその数がぐっと少なくなった。そして気がつくと、ほとんど全員が既に乗船しているみたいだった。残っているのは私を含めたわずかな落伍者たちだけだ。まるでノアが、忌まわしい不要のものとして積み残していった、いかがわしい見かけの動物みたいに。それというのも、我々が遅れてそこに到着したからなのだ。

師は銃に関する約束をちゃんと守った。彼は私を居留地の外まで見送り、朝の礼拝の前に二丁の銃を私に手渡してくれた。狩りの成果次第だが、一日かそこらでここに戻ってくる、と私は言った。

しばらくお互いの顔を見なくてすむのだと思うと、我々はそのとき、これまでになく親しい気持ちを抱けた。これでやっとやっかい払いできるということで、彼は私にずいぶん優しく接してくれた。「たとえ意見が異なっていても、相手に敬意を抱き続けることはできる」と彼は言った。「ここでは多くの人が君に好意を抱いているよ、メイクピース」

それは私のあとを追い回す子供たちの群れのことを言っているのだろうと私は思った。食べ物のかけらを彼らに与えることが、私の習慣になっていたからだ。しかし彼はどうやら自分自身のことを言っているようだった。

「あなたは、私が行ってしまうのを残念だと思ってはいないんでしょう?」、私は鞍にまたがりながらそう言った。彼はそれには返事をしなかったが、私の目をまっすぐ見て、ウィンクをした。彼の唇は歯を見せて大きく微笑んだ。森の中に入ってしまうまで、彼の視線が私にずっと注がれているのを感じた。

# II

私は移動することを必要とする人間の一人だ、ときどき私の身体は、散歩を求める犬のように、私に向かって吠えかかる。昔からずっとそうだった。夜にただおとなしく机の前に座って宿題を済ませる以外何もせず、そのままベッドに入ると、私の足は蹴ったりもぞもぞしたりしたものだ。それを見て父はよく言った。悪魔がおまえの足に入り込んでいるな。赤ん坊の頃からそうだったよと、母は言った。いつも足でペダルを漕ぐような格好をしたり、身をよじらせたり、腕を波打たせたりしていたもの。私は移動している時の方が、うまくものが考えられる。

教室の中を好きに歩きまわらせてくれたらよかったのだ。そうしたら私は科学やら、いろんな知識やらを、しっかり頭に入れることができただろう。しかし椅子に二十分もじっと座っていると、私の両膝はぴょんぴょんと跳ね始める。それは机を打ち、インクをこぼし、私に面倒をもたらす。

警察学校では事情は違った。私はもう大人になっていた。人数は全部で六人しかいなかったし、教室での時間はとくに長くは感じられなかった。私たちは素速く学ばなくてはならなかった。そしてそこには心をかきたてるものがあった。学校でじっと座っていることは服従を意味した。しかし警察学校では、私たちがそこにいること自体が不服従のようなものだった。私たちにはいまだに多くの怒りが向けられていたし、そこには自分の家族から向けられる怒りさえ含まれていた。

私たちは警官であり、暴力を行使するように訓練されていた。そして両親たちがこの地に移ってきたのは、どのような場合であれ武力を用いるという考えを、そのほとんどが否定していたからだった。うちの家族は私の身に起こったことをあまりに面目なく思っていたので、あえて異論を唱えなかったけれど、一緒に訓練を受けていた連中は、かなり厳しい立場に置かれていた。

私について言えば、もともとが変わり者だ。私はどうしても自分の属している世界に馴染めなかった。もちろん善良であることの価値は信じている。しかしあまりに多くの人が固執しているのは、善良に見えることだった。たとえばクレイショウ家やステッドマン家、彼らはそれが神の意志に沿っていないという理由で、肉食を断っていた。

そして私の人柄のせいで、また銃の名手であるという事実のせいで、あるいは私の身に起こったいろんな出来事のせいで、街の人々はおおむね親切に私を受け入れてくれた。

私たちの指導にあたったのは、ビル・エヴァンズという名前の男だった。アラスカから招聘(しょうへい)され、銀行の二階の部屋がその教室として用意された。

私はビル・エヴァンズが大好きだった。肥っていて、気むずかしく、煙草を吸い、悪態をついた。そして街が、その創立の規範になんとか忠実であろうと努めていることに対して、また我々がどのような名称で呼ばれるべきか、果てしない論議が続けられていることに対して、我慢がならなかった。

「数が少なすぎるし、遅すぎる」と彼は言った。「世界の果ての、クエーカー教徒の小さな村なんだ。必要なのは警察じゃなく、軍隊だ」

そのような妥協には我慢ならないという家族もあった。自分たちの街に何が起こっているかなんて考えもせず、彼らはそこを退去することを望んだ。たとえ飢えた人々に略奪されようが、彼らの娘たちの身に何が起ころうが。

私たちは憎悪というものの存在を信じないと称する人々から、憎悪を引き出すことになった。彼らの中には、街をパトロールする私たちに唾を吐きかけるものもいた。大事なのは、それを個人的なこととして受け止めないことだった。人々は自分たちの作り上げた世界が押し流されつつあると感じており、我々がその象徴となっていたのだ。街はもはや安全ではなくなり、人々は我々を責めた。法の執行者たちが憎悪の的になった。

しかし今ではすべては古代史となった。街は消滅し、それを餌食とした連中はどこかよそに移っていった。今この極北(ファー・ノース)にあるのは、私と、ホレブと、点在するツングース人たちと、そしてその折れた翼のかけらで私の胸をこそこそとくすぐる希望の亡霊だけだった。

ノアは洪水に襲われた土地に鳥たちを放し、その一羽が木枝を持ち帰った——それがまさに私にとっての飛行機だった。我々が忘れられてはいないということをそれは意味した。誰かが洪水を生き延びたのだ。誰かがアララット山に流れ着き、水は徐々に引きつつある。

ときどき私は自分でも気がつかないうちに、来るべき新しい世界はどのようなものになるだろうかと計画を練り、頭の中に生活を築き上げていた。そんなとき、父のことが少し理解できるような気がした。私が求めた世界は、父がこの極北にやってきたときに思い描いたであろう世界に似通っていたからだ。それが彼の過失ではなかったことが私にはわかる。すべては時の流れがなしたことであり、我々の惑星を襲った災厄がなしたことなのだ。人々はすべて自分の中に、可能性として悪魔を持ち、天使を持っており、どちらに転ぶかは時代の流れ次第なのだ。コンクリートにひびを入れる種子と同じように、人々を破壊的にしたのは、彼らの中にある生きたいという渇望だった。自分たちが生まれ落ちた時代に、生きていくための糧が決定的に不足したことは、すべての人にとってただ不運というしかなかった。それ以上でもないし、それ以下でもない。

さて、なるべく人に会わないでいるときの方が、人を好きになれるというのは、私のもともとの性格だ。そして二日ばかりそのような考えを巡らせたあとで、私はボースウェイト師とハグをかわしてもいいような気持ちになりかけていた。見かけによらず、私はソフトな心を持っている。私の中には一筋の優しい土壌があり、ピングがそこに根を下ろし、彼女がいなくなったとき、その根が私を砕いてしまったのだ。

最初の日、獲物らしきものは何も目にしなかった。しかし二日目の朝、私はちょっとした幸運に恵まれ、何頭かのカリブーの群れに出くわした。意外なことに、彼らはとくにびっくりはしなかったようだった。それどころか、私がむき出しの手を差し出して、塩を与えるみたいな格好で「マク、マク」と呼んでやると、鼻をあげてそれを探そうとしたくらいだ。きっと昔、誰かに飼われていたことがあるのだろう。いちばん良いやり方は、彼らを連れ帰ることだ。

彼らは近くまで寄ってきたものの、塩がないとわかると、すぐに後ろに下がった。そしてロープをかけられることを用心した。下手をすると、一日中追いかけ回して、結局は一頭も手に入れられなかったということになりかねない。そこで少し策を巡らすことにした。私はズボンをおろして地面にしゃがみ込み、小便をした。尿がまわりの雪によくいきわたるように、ブーツを履いた足でちょこちょこと歩きまわった。カリブーは何しろ新鮮な小便の匂いに目がない。その温かさと塩分は、彼らにとってアップルパイにも等しい。彼らが押し合うように、その新鮮な尿のしみこんだあたりを探っている間に、私はズボンを上げ、六頭にさっさとロープをかけてしまった。

それでもなお、彼らをひとまとめに移動させるのは至難の業だった。一頭か二頭が苔の生えているところをみつけてそれに夢中になると、彼らを動かそうと努める間、ほかの連中をどこかにつなぎ止めておかなくてはならない。六頭全部を引っ張るだけの力は私にはないからだ。しかしこれほどの食肉を確保できるのは、まさに天の恵みともいうべきことだった。現在ホレブが置かれている飢餓状況を考えれば、人々はこの動物たちを何ひとつ残さずぺろりと食べてしまうはずだ。それこそ蹄にいたるまで。

だから私は彼らと共にのろのろと移動し、三日目の午後遅くにようやく居留地に到着した。門番はのぞき穴をあけて私を見ると、師を呼んでくるからそこで待つようにと大声で言った。

私はボースウェイト師にとても友好的に挨拶をした。ひどくくたびれていたが、それでも動物たちを引き連れてきたことが誇らしかったし、重労働のせいで私の全身に再び生命がみなぎっているようだった。「こいつが必要なのでしょう」と私は言って、二丁の銃を師の方に向けて振った。彼は一瞬ぎくっとしたが、害を及ぼすつもりがないことがわると、笑みを浮かべ銃を受け取った。

記憶はあまり定かではないのだが、彼らが私に襲いかかってきたのは、門をくぐって中に入った途端だったと思う。肩口に重い一撃をくらった。まるで木の枝が上から落ちてきたみたいだった。鈍い痛みが私にがっくりと両膝をつかせた。

私を襲ったのが何人くらいなのか、またどんな武器を使ったのか、それすらわからない。顔を覚えているのは、最初に森で出会った丸い目の若い男だけだった。しかし彼の顔は今では憎悪にひきつり、「裏切り者め！」と金切り声を上げながら、棍棒をふるって私の腕を折った。これが労苦のお返しなのか、と私は思った。そして地面にうずくまり、力なく身体を丸めた。彼ら全員と闘っても勝ち目はないからだ。しかしいったん私が倒れると、殴打は弱まった。彼らは私の足を引きずって連れて行き、居留地の塀際にある差し掛け小屋に放り込んだ。犬小屋と変わらない代物だった。

私をそこに押し込むときに、何発か蹴りを入れられた。そのときは私も言い返した。彼らに向かってさんざん悪態をついた。最も熾烈な表現は、二枚舌の師のためにとっておいたが。そこで誰かが私を黙らせるために、バケツで水をかけることを思いついた。日はまだ残っていたが、空気は既に冷え込み、濡れた衣服は私の骨から温かみをすべて奪い取っていくようだった。しかしそれでも歯を食いしばり、青くなった唇のあいだから彼らを罵り続けた。もしここで意識を失ったら、寒さが私にとどめを刺してしまうかもしれないとわかっていたからだ。ただ幸運なことに、水をかけられた角度のおかげで、濡れたのは身体の一部に限られていた。乾いた部分がかなり残っていて、おかげでなんとか一命をとりとめた。それでも日没時に、ようやくそこから引きずり出されたときには、髪があちこち氷結していたし、高熱に襲われたように身体が激しく震えた。

ボースウェイトと数人の長老たちが礼拝堂に椅子を並べていた。その真ん中に置かれたスツールに私は座らされた。彼らの椅子よりは一段低く、位置の関係で、誰が話しているのかを見るためには身体をねじらなくてはならなかった。両手両足は革紐できつく結ばれ、それが血がにじむくらい肌に食い込んだ。私は彼らの前に出るために、半ば跳び、半ば身をくねらせながら進まなくてはならなかった。身体をひねるたびに、折れた腕が激しく痛んだ。

師はむずかしい顔をして私に言った。おまえを逮捕することが会衆の一致した意見であり、自分としてはそれに従うよりほかになかったのだ。

私は尋ねた。いったい何の理由があって、私がこんな不公正な仕打ちを受けなくてはならないのか、と。長老の一人が怒りに駆られて立ち上がり、おまえのような嘘つきの雌犬（ビッチ）に、公正な扱いを期待する資格などあるものか、と言った。縛られているとはいえ、私にそんな口をきくとはいい度胸だと私は彼に言った。とはいえ、それほどの憎しみを買うような何を自分がやったのか、まったく身に覚えがなかった。

ボースウェイトは言った。我々はおまえにかけられたいくつかの嫌疑について、検証をしなくてはならない。中でもいちばん重要なのはスパイの嫌疑だ。しかしながら、我々はまず、お前がどうして男のふりをしていたのか、そのわけを知りたいと思う。

男のふりをしていた覚えはない、と私は言った。ただ人々が私を男だと思うのなら、それをあえて訂正する必要はないと考えただけだ。私のことをどう思おうと、それはあなた方の勝手だ。

その前に私を罵った年配の男がまた椅子から飛び上がって、お前はただの嘘つきの、異形のビッチだと言った。

私の見るところ、そこまでは言いすぎだとボースウェイトは思っているようだった。彼は男に着席するように求めた。

「それよりも重要なのは」と彼は言った。「おまえの持ち物の中に、暗号で書かれたノートが見つかったことだ。私にそれを見せてください、ドクター・プリチャード」

　ドクター・プリチャードは五十前後の赤毛の男で、それまでずっと沈黙を守っていた。しかしそれが私に水をかけた男であることがわかった。彼は聖歌集ほどの大きさの、ぼろぼろになった一冊の古い本を私の鼻の前に突き出し、それを開いた。その擦り切れたページには字だか記号だかが、インクの手書きでぎっしりと書き連ねてあった。それだけを書くにはずいぶん手間がかかったに違いない。でもそれを書いたのは私ではない。だいたいそんなもの一度も目にしたことがない。私はそう言った。

「じゃあどうしてそれが、おまえの持ち物の中に入っていたのだ？」

　そんなこと、あえて尋ねるまでもないだろう。あんた方が自分で入れたのだからと私は言った。

「それを書いたのが自分ではないと言い張るのだな？」

「そのとおり」と私は言った。

　そうとしか答えようがないことは彼らにもわかっていたはずだが、それでも彼らは私の答えを喜んだようだった。その夜、私はそれ以上口を聞かなかった。そして彼らは私を、居留地の別の場所にある地下室に連れて行った。

　それから二週間近く、彼らは私をその地下室に閉じこめた。ひどい食事を与え、夜か早朝のとんでもない時刻に審問のために連れ出した。ときにはドクター・プリチャードが質問をし、ときにはボースウェイトが質問をした。

睡眠不足と劣悪な食事をべつにすれば、さしてつらい目にもあわなかった。質問を受けるたびに、彼らは私が持ち運んでいたと称する、別のでっち上げの本を持ち出した。最後には、私のことを移動図書館か何かと思っているんじゃないかという気がしたくらいだった。彼らは私にあらゆることを尋ねた。どこの出身か、なぜ男の格好をしているのか、どうしてそんな顔になったのか？　私はできるかぎり率直に質問に答えた。

私の共犯者について彼らが話し始めたとき、私の中ではっと腑に落ちるところがあった。彼らは私が聞いたことのないホレブの住民の名を持ちだしてきた。ジェイコブ・ヴェッチという名前が何度も彼らの口に上った。そんな名前は聞いたこともないと言うと、彼らはせせら笑い、私に対する苛立ちを募らせた。

それで私の方が嘘つきであることが明らかになった。彼らは翌日、私に頭巾をかぶせて連れだし、これからジェイコブ・ヴェッチと対面してもらうと言った。

頭巾を取られて、私は少しのあいだ明かりに目を眩（くら）ませながらそこに立っていた。礼拝堂にいる人々の数は前回より多かった。ボースウェイトはみんなから離れて座り、記録をとっていた。

ジェイコブ・ヴェッチは人々の前に置かれたスツールに、力なく腰掛けていた。もちろん私は以前に彼に会ったことがあった。私がホレブの住民たちを初めて目にした日、森の中で銃を手に、木こりたちを警護していた老人だ。

それはとくに驚くべきことではなかった。彼らはその男にかなりきつくあたったようだった。片方の耳はちぎれ、片方の親指には生々しい切断面があった。

私の出現は、ジェイコブ・ヴェッチの敵にとっては、願ってもない好機となったようだった。そんな酷い目に遭わされるとは、その気の毒な男はいったい何をしたのだろうと、私はその後何度も考えを巡らせたものだ。それまで数多くの暴虐を目にしてきたし、それが罪のある者よりは、むしろ不運な者の上にしばしば降りかかることを私は知っていた。ホレブは黄昏(たそがれ)に直面している場所なのだ。私の街がかつてそうであったように。我々にとっても、最後の日々は悲惨きわまりない代物だった。

ボースウェイトの目は私の目と合い、私たちのあいだに一瞬の相互理解が走るのを、私は感じた。ビル・エヴァンズはそれを「冷ややかな読解(コールド・リーディング)」と呼んだものだ。彼によれば、警察活動においてきわめて優秀な者は、相手の皮膚の中に潜り込み、相手が知っていることをすべてそのまま知り、相手が感じていることをすべてそのまま感じることができる。そのように冷ややかに読み切った相手を、人はうまく憎めなくなる。彼らの行動の裏に何があったか、その理由が理解できてしまうからだ。ボースウェイト師のように外見を堅く繕(つくろ)った人間であっても、その中身は分裂をきたしているのだ。

その瞬間に私は悟った。ボースウェイトは、自分が率いている人々を恐れつつ日々を送っているのだ。彼らの服従を保証するのは、愛と慈悲ではない。人々は落胆し、腹を減らせている。ボースウェイトは彼らを服従させるために、古代の神々が用いたパターンを踏襲する必要があった。恐怖と慈悲だ。血をたっぷりと吸い込んだ古代のトーテムの二重の影だ。気の毒なヴェッチは、飢餓状態にある人々に怯えを抱かせるために死んでいかなくてはならない。そしてそんな理屈は、ボースウェイト自身もすべて承知している。私がそれを承知しているのと同じくらいはっきりと。

ボースウェイトの中のある部分は、自分が心ならずも置かれている状況にうんざりしていた。彼の目はそれを語っていた。しかしそのことはまったく私の慰めにはならなかった。彼の中にはとんでもなく暗い何かがあったし、それを見抜いたと知れば、私を抹殺しようとするだろう。

彼らはその夜に絞首台をこしらえた。そして夜明けに私たちは外に引き立てられた。私たちは全部で四人だった。ほかの三人がどこに閉じ込められていたのか、私にはわからない。しかし彼らは私よりずっとひどい様子だった。

ヴェッチの耳と手は縫い合わされていたが、顔はボイルド・ビーフよりも鈍く暗い色になっていた。ボースウェイトは言った。ホレブの住民に対する背信行為の扇動者として、この男に同情の余地はない。しかし最後の言葉を残すことは許される。

ヴェッチはもぞもぞと祈りの文句を口にし、そのあと台から突き落とされた。落下の距離が短すぎて、彼は息絶えるまで足をばたばた蹴っていた。

私の番が来ると、時間はゆっくりと流れた。このことはすべて覚えておかなくてはと私は思った。私の頭の中にいくつかのとりとめのない考えが浮かんだ。裏切り者として縛り首にされるなんて、なんと奇妙な成り行きだろう。私の折られた腕がくっつき始めているちょうどそのときに、縛り首にされるなんて。

ボースウェイトは言った。陰謀に加担したこの女も、また有罪である。死刑を宣告する。何か言い残すことはあるか？

人々の目は一斉に私に注がれた。私が何を言うか、彼らは待ち受けていた。しかし言葉は出てこなかった。私は人々の薄汚い衣服を見た。彼らはみんな、これから私を呑み込もうとしている大地の色に染まっているようだった。

湖で自殺を図ったとき、私は正気を失っていた。私の頭脳は、まるまる一ヶ月も眠っていなかったみたいに混乱をきわめていた。だからこの世に別れを告げることは、そんなに大した問題とも思えなかった。しかし今、私は哀しみを感じていた。この寒さの中にあってさえ、春までにまだ少なくとも六週間あるというのに、空の美しさには心を引きつけるものがあった。溶けた氷上の光は、子供の瞳のように潤いをもって澄んでいた。

私の隣では、ロープから下がったジェイコブ・ヴェッチの死体が捻れて、きいきいという音を立てていた。

末期（まつご）の言葉をたくさん聞いてきたから、私はそういうことに詳しいだろうとあなたは考えるかもしれない。でも私は沈黙と呪詛の表情をもって、彼らをしっかり見据えてやるつもりだった。しかし最後の瞬間になって、私の口から唐突に言葉がこぼれた。それが何を意味するのか、以来ずっと考えてきたのだが、未ださっぱり理解できないままだ。

「あなたたちが私から奪うものは、私のものではない」と私は言った。そのあと、彼らが次の言葉を待っているあいだ、中断が引き延ばされるように続いた。しかしそれに何かを付け加えたりしたら、事態が更に悪化するというくらいは、私にもわかっていた。

「死罪は聖書でも認められている」とボースウェイトは言った。彼の声は大きく、そこには氷挽き鋸のような耳障りな響きがあった。「長いあいだ私たちは、死罪に反対する立場をとってきた。しかし旧約の父の預言を果たすために、イエス・キリストがやってこられた。イエスその人が即ち神である。そしてひとつ、イエスにおできにならないことは、自らを否認することだ。精霊の敵なるものを、死をもって罰することを、イエスが躊躇されることは一度たりともなかった」。人々のあいだからくぐもったアーメンの声が聞こえた。

　これでおしまいだな、メイクピース、と私は思った。背中のくぼみを一押しされるのを私は待ち受けた。パニックがあり、血が熱をもって喉を塞ぐだろう。後ろにもたれかかるような格好で息をするんだ、と私は自分に言い聞かせた。身体を硬くして足を蹴ったりせず、諦めてしまった方が苦痛は軽減される。

「とは申せ」とボースウェイトは言った。「イエスその人の血でさえ、慈悲の中に流される。そして慈悲は、時宜に応じて、懲罰の苛烈さを預かり置きもする。死刑囚は女性(にょしょう)であるという事実に鑑(かんが)み、このたびは刑を一等減じ、無期限の労役となす決定が下された」

　まともな英語とも呼べない、小難しい言葉で文章を装飾することが師の好みだった。でも簡単に言えば要するに、女だからここはひとつ大目に見てやろうということだ。そんな風にものごとがうまい方に落着するなんて、私には絶えてなかったことだ。ロープが切られ、絞首台から下ろされたとき、私の目の前の光景が、音を立てて沸き立った。私はそれまで気を失ったことなんて一度もなかったし、今だってそんなことは起こり得ない。しかし彼らに担がれるようにして監房に連れて行かれたとき、私の両脚はまるでだらんとした二本のソーセージみたいに、言うことをきかなかった。

刑の宣告を受けたあと、数日のあいだ暗闇の中でじっとしていることができた。折れた腕はまだ、重労働をするまでには回復していないと、私が申し立てたからだ。彼らの何人かはそれを快く思わなかった。もう一本の腕は大丈夫そうじゃないか、と彼らは言った。多くの正直な人々が空きっ腹を抱えている一方で、役立たずの裏切り者に食事を与える意味がどこにあるんだ、と。それを聞いて、私は内心笑みを浮かべた。それは私の住んでいた街で、新参者について交わされた多くの議論を思い起こさせたからだ。

役に立つ身体になるまで食糧の配給は減らされる、と告げられた。最初の日、黴くさいキャベツの酢漬けが与えられた。そして一切れのパン。パンは饐えた匂いがして、もっそりとしていた。私はそれを手の中で転がしてみた。パンなんて目にしたのは実に久しぶりのことだ。ある意味では、その味気ない古いパンの塊は、飛行機を目にしたときとほとんど同じくらい、私の心に強く希望を吹き込んでくれた。北方では夏の温度が上がっていたが、この緯度で小麦が植えられたことはまだない。

ホレブについては、まだまだ不明の点がたくさんあった。しかし小麦があるとなると、彼らはどこかからそれを手に入れたわけだ。そんなことはこれまで一度も思いつかなかった。しかしいったんそれについて考え始めると、ここの人々は外のより広い世界と繋がっているのだ、という風にだんだん思えてきた。私がボースウェイトの居室を訪れたとき、彼は手紙のようなものを書いていた。彼の私に対する疑念や、あるいはでっちあげられた陰謀でさえ、実は彼の心中で、ホレブよりももっと大きくて、人口の多い何かに、またそれを取り囲む荒野に私が組み込まれていたことを意味していたのだ。

行き倒れになった女がドラッグストアに転がり込んできたその日まで、私は街の外側にある世界について深く考えたことはなかった。チャーロは違う。彼は地図やら地理書やらに埋もれて暮らし、外国語を習得するための才能と記憶力に恵まれていた。

私はアウトドアに向いた娘だった。落ち着きがなく、思いつきで行動した。街を取り囲む森が世界であり、家が自分の居場所だった。そして東西に走る街道がどこに通じていようと、それは私のあずかり知らないことだった。私たちのことを内向きの人々だと言うのは、ツングース人はトナカイを有効利用するとか、シベリアの冬はひどく冷え込むことがある、とか言うのと同じだ。冬には暖房が、夏には冷房がきいた家で母は育った。しかし父と共にここに新世界を造ろうとやってきたとき、母はそういう世界と完全に訣別していた。それは私の母に限ったことではない。多くの人々が、シンプルで素朴でつぎのあたったような暮らしの中に、一種の徳を見いだしていた。そういうものしかなくなってしまう以前の日々のことだが。

私が女の子らしい女の子ではないことで、母はとてもがっかりしていた。私は母のような金髪ではなく、ふくよかでもなかった。長身で痩せていて、胸もチャーロと変わりないくらいぺちゃんこだった。私は父に似ていた。角ばった体つきで、肘は硬くて赤く、何よりも鼻が大きかった。母は私に家事や、編み物や、枝編み細工や、籐いす造りなんかに興味を持たせようとしたのだが、結果は思わしくなかった。

ある曇った春の日、気管支炎のために学校を早引けしたとき、母は私を自分たちのベッドに寝かせてくれた。シカゴから運んで持ってきた錬鉄製のベッドで、四隅には真鍮の球がついていた。連結部は緩んで、動くとちゃりんちゃりんという音を立てた。

私は落ち着きなく、いらいらしていた。そのとき私は十歳だったと思う。母は私の呼吸を楽にするために、洗面器にラヴェンダー入りの湯を入れて持ってきてくれた。母はそのラヴェンダーを、自分の戸棚の容器の中から出してきた。彼女は私が不平を述べ立てるのをずいぶん我慢して聞いてくれていた。

「ねえ、M（エム）」と母は言った。Mというのが母としては、私に対する愛称にいちばん近いものだった。「あなたにいいものを見せてあげる。でも誓ってもらいたいの。お父さんにはこのことは黙っているって」

そう言われて、喉の痛みなどどこかに吹き飛んでしまった。母は振り返るように、戸棚から身体を半ばこちらに向けたと思う。ほとんど腰まである長い金髪、瞳に浮かんだいたずらっぽい色。その人柄をいささかなりとも知る人には、母がいたずらっぽくなるなんて、ほとんど信じがたいことだろう。

「誓う？」その言葉は、私の耳にはとんでもないものとして響いた。我々クエーカー教徒は普段から、こと正直さにかけては誰にもひけをとらない自負を持っているので、わざわざ何かを誓うというのは、まさに宗旨に反する行為なのだ。私たちは聖書に手を載せていようがいまいが、常に真実を述べた。それに疑義を抱くことは、相手の尊厳を攻撃したのと同じになる。

「これは私たち二人のあいだだけのことにしておいてね。わかった？」

私が肯くと、母は戸棚の中から漆塗りの箱を取り出した。彫刻の施されたその箱に、母はラヴェンダー・オイルの小さなガラス瓶を収めていた。

母はその箱をベッドの寝具の上に置き、私に検分させてくれた。

それは中国風のデザインで、形は丸く、彫り物のある大きな木製の取っ手がついていた。とても見事な取っ手だ。

その取っ手は深紅で、蓋（ふた）は黒だった。蓋には欠けてはいるが金色の塗料で、柳の下に立つ人の姿がうっすらと描かれていた。蓋はとても堅く閉められていたので、外すのに母の助けが必要だった。

今思い返すと、形やら、二段重ねになっているところから見て、もともと裁縫箱であったに違いない。上の段には軟膏やら包帯やらガラスの薬品アンプルが入っていたが、それらが母が私にこっそり見せたかったものであるとは思えなかった。母の目には恥ずかしそうな笑いが浮かんでいた。彼女は上の段を素早く外し、下の段を開けた。

私はそれを目にして一瞬がっかりした。中にはいかにもつまらないものしか入っていなかったからだ。上の段には何かしら禁断の空気が漂っていた。でも下段にあるのは、私が毎年、学年が終わって学校の机の引き出しを片付けるときに出てくるようなものでしかなかった。鉛筆の削りかす、丸められた紙、輪ゴム。

「ここにあるのは、私がお父さんに出会う前のものなの」と母は言った。そして丸まった紙をひとつ取り、私の前に置いた。中には銀色の石が入っていた。大きさはリンゴくらいだが、リンゴより平たくて硬く、冷たかった。それは生命を持たず、無反応なものとしてそこにあった。

「駄目ね」と母は言った。彼女はそれを持って部屋を出て、どこかに置いて、また部屋に戻ってきた。それから私たちは、箱の中のほかのものをひとつひとつ、一緒に見ていった。こまごましたつまらないものばかりだった。記念のカード、一房の髪。母の父親のものだったという壊れた時計。そこには母が二人だけの内緒のこととしていたずらっぽく持ち出した、企みの感覚にかなうようなものは何ひとつなかった。がっかりしたせいで、また喉が痛み始めた。

母は部屋を出て、石を持って戻ってきた。「今日くらいの日差しなら大丈夫だと思うんだけど」と母は言って、それを私の前に置いた。

日の光があたるところに置かれていたせいで、今では触れると温かくなっていた。表面には小さなかたちが浮かんでいた。暗闇にある星の輪郭のようだが、それは緑色だった。手を触れるのが、なんとなく怖かった。

「触ってごらんなさい」と母は言った。「噛みついたりしないから」

私がもう一度突(つ)いてみると、石はさっと息を吹き返したかのように見えた。その上に絵が現れた。絵といっても平面に描かれたものではなく、面全体に像がくっきり浮き上がり、動き、また語るのだ。

そこには少女たちがいた。全部で六人か七人、少し酔っぱらっている。「私たちみんな、あなたはクレイジーだと思う」と一人の少女が言った。「それでもあなたが好きよ」

それから一人が調子はずれな声で歌った。「私にこれまで声をかけてくれたのは、説教師(プリーチャー・マン)の息子ひとりだけ」〔訳注・ダスティー・スプリングフィールドの一九六八年のヒットソング「Son of a Preacher Man」〕。

別の一人が言う。「プリーチャーじゃなくて、クエーカーよ。馬鹿ね」

そこで画像は停止し、薄らいで消えていった。

「それはメモリー・ストーンなの」と母は言った。

「誰なの、この人たちは？」

「昔の友だちよ」

「昔って？」

「あなたのお父さんに会う前のこと」

ストーンが自分にどのような感情をもたらすか、母にはそれに対する準備ができていなかったに違いない。そのあと母はどことなく素っ気なくなった。私はストーンが語ったことをとてもよく覚えている。なぜならそのあとときどき一人でそれを手に取って、言葉に耳を傾けたからだ。

ストーンは、私の家にあるほかのものとはまるで違っていた。というか、それに似たものは街中を探してもなかった。のっぺりとして滑らかで、そこには技巧のあとは見受けられなかった。それは完璧なものだった。まるで種子からまっすぐ育ってきたもののように。それなのにそこにはどうしてか母の過去のかけらが収められていた。父と一緒にここに移るために捨ててきた生活の断片が。

メモリー・ストーンの中の少女たちは、今ではみんな死んでしまっている。彼女たちが手にしたものは残らず塵になった。少女の一人は口紅をつけているが、それはにじんでいる。その前に誰かにキスをしていたみたいに。そのキスについて私は考える。相手は男なのか女なのか？　その光景には含まれていないが、そのすぐ横に立って、ワイングラスに影を落とし、彼女の横目の視線を受けているのが、相手の男なのだろうか？　石が暗くなる直前に、彼女の瞳がきらりと光る。失われてしまったすべてについて思考を巡らせるなんて、私にはできない。私のささやかな頭脳には、それは荷が重すぎる。でも私はそのキスのことを考える。

# 12

両親は過去についてはまったく語らなかったし、私の方もそんなことにとくに興味を持たなかった。過去から教わるべきこともなかった。世界の始まりと私の誕生は、同じひとつの出来事として見えた。太陽の下で濡れたシーツから水がしたたり落ちるところから私にとっての世界は始まる。私が世界の創造者であり、私の瞬きから夜と昼が生まれた。私はノアでもあった。私は欠けた木製の動物たちを北極圏の夏の地面に並べ、家族に言葉を教えた。我が家の家庭菜園という荒野に最初に足を踏み入れた人間も、この私だった。

でも今では、そうではなかったことを知っている。

自分はできたての世界に生まれ落ち、それが年老いていくのを目の当たりにしたのだと私は思っていた。しかし私の家族は、世界が既に年老いた時点でここにやってきた。私はそのどこまでも年老いた世界に生を受けたのだ。それは疲弊した馬のような世界だった。その馬は古傷を負い、足取りは覚束（おぼつか）なく、乗り手を投げだそうとしていた。そして単純な手仕事と、聖書の清廉で率直な言葉を愛すると主張する私の父母があとに残してきたのは、メモリー・

ストーンと、飛行機と、彼らが知らずにすませたかったガラスの都市だった。知らずにすませたかったと思うことは私にもたくさんある。しかし無知を装うことはできない。何かを知らないのはかまわない。しかし知っていながら知らないふりをするのはごまかしだ。私とチャーロとアンナが愚かしくも、さあここがエデンの園だと思って土遊びをしているとき、またほかの入植者たちが、この我らが損なわれた惑星の、手つかずの片隅に自分たちは身を置くことができたのだと、自らの先見の明を祝福し合っていたとき、世界の残りの部分はまさに崩壊の縁に立たされていたのだ。危険の手の及ばないところまで、我々が無事に逃げのびられたなんて、どうしてそんな傲慢なことが思えたのだろう?

最初の飢えた女が雑貨店の前で倒れ、息を引き取ったとき、いったい何が持ち上がっているのか、しばらくのあいだ私たちにはわからなかった。でも今にして思えばそのとき、世界の半分が移動を余儀なくされていたのだ。

私が十四歳になる頃には、街の規模は二倍近くまで膨れあがっていた。街の外れには掘っ立て小屋が立ち並び、それは新しく流れ込んでくる人々で日々増大していくようだった。彼らは洪水や疫病や戦争の報せを運んできた。私たちの街はもう名もなく、人目も引かぬ辺境の土地ではなく、混乱を極める世界の中枢になったかのように思えた。回転する災厄の車輪の上で私たちは振り回され、事態を制御する力を失っていた。

自暴自棄になったものだけが夏場に旅する。それは彼らが収穫という希望を放棄したことを、そして熱気と埃の中を移動し、行く先々で食料を漁ることを意味するからだ。中には洪水で農場を失い、南下してきた入植者の一家もいた。しかし大半はもっと遠くからやってきた人々だった。ロシア人、ウイグル人、中国人、ウズベキスタン人、全員ががりがりに痩せ細り、老人のようなしわくちゃの顔になっていた。子供たちでさえそうだった。救いようもないほど体力を失っているものもいた。このような人々が逃れてきた場所に比べれば、私の両親があとにしてきた世界などまさに楽園だった。

最初のうち私の父も、またほかの大半の入植者たちも、このような避難民を、自分たちの主義主張に対する試金石であると考えた。彼らはそれらの人々を、あたかも失われた親戚を迎えるように受け入れた。私が九歳か十歳のとき、疲弊したウズベキスタン人の一家が、割り当てられてうちに泊まっていたことを覚えている。テーブルに置かれた食べ物にすぐに手を伸ばそうとする子供たちを、彼らの両親が叱りつけた。母親はとても礼儀正しくデリケートに、少しずつ食事に手をつけた。まるで自分が空腹であることを露わにするのが、人として恥ずべきことであるかのように。

彼女は英語が話せたので、母が自分たちがあとにしてきた生活についてちょっとした話をしたとき、それを翻訳して家族みんなに聞かせた。それは私が千回も聞かされてきた話で、ほとんど聞き流すようになっていた。富裕な人々が積み上げた札束の陰に隠れ、街灯が星の明かりを遮り、二月に苺が冷蔵庫に入れられ、騒音と埃と不作法な行為があふれている世界の話だ。それを聞いている男の顔に浮かんだ表情を、私はたぶん忘れることはないだろう。

そこには非難と、信じられないという気持ちと、憧れとが同居していた。それは飢えてさまよう動物が、宵闇の中でバーベキューの匂いを嗅いだときに浮かべるであろう表情と同じものだった。私たちは正気を失っているのだと彼らは考えたはずだ。

最初にやってきた人々には悪いところはまったくなかった。彼らは空腹のために物静かになっており、進んで働きたがった。不思議なのは、我々の与える慈悲のせいで、彼らの憎しみが次第にかき立てられていったことだ。最初の避難民たちは何を考える余裕もなく、私たちの慈悲の前に身を投げ出した。しかしとりあえず空腹が収まると、彼らはあたりの様子をうかがい、私たちの持っている余分の部屋や、交易や種蒔きのためにとってある食糧などについて、あれこれと考え始めた。そしてそれは彼らの心に憎しみを生んだ。

あとになると、もっと危険な連中が姿を見せるようになった。彼らは少人数で、冬場に移動した。それは当たり前のことだ。冬場の道路は進むのが楽だし、夏と秋のあいだに旅の糧食を準備することもできるからだ。彼らは少しはましな様子でやってきた。一人、二人は車を持っていたし、ほとんどは銃を携帯していた。それもまた当たり前のことだったが、そのために彼らは歓迎されなかった。そういう連中は街の外側に勝手に野宿した。夜になると、彼らが調理をする火を目にすることができた。多くは脱走兵だった。みんな若く、いちばんまっとうな者でさえ精神が不安定で、戦場で経験した屈辱をいまだに心の傷としてひきずっていた。

皮肉な話で、旧世界を強く拒絶した入植者たちの戸口に、旧世界が勝手に流れ着いてきたわけだ。一方に私たちがいて、もう一方に追い詰められた危険なものたちがいた。まったく異なった種族がぶつかりあったわけだ。選択の余地をもった世界と、そんなものとは無縁の世界とが。両者の間の緊張は目に見えないところで徐々に高まっていった。それに気づいたものがいたとしても、彼らはそれを認めることを好まなかった。トラブルはゆっくりと発火していった。秋の気怠く湿った木の葉に火がつくときのように。

私が十四歳の年の夏、ロシア人の若者が何人か、トゥミルティという入植者の一家の所有する納屋に住み着いた。ミスタ・トゥミルティは二人までならそこに住んでかまわないと言っていたのだが、やってきたのは十人だった。それで彼らのあいだに論争が生じた。八月のある夜、納屋が焼けて、若者たちのうちの八人が死んだ。彼らは酒を飲んで、干し草のあいだでケバブを焼いていた。しかしそれは意図的な放火だという噂が広まった。死者の友人たちは怒って、トゥミルティの農場を取り囲み、窓を割った。そして話をするために出てきた家長のトゥミルティを叩きのめした。彼は心臓が弱く、その場で亡くなってしまった。

若者たちは逃げ去ったが、嫌な空気があとに残された。入植者たちは身の危険を感じるとこぼすようになった。避難民は唾を吐きかけられ、商店主の中には、いちばん貧しいものたちが食料品を買えるようにと配られた小さな切符の受け取りを拒否するものも出てきた。

長年親しくつきあっていた家族と家族が、避難民の処遇をめぐって仲違いした。人々は教会を離れ、主張を異にする別の集会に加わるようになった。我々の街が二つに分かれてしまいつつあることが明らかになった。

私の父は街の指導者として、指針を示すべき立場にあると見なされていた。父はそれぞれの家族の長に、集会所――後日私が指を数本見つけた場所だ――に集まることを呼びかけた。あまりに多くの人がやってきたので、集会は屋外で開かれることになった。それは荒れた集会になった。トゥミルティの息子と未亡人も顔を出した。ミセス・トゥミルティは熱のこもった発言をし、殺人者たちの名前をあげ、正義の裁きを要求した。多数の人々が彼女の側に立ったが、異なる意見を持つ一派もあった。処罰の要求や復讐は、自分たちの共同体の精神を根本的に変えてしまうことになると、彼らは考えた。当時の街には警察もなく、裁判所も判事も刑法もなかった。その前にも人の死はあったが、暴力犯罪は皆無だった。それは私たちにとってのカインとアベルだった〔訳注・旧約聖書に登場するアダムとイブの子。兄のカインがねたみから弟アベルを殺してしまう〕。

多くの人が私の父の発言を待ち受けた。彼はそれまでに時間をかけた。ゆっくりと立ち上がり、復讐に反対する意見を述べた。父は聖書にどっぷり浸りきっており、人はただ愛と憐れみによって動かされるべきだと説いた。飢えた人々に無償で食事を与えていることを指摘し、それこそが我々がどのように振る舞うべきかを示すしるしだと述べた。

トゥミルティ未亡人が群衆の中から叫んだ。私たちは魔法のパン六斤で五千人を食べさせることはできません〔訳注・聖書「マタイ福音書」には、イエスが五つのパンと二匹の魚で五千人の空腹を満たしたとあり、同じく「マタイ福音書」、及び「マルコ福音書」に、七つのパンと少しの魚で四千人の空腹を満たしたとも記されている〕」と。

父は彼女を穏やかに扱おうとした。それでも父ははっきりと自説を述べた。「パンそのものに魔法がそなわっているわけではありません。人の本性こそが奇跡であり、善意の精神をもって振る舞うことによって、その奇跡は更に増殖していくのです。単純な言葉で語るなら、その五千人の一人ひとりが、魚とパンが供されるのを目にするとき、自らの衣服の中に手を入れ、そこから自らのためにとっておいた食料を持ち出すのです」

父は続けた。「恐怖が恐怖を生みます。私たちは私たちの客人に無私の支援を与えなくてはならないし、その見返りを期待してはなりません。私たちは十分な食料を持っています。私たちのまわりの土地は空っぽだし、いくら人がやって来ても、そっくり受け入れることができます。私たちは避けがたいものに道を譲ることについては柔軟であらねばなりませんが、教義を維持することについては、どこまでも強固でなくてはなりません」

トゥミルティの息子と未亡人はその言葉を聞いて、ひどく腹を立てた。故人が寛容ではなかったと、父が非難したように受け取ったのだ。「あいつらは我々とは違う人間なんだ」と息子のエリックが言った。「数センチを与えれば、向こうは一メートルを奪う。連中は陰で我々のことをあざ笑い、苦労して得た収穫を他人と分かち合っている我々のことを、阿呆だと思っている。連中は我々にしっかりそのお返しをしてくれるだろうよ。あんたたちはうちの父が受け取ったのと同じものを、やがて受け取ることになるだろう。深さ二メートルの墓穴を、それぞれひとつずつ」

それからマイケル・カラードという男が発言した。

カラード一家（マイケルと妻のフレイヤ、そしてイーベンとリーズルという双子の息子）は私たちと同じ入植者だが、ずっと南の方の家を捨ててこの街に逃れてきた。彼らはほとんど無一物でやってきたが、数ヶ月ここに住んでいるあいだにマイケル・カラードは、デラミア・ストリートの向こう側に自分の家を建てた。彼らは信心深く勤勉な人々で、他の入植者たちからも好かれていた。

イーベンとリーズルは十八歳だった。リーズルは恥ずかしがり屋でハンサムで、母親似だった。イーベンは父親と一緒に農耕作業に携わった。彼は頑丈な肩と、すらりと痩せて日焼けした肉体を自慢にしていた。夏に一日働いたあと、彼はときおり繁華街に出て、ブヨをものともせずシャツを脱いで歩き回ったものだった。また乗馬が得意で、私たちは街の外の原野で一度か二度、ポニーに乗って競走したことがある。私と彼が良い仲になっているという噂が流れ、それが私の耳に入ったこともある。でも彼からは常に無慈悲で短気な印象を受けたし、正直に言えば、私は自分に似すぎた人間を好きになることができないのだ。

マイケル・カラードは南にあった自分たちの農場が武装集団に襲われ、銃を突きつけられ、用意する時間を一時間だけやるから、さっさとここを出て行けと言われた経緯を述べた。私たちはあなた方と同じように、新しい生き方を求めて移住してきました、と彼は言った。暴力とは無縁の、平等な暮らしを求めて。しかしだからといって、力尽くで自分の家を追い出され、食糧を奪われ、妻や子供たちを傷つけられても我慢しろというのは、あまりに話がひどすぎる。我々の中から剛健なものを集め、武装した自警団を組織し、街の治安維持にあたるべきです。街の決まりに背くものは排除し、処罰するのです。

その意見に多くの人々が動揺したのは明白だった。暴力はどのような形においても認められないと、自らに言い聞かせていた人々でさえ心を動かされた。

マイケル・カラードが発言しているあいだ、私は父の様子をうかがっていた。その顔に不安の影がよぎるのが見えた。父を愛してはいたけれど、私は父とは異なった種類の人間だった。人間のもっとも優れた部分を信じるような必要性を、私は感じなかった。私は人間をただあるがままに見た。二面性があり、向こうみずでありつつ、親切でもある。おそらくはそれら全部が同時に具わっているのだ。しかし父にとっては、人はすべて神の子であり、悩める哀れな子羊だった。人々はただ愛と公平さを求めているだけなのだ。彼は、彼の宗教が人類について語っていることを裏付けてくれる世界を必要としていた。そして条理と信仰のどちらかを選ばなくてはならなくなったとき、彼は条理に別れを告げた。

その場で投票が行われた。父親の側が多数を確保した。しかしその日を境として、街は二つの派閥に分かれた。ひとつはカラードに率いられた一派で、自警団を組織し、武装して自衛しようと主張していた。もうひとつは父を頭領と見なし、居留地が当初の理念に沿って運営されることを求める一派だった。

今から思うと、ものごとに完璧さを求める父のやり方には、どこか子供っぽいものがあったことがわかる。彼は職人としては不器用で、何日もひとつのものをいじくり回したあげく、結局台無しにして放り出してしまうことがあった。すんなりとうまくいかないものは、価値のないものなのだ。そしてそのような子供っぽさは、人々に対する彼の非寛容さを助長することになった。彼は人間よりは観念（イデア）を愛した。そちらの方が矛盾がより少ないからだ。そして私にはときどき、父は遅刻や陰口よりは、盗みや殺人の方をより容易（たやす）く赦せるのではないか、と思えることがあった。殺人や盗みは、それが全面的に悪であるが故に、より問題は少ないのだ。多様性や矛盾は彼の頭を悩ませた。父はメソジスト派の神様のようだった。ただの一言によって、人を神の選民から放逐しかねない。

北極圏に対する父の思い入れの中に、単純な真実に対する渇望と同種のものが見いだせるかもしれない。空、雪、山、樹木。私は都市を前にしたとき——後日そのひとつを目にすることになるのだが——ひどく心を乱された。都市はほかのどんなものとも違っていた。それはいろんな事物の奇怪な集合体だった。しかしその奇妙さの中には、またそれがすべて人間の営為によってできあがったものなのだという認識の中には、たしかに美しいものがあった。しかし私の父の選んだ教義は、私たちが目にするまわりの風景と同じように、どこまでも澄み渡った秩序を持っていた。平和、独立独行、愛、神の意思への服従。そのシンプルな形状は説得力を持っていた。人々は彼に惹かれた。その信念の強さの故に人々は彼を信頼した。

それは私に氷の塊（ブロック）を思わせる。ガラスのような側面には鋸のひだ模様がついている。それを溶かして水にするとき、ずいぶん長いあいだその氷は完全なかたちを保っている。ため息をつくような音を立て、ほんのわずか縮むだけだ。しかしそれも熱い空気が、氷の内部に気泡をひとつ見つけるまでのことだ。その気泡はやがて一挙に膨らみ、ブロック全体を小さなかけらに砕いてしまう。その年の夏はとんでもなく暑かった。まるで太った男が結婚式用のスーツを着ているみたいに、街はいくつもの縫い目に沿って分裂していた。避難民が増えすぎたのだ。クエーカー教徒も、そうではない人々も、焼けつくような南の土地から、飢饉を逃れて押し寄せてきた。七月を通して言い争いが続いた。人々は畑から食べ物をくすね、人の住んでいない場所に勝手に住み着き、退去することを拒否した。そして結局のところ、私の身に起こったことが、干し草を燃え上がらせる火種の役割を果たすことになった。

カラードとトゥミルティは各々の自警団をひとつに統合した。市民の投票で敗れたにもかかわらず、彼らは避難民たちから銃器を買い取って武装した。

彼らのやり方に反対する入植者たちは――父に率いられる多数派だ――夏中ずっと彼らを追い回した。パトロールのあとをついて歩き、叫び、鐘を鳴らした。彼らの馬が通れないように、通りに座り込んだりもした。

その後、何週間にもわたって論争が続いた。集会所で、店で、街路で、夕食の席で、夫と妻の間で。そして一家族、また一家族と、人々はカラードの陣営に引き入れられていった。我が家では私一人が異分子で、父親の意見に異を唱えていた。何が正しいかについて、私は父よりも単純な考えを持っていた。マイケル・カラードが発言したとき、胸のつっかえがとれたものだ。私が生まれてからずっと抱いていた気持ちに、彼が声を与えてくれたことで。もし誰かに頬を叩かれたら、聖書に何と書かれていようと、相手の頬を叩き返す。私はそう言った。父は不機嫌に唇を堅く結び、自分の部屋に行ってなさいと私に命じた。父は街の空気が自分に対立し始めていると感じていたし、そのうえ自宅の食卓でまで反乱に直面することに耐えられなかったのだ。

その何週間か、私と父との関係はこれまでになくひどい状態だった。受けている重圧のおかげで、父は不機嫌で怒りっぽくなっていた。彼はカラードを悪し様に罵った。父はまだ多くの入植者の支持を得ていたが、それも日々減少していった。やがて彼が孤立する日が来るであろうことは、目に見えていた。父は権威を失いつつあったし、艱難辛苦(かんなんしんく)の末に築き上げた街を失いつつあった。彼は自分の話を聞いてくれる人をつかまえては、カラードに従ったりしたらどうなるかを警告した。しかしその話に耳を傾ける人の数は、まさに一時間ごとに減っていった。

我々の法律をどう解釈するかについての口論は、街の支配権を巡るむき出しの闘争に変わっていった。

八月の終わり、父と母は数日のあいだ街を離れた。父は狩りと釣りが好きで、そういう旅行をするとき、可能な限り母を一緒に連れていった。父母が家を空けているとき、私はいつも彼らの寝室に忍び込んで眠った。私はふかふかしたマットレスが好きだったし、アメリカから運ばれてきたベッド・フレームがちゃりんちゃりんと音を立てるのが好きだった。

真夜中過ぎにドアが開く音が聞こえた。息づかいも聞こえた。私はチャーロの名を呼んだ。でもそこにいるのは、枕カバーをかぶった五、六人の男たちだった。

枕カバーの目と口の部分には穴が開けられていた。彼らが私に向かって大声で悪態をついたとき、その唇には唾の泡が浮かんでいた。

私は窓から飛び降りて逃げようとしたが、足を掴んで引きずり戻された。二人が私をベッドに押さえつけた。私は何とか片手を自由にし、水のグラスを掴んで、襲ってきた男たちの一人に切りつけた。「イゼベルめ」とその男は言った〔訳注・イゼベルは聖書に登場するイスラエルの放埓な王妃。邪悪な女の象徴〕。顔に濡れたものがかかった。てっきり自分が切られたものと思ったが、それは彼らがうちの台所から持ってきた石灰だった。

意識は慈悲深く、時としてどこかに消えてくれる。そのあとに起こったことを、私はろくに覚えていない。それがもたらした余波については更に覚えていない。しかしとにかく彼らは私を生かしておいた。私の両親に見せつけるためだ。そしてどうやら私は両親に、イーベン・カラードが首謀者だったと告げたらしい。

なぜ私にそれがわかったのか――またなぜ彼がそんなことをしなくてはならなかったのか――いまだに不明だ。しかし、人々のなす暗い行為について深く考慮しても詮ないということを、その後に巡ってきた歳月が私に教えてくれた。不思議なことだが、人々は理念のために戦っているときに、最も残虐になれるようだ。カイン以来私たちは、どちらが神のより近くに立つかということを巡って、延々と殺し合いを続けてきたのだ。私の目には、残酷さとはものごとのひとつの自然なありように見える。そんなことについて個人的に突き詰めて考えても、頭が混乱するばかりだ。誰かを傷つける連中は、自分たちが望んでいるほど、相手に対して強い力を有しているわけではない。だからこそ彼らは残虐な行為に及ぶのだ。そして私は今更、そんな力を彼らに賦与するつもりはない。しかしそのときに彼らが私になしたのは、掛け値なく残虐な行為であり、彼らが私を傷つけ終えたとき、孤独の棘がひとつぽきんと折れたようだった。そしてその棘は私の身中に永久に残った。今となっては、それについて考えることはあまりない。しかしベッドのフレームが軋む音を耳にするたびに、私の心は混乱する。

その出来事は私たちの街の希望を殺し、私の父をも殺した。彼は長い剃刀を持って森に行き、喉を掻き切った。あまりにつらすぎて私には、父が埋められるのを見ることはできなかった。

それから三週間、私は顔に濡れた布をあてて、ベッドに横になっていた。肌を湿らせ、少しでも傷を小さくするためだ。痛みはすさまじいものだったが、私がよく覚えているのは、通りでの暴動騒ぎだ。その物音は窓の外から聞こえてきた。カラードの一家は街から放逐(ほうちく)され、そのどさくさに多くの家が焼かれた。

包帯がとられたとき、皮膚は赤むけの状態で、手のつけようがないほど顔全体が引きつっていた。左の目がだらんと垂れ下がり、口は片方に歪んでいた。その前は美人だったというつもりはないが、それほどみっともなくはない顔立ちだった。男たちが私に対して他の人に対する時より敏速な反応を見せてくれるような、良き時代もあった。しかしそれ以来、私は髪を短くし、男っぽく振る舞うようになった。街の長老たちが自警団の設置を認めたとき、私の名はそのリストのいちばん最初に載った。

我々の警察は武装し、逮捕の権利を持っていた。我々は治安判事が執行するべき規約を持ち、違反者を収監する留置所を持っていた。しかし実際の刑罰として許されていたのは、退去命令だけだった。つまり誰かが犯罪行為を働いたと認められれば、その人物は街の境界線の外側に追いやられる。それだけのことだ。街の長老たちには、その先の一歩を踏み出す度胸はなかった。武装した警察を持つだけでも、彼らにとっては大きな決断だったのだ。

最初のうち、我々は混乱を防ぐ役目を果たすことができた。しかし時間がたつにつれて、あまりにも多くの面倒が持ち上がってきた。我々の仕事は実にばかげたものだった。食品貯蔵庫でネズミを見つけ、捕まえて、しっぽをつかんで外に持って行って放り出す。それから、そいつらがまたまたこっそりと忍び込んでくるのを待ち受けるわけだ。

どれだけがんばっても、騒乱は増加していった。かつては、論争をどのように収めるかについて、我々のあいだには合意があった。人々はじかに顔をあわせ、腹蔵なく議論し合った。彼らはこの入植という実験に未来をかけていた。相手に常に好意を抱くことは無理だとしても、少なくともみんながお互いのことを知っていた。しかし今では、隣人同士に隙間が生じていたし、その隙間を埋めるのは恐怖と敵意だった。誰だって、この街で武装していない最後の人間にはなりたくなかった。そして武装を正当化するための口実なら、それこそいやというほどあった。カラード一家にあんなひどいことができたのなら、もう誰も信用できないではないか。「もし塩その味を失わば、何によって塩するべきか？」と人々は言った。父の死によって、旧来の方針を進んで貫こうとするものもいなくなった。人々はこれまで護ってきた理想をあっさりと捨て去り、銃を購入した。そして街は見る影もなく変わり果てた。

混乱はある種のタイプの流れ者たちを街に導き入れたように見えた。すべてが早い者勝ちになった。平和な時代にあっては堅固で我慢強いものが栄える。しかし無法状態にあっては、素速く無慈悲なものが先手を取る。そしてこの街の旧来の市民までもが、無法者たちと策略を狡く競い合うようになった。

要するにこういうことだ。聖書を糧として育てられ、自分たちは神の計画の中で特別な位置を占めていると信じる人々にとって、この全地球的な厄災はまさに心ひそかに待ち受けていた状況だった。私たちは何世紀にもわたって、千年至福期について語り続けてきた。そして今やその「世の終わり」がやってきたらしい。人々は好んで真っ正面からその危難と向かい合い、もがくような足取りでまっすぐそこに踏み込んでいった。まるでそれが自分の強さを測るテストであるかのように。なぜだろう？　そんなものはうまく迂回し、必要な品物だけをかき集めて、背景の中にこっそり紛れ込んでしまった方が得策ではないか。翌年も春は巡ってくるだろう。コツさえうまくのみ込めば、森の中で食料を見つけることもできるだろうに。

聖書の預言はたしかに実現はされたけれど、そのされ方は人々が期待していたものとは違っていた。キリストの再臨はなく、ライオンと子羊が添い寝をするようなことも起こらなかった。話はむしろ逆だった。秩序ある近代都市は、飢えたいくつかの部族が荒れ地をめぐって闘いあう場所へと転落した。そういう意味合いにおいては、聖書を預言の書と呼ぶことは可能かもしれない。

ビル・エヴァンズは仕事を終え、故郷のアラスカに戻る算段をしているときに、争いに巻き込まれて死んだ。しかしそれは後日のことだ。事態がそこまで悪化するのに、二年ばかりを要した。

彼らは二週間にわたって、私をその穴蔵に閉じ込めた。寒さのおかげでひどい悪臭は免れたが、ありがたいと思ったのはせいぜいそれくらいだ。私は意識をよそに彷徨わせることで、なんとか正気をたもっていた。私は頭の中に別の世界を築きあげた。こことは違う経緯をたどった世界だ。私はその世界で違う時間を送っていた。汚い毛布にくるまって暗黒の中にいるのではなく。

ピングの子供が元気に育った様を思い浮かべるのが好きだった。その顔と、母親と同じまっすぐな黒髪を思い描くことができた。私はその子を山に連れて行って、湖で水浴びをさせた。水の冷たさに彼女の顎はぶるぶる震えたが、そのキックは小さな蛙のように力強かった。

最初の十日を過ぎると食事がいくらかましになった。スープは濃くなり、少しだが肉も、そしてジャガイモも入るようになった。きっと私の身体を重労働に耐えられる程度に強くしたいのだろう。何か武器になりそうなものを私に持たせてくれるほど連中は愚かだろうか？いや、ボースウェイトは人を過小評価するタイプには見えない。しかし希望を抱いたところで害はあるまい。

ようやくある朝、ドアが開かれた。入ってきた男は蹄鉄工のエプロンをかけ、食事の金属の皿を滑り込ませる代わりに、金属の枷と長い鎖を手にしていた。その背後には棍棒を持った二人の男が続き、エプロンの男が枷をはめるあいだ、私をねじ伏せていた。

私は少しばかり抵抗したが、それは男たちの注意をそらすためだった。一人は、「この不細工なビッチが」と怒鳴り、棍棒を振り上げたが、それは本気ではなかった。仲間の手前、タフぶって見せただけだ。そして私はもがいてはいたが、それは実は枷の錠前をよく観察しておくためだった。

私にとって不運なことに、男たちはそういう作業に手慣れていた。彼らは革のベルトを私に装着し、そのループに鎖を通し、手錠と足枷をひとつに繋げた。

彼らが私を残してそこを出て行くと、私は足を引きずって、監房のいちばん明るいところまで行った。そして鎖を光の中に引き寄せ、じっくりと検分した。

それは質の高い鋼鉄でできていた。がっしりと重く、精巧に作られており、新品に見えた。ホレブの人々にあれほど厳しい生活を送らせている一方で、こと敵の扱いにかけては出費を惜しむまいと、ボースウェイトは決意を固めているようだ。

私は鋼鉄と、その出所について考えをめぐらせた。饐えたパンに含まれていた小麦粉と同じように、それはこの街で自給自足できる代物ではなかった。あの蹄鉄工はどうやら、鎖の輪をひとつかふたつ短くしたようだ。また革ベルトにループを取り付けたようだ。しかし彼の手仕事は、鋼鉄を製造した者の精密な作業に比べれば、お話にならないほど稚拙なものだった。これほど立派な金属をこんな無駄なことに浪費するなんて、と私はあきれたが、仕方ない。ボースウェイトと私とでは、重要性の基準がそもそも違っているのだ。

苛酷な境遇にいると、時としてほんの些細なことで、気持ちがぽきんと折れてしまうことがある。その鎖は私をあと少しで打ち砕いてしまうところだった。重さよりは、冷たさがこたえた。それは私から温かみを奪い取ったし、身体を動かすたびにじゃらじゃらと音を立てた。私は昔の良き日々のことを思い返すようになった。なにも我が家にいたときのことを言っているのではない。鎖につながれる前のことを言っているのだ。確かに監房はいくらかにおったし、冷たく、食事はひどかった。しかし少なくとも動き回る自由があった。時が経つにつれて、鎖はますます重荷になっていった。そして楽な姿勢を保つために、私は前屈みになり、むき出しの地面に、背中を丸めてうずくまらなくてはならなかった。まさに屈辱の姿勢だ。しかし姿勢を変えるには私は疲れすぎていた。

脱走の夢は今ではもうお笑い草になっていた。ピングとその子供が今も元気に生きているという夢と同じくらい、それは非現実的なものに見えた。動くことができなければ、私はゼロに等しい。私は食べることを拒否した。ひどく頑固な性格だから、そのままでいればきっと餓死していただろう。しかし二日後に看守がドアを大きく開けて、さあ出るんだと命令した。

誰かが私にぼろぼろのキルトの上着と、帽子と、油にまみれた手袋を投げてよこした。私は自分の暖かいスノーシープの手袋と、クズリの毛皮のズボンのことを思った。それらは今いったい誰が身につけているのだろう？

私は与えられた衣服を身につけ、足を引きずりながら光の中に進み出た。そして暗闇の中で暮らしている動物のように目をぎゅっと細めた。ホレブの中央広場は私が覚えていたよりも狭かった。ほとんど私の家の裏庭くらいの広さしかない。

門は開いており、街の人々が二列に整列させられ、列と列のあいだに私が通り抜ける通路を作っていた。彼らは黙って立ち、私が足を引いて、じゃらじゃらと鎖の音をさせながら通り過ぎるのを見守っていた。

彼らの表情に、私がこれからどこに連れて行かれるのか、そのヒントを読み取ろうとしたが、顔はみんな灰色で石のようだった。やっとその中にヴァイオレットの顔を認めることができた。「あの女はきっと、縛り首になった方がよかったと思うことだろうよ」と彼女はみんなに向かって言った。人々の間から同意のつぶやきがもれた。

ボースウェイトは居留地の壁の、高い張り出しに立っていた。聖職者の黒衣に身を包み、聖書をわきにはさんでいた。

門をくぐったところで、馬に乗った男たちが私を待っているのを目にした。

ボースウェイトは私とは一度も目を合わせなかった。

彼は看守たちに止まるように命じ、人々の祈りを唱道した。神の御手にこのものを委ねます。願わくは慈悲の心を持って扱われんことを。

彼らのもそもそとした声が消えてしまうと、私は周囲をよく見回した。ときは四月に近く、長い冬のあと、世界が息を吹き返そうとしている匂いを嗅ぎ取ることができた。居留地の地面は氷が溶けて、ぬかるみになっていた。かつての大いなる春の希望からは、ずいぶん遠く離れたところに来てしまったようだった。

彼らは喉にかかったような「アーメン」で祈りを締めくくった。

「そしてあんたたちにも神の慈悲があるといいね」と私は叫んだ。それは祈りの間ずっと私の中で煮え上がっていた思いであり、突然の激しい咆哮(ほうこう)となって飛び出してきた。その声はあまりに大きく、ライフルの銃声のようにあたりの空気を切り裂いた。私のまわりにいた人々はおののいた。しかしほかの人々は「よくもそんなことが」と口々につぶやきながら、こちらに詰め寄ってきた。荒々しい態度ではないものの、そこには雌牛の群れを思わせる、相手を踏み殺しかねない着実な敵意があった。

看守たちが私を引き立てた。私はよろけて、泥の中に両膝をついた。彼らは私を起こし、前に押しやった。門をくぐるとそこで歩を止め、あとは私一人で歩いて行かせた。

馬に乗った男の一人が鞍から降り、私のベルトのループにロープを通した。

彼はそういう作業に慣れているらしく、終始無表情だった。家畜を駆り集めたり、馬に蹄鉄をつけたりするのと同じだ。それから男は再び鞍上に戻り、馬に向かって口笛を吹いた。

その歩みについていけないのではないかと私は案じた。ぬかるみに転んで、そのまま引きずって行かれるのではないかと。しかし彼らはゆっくりと進んだ。それだってついていくのは一苦労だったけれど。

彼らは小径を通って森を抜けた。小径が終わり、街道が開けた。そこで私が木を切っている男たちに出会ったのは、もう大昔のことのように思えた。

ひどい食物しか与えられず、狭いところにずっと閉じ込められていたせいで、私の身体は衰弱していた。十歩ほど歩くたびに、もうこれ以上は歩けないと思った。「肉体は弱いものだ」と人は言う。しかし私に言わせれば、肉体は強い。弱いのは精神だ。もうあきらめろ、そのまま雪の中に寝転んでしまえ、と耳元で囁くのは精神なのだ。肉体がどこまで苦痛に耐えられるかを、女だけが知っている。身体が二つに裂かれてしまいそうな痛みがある。しかし実際に裂かれることはない。

だから筋肉がどんなに悲鳴を上げようと、私はよろよろと進み続けた。呼吸の数を数え、心を超越しようと努めながら。最初のうちあまりにも必死に努めたので、私の意識はパニックの感覚に襲われ、ひとところにうまく位置を定めることができなかった。私は手当たり次第、手近にあるものにしがみついていたからだ。

しかしやがて平和のようなものが私に訪れた。私は歩数を数えることをやめ、その動きにただ身を任せた。

森は静かで、雪が解けるぱきっという音が聞こえるだけだった。我々のほかには誰もいないようだった。しかし街道に出ると、そこには人が群れをなしていた。彼らは街道の路面でキャンプしていたのだ。

人々は湿った泥を衣服につけないように、その場にしゃがみ込んで休息を取っていた。一人か二人は見るからに疲労困憊しており、それがあとでどんな結果をもたらすかなんて考えることもできないまま、ぬかるみの中に突っ伏していた。

彼らのまわりでは、十人ばかりの男たちが馬上で力を抜いた姿勢をとっていた。

囚人たちは十人の集団ごとに鎖で繋がれていた。

看守の一人が口笛を吹くと、私のいちばん近くにいた集団が立ち上がった。馬に乗っていた男が飛び降りて、集団の末尾にいた男に、私を錠で結びつけた。五十歳くらいの男で、もしゃもしゃした髭をはやし、すりきれた兎の毛皮の帽子をかぶっていた。誰一人口をきかなかった。

馬上の男たちはほかの囚人たちをも立ち上がらせた。そして隊列のわきに場所を定め、合図を待った。

やがて先頭から誰かがやってきて、馬に乗ったまま隊列を一通り点検し、問題がないかどうか確かめた。その男は私の方をほとんどちらりとも見なかった。しかし隊列の逆の側面に移るときに、その顔を見ることができた。それは私の街の外れの街道で、前に顔を合わせた男だった。

彼はギャロップでキャラバンの先頭に戻った。私の立っているところから先頭までは六十メートルばかり距離があった。

私の隣人は何かを言いた気にこちらを向いたが、ちょうどそのとき大声の合図とともに列は動き出した。そして来るべき行進に備え、私たちは一切の無駄口を控えた。

# 第二部

# I

彼らが基地(ベース)と呼ぶものは、エヴァンジェリンから千五百キロメートル近く西方、レナ河の支流近くにあった。

我々がそこにたどり着いたときには、既に夏至は過ぎていた。それまで我々は常にマメに悩まされながら、よろよろと道路を歩み続けた。

西に向かう行程は、あえて比較すればということだが、東に向かう行程より更にうらぶれていた。途中誰とも出会わなかったし、路上で目にしたものといえば、白くひからびた人骨と、その向こうにある放棄されたいくつかの居留地だけだった。

我々の動きをより機敏にし、食料の消費を減らすために、鎖が軽減された。鎖の輪のひとつひとつが、運搬する小麦のコストに関わってくるのだ。

キャラバンは自前の食料を携えて移動した。幌をかけられた馬車には小麦粉の袋が積んであり、その小麦粉で作った粥(ポリッジ)や、鉄板で焼いたパンケーキが囚人たちの食事として出された。

看守たちはときどき隊列を離れて狩りに出かけた。そして夜になると、肉を調理する匂いがぷんと漂ってきて、私たちを眠れなくした。生肉が焼ける匂いが耐えがたく鼻をくすぐった。

もし起床のときに素速く立ち回れたら、まだ少しは齧れる肉片が地面に落ちているのが見つかるかもしれない。骨であれ筋であれ、本物の食べ物がどんなものだったかを思い出させてくれる何かが。

私の隣人はシャムスディンという名の回教徒だった。彼は一日に五回拝礼をし、土で手を浄め、メッカの方を向いて（あるいはそれがかつて存在した方に向かって）お祈りをした。彼はそれまで、ズルフガルという男とペアを組んでいた。しかし囚人同士が親しくなりすぎるのは、看守にとって好ましいことではない。だから彼らは、二人を隊列の先頭と最後尾に引き離した。念の入ったことだ。十キロの重さの鎖を引きずりながら、身ひとつで荒野を進んでいる我々は、命を繋ぐのがやっとという状況にあったのに。それでもとにかく、彼らは二人を引き離すために、私とシャムスディンを組ませた。

看守たちは私たち二人を、ずいぶん注意深く監視していた。だから私はシャムスディンからほんの少しずつ、こっそりと情報を収集しなくてはならなかった。ある日、水飲みの休憩のとき、礼拝する彼の隣で地面にうずくまりながら、彼が四十六歳で、ブハラ〔訳注・ウズベキスタンの街〕の生まれであることを知った。かつて絹工業が盛んだった南部の古い都市のひとつだ。外科医の研修を受けるために極東に赴き、故郷の街の病院で働くために帰ってきた。

彼は裕福だったので、事態が悪化したとき、賄賂を使ってなんとか北に脱出することができた。

自分が観察したところでは、絶望と飢餓が人の文明化された本能をひっくり返すのには三日しかかからないようだと私は言った。彼はにやりと笑い、君は人間性に対してずいぶん暗い意見を持っているな、と言った。経験的にいえば、四日くらいはもつんじゃないかな。

両手で水を汲むとき、彼の鎖がじゃらじゃらと音を立てた。

どのような手術をしていたのかと私は尋ねた。

「鼻だよ」と彼は言った。その顔には微かな微笑みが浮かんでいた。

「鼻の外科手術をしていたの？」

「女性たちをより美しくしていたのさ」

「そんなことしても、ムスリムの女たちはみんな顔を隠しているんじゃなかったっけ？」、私がそう言うと、彼は笑った。

馬に乗った看守がやってきて、さあ出発しろ、と命じた。我々はよろよろと前進を開始した。全部で八人のグループが、気乗りのしない大きな動物のように緩慢に動き出した。

「あんたにも、私の顔はいじりようがないだろう」と私はウィンクしながら囁くように言った。

「鼻には何の問題もなさそうだが」

「鼻のことを言っているんじゃないよ」

「何のことを言ってるんだね？」と彼は表情ひとつ変えずに尋ねた。

「よく言うよ」と私は言った。

彼はまじまじと私の顔を見た。それまで私に変わったところがあるとまったく気づかなかったという具合に。「酸で焼かれたみたいだな」

「石灰だよ。でもまあ近いね」

「ああ、治療は簡単だ。表皮を再生させるために化学薬品を使うんだ。瞼の部分の皮膚を作り直すには、私なら太ももの皮膚を移植するね。前よりもっと美人にしてあげられると思う」

それを聞いて、こんな目にあいながらも、あやうく吹き出すところだった。どうして彼が金持ちになれたか、その理由が解せた。口先ひとつで、裕福な女性たちから気前よく金を吐き出させたのだ。私が男ではないことが彼にわかっていたのは、ちょっとした驚きだった。

シャムスディンには紳士らしいところがあった。ぼろ着さえ上品に着こなしていた。食事の時にも、我々のようにがつがつかき込んだりはしなかった。かぶりついたり、げっぷをしたりもしなかった。長い指で食べ物をちぎって小さく丸め、それをひとつひとつ口に入れた。私もその真似をするようになった。何はともあれそうすれば、食べ物は長くもたせられるし、たくさんあるようにも思える。

彼に私の人生について少しだけを語ったが、それは彼には正気の沙汰とは思えないようだった。私の両親が居心地の良い生活を捨て、極北の寒さの中に進んで移住してきたことが、とても信じられないようだった。

シャムスディン自身の家族はみんな死んでいた。彼は二人の連れとともにブハラを出てきた。海岸まで行って、南下して日本まで行くか、あるいはさらに北のアラスカまで行く船を見つけるつもりだった。旅の途中、人の住んでいる居留地はごく僅かしか見かけなかったし、彼らに助けの手をさしのべてくれるところは更に少なかった。仲間の一人は赤痢で死んだ。もう一人は食べ物を盗もうと農家に忍び込んだところを撃たれて死んだ。シャムスディンだけが目的地にたどり着いた。ほとんど餓死寸前で、ポケットに詰め込んでいた紙幣はすべて無価値な紙くずと化していた。

太平洋岸を行き来する船はたまにだが、まだ運行していると彼は言った。しかしその交易品と言えるのは、人間の男女くらいだ。この囚人たちの三分の二は、カムチャツカのペトロパヴロフスク港から船荷として送られてきた。彼らが枷をはめられた状態で下船させられるのを、シャムスディンは波止場の近くで眺めていた。最初は肝をつぶしたものの、やがてその連中の方が、彼よりむしろ栄養が足りていることに気がついた。

日が暮れて、奴隷キャンプから食べ物の匂いが漂ってきた。彼の内臓は空腹に痛み、筋肉は緩慢な飢餓のせいでやせ衰えていた。彼は看守の前に我が身を投げ出し、自分もこの一員にしてもらいたいと懇願した。最初に食べ物の鉢を与えられたとき、自分がなした行為のあさましさに思わず涙が出たよ、と彼は言った。そして既に両親が亡くなっており、彼らがこのような哀れな自分の姿を見ないですんだことを、神に感謝した。
そんなに自分を恥じることはないと私は言った。そんなことをしたのは、何もあんただけじゃないんだから。三人奴隷がいれば、買われてきたのは二人くらい、あとの一人は自ら志願して奴隷になっていた。自由人として生き続けることができなかったからだ。

シャムスディンはともかく、自ら志願した奴隷たちは、更にひどい目にあわされる傾向があった。囚人たちの中には野獣そのもののような人間がいた。ハンソムと呼ばれる男は、ある夜一人の男を石で殴り殺し、二日目に別の誰かを絞め殺した。看守たちは彼らの衣服をはぎ、灰色になった死体は道ばたに転がしていった。
ハンソムは罰せられなかった。看守たちは彼を単独で歩かせ、単独で眠らせた。それ以上囚人の人数を減らしたくなかったからだ。

私が秋に馬に乗って旅したのと同じ道路を、逆戻りするかたちで我々は歩いた。いわゆる人民委員（コミッサール）街道だ。雪がなくなったせいで、道路はすっかり違って見えたが、それでも北に向から途中で見かけた場所を、ところどころぼんやりと思い出した。三月の四週目あたり、午前中の半ばに、我々はエヴァンジェリンを通過した。その何日か前から、そこに近づいていることが私にはわかった。そして近づくにつれて、私につけられた鎖がだんだん軽くなっていくように感じられた。生まれ故郷のそばにいるというだけで、心が安まるのだ。そこで一夜を過ごせればいいのだがと私は思った。お話の中の兎と同じで、よく知っている場所の方が、自由になれるチャンスは大きいように思えた。ピングがやったように、うまく逃げ出せるかもしれない。下水溝に逃げ込み、私たちを追い立ててきた男たちが、捕まえるのをあきらめて再び前進するまで、じっと隠れているのだ。

消防署の物見台が樹上にそびえるように浮かび上がり、隊列がゆっくりと停止し始めたとき、私の胸は躍った。でも我々はそこに、看守たちが水を配る間、全部で十分しか留まらなかった。我々全員に対して、ブリキのカップがひとつあるだけだった。しかし私も含め、囚人のほとんどは、ツングース人がやるように、樺の木の樹皮で作った自前のカップを携行していた。その方がみんなと同じカップを使うよりは清潔だったし、樺の木の樹液が水を甘くしてくれたからだ。そして何にも増して、どんなちっぽけなものでもいいから、自分自身の何かを所有することによって、自尊心を僅かなりとも取り戻すことができた。

しかし、かつては私にとって世界のすべてであった街の、その外れに立った瞬間、自分が過去の自分自身の亡霊に過ぎないような気がした。そう感じたのは、なにもそのときが最後ではなかったが。街のずっと奥の方から、私を呼ぶ声が聞こえたみたいだった。でもその声も、隊列の側面を行き来しながら、我々に立ち上がって行進することを命じる看守たちの叫びにかき消された。

雪解けのあと何週間も雨が降っていなかった。そして行進によって舞い上がる砂埃のおかげで、我々は息苦しい雲の中を進む羽目になった。それはまわりの樹木を覆い、囚人たちの顔を白く染めた。目には涙が浮かび、灰に覆われて瞳は赤く血走っていた。

看守たちは隊列の後方につくのを嫌がった。砂埃がひどかったからだ。だから末尾にいる我々のあたりでは規律がある程度緩み、お互い自由に会話を交わせるようになった。そして私はズルフガルのことをいくぶん知るようになった。

彼は三十五歳になっていたし、私より頭一つぶん背が低かったが、悪魔のように頑強だった。筋肉質で、褐色で、まるで胡桃材と生皮で作られているように見えた。彼はシャムスディンよりも更に熱心に祈った。

ある夜、看守たちは野生の豚を二匹殺し、食べ残しを我々に放って寄越した。親切心からではない。我々がその肉の端切れを取り合って争うのを眺めて楽しむためだ。肉片の大きな塊がひとつ、ズルフガルのまさに足下に落ちたのだが、彼はほとんど身動きひとつしなかった。

私は自尊心なんかそっちのけで、その肉にとびかかり、拾い上げて食べた。肉は半ば焼けて、半ば生だった。そして血だらけだった。殺し方が正しくなかったからだ。しかしそのときのことを思い出すと、今でもよだれが出てくる。私はズルフガルに一切れを差し出したが、彼はそれを取ろうとはしなかった。俺の宗教はそれを許さない、と彼は言った。

ズルフガルはかつて兵士だった。そして足の手入れに関してはひどく几帳面だった。もしそれが可能であれば、毎晩足を巻いている布を洗い、乾かした。四人の中にはそのことで彼をからかうものもいた。細かい身だしなみに神経質になるなんて、女々しいやつだと。しかし後日私はそれが賢明な行いであったことを知る。彼をいちばんしつこくからかった男たちの一人の足が膿瘍（のうよう）になり、指が黒くなった。足をよろよろとひきずるようになったので、隊列から遅れないようにするために、看守は彼の鎖を切り離さなくてはならなかった。しかしそれでも彼はどんどん隊列から離されていった。そしてある日の夕方の点呼のとき、その男の姿は見当たらなかった。そのあと我々の多くは、まめに足の手入れをするようになった。

またあるとき河辺にある街の外れを通りかかった。河は何年か前に氾濫を起こしたようだった。まだ健在の建物に、水位のあとがついているのが見えた。路面には泥が残っていたし、固まった泥に覆われた一台の自動車にも出くわした。それは鯨に飲み込まれ、そのあと吐き出されたみたいに見えた。窓は泥だらけで曇っていたが、それでもそこには、何かしら気概に似たものがまだ見受けられた。地面にじっとうずくまった、力強い何かに見えた。肩のさがった、横幅のある短軀（たんく）の男のようでもあった。タイヤのゴムは裂けて、外向きに広がっていた。

ズルフガルはそれに引かれるように近づいていった。汚い手でその後部ガラスを撫で、シャムスディンに向かってロシア語で何かを言った。二人は笑った。

「子供の頃、こういう車を持つことが夢だったんだそうだ」とシャムスディンは言った。

ズルフガルはドアを開けてみようとしたが、びくともしなかった。ロックをがたがたといじる音は、あたりの沈黙の中でとてつもなく大きく響いた。彼が何とかその中に入ろうとする試みはあまりに執拗だったので、看守が彼を撃つのではないかと私は心配した。

私が彼の肘を摑むと、それは私の手の中で力を急速に失った。まるで内心は喧嘩することを求めていない人間を、喧嘩から引き離したときのように。そして彼は私とともにその場を離れた。しかし背後に小さくなっていくその車の姿をいつまでもちらちらと振り返っていた。十分後、河で水を汲むための休憩があったときにも、彼の頭の中はまだ車のことでいっぱいだった。ロシア語で何かをまくしたて、首を振っていた。あとほんの少しで白いムースを仕留め損ねたハンターのように。

親しい誰かを失った時には、人は往々にして絶望に襲われ、打ちひしがれてしまうものだ。そういう時でなくても、日常生活の普通の一コマが、同じ作用をもたらすことがある。朝日の昇る時刻とか、窓敷居の色あいとか。様々なやり方で我々はみんな、自らが失ってしまったものと——我々が祖先から引き継いだ世界が駄目になったときに失われたものと——向き合っているのだ。私にもそういう思いの引き金となるものがいくつかあった。洗濯もそのひとつだ。リネンを洗うというなんということもない当たり前の行為には、心を落ちつけてくれるものがある。しかし行進の間、我々は清潔なリネンなんてものにはまずお目にかかれなかった。どういう経路でそうなったのかはわからないが、ズルフガルの場合そのポンコツ自動車が引き金となったのだ。

旅の途中で十一人の命が失われた。そこにはハンソムが殺した二人と、馬から投げ出された看守と、置き去りにされた一人と、その他に四人の囚人が含まれている。一人は心臓麻痺で、一人は蛇に嚙まれて、一人はマラリアで死んだ。もう一人はクリストファーなんとかという高齢に近い男で、彼はただ朝になっても目を覚まさなかった。私はその男のことを少しばかりうらやましく思ったものだ。

実を言えば、それしか犠牲が出なかったことが私には驚きだった。しかし行進のリーダーは、仕事の要領を心得ていた。彼はどこで私たちを厳しく駆り立てればいいか、私たちがふらふらになってきたとき、どこで手綱を緩めればいいかを知っていた。看守たちの間の規律も厳しかった。彼らはたしかによく酒を飲んだが、その荒っぽさが度を超すことはなかった。

ある日そのリーダーが私のそばに馬をつけ、声を落とし、前置きもなしに話し出した。

「お前は俺の兄貴のサイラスと事を構えたんだってな」

彼は私の少し後ろからそろそろ進みながら声をかけてきたので、私は不自然な角度で振り返り、太陽をのぞくようなかっこうで、彼の顔を見上げなくてはならなかった。何かの間違いじゃないか。私はサイラスなんて人間は知らない、と私は言った。

「俺はケイレブ・ボースウェイトだ」と彼は言った。「兄貴のサイラスがお前をここに送り込んだ」。彼は土埃(つちぼこり)を避けるためにスカーフで鼻を覆っていたが、それを押し下げた。

私は何も言わなかった。

「お前は女だとも教えてくれた。どこかの街の外れで最初に会ったとき、俺はお前のことを男だと思った。さて、あれはなんという街だったかな？」

「エヴァンジェリン」

「そうだった。そのことでずっと首をひねっていたんだよ。なんでお前が自分の街を離れたりしたのだろうってな。お前のような人間がなぜか旅に出て、うちの兄貴と面倒を起こす。どうしてそんなことになったのか、気になってな」。彼は微笑んだ。この広い世界のどのような事象も、彼のクールさを乱すことはないと言わんばかりに。

泥の外皮の下で私の頬が赤らむのが感じられた。しかし私は口をつぐんでいた。

彼はしばし私をじっと見ていたが、やがて馬に拍車を入れ、隊列の先頭に戻っていった。そのあと彼は二度と私に語りかけなかったが、時折彼の視線が私に注がれているのを感じた。そして自分が見ていないときには、私から目を離さないように看守の一人に指示していた。

その二人が血縁関係にあるということがいったんわかると、ケイレブと、その兄である師との間に、数多くの相似点があることが見て取れた。どちらも細い鼻を持っていた。そして相手を一瞬にして見抜く賢しい目。二人の間では、私はどちらかといえばケイレブの方を好んだ。彼は少なくとも自分の行いを、宗教の名のもとに美化しようとはしなかったからだ。彼は自分を欺いたりはしなかった。しかし時間をかけて観察するにつれて、弟の方がより危険な男であることがだんだんわかってきた。彼のような顔つきの男にはほんの少ししか出会ったことがなかったが、どの場合にも嫌な予感がしたものだ。あるときにはその顔は、部下たちを未知未踏の領域へと追い立てる船長や探検家のそれだった。あるいはその顔は、おそらくとことん実務的で、容赦のない将軍のそれだった。しかしこの我々の時代にあっては、征服するべき物質はずい分限られていた。それ故に彼は人身売買の商人となったのだ。

自分たちがどこを目指しているか、だいたいはわかっていると我々は思っていた。しかし誰一人正確なことは知らなかった。目的地について様々な噂が隊列を行き来したが、日ごとにその内容は違っていた。これから戦争に参加しに行くのだと看守が話しているのを耳にした、と言うものもいた。行く先は鉱山で、深さ数千メートルの地の底で働かされるんだと言うものもいた。私は先のことはなるべく考えないようにしていた。今あるものごとに神経を集中するのだ。ひたすら歩き続け、鼻や目を土埃から護らなくてはならない。

道中、一人の人間にも出会わなかったが、誰かが住んでいるらしき場所をたまに目にすることはあった。二、三羽のニワトリ、庭に植えられた一列の豆。看守たちは食べられそうなものをかき集め、我々はまた出発した。いったい誰の食物を彼らは奪っているのだろうと、私はよく考えた。それが誰であれ、道路に土埃を見かけたらすぐに身を隠さねばならないことを、彼らは学習していた。

六月の初めになると、隊列の足取りに緩慢さが見受けられるようになった。いくら甘言を弄しても、殴打の脅迫を浴びせても、それは改まらなかった。目的地が近づいてきたことを、我々は骨の髄で直感的に感じ取って、そこで何が自分たちを待ち受けているのだろうという恐怖から、足取りが自然に重くなっていったのだ。

一日の終わり近くに歩くのをやめ、キャンプの設営をするというのが我々の通常のやり方だった。道路はとてもまっすぐに見えるので、なかなかわかりにくいのだが、それは南に向けて緩やかな弧を描いていた。樹木の種類が変わり、より多様な樹木が見受けられるようになった。樺の木、楡(にれ)の木、柳、ライムのほかに胡桃も見かけるようになった。私はこんな南まで来たことはなかった。北極圏の夏がなぜか懐かしく思われた。今ごろ極北ではもう夜はなくなっているはずだ。一日がすべて昼間なのだ。おかげで私の活力は高まったし、それは素敵なことだった。しかし私が連れてこられた場所では、九時頃になると昼間は闇へと解体されていった。

我々は日ごとにびくびくするようになった。というのは前には街道の支線を見かけるのは稀だったのに、今ではそれが数多く現れるようになったからだ。道路標識も数多くなってきた。黒くなり、ねじ曲げられ、書かれている字は私には読めなかった。でもそれが何かの形見であり、過去の記念品であることはわかった。

これらの標識を目にした他のすべての人間たちのことを私は思った。西からやってきた人々、彼らはこれらの都市で生活を始めるべくやってきて、驚きに目を見張り、希望に胸を膨らませたのだろう。人類という物語の終末近くの一章だ。それがどれほど終末に近いものだったか、彼らには知るすべもなかった。

そしてピングのことを考えた。このような運命を免れることができて、ピングはなんと幸せだっただろう。ときどき看守たちを見回して、このうちの誰かがあの子の父親だったかもしれないと考えた。もちろんただの直感に過ぎないのだが、ボースウェイトのような冷血な男にそんな真似ができるとは、どうしても思えなかった。相手はタタール人の目をした、あの馬上の男かもしれない。あるいはつぎをあてた服を着たあの年配の男かもしれない——自前のナイフを使って食事をし、そのゆったりとした動作には我々に対する侮蔑の念がにじみ出ている。それとも甘いマスクのあの若者だろうか——隊の中ではいちばん年少者だ。食事のあとみんなの食器を集め、みんなの煙草の火をつけてまわる。

日が暮れて、彼らが談笑する声が聞こえる。しかし遠すぎて、何を言っているかまではわからない。みんなそれぞれ、私やシャムスディンと同じように、身の上話を持っているのだろう。ボースウェイトは私と同じく、入植者の子供だ。ほかの一人はツングース人の血が入っている。ロシア人たちがいて、コーカサスからやってきたとおぼしき二人がいる。髪は赤みがかって、眉毛がひとつにつながっている。金歯、大きな耳。

私の思うところ、我々が鎖に繋がれ、彼らが馬上にいるというのは、単なる巡り合わせに過ぎない。看守たちだって、生来の同情心をどこかに押しやらないわけにはいかなかったのだ。私は自分にそう言い聞かせた。彼らにも、もともとそういう心持ちがまったくなかったわけではない。それはシャムスディンが、女たちの顔を切り刻むことへの怯え——彼女たちを美しくするためにまずやらなくてはならないことだ——を、克服しなくてはならなかったのと同じだ。だからといって、彼らに対する憎悪がいささかも和らいだわけではないが。

そしてある夜、野営を張るために行進が止められ、二人が薪集めの仕事を割り振られるという、いつもの段取りが飛ばされ、我々はただそのまま歩き続けた。

日が暮れると、木を燃やして煙で蚊を追いやらないことには、大変な目にあうことになる。腕にとまった蚊を叩き殺すと、腕にべたりと血の染みがついた。「まったくもう」と私は言った。「私たちよりこいつらの方がいいものを食べているんだから」

「生まれてこの方、初めて蚊がうらやましいと思ったね」とシャムスディンが言った。

空には三日月が出ているだけだったが、くっきりと晴れ渡っていたので、隠された太陽の光を当てられた細いかけらの横にある、影になった部分まで見て取ることができた。

行く手で道路が二つに分かれ、我々は左の方に追い立てられた。

道路は下り坂になり、それからまたもとの高さに戻った。そして二つのオイルランプに照らされた門に通じていた。それはがっしりとした本格的な門だった。ホレブにあったような、雑にこしらえた見かけ倒しのものとは違う。コンクリートの門柱に巨大な一枚の扉が取り付けられている。その両側には、鎖のフェンスが巡らされ、それは暗闇の中にのびて消えている。

ボースウェイトも門番も一言も発さなかったが、門は開き、我々は二列になって中に入っていった。砂利敷きの広い空き地を横切り、屋根の低い細長い小屋に入った。そこにはスチールの簡易寝台が三列にずらりと並んでいた。

それから五年間にわたって、そこが私の住居となった。

## 2

昔の話だが、我々の街に交易のためにやってきた、あるいは働きにやってきたツングース人たちの顔に、あからさまなまでに純朴な驚きの表情が浮かぶのを、よく目にしたものだった。

彼らの多くは、とくに年配のものたちは、我々の住んでいた街よりももっと立派な街で生活したことがあったが、若者たちの中には旅をしたこともないし、我々のことは話でしか聞いたことがないというものもいた。

考えてもみてほしい。カリブーの動きについては隅々まで知っているツンドラの子供。彼は柳と腕力を用いて九十七種類ものものが造れるし、極北のやせた土地で永遠に生きていくことができる。その彼が今では大通りを歩いている。風船を手にした子供を見つめ、買い物カゴをもった女を見つめ、ベーカリーの大きなウィンドウを見つめている。あまりに多くのものが、唐突に身の回りに現れたおかげで、頭がくらくらする。通行人にぶつかり、手荒く押しのけられ、意地の悪い子どもたちに嘲(あざけ)られる。

そのかわいそうなツングース人の子供がまさに、基地（ベース）での生活を始めた当初の私だった。その場所には活気があった。子供時代における故郷の街を例外にすれば、それは私がかつて目にしたことのないものだった。私はすっかり興奮してしまって、そこにうまく同化することができなかった。不潔な人々と獣たちの異様に強烈な臭気、荒々しい声、茶色や黄色がかった顔、バラックの中に無理に押し込まれた多くの肉体、食事時ともなれば全員が、川を遡上する鮭顔負けに押し合いへし合い、一ヵ所に殺到する。

　大きすぎる負荷のかかった哀れな私の頭の中で、新しい生活がなんとかそれらしい形を取り始めるまでに何日も、あるいは何週間もかかった。そのような日々を私は、まわりの人々と同じように振る舞い、なるべく面倒に巻き込まれないように、頭を低くして過ごした。

　我々は二棟のバラックに分けて収容された。人数は両方あわせて三百人ほどだった。バラックの定員はそこまでなかったので、溢れたものはどこかに自分の居場所を見つけなくてはならなかった。古株の連中がいちばん良い寝台をとった。新参者たちは共有スペースである大きな木製の台の上で、なんとか間に合わせて寝なくてはならなかった。ほぼ三年間にわたって、頭上の何枚かの厚板だけが、私にとって自分の世界と言えるものだった。冬にはその下で震え、暑い夏には、あるいは熱病にかかったときには、その下で汗を流した。今でも頭上の節目をそっくり絵に描くことができる。私はそれらを母親の顔よりも熟知している。

　ほとんどすべての囚人が農場での作業に従事した。とにかくあらゆる仕事をこなした。馬の蹄鉄打ちから、雌牛の乳搾（ちちしぼ）りまで。縫いものや、刈り入れや、かいばの用意から、キャベツの塩漬けをつくったり、冬場に備えてサイロの中で草を発酵させる作業まで。

朝と夜に我々は集合し、頭数を勘定された。

最初の夏、私は昼間は暑い太陽の下で干し草を束ね、夜には牛小屋で乳搾りをした。そんな大規模な施設を私は長いあいだ目にしたことがなかった。開墾された土地が二千エーカーはあっただろう。土地は黒々と、いかにも豊潤そうだった。ロシア人はそんな土地についてよく冗談を言ったものだ。この土地にスプーンを植えたら、育ってシャベルになるなと。チェルノゼム、彼らはたしかそういう名で呼んだと思う。

台所で働くチームもあった。みんながその仕事を望んだ。それはいちばん楽な仕事と見なされた。食べ物もふんだんにあるし、一日室内で働ける。その仕事は年配の囚人たちにまわされた。でも私は外で働くのが苦ではなかった。食料は十分だった。そしてそんなことを認めるのは面白くないのだが、監獄のベーカリーが供するパンは、これまで私が口にしたどのパンよりも柔らかかった。

最初の何週間か、新参の囚人たちは感覚が混乱して、わけがわからなくなってしまった。それはまともな食事やら、太陽のもとで気持ちよく過ごせることやら、ようやく目的地に到達し、そこがそれほどひどい場所ではなかったという安堵感によってもたらされるものだった。

我々は五時頃に農場から戻ってきて、二度目の点呼を受けた。

「腹がはちきれそうだ！」と一人が黒パンの塊で皿を拭いながら、感に堪えかねるように言った。

バラックには多くの満ち足りた鼾が響いていた、朝食に卵が出たときには、自分たちは死んで天国に来たのだと思いこんだ愚か者までいた。

そして彼らは頭をひねった。我々囚人がこれほど安逸に暮らせるのなら、ボースウェイトと部下たちが住む別の一角では、いったいどんな素晴らしい生活が送られているのだろう？

バラックは夜になると、活気ある小さな村のような様相を呈した。人々の大半は少なくともひとつは手仕事を身につけており、看守を相手に内緒の細かい取り引きをしていたからだ。簡単な仕立てや、工芸の仕事だ。中には、木ぎれと針金でバンジョーをこしらえて看守たちに売るものもいた。うまいプロフ〔訳注・羊肉と米を使ったウズベキスタンの郷土料理〕を作ると評判の男がいて、彼は看守たちの誕生日になるとそれを調理するために連れ出された。そしていつも振る舞い酒を飲まされ、千鳥足で戻ってきた。謝礼はおおむね酒か煙草か、あるいはちょっとした食べ物で支払われた。

基地にいる女たちについていくつかの噂はあったが、私の知る限りでは、囚人たちの間で女といえばこの私だけだった、そしてそれからの二年、私がほかの女の姿を目にすることは一度もなかった。

その二年間、私が一人きりになれることはほとんど一瞬もなかった。便所においてさえ、プライバシーを楽しむことはできなかった。いつも誰かが一緒だったからだ。それでいながら、そこには同志意識と呼べそうなものは皆無だった。

シャムスディンと友だちでいられたらと、私は思っていた。私は彼に好意を持っていたし、まっとうな人間に見えたからだ。しかし彼とズルフガルと、私との友好関係は、長旅の終了と共に終わってしまった。

ときどき仕事の場で、二人のどちらかと顔を合わせることがあったし、そこにはかつての温かみの痕跡がうかがえた。しかしそれ以外の大方の時間、私たちは異なった道筋を歩んだ。基地にはほかにも回教徒の囚人たちがいたし、祈りや食事のときには彼らは集団でかたまっていた。そして秋には四十日間の断食を共にした。私が女であるせいで、彼らと近しく親交を結ぶことは不可能になった。そしてほかの囚人たちについていえば、友だちになりたいと思うような相手は一人もいなかった。


基地における生活の陰惨さには限りがなかった。すべての殴り合いや殺し合いを、あるいは飲酒やら、卑猥な会話やらを数え上げても、そんなことに意味はない。ただ私が感心したのは、その全期間を通じて、自殺を図るものが一人としていなかったことだった。かつて自殺を図ろうとしたこの私にしても、ここで人生を終えてしまおうというような考えは、ちらりとも頭に浮かばなかった。

ピングと赤ん坊が死んだとき、私の人生から力が抜けてしまった。それはかつて経験したことのない感覚だった。私は毎朝目覚めるたびに、胸にむらむらと闘志を燃やす種類の人間だ。当時私が抱いた感覚がどんなものだったか、言葉で説明するのはむずかしい。しかしピングが死んでしまったあとしばらく、もう何がどう転んだところで、そこには意味のある違いなんてないように思えた。なんだってかまやしない。湖に身を投げたときには、自分が既に五分の三くらい死んでいるような気がしていたし、私としてはただ単に、呼吸をすっきり止めてしまいたかったのだ。

それでもなおこの基地で、人々が蚕棚（かいこだな）のような場所に身を寄せ合って眠っている中、悪臭漂う簡易寝台に横たわり、湖の小屋での生活を思い返すと、それは私の人生の最も美しい一コマに思えた。たっぷりとしたスペース、水の奏でる音楽、一人きりの気楽さ。しかしまさにその時期に、私は強く死を求めていたのだ。逆に今ここでは、私は毎朝、死んでなるものかと決意を固めつつ目覚める。

私のすべてのエネルギーは生きることに燃焼されている。どうやってしっかり食事をとるか。どうやって身体を剛健に保っておくか。冬に備えてどうやって暖かい衣服を確保するか。穴を掘ったり、干し草を束ねたり、ジャガイモの袋を背負ったりするとき、私は祈りにも似た集中をもってそれをおこなう。私の祈りはこういうものだ。私の身体を若く保たせて下さい。この場所をなんとか生き延びさせて下さい。こんな悪臭漂う男たちの間で人生を終えさせないで下さい。

何度も脱走のことを考えた。その機会はなくはなかった。しかし看守たちが囚人に規律を守らせるための最良の道具は、囚人たち自身だった。我々はそれこそ折り重なるようにして暮らしていたから、基地の外で生き残るために必要なものを少しでも溜め込もうとしたら、すぐに誰かに感づかれて通報されてしまう。まめに告げ口をする囚人の大きなグループがあり、看守たちの歓心を買うためにあれこれ作り話をした。告げ口には謝礼が払われたが、連中の大部分はたとえただでもそれをやっていただろう。我々の監獄にはひとつ奇妙な点があった。宿舎で見知っていた誰かが、あるいは作業場で肩を並べていた誰かが時折、一週間か二週間ばかり姿を消す。やがて再び姿を現すのだが、その時の彼は銃を持ち、馬に乗っていたりする。看守に抜擢されたのだ。

それはボースウェイトの側からすれば、多くの意味で実にうまいやり口だった。人々は希望を必要とする。彼らには何かしら夢見るものが必要だ。囚人にとってそれは天国よりも更に素晴らしいものだった。再び人間らしい生活に復帰できるのだ。それも看守の権利と悦楽を与えられて！　それが多くの囚人たちが進んで告げ口をする大きな理由になっていた。またボースウェイトにすればそうすることで、監獄の空気を隅々まで知り抜いているものたちを、自分の配下に収めることができた。そのおかげで彼は、トラブル・メーカーを排除し、組織が結成される前に適切な処置をすることができた。その抜擢のプロセスには、一貫した理由も根拠もないように見えた。幸運に恵まれた囚人たちには、とくにこれという見所はなかった。とはいえあまりに熱心に祈るような連中は——そういう男たちも何人かいたが——看守には抜擢されなかった。回教徒たちが看守にされることもなかった。

最初から最後までずっと惨めだったと言えば、それは嘘になる。もし本当にそうであったら、私はとても生き続けられなかっただろう。私には外の世界にし残したことがあった。私はもう飛行機の夢は見ていなかった。

そして飛行機のことはさておいても、日々の暮らしに何らかの喜びを見出すのは可能だった。私はいつだって農作業が好きだった。その色や匂いや、大地の産み出す奇跡が好きだった。我々は一度死んでしまえばおしまいだが、植物はその根っこから蘇ってくる。それは私にとってある種の慰めになった。時代が苛酷になったとき、自然は小さくシンプルな贈り物を施してくれる。

私には大地の力に打ち勝つことはできなかった。毎年秋になると我々はあまりに多くの収穫を手にしたので、そのすべてを刈り入れる必要はなかった。一部の畑の作物は腐るにまかせ、それ以外の畑を我々は鋤(す)き返した。八月と九月には、いやというほどトマトが食べられた。カボチャやウリ、トウモロコシやミルクやバターがあった。それらはすべて奴隷労働によって産み出されたものだった。囚人たちは機会があれば愚痴を言い、労働を憎み、基本的に仕事の手を抜いた。考えてもみてほしい。自由な人間ならその土地からどれだけのものを産み出せたかを。

囚人たちは当然のことながら、そんなことは一切口にしなかった。我々の間には「やっていいこと」と「やってはいけないこと」の不文律があり、それはモーゼの十戒よりも厳格だった。食べ物の素晴らしさに感心したと口にするのは、本当の新入りだけだった。常に愚痴を言い、不平をもらす、というのが我々のやり方だった。そして自分の領分に踏み込むものがいたら牙をむいて闘う。もし本当には踏み込んでいなかったとしても、それで威厳を示すことはできる。驚きや疑念を表に出さないこと。好奇心を働かせないこと。

基地には豚小屋があった。看守たちの食用にそこで豚を飼育しているのだ。あるとき私とシャムスディンが、その小屋の屋根の一部に板を打ち付けることを命じられた。真夏のことで、屋根の上は恐ろしく暑かった。我々は新入りだったから、いちばん嫌がられる仕事を与えられていた。そしてまた、女とムスリムを豚小屋の上で一緒に働かせることは、看守たちには気の利いたジョークだったのだ。

十五分ばかり経つと、監視を命じられていた男たちは、我々を残してどこかに消えてしまった。頭上の太陽は眩しく、タールと屋根板の匂いのせいで意識はよそに移ろい、私は故郷のことを思った。

シャムスディンは私の左手の一画で仕事をしていた。私はちらりとそちらを見た。彼は目を上げなかった。彼は屋根の傾斜の上でかがみ込み、何かを調べていた。どうしてそんなにおとなしいのだろうと、私は不思議に思った。ひょっとしてこの男は、友だちであった私を見捨てたことに良心の呵責(かしゃく)を感じているのではないかと、ふと思ったりもした。それから彼の動きがとても遅いことに私は気がついた。私はそちらに行って、大丈夫かと尋ねた。シャムスディンの顔は蒼白で、ハンマーを持つ手は細かく震えていた。

彼は今にも気を失ってしまいそうだった。彼の気分を悪くしたのは高さなのだ。私たちは六メートルの高さにいた。もし彼が足を滑らせたら、私の力ではとてもその身体を支えきれない。だから私は両手でメガフォンを作って看守たちを呼ぼうとした。シャムスディンは私の腕に手を置き、そうしてくれるなと目で懇願した。

もしそれが地上であったとしても、彼はその仕事をこなすことに困難を覚えただろう。シャムスディンにはどこか、私の父を思わせるところがあった。荒っぽさが支配する極北の地は、彼に相応しい場所ではなかった。彼の両手は、私のそれよりもずっと女性的だった。穏やかな世界にあっては、弱くても何ら恥じることはない。しかし基地での生活には穏やかな部分など微塵もなかった。仕事で失敗を犯すことは、いちばん良くて一週間の懲罰房行きを意味した。最悪の場合、それは彼の評判にいささかの傷をつけるかもしれないし、その結果ほかの者たちは彼を攻撃することになるかもしれない。命を失う恐れもあるだろう。それが基地の生活だった。

私は彼を助けて更に上の方に行った。そこなら屋根のてっぺんの部分にしがみついていることができた。彼の身体はかちかちになり、安定を失っていた。下を見ないように努めていることがわかった。高さを忘れるために、ずっと話をしていた方がいいと私は言った。

「どんな話をすればいい？」と彼は訊いた。

「さあね」と私は言った。「どうして私たちはこんな目にあっているのか、聞かせてほしいね」。どうしてよりにもよってこんな屋根の上で、私たちが顔をつきあわせる羽目になったのか、ということを私は言いたかったのだ。でもシャムスディンの頭は常に思弁に向かう傾向があった。そしてほかの多くの囚人たちと同様に、自分たちの身に降りかかってきた数々の災難について、また何故そんな事態が生じたかについて語ることを、何より好んだ。そういう話をするときに、囚人たちの愚かしさが最も明らかになると、私は常に考えていた。一人ひとりがそれぞれの説を持っている。しかしそれらのほとんどは、子供でさえあきれそうな稚拙なおとぎ話だ。月の破片が海に落下して、それが大津波を起こした。ちっぽけな原子力機器が陽光を貪りつくした。そんな類の話だ。

もちろん私は自分の目で見てきたことは知っている。絶望的な状態に追い込まれた人々がなだれ込んできて、私たちの小さな街を押しつぶしてしまった。彼らが何から逃れてきたか、おおよそはわかる。凶作、明かりも水の供給もない都市、無法者の集団。しかしその背後にどのような問題があるのか、そこまでは知りようがない。

屋根板に片手でしがみつき、下を見ないように努め、もう片方の手でエプロンから釘を出して私に差し出しながら、シャムスディンは自説を述べた。

地球の年齢はそろそろ五十億年に近づいている、と彼は言った。宇宙から眺めた地球はぼんやりと雲に覆われて見える。数世紀が過ぎるごとにそれは青から白へと変わり、また黒に戻る。海が溢れかえる長い夏があり、海の水さえ氷結してしまう長い冬があった。長いあいだに五回、すべての生命がこの地球から一掃されてしまう事態が生じた。あまりにも暗かったり、あまりにも暑かったりしたためだ。一度は、宇宙から大きな月が落ちてきて、メキシコに衝突し、そのおかげで恐竜が絶滅した。

それは私にはおとぎ話のように思えた。それはあんたの宗教の聖なる本に書かれていることなのかと私は尋ねた。いや、そうじゃない、と彼は言った。これは科学に基づいたことなんだと。

その五回に及ぶ生命一掃過程のあとに、人類の番が巡ってきた。我々は泥の中から這い出てきて、この惑星を人で埋め尽くした。場所は選ばなかった。湿っていても、凍っていても、砂漠でも、まったく気にかけなかった。着々と賢くなり、知恵もついていった。

生まれてから四十五億年ほど経ったときに、地球は変化し始めた。宇宙から眺めていれば、宇宙船やら人工衛星やらがまるでポップコーンみたいに、そこからぽんぽん飛び出してくるのが目にできたことだろう。人類が農耕を覚えて以来、地球は一貫して温暖期にあった。予測可能な季節の移り変わりと、農耕に適した気候に我々はすっかり馴れてしまった。しかし今や人口は増加し、全員があまりに多くを求め、全員が前世紀に発明された機器で武装していた。かつてアフリカの海岸の波打ち際でかろうじて命を繋いでいた無数の裸の猿たちは、今では巨大な軍勢になっていた。巨人たちの造ったシロアリの蟻塚だ。もし我々が一斉に足を踏みならしたら、地球を揺さぶることだってできる。呼吸をするだけで大気の温度を上げることもできる。

地球は温暖化したんだ、とシャムスディンは言った。人々は煙突を廃棄し、飛行機を飛ばすのをやめた。あるものは生き方を変えた。ちょうど私の両親のように。工場は閉鎖された。

「君はコーランについて尋ねた」と彼は言った。「しかし私は医師としてそのことを理解している。どれだけ知識を持っていたところで、理解を超えたことは起こるんだ。ときには患者が病気ではなく、医薬品のせいで命を落とすこともある」

あとになってわかったことだが、すべての火炉から立ち上る煙は日よけの役割を果たしていたのだ。煙があったおかげで世界の気温は数度涼しくなっていた。我々は正しいことをしているつもりで、自分が腰掛けている木の枝を切っていたのさ、と彼は言った。その後何年かのあいだに襲った旱魃（かんばつ）や嵐は、それに続いたすべての事態の口火となった。都市における生活は終わりを告げた。

私は彼に尋ねた。この北の地の外の世界はいったいどうなったのかと。私の頭の中には飛行機のことがあった。しかし彼は肩をすくめた。

「世界全体がよりみすぼらしい、より無味乾燥な場所になっている」と彼は言った。「人類の惨めさにはほんのわずかの差違しかない。テント生活、強制労働、飢餓、暴力、人々は力ずくで食物を奪いとり、性を踏みにじる。君だってそういうものはいやというほど見てきただろう」

彼が自説を語り終える前に、私は屋根修理を終えてしまった。でも私たちはそのまま屋根の上に残っていた。そのてっぺんで太陽に照らされながら、休息をとった。彼のめまいは去っていた。看守たちが戻ってきて、夕刻の点呼が始まるからもう降りてこいと怒鳴ったときも、私たちはまだそこにいた。

しばらくのあいだ私は、そのキャンプの中で男として通っていた。誰とも関わらず、一人で入浴した。月に一度必要になる清潔な布地を、私はこっそりと集めた。しかし早晩真実は露見するだろうと覚悟していた。このような生活を送っていれば、いつまでも秘密を守り通せるものではない。それがばれたときに起こるであろう荒っぽい騒ぎを私は覚悟していた。ここの連中は他人の弱みを糧として生きているのだ。

それがついに起こったとき、私は風呂場にいた。二人の野蛮人がよろめきながら入ってきて、私のズボンをずりさげた。冗談のつもりだった。

彼らは自分たちが目にしたものにあまりに驚いたので、そのときは何もしなかった。しかしその夜、畑仕事から戻ってきたとき、彼らが私に注ぐ視線から、その秘密がみんなにばれてしまったことがわかった。

「俺の寝台に来いよ、メイクピース」と私の正体を知った二人組のうちの一人が言った。背の高い方だ。「三十五センチのソーセージがあるんだが、一緒に味見しないか？」ズボンのスナップを外すぱちんという音が聞こえた。性器を出して、私に向けて振っているのだ。

小屋中が彼と共に、私のことをくすくす笑っているようだった。

そのとき私は作業用の手袋の繕いをしていたのだが、その声を聞いて顔を上げた。私の目は、侮蔑の念をはっきり浮かべていたと思う。

「頭に何かをかぶせてやった方がいいな。ヘラジカの中にだって、もう少しましなご面相のやつはいるからな」

「いや、顔をよそに向けりゃ、それで……」

そんなからかいが続いた。二人は代わりばんこに悪意と愚かしさをむき出しにして、私に対して及ぶであろう行為についてこと細かに述べ立てた。

ほかのものたちも、ことの成り行きを見るべく仕事の手を休め、あるいは手にしていたカードを置き、バラック中の好奇の視線が私に注がれることになった。それをちくちくと皮膚に感じた。ムスリムの囚人たちがかたまっている奥の寝台からは、シャムスディンとズルフガルが真剣な、困惑した顔でこちらを見ていた。

既に何人かの他の囚人たちがその余興に加わり、口だけじゃなく実際に試してみたらどうだと、首謀者たちを煽っていた。普段は互いに恐怖心を持ち、不信の念を抱いている連中だが、今では少しばかり気を許しているようだった。私という共通の餌食が見つかったせいだ。

ここは口をつぐんでいるのが得策だと私は思った。弱気になったり、びくびくしたりするのは論外だ。しかし無闇にタフぶった口をきくのも、得策ではない。それはつけでものを買うようなものだ。いつかその代価を支払わされることになる。私は糸を嚙み切り、手袋に手を通して、新しい縫い目の具合を確かめた。

長身の男はまだ大口を叩いていた。彼は自分が悪役として注目を集めていることで得意になっていた。しかしまわりの囚人たちの何人かは、それがただの言葉に留まっていることに退屈し始めていた。そしてもう能書きはいいから、実行してみろよとけしかけていた。

揶揄と口笛の合唱にこたえるように、彼はゆっくり立ち上がって、私の寝台の方にやってきた。それは三段ある寝台のいちばん下の段だったから、彼は屈み込まなくてはならなかった。

暗がりになるからそこをどいてくれないか、と私は言った。

男は手を伸ばして私の身体を摑もうとした。長身の男らしくその動作はぎこちなく、不器用だった。手は弧を描くようにやってきた。だから私は手袋をはめた手を、そのズボンの股間に思い切り叩き込んでやった。

彼の持ち物が自ら主張するほど実際に巨大だったのか、それとも私の一撃がただラッキーだったのか、どちらかはわからない。しかし私は彼のペニスに、繕い用の針を深々と突き刺すことができた。彼は悲鳴を上げ、部屋の向こう側まで飛んでいった。後日聞いたところによれば、針は深さ二、三センチに達したそうだ。それに続く人々の大爆笑は大したもので、文字通り屋根が吹き飛んでしまいそうだった。

シャムスディンだけが笑っていなかった。彼は床にまっすぐ目を落としていた。彼が顔を上げたとき、私がその目の中に認めたのは冷たいものだけだった。

彼が私を擁護するために立ち上がってくれるべきだと、私は思っていたわけではない。しかし彼はたぶんそう感じていたのだろう。そして基地でのものごとのあり方を思えば、話がこのまますんなり収まるわけはないことを、私たちは二人とも承知していた。

翌日の夕方の点呼のあと、食事に行こうと歩いているとき、シャムスディンが私にぶつかってきた。私は驚いて声も出ないほどだった。彼はすぐに謝って、屈み込んだ。「君はこれを落とした」と彼は言って、何かひやりとするものを私の手に押しつけた。

それは一方の端を切り落とした鏝（こて）の柄だった。長さは十五センチほどある。私は彼のしてくれたことに感謝した。看守たちは点呼の際に、ナイフなどを持っていないか身体検査をする。もしそんなものを所持しているのが見つかったら、恐しい目にあわされたはずだ。

私はそれを石で研いで尖らせ、ぼろ切れと窓の充塡剤で握りをこしらえた。毎朝、外便所の隅にそれを隠し、夜になると回収して、枕代わりに丸めたコートの中に忍ばせた。

じっと待ちかまえていると、神経がきりきりと研ぎ澄まされた。狭苦しいバラックの中で私は、人々の息づかいに注意を集中した。しかしそれと同時に私は、かつて夜中の狩りに出たときや、作業場で新しい銃器をこしらえているときに感じたのと同じ種類の喜悦を、身のうちに感じてもいた。自分の意識が一点に集中しているときの感覚だ。そのように一睡もせずに夜を過ごしている間に、一度ならず何度も私は悔やんだものだ。遥か昔のあの夜、イーベン・カラードと彼の仲間たちが襲いかかってきたときに、自分がナイフを手にしていなかったことを。

彼らは私が眠り込んだところをつかまえようと、一週間以上好機を狙っていた。しかし彼らがやってくる決心をしたときには、私には用意ができていた。

私が彼らがやってくるこそこそという足音を耳にした。彼らは寝台から床に降りて、私が横になって目を閉じているところまで、足音をしのばせてやってきた。

彼らももちろん刃物を持っていた。しかし私は意識が醒めていたし、動きもより素速かったし、怒りにも燃えていた。私は一人の男ののど元をとらえた。そしてもう一人の背中と尻を何度か刺した。彼は悲鳴を上げて飛んで逃げた。看守たちがランタンを持って駆けつけたとき、彼はパニックを起こして、自分の指を自分で半分切り落としてしまったことがわかった。

看守たちは私を懲罰房に引きずって行った。私は連れて行かれながら、そこに居合わせた連中に向かって悪態をついた。私に手出しをするやつがいたら、また同じような目にあわせてやると言った。残念なことだが、二人とも死にはしなかった。しかし指はとうとうくっつかなかった。

数日間、私は懲罰房に入れられた。それはたいしてきつくはなかった。私はことの成り行きに満足していたし、当分ちょっかいを出されることはないだろうと踏んでいた。また看守たちが私を殺すようなこともあるまい。私たちは彼らにとって何らかの利用価値を持つものなのだ。そうでなければ、あんなに長い道のりを苦労して連行してきて、食事を与え、寝場所を与える意味がないではないか。房から出されたとき、また農作業に戻してもらうことを私は楽しみにしていた。

しかし結局は思いも寄らぬことになった。ある日ボースウェイトが農場に見回りに来た。彼は私が干し草を束ねている荷馬車のところにやってきて、私に話しかけた。

彼は言った。「お前はスタヴィッキーとマクレナンを相手に一悶着起こしたらしいな」

私は肩をすくめた。彼が誰のことを言っているのか私にはわかった。

マクレナンは指を一本失ったと、彼は私に言った。

私は同情するふりまではできなかったし、それは彼も同じだった。

私はそこで仲間をつくることはできなかったし、シャムスディンはムスリムの仲間たちの手前、私とおおっぴらに親しくはできなかった。だから囚人たちの間でどんな噂が飛び交っているか、最新の情報はなかなか私の耳には入らなかった。しかしそんなことは気にならなかった。連中の話していることなど、ほとんどが取るに足らないことだったし、私たちが眠るバラックで交わされる会話を小耳に挟んでいるだけで、情報としては十分だった。実を言えば私は、最初から疑問に思っていた。ただ農場の人手をかり集めるために、これほど面倒な手間をかけるなんて、ボースウェイトにとって割が合わないんじゃないかと。しかし仲間内で孤立していたせいで、我々がそこに連れてこられた本当の理由を、私が理解するまでにかなり時間がかかった。

そこに到着して六ヶ月後、二月の何日かだったと思うのだが、我々は朝の早い時刻に起こされ、朝食の前に練兵場に集められた。

あたりはまだ暗かった。凍てついた沈黙の中で息が白く立ち上った。囚人たちが身体を温めるために足を踏みならす、くぐもった音があたりに響いた。

いつもの看守に加えて、新たな一群の看守たちがいた。その何人かは新参者で、全員が冬用の旅装に身を包んでいた。

彼らの一人一人が囚人たちを見渡すように、列に沿って歩いた。そしてそれぞれ二人の囚人を選び出した。看守のリーダーはトーリャというロシア人の血が半分混じった男で、ポースウェイトの副官をつとめていた。彼がゆっくりと囚人たちの前を歩いていくと、囚人たちはわずかに緊張し、前に身を乗り出した。まるで必死に選ばれたがっているかのように。

トーリャは私の前で立ち止まり、じっとしていた。私の両隣にいる男たちが低い声でうなり、ひとりがそっと「俺にしてくれ、トーリャ」と囁くのが聞こえた。トーリャはその男を見て、にやりと笑い、彼を列から出した。男は自分が選ばれたことで有頂天になり、大きな笑みを浮かべて私たちを振り返った。

二十人の男たちが選ばれるまでそれが続いた。そして彼らは私たちから離れ、行進して行ってしまった。

私は左側にいた男に尋ねた。いったい私はどのようなチャンスを失ってしまったんだろうと。彼は困惑した顔で私を見た。「だって、あの幸運な連中はゾーンに連れていかれたんだぜ」

その場所の名前が口にされるのを聞いたのは、そのときが初めてだった。基地には手に入れることのむずかしい貴重なものがいくつもあったが、事実もそのひとつだった。

ゾーンとは基地の北西に位置する工業都市なのだと彼は言った。囚人たちの中から看守に選ばれるものがいるように、選ばれてゾーンに送られるものたちもいる。そこで彼らは訓練を受け、工場の労働に就くことになる。能力のある囚人だけが選抜されるんだ、と彼は言った。

私は自分が選ばれなかったことに痛みを感じた。そして次に点呼を受けたときには、誰かが私の前で立ち止まって、肩を叩いてくれるのを待とうと思った。しかしその後、私が再び選ばれそうになることは一度もなかった。

# 3

他の囚人たちがズボンを繕ったり、カード遊びをしたり、チェス駒を彫ったりしている間、私はバラックの裏手に小さな庭をこしらえた。野草を抜いてきて、そこに植え替えた。花の咲く低木を接ぎ木したりもした。スタヴィツキーとマクレナンの身に起こったことを目にしたせいで、人々は私にはかまわないようになった。それに、いじめの標的にできる新入りが他にいくらでもいた。

黒土の威力は大したものだ。スイートピーが咲いたとき、一人の看守がそれを奥さんのために買ってくれた。他の二、三人もそれにならった。彼らは代価を服で支払ってくれた。そのうちのいくつかは私のサイズだったし、サイズの合わないものは、それを賭け金がわりにしてカード遊びをした。私は進んで負けてやった。カード遊びで負けて、人の不興を買うことはまずない。

日曜日は仕事はなかった。礼拝に行くものもいたが、酔っぱらうものの方が多かった。それは七月の雨の日で、まさに最悪の一日だった。暑くて、むしむしして、我々は狭いバラックの中に閉じ込められ、あちこちでもめ事を引き起こしていた。私はベッドに横になって寝ているふりをしていたのだが、看守がやってきて私の名前を呼んだ。

それ自体はとくに珍しいことではない。時折誰かが名前を呼ばれ、私物をまとめるように命じられる。彼らがどこに送られたのかはわからないが、いずれにせよ大かたの場合、その姿を再び目にすることはなかった。誰も呼び出しを拒否したりはしない。看守に抜擢されるチャンスかもしれないからだ。

私は看守に従って外に出た。そこにはもう一人の看守が待っていた。二人は私を連れて柵の外に出た。農場に出るときとは逆の方向だ。門番は私たちを通し、門の隣にある詰め所で、服の上から触って私の身体を検査した。そのときには私の心臓はどきどきと激しく音を立てていた。

私はいったい何を期待していたのだろう？　自分でもよくわからない。しかし私がそこで目にしたのは、この極北の地でこれまでさんざん見てきた、あるいは二年前に街道を行進させられた際に通り過ぎてきた、数え切れないほど多くの街と変わりのない代物だった。見捨てられた街。人影はなく、植物が野放図に繁っている。

十五分ばかり歩いたあとで、大きな家屋が建ち並ぶ通りに出た。そこには人が住んでいる気配があった。庭にはある程度手が入り、窓にはカーテンがかかっていた。犬たちが吠えていたが、野犬ではなかった。首輪をつけられ、鎖に繋がれている。

私はその場所を知っていた。冬になると、何人かの囚人がここに連れてこられて、雪かきをさせられたからだ。ボースウェイトや看守たちが居を構えている場所だった。そして噂によれば、どこかその近くに売春宿があるはずだった。そこは「町（タウン）」と呼ばれるところであり、私たちの労務がそれを成り立たせていた。

看守は、通りの中でもいちばん大きな家の裏手に私を連れて行った。それは実に醜い家だった。肝臓のような色をした煉瓦で造られ、形にはまとまりがなかった。しかしとにかく大きいことは大きい。そして骨組みも頑丈だった。

私は看守の一人に向かってその家を褒めた。それが彼の家でないことはわかっていたが、相手がどんなことを口にするか興味があったのだ。

彼はまったく何も言わなかった。困ったような顔をして、歯の間からぺっと唾を吐き、ブーツの先でこすりつけた。

「今日の午後、お前はここで働くんだ」ともう一人が言った。私に余計な質問をさせないために口を挟んだのだ。

私は庭を見渡した。ぼさぼさとした陰気な庭だった。

「どんな仕事をすればいい？」と私は尋ねた。

「造園だよ。お前はバラックの裏にあるのと同じような庭を、ここにつくればいいんだ」

私はむらのある芝生を足で蹴った。芝地と花壇を造成しようとした痕跡があった。しかし端っこにあるライムの木が庭全体に影を落としていた。「無理だね」と私は言った。「ここはだいたい暗すぎる。あの木が光をすっかり奪ってしまっている。私にできることといえば、球根をいくつか植えるくらいだけど、そんなものはここにはないし」。それがここに連れてこられてから私が身につけた処世術だった。基本的に、為すべき仕事があるときには、我々は強気でつっぱる。もう少しで、自分一人きりでやれる仕事がまわってこようとしているし、そのほかにどんな恩恵が与えられるか、神のみぞ知ると言うところだ。内心ほくそ笑んではいたが、それを顔に出すわけにはいかない。

上役の看守がもう一人に、私が必要とする一式を持ってくるように命じた。熊手とスコップと、もし手にはいるのなら手押し車がほしいと私は言った。

言いつけられた看守が道具を一抱え持って戻ってくるまで、私たち二人はそこで十五分ばかり待った。手押し車はなく、代わりに彼は布袋を持ってきた。それから私は作業に取りかかった。

それを境にして、私の日々はこれまでとはまったく違う様相を呈するようになった。朝のうちはほかの囚人たちと一緒に働いた。しかし週に二、三回、看守たちが午後にやってきて、私を庭仕事に連れ出した。看守たちの名前はジーニアとエーベルマンだった。彼らは私が仕事をするのを眺めていた。だからまったく一人きりになれたわけではないのだが、それでもそこには自分ひとりだけという味わいがあった。ジーニアは見習いの看守だった。彼は使いに出されたし、ときには私を手伝って木の根っこを土中から引っこ抜いたり、切った枝を運んだりした。そのあいだエーベルマンが私を監視していた。二人は柵の中では強面(こわもて)で、お高くとまっていたが、いったん外に出ると打ち解けて、時々は私と天気についてちょっと話をしたり、あるいは私の仕事ぶりを褒めたりもした。エーベルマンは都会育ちだったが、ジーニアは田舎の出で、私がやっていることを理解していた。

私の新しい仕事は、監獄の敷地内での自由をもちょっぴりもたらしてくれた。芝生の端っこを綺麗に揃えるために半月形のスコップが必要なのだと、私はエーベルマンを説得した。最初はそんなものはどこにもないということだった。しかし私が求めるものをスケッチに描いて渡すと、彼はそれを見つけてきてくれた。ところがそれは粗悪品で、最初に使ったときに壊れてしまった。刃先に湯境ができていているのだと私は説明した。そしてもし鍛冶場に入れてもらえるなら、もっと良質なものが自分で造れると言った。

鍛冶場は柵の外にあり、常に厳しく見張られていた。囚人たちがもしそうしようと思えば、そこでいろんなものを入手できるからだ。

彼が返事をするまでに時間がかかった。しかし少し経ってから、彼は承諾の許可を得て戻ってきた。

それ以来、私は必要とする道具を自分の手で造った。鍛冶場での仕事は、一人で庭の造成をする肉体作業とほぼ同じくらい楽しかった。またそこで鍛冶の仕事をしている囚人たちは――我々の間では彼らは高い地位を確保しているのだが――私の技術に感心したようだった。私はその技術を、自分の使う弾丸を鋳造することによって身につけたのだ。彼らが認めてくれたことで、バラックの中での私の生活はより楽なものになった。

冬になれば仕事が減ることを私は知っていた。だから春までその仕事が続くように、必要な作業をとっておいた。ライムの木を切らせてくれるように彼らを説得し、庭のまわりに生えていた藪を一掃した。そして植え付けの季節が来るまでに、必要な用具をこしらえた。バラックの外に出られて、単独でできる仕事ならなんでもよかった。庭の造成作業が私の正気を保たせてくれた。

そこで働いている間、家の中から誰かが私を見ている気配を時折感じた。声も聞こえた。女たちの声だ。ぱたぱたという軽やかな足音も聞こえた。でもいちばん不思議なのは、秋のある日の出来事だった。私はその日いつもより遅くまで仕事をして、暗がりの中で道具を片付けていたのだが、そのときハミングする声が聞こえてきた。振り返ると、家の窓が黄色い電灯の明かりで煌々(こうこう)と輝いていた。

三月が来ると、庭は生命の息吹で溢れた。まるで冬がためらうことなく一気に通過してしまったみたいだった。それは私にとってありがたいことだった。春になれば、庭で単独作業をする時間がより多くなるからだ。しかし春の到来によって、ものごとがどれほど変化を遂げてしまったかについて、考え込まされることにもなった。

庭の花がまだ早い時期に咲きほこり、樹木の蕾(つぼみ)が従来より遥かに早くほころぶのを目にしたとき、世界は根底から変化してしまったのだと私ははっきり悟った。ツングース人たちの説を私は思い出した。この世界は冬の間ずっと眠ることを必要としているのだ、と彼らは言

たにしてしまう。そうしないと世界は、冬眠を破られた熊のように怒り出し、出くわす何もかもをずたず

春から夏にかけて、私は一日おきに手押しの芝刈り機で芝を刈った。旧式で錆び付いていて、押すのが一苦労だった。七月の暑さと虫の多さのせいで、それは苛酷な仕事になった。しょっちゅう手を休めて、布きれで顔の汗を拭わなくてはならなかった。とくに痛みがあるわけではないが、汗に含まれた塩分が私の顔の傷あとを腫れ上がらせ、よりひどいものにした。

看守が二人ではなく、どちらかひとりだけという日がだんだん増えてきた。その日はエーベルマンだけだった。私はどちらというと、彼の方が苦手だった。彼は台所の壁にもたれかかり、銃を膝の上に置き、小枝を使ってその家の飼い猫をからかっていた。

網戸がばたんと開く音が聞こえた。エーベルマンはそれを聞いて、顔に笑みを浮かべ、心やすそうにのそのそと立ち上がった。まるでソーセージの匂いをかぎつけた犬のように。

青いチェックの服を着た十歳くらいの少女が、水の入ったグラスを手にそこに立っていた。少女は私にそのグラスを手渡してくれた。彼女は勇敢で、私の顔を見ても驚いたりはしなかった。しかしグラスを持ち上げた手は微かに震えていた。その中で何かがかちかちと音を立てていた。

「うちには冷蔵庫があるの」と少女は言った。

水は一息には飲めないくらい冷たかった。かちかちというのは、グラスに氷のぶつかる音だったのだ。

「あなたは男なの、女なの？」と少女は言った。

私は水をすすった。きれいな女の子だ。私のような男勝りのタイプではない。「女だよ」と私は言った。

「その顔はどうしたの？」

「そんな風に人に質問ばかりするのは、失礼だと思わないかい？」と私は言った。

「もっと氷をほしい？」

「できれば」

彼女はうちに戻って、製氷皿ごと持ってきた。私は彼女がそこから氷を外すのを手伝ってやった。その金属には白く霜が張っていた。それは私の手の中で溶けて水になった。角氷が外れると、少女はそれをキャンディーを配るみたいに、私とエーベルマンに渡した。エーベルマンはそれを、全部溶けて水になってしたたり落ちてしまうまで、手の中に入れて持っていた。

ナターシャ、うちに戻りなさい、と女の叫ぶ声が網戸越しに聞こえた。低い女の声だった。ナターシャはグラスと製氷皿をとって、スキップしながら家の中に戻っていった。「じゃあな、ナターシャ」とエーベルマンが気味の悪い、へつらい声で言った。

ドアが最後にばたんと閉まったとき、私は彼の方を向いて尋ねた。「電気はいったいどこから来るの？」と。しかし彼は今では猫をからかうことに集中していた。私の言葉をそのまま返す彼の声には、もうへつらいの響きはなかった。「そんな風に人に質問ばかりするのは、失礼だと思わないかい？」と彼は言った。

次に私がそこに行ったとき、庭にはベンチが置かれ、ブランコが下がっていた。ナターシャは今度は何かの入った鉢をもって私のところにやってきた。

「あなたのためにこれをとっておいたのよ」と彼女は言った。

缶詰の桃だった。四切れ入っている。ひとつを摑むと、それは裸の生き物のようにゆらゆらと揺れた。

私がそれを食べるのを少女は見ていた。まるで傷ついた小鳥をうちに連れて帰って、食事を与えて可愛がるみたいな感じで。

桃は夕日のように黄金色に輝き、蜜よりも甘かった。「ありがとう」と私は言って、ズボンの布地で指を拭った。

少女は嬉しそうにくすくす笑って、走って家の中に入っていった。そのあと、彼女はいつも何かしらを私に持ってきてくれた。

ある日、熱暑の中で作業をこなしているとき、エーベルマンがうとうと眠り込み、鼾をかき始めた。頭にまず浮かんだのは脱走のことだった。熊手を下に落とし、家の裏手にまわって、正面の道路が両方向、先まで見渡せるかどうかを確認した。私は何にでも応用できる囚人の「ごまかし歩き」でそれをやった。決して急ぐ風は見せない。しかし私の意識は既に駆け出している。鎖を切ることは可能かどうかを計算している。ナイフをどこかで盗まなくてはならない。そして北への長い旅路を乗り切るのに必要な食料を手に入れる。そんなことを考えているうちに、私は家のちょうど真裏に出て、子供の明るい笑い声を耳にした。

その声のする方に歩を運び、窓をのぞき込んだ。ナターシャは髪を濡らして台所のテーブルの前に座り、両肩にシーツをかけられていた。母親が鋏を手にそのまわりを行き来し、こちらの髪を少し切り、あちらの髪を少し切っていた。小さな髪の房が、粉のようにはらはらと床に落ちた。母親はこちらに背中を向けていて、二人の会話を聞き取ることはできなかった。しかし時折、二人は冗談を言い合っているみたいだった。どちらかがお腹をよじって笑っていた。

家の中にはとくに見るべきものはなかった。つまり私が言いたいのは、私はこれまでたくさんのいろんな家の台所に足を踏み入れたことがあるけれど、どれもだいたい似たり寄ったりだったということだ。しかしその情景に含まれた何かが、私をその場に釘付けにした。そして気がついたとき、私の背中のくぼみにエーベルマンの銃が押しつけられていた。作業に戻れと彼は言った。

その後何度か、ナターシャが外にいる私のところにやってくると、母親は台所にひっこんだまま、ドアの向こうから顔だけを出して、帰ってらっしゃいと娘を呼んだ。お仕事の邪魔をしちゃだめよ、と。しかし八月も後半になり、夏が終わりに近づき、多くの花がすっかり満開になった頃、彼女は庭に出てきて、私にあいさつをした。

すらりと痩せて背が高く、きれいな顔立ちの女性だった。私より少し若いくらいだろう。

「ナターシャと私は、あなたの仕事ぶりにとても感謝しています。ここに素晴らしい庭を造ってくださったことに」と彼女は言った。

私の場合、誰かに引け目を感じることはまずない。しかし彼女の前に立つと、私はなぜかもじもじして、かしこまってしまった。自分の体臭や、すりきれた汚い服が気になった。手は泥だらけで、それは爪の隙間にも入っていた。それに比べて彼女はどこまでも清潔で、リンゴの花の露よりも素敵なにおいがした。

「いいえ、それは庭自体の力です」と私は言った。

私たちはそれぞれ動きがとれなかった。彼女には、私に訊きたいことが山ほどあったが、それを言葉にできなかった。私の方は一刻も早く剪定(せんてい)の仕事に戻りたくて仕方なかった。そこに立ちすくみ、ひょっとしたらそうなっていたかもしれない自らの幻影と向き合い、ここまで身を落とした恥辱に身をよじらせているよりは、まだその方が楽だ。

私は地面に目をやり、彼女の細長い、日焼けした裸足の指が芝生の上で動くのを見ていた。

「それでは、本当にありがとう」と彼女は言って、家の中に戻っていった。

翌日の起床のとき、私は起きるのを拒否し、ベッドにこもっていた。もっと軽い反抗でも、男たちは鞭打ちを受ける。しかし今日は月のもので動けないのだと言うと、彼らはなぜか何も言わず、そのまま放っておいてくれた。

昼食のあとで牛小屋に行った。エーベルマンが連れに来たとき、私は言った。どんな処罰を食らってもかまわない。でももう庭仕事はしたくない、と。彼は説得を試みたが、私の意志は固かった。彼は数人の看守を呼び寄せ、私を懲罰房に引きずっていき、そこに放り込んだ。私はしばらく扉を叩いていたが、やがて眠ってしまった。いったいどんな狂気が取り憑いたのか、自分でもよくわからなかった。

誰かがそのようなたがの外れた、ちょっとおかしい状態に陥ることはたまにあった。そういうとき看守たちはその男を監房に閉じ込め、頭がまともになるまで叩きのめした。私は彼らがやってくるのをほとんど心待ちにしていた。しかしやがて扉が開いたとき、入ってきたのはなんと、ボースウェイトその人だった。

ボースウェイトは私を立ち上がらせるように看守に合図をし、私に向かってついてこいと言った。彼は乗馬をする人特有の、膝を広げた歩き方をした。

練兵場の反対側にある二階建ての建物に、私は連れていかれた。窓のほとんどにはまだガラスが入っていた。「ここはかつては軍の基地だった」と彼は言った。「たぶん知っていたと思うが」

彼の執務室は二階にあった。一方の壁に大きなデスクが置かれ、椅子の背後の壁には地図がかかっていた。私はそれから目をそらすことができなかった。学校の教室にかかっているような古い地図だ。右側の上の方にアラスカの西端があり、下にはカムチャツカ半島と千島列島がある。巨大なアジア大陸がウラルに向かって広がり、その先にはヨーロッパがある。世界の様相はかつては、月面の斑点と同じく、揺るぎない不変のものと考えられていたのだろう。私たちが行進させられた道程が青いインクで示してあるのがわかった。そのルートを歩かされたのは私たちが最初ではないようだった。地図の他の部分にはあちこちインクによる訂正があり、極北には地名やいくつかの記号が書き込まれていたが、私の位置からは遠すぎて読み取れなかった。

両側の壁には赤いチェルケスの織物と、熊の毛皮がかけられていた。ボースウェイトのデスクにはキンジャールと呼ばれるコサックの短剣が置かれていた。

彼は私に煙草を勧めた。私が断ると、自分の煙草に火をつけた。パイプの煙のような杉の匂いがぷんと漂った。彼の指にはヘビー・スモーカー特有の茶色い染みがついていた。

「庭をきれいに整えてくれたことを、妻はとても喜んでいる」と彼は言った。「おまえに仕事を続ける気がないとわかれば、がっかりするだろう」

「悪いけど、もうやる気をなくしてしまった」と私は言った。

そのようにして私はまわりの囚人たちと同じ仕事に戻った。もう庭が見られないのは寂しかった。夜になり、みんながシラミに悩まされながら眠りに落ちていく頃、時々その庭を頭に思い浮かべた。最後に目にした草花の様子。堅くて黄色いマルメロの花――それは私が根覆いして堆肥を与えたものだ。そして雨上がりのひやりと湿った芝生。そんな仕事を手放したと知ったら、他の囚人たちは私の頭がおかしくなったと思ったことだろう。しかし私はそこに戻らずにすんで、心底ほっとした。

あの女性を前にすると、自分が物乞いになったような気がした。レストランのドアを開け、小銭をねだり、頭を下げているみたいな。私が汗水流して整えた庭で、彼らが楽しくくつろいでいるところを想像すると、耐えがたかった。私がここで朽ち果て、ピングが朽ち果てていく一方、彼らは角氷をかじり、私たちのことなど目に入らないふりをしているのだ。こちらはゴミため同然のバラックで、ゴキブリ並みの暮らしを送っているというのに。

そのようにして私は、脱走の計画を真剣に練り始めた。

# 4

脱走は春に実行するつもりだった。十二月と一月に私は、暖かい服のほとんどを他の囚人相手に交換した。取り引きは凍てつく寒さが実際に訪れるまで待った。そうすればいちばん有利な条件で交換ができるからだ。彼らはバラックの中で通貨として機能している雑多なもので代価を支払ってくれた。煙草や酒や、食物の一切れ、そんなものだ。見た目にはいかにも半端な、そのへんにあるものを用いて、取り引きが行われていたわけだが、それらの交換価値は誰にもケチのつけようがないくらい安定していた。値段を書いた札をつけるよりむしろ正確なくらいだ。たとえば三十センチの布地は煙草二本、ウールの手袋一組は密造酒一瓶、そんな具合だ。

それらをじゅうぶん貯め込んだとき、私は鍛冶場のボスを買収した。パンクラトフという名前の男で、彼は私がそこに一週間だけ復帰できるように計らってくれた。そこでは私がいちばん下っ端であることを、常に思い知らされた。石炭をシャベルで運び、ふいごを動かさなくてはならなかった。でもおかげで寒さを忘れられたし、手が空いたときには、針金を使って小鳥や花の細工を作ることができた。それを看守たちが買ってくれた。恋人にプレゼントするためだ。

一週間は二週間になり、やがて三週間になり、そのまま当分居続けられそうな感じになった。しかし鍛冶屋の何人かは、私が看守たち相手に装飾品を作って売っていることを妬み始めた。パンクラトフは仕事場の調和が乱れることを恐れ、もう来てくれるなと私に言った。

暖かい場所をなくしたのはつらかったが、必要な作業はそれまでにもう終えていた。きれいな針金細工を作る合間に、引っかけ鉤を作るためのいくつかの部品をこしらえた。そして看守たちが小さなフクロウやわすれな草に感心している間に、靴の中に隠した。それらの部品は便所の壁の内側にうまく埋め込んでおいた。

看守相手の僅かな稼ぎを使って、新入りの囚人から革のブーツを手に入れた。ブーツは行進のおかげで少し傷んでいたが、別の囚人に代価を払って修理してもらえた。

古参の囚人の中には、この季節にそんなもののために高い代価を払うのは愚かだと言うものもいた。いくら敷物を重ねたところで、身体が温かくなるわけじゃあるまいし、と彼らは言った。

我々はしょっちゅうそんなことを語り合っていた。囚人全員が、そこでの日々の暮らしを少しでも耐えやすいものにしてくれる雑多な些事についての専門家のようなものだった。冬場には、それを手に入れることのできる者はということだが、みんなフェルトのブーツを履いた。

しかし私には冬の防寒具に神経を払う必要はなかった。求めているのは、春のぬかるみの中を千五百キロ歩き通すための靴だった。

朝食のときも夕食のときも私は、多くの囚人たちがそうしているように、自分の割り当てのパンを半分残しておいた。みんなはあとで食べたり、取り引きやカードゲームに使うために残していたのだが、私はそれを寝台で乾した。そしてじゅうぶん堅くなると、穀物倉庫に持って行って、庇の下に見つけた場所に隠した。釘にひっかけるか針金で吊すかして、ネズミに食われないように工夫した。実際にやったことはなかったが、そのようにすればラスクが作れるという話を耳にしたことがあった。私はそれをあちこちに隠しておいた。そうしておけば、もし誰かにみつけられても、全部をなくすことはない。とりあえず旅行の当座に必要な食糧があればそれでいいのだ。

暖かい服を手放してしまったために、薄着でその冬を過ごさなくてはならなかった。食事の量を減らしているから、体力も落ちていたし、健康に支障が出てきた。かつては私はみんなの中では身体が剛健な方だったのだが、今ではバラックで熱病が流行れば、常にその被害を被るようになった。

本当に具合が悪くなれば、労働を免除され、病人部屋に送られた。しかしそこはまったくもっておぞましい、かえって病気がひどくなるような場所だったので、熱をおしても仕事に出た方がまだましだと、私たちの大半は思っていた。

私たちの間に見られた数少ない思いやりのひとつは、作業の場で弱っている人間がいたら、できるだけかばって、その日の労働をなんとか乗り切らせてやることだった。私が保護する側に回ったことは何度もある。病気のものにはいちばん軽い荷を負わせるようにするし、室内で働いているのであれば、人目につかないでいられる限り、立ったまま壁にもたれさせ、休めるようにしてやる。

「思いやり」といっても、これもやはり計算があってのことだ。いつか逆の立場に立つことがあるはずだし、そのときはお返しをしてもらおうという魂胆がある。

一月の終わり近くに、もっともひどい熱病がバラックを席巻した。早朝の乳搾りの時、私はふらふらだった。一緒に仕事をしていた男は私をスツールに座らせてくれた。私の身体はぶるぶると震え始めた。それはきつい発熱の先触れで、その震えには喜悦に近いものさえあった。

病気のために私の頭がおかしくなっていた。私がそのとき目にしていたのは、ビリー・エラスムスやチンギスやゴーシャといった、バケツを手にした仲間の囚人たちではなく、母とチャーロとアンナだった。我が家の台所で、みんなでクリスマスのご馳走を作っていた。牛小屋の明かりはとても弱く、ぼんやりしているのだが、それが黄色い炎のように勢いよく躍っていた。そして私のまわりでは熱気が大きな音を立てていた。

ゴーシャが私に向かって微笑んでいた。メイクピースがおかしくなっているぞ！　すっかり酔っぱらっているぜ。この目を見てみなよ！

私は口がきけなかった。轟音が耳を聾していたからだ。それが何の音なのか私にはわかった。新しい飛行機がやってきたのだ。私は立ち上がった。私たちはみんなこれで救われるんだと告げるために。立ち上がると、黄色い光が目も眩むほど明るくなった。そして目の前にあるものすべてが星となって溶けた。

ゴーシャがあとになって教えてくれた。私はそのとき紙のように真っ白になっていた。そして私が床にどうと倒れたとき、その震動で建物の壁が揺れたと。私に思い出せるのは、すべてが暗さに呑み込まれていったことだけだ。そしてそのときに思った。隠しておいたパンはみんなどうなるのだろうと。

私は病人部屋に運ばれた。汗でぐしょぐしょになり、うわごとで「放してくれ」と叫んでいた。部屋は暗く、肉屋のようなにおいがした。看守は配備されていなかった。なにしろぞっとするような場所だったし、そんなところで働こうという人間なんて一人もいなかった。病人たちは放ったらかしにされ、お互いの世話をして命を繋いでいた。立てるようになると、私は即刻そこを出て行った。

今回は逃げ出せないようにしておくために、靴が取り上げられた。でも朝の点呼の時に、私は裸足でよろめきながら雪の中に出ていった。

そのときはボースウェイトが私の姿を認めた。彼は看守の一人と言葉を交わし、私を作業から外し、靴を返してやるように命じた。私は熱にうなされていて、靴の紐を結ぶことさえできなかった。足の指のひとつは凍傷のために白くなっていた。歩いてみると、四肢が思うように動かないことがわかった。まるで引きつけの発作を起こしながら、ぎくしゃくと前に進んでいるような感じだった。身体の中に機械仕掛けでも埋め込まれているみたいに。

私は看守たちのあとについていった。自分は元気だし、ちゃんと働けるとずっと主張しながら。でも連れていかれた先は病人部屋ではなく、ボースウェイトの執務室だった。

冬の間、彼は薪ストーブを部屋に持ち込んでいた。煙突は破れたガラス窓から外に出されていた。おかげで室内の中はむせかえるような暑さだったが、それでも私の震えは激しく、声は羊の鳴き声みたいに震え、がちがちという歯音が頭の中で高鳴っていた。

看守の一人が一緒に中に入ってきて、デスクに座った彼の隣に立っていた。

「どうあっても仕事に出たいみたいだな」とボースウェイトは言った。

「イエス・サー」と私は言った。なんとか相手をまっすぐ見据えようとしたが、彼のまわりで部屋がぐるぐる踊っていた。

「おまえは病気だ」と彼は言った。

「たいしたことはない」と私は音を立てる歯の隙間からかろうじて声を出した。

「冬の服はどこにやったんだ？」

「博打のかたにとられた」

ボースウェイトは看守に目配せをした。「カード遊びが得意じゃないという話を耳にしたよ」、彼の声は私の頭の中でこだました。まるで井戸の底から上ってくる声のように。「病人部屋の囚人に、飛行機がやってくるという話をしたそうだな。ここから飛行機に乗って出て行くつもりなのか？」

私は首を振った。

「飛行機をこれまで見たことがあるのか、メイクピース？」

「ノー・サー、うわごとを言っていたのだと思う」

そのときにふと思った。隠しておいたパンが見つかったのかもしれない、あるいは脱走の計画のことを、うわごとで口走ったのかもしれない。もしそうだとしたら、まず間違いなく命はないだろう。

「おまえは極北の出身だったな？」

「もともとはアメリカ人だけれど」

「入植者の家族か？」

そうだと私は言った。

「極北への入植者は、凍ったマンモスの糞よりタフだという話を聞いた」とボースウェイトは言った。看守がくすくす笑った。

頭をまっすぐにしておくこともろくにできなかった。「さあ、どうだろう」と私は言った。

「どうやらそのとおりらしいな。休息をとれ」と彼は言って、看守に向かってうなずいた。

私には抵抗する力も残っていなかった。これから自分がどうなるのか予測もつかない。私は作業場に連れていかれ、鎖を外された。

# 第三部

# I

生活の変化を、意識がなんとか受け止められるようになるまでに数日かかった。その三年ばかりの間で初めて、私は自分だけの部屋を持った。その新しい部屋には簡易ベッドと染みのついたマットレスがあり、オイル・ランプの置かれた小さなデスクがあり、練兵場を見渡す窓がついていた。ベッドの頭上の天井には五、六本の茶色の筋があり、それぞれの端っこには夏に叩き潰された蚊の死骸がこびりついていた。暖房はなかったが、ナフタリンのにおいでむっとする軍用毛布が一山与えられた。

誰かが一日三回食べ物を運んできてくれた。私は熱のせいでひどく汗をかいた。

私の一部はすぐにでも歩いてそのドアから出て、月光に照らされ銀色に光る街道に立ちたがっていた。私を故郷に連れ戻してくれるその道路に。私の家はきっと無人のままだろう。内部がばらばらになったピアノラと、埃だらけの本と、ベッドフレーム。庭の植物は自らの種子で繁殖し、勝手気ままに繁っていることだろう。なんとしてでもそこに戻りたいという渇望があった。自分がよく知っている土地に、愛した人々の思い出の中に。

いた。

しかし季節の問題や、旅行中の糧食といった実務的要因以上の何かが、私を押しとどめて

練兵場を横切って宿舎に向かう囚人たちの姿が見えた。

黄昏の中にあっては、私がそこに古い世界を見ているみたいに人は思ったかもしれない。私の部屋の汚れた窓の向こうには農場があり、労働者たちがいる。彼らは冷ややかな夜気の中を、三々五々ぶらぶらと歩を運んでいる。

その中にシャムスディンの姿がある。足取りで彼であることがわかる。急ぎ足で歩く囚人は一人もいないが、中でもシャムスディンの歩き方はここのところずいぶん遅くなっている。いくらか前屈みにもなってきた。今では彼はこの基地の中では最年長の一人になっている。今は私たちがここで過ごす四回目の冬になっているし、そろそろ五度目の夏を迎えようとしている。私たちはお互いにもう一年以上、ひとことも口をきいていない。

基地での苛酷な生活がすっかり彼を老け込ませてしまった。この何ヶ月か私は、農場での彼の作業ぶりに目をとめていた。彼は前より頻繁にシャベルにもたれかかって休み、はあはあ呼吸をするようになった。若者たちのあいだには、相手を挑発するためにわざとゆっくり仕事をするものもいる。まるで叱責をあえて求めるかのように。しかしシャムスディンのような年配のものがゆっくり仕事をするのは、体力が衰えているからであり、それを隠す必要があるからだ。彼らの身体の動かし方にはいかにも気楽そうなところがあるが、その根本にあるのは実は疲弊なのだ。年配のものたちが、誰にも見られていないと思うときに見せる姿

を目にしたら、人は驚くはずだ。壁の背後にべったりと座り込み、前に脚を広げている。顔は消耗のために緩み、死者のようにげっそり落ち込んでいる。

五十代の後半を迎えたものは、基地には一人もいなかった。病気と過酷な気候が、彼らのその先の面倒を引き受けてくれた。看守の側にも、白髪を見かけることはほとんどなかった。年を取った囚人たちには二つの希望しかなかった。一つは看守になることだったが、年を取るごとにその可能性は小さくなっていったし、ムスリムの場合、見込みはまったくのゼロだった。もう一つの希望は「ゾーン」に行ってもっと負担の少ない仕事に就くことだった。

囚人の招集が近く行われるという噂を耳にしたときに、年配のものたちが見せる努力奮闘ぶりは、はたで見ていても痛々しいものだった。彼らは前夜から髭を剃り、髪をせっせと梳（と）かした。あるときトゥヴィクと呼ばれる男が、後生大事にとっていたきれいなシャツを着て、その胸に勲章を並べたてた。そして看守たちの視線が彼の上に落ちたとき、その痩せた顎を勢いよく前に突き出した。しかし看守たちは彼を選ぶことなくそのまま通り過ぎていった。彼の喉仏は一度か二度、上下した。

ツングースの血の混じった囚人たちの一人が、宿舎に歩いて戻る途中で彼をからかった。

「おい、トゥヴィク、この盗人じいさん。いったいどこでその勲章をかっぱらってきたんだ？」

それはトゥヴィクの傷ついたプライドには耐え難い発言だった。「わしはな、太平洋の戦争で二年間戦ったんだ。潜水艦で暮らして、おまえみたいな見かけの日本人（ジャップ）や中国人（チンク）を素手でさんざん殺してたんだぞ！」

ツングースの若者はそれを聞いて笑った。そしてトゥヴィクが葦のように細い腕で殴りかかると、それをひょいとよけた。トゥヴィクの両手は少年のたくましい茶色のこぶしに比べると、まるで鳥のかぎつめのように見えた。

ツングースの若者はその夜にトゥヴィクの勲章を盗んで、翌日にはカード遊びでそれをすってしまった。一週間後にトゥヴィクは眠りながら死んだ。

「ゾーン」についての夢を我々の中にかきたてたのは、誰にも増して看守たちだった。私が囚人だった頃、私たちがゾーンで目にするであろうものを、彼らはさりげなく口にしたものだ。看守たちの居住区にある冷蔵庫、発電機、ここにある武器——そういうものは全部ゾーンで作られている、彼らはそう言った。映画館だってあるらしい。

そこを自分の目で見てみたいという好奇心はあった。でも何にも増して私が思ったのは、シャムスディンがそこに行けたらいいのにということだった。

シャムスディンのまわりには次第に敗北感のようなものがつきまとい始めた。あの日豚小屋の屋根の上で、彼がそうなるかもしれない姿を私は垣間見たことになる。囚人たちの中には、基地の生活にすっかり同化してしまうものもいた。まるでそれ以外の生活なんて知らないと言わんばかりに。いや、ひょっとして実際に彼らは知らないのかもしれない。それともここよりひどい生活しか知らないのかもしれない。しかしシャムスディンは今もなお、ある種の威厳を身の回りに仄かに漂わせていた。まるで彼の出自の褪せゆく芳香のように。

シャムスディンのような人間こそがゾーンに求められているのではないかと、私は思うようになった。最初は雑用から始めたとしても、いささかなりとも上昇志向のある部署なら、彼の有用性はいやでも目につくはずだ。彼は各地を旅行し、多くの言語を身につけている。人体の筋肉の名称を残らず知っている。私みたいな人間ならここでは一山いくらで手に入る。実際的でタフな心を持ち、ツンドラを漁って命を繋いでいる人間たち。しかしシャムスディンは読書からしか得られない知識を身につけている。それがどれほど現実の役に立つのか、私にもわからない。ときとしてそれが愚かしく、いささか奇妙に――まるで囚人が絹のネクタイを結んでいるみたいに――見えることも確かだ。しかし我々より知識のある人々の間では、彼の持っている知識は貴重なものとされてきた。彼の頭の中にあるのは、何世紀にもわたって蓄積されてきたものだ。多くの血がそのために流されるだけの価値のある、大事なものだった。彼が知識として身につけている事実が解明されるために、一千年もの研究の歳月が費やされたのだ。科学と実証の一千年――そこでは「地球が太陽のまわりを回っているのであって、その逆ではない」と主張するために人は命を落とすことさえいとわなかった。それがいったん失われてしまえば、同じものごとを再び学びとるのに、更なる一千年が必要になるだろう。

シャムスディンが衰弱していくのを目にするのはつらかった。彼は自分の中に沈み込み、他のムスリムたちと交わることも少なくなった。彼をここから他の場所に連れ出してやれたらいいのにと私は思った。彼を見ていると、武器庫の中に隠した本のことを思い出した。でももちろん人間の方がなんといっても本より大事だ。

だから常に心の隅で、シャムスディンのために何かができたらと私は考えていた。そして私に思いつける彼にとって良きこととは、あの飛行機に乗っていた人々と彼とをなんとか結びつけることでしかあり得なかった。

見たところ、彼に残された命は長くて二年というところだった。あるいはもっと短いかもしれない。遅かれ早かれ彼は、トゥヴィクが運ばれたのと同じ森の空き地に運ばれることだろう。

毎年秋になると、地面が固く凍結する前に、看守たちは囚人たちを六人ばかり森の奥に連れていき、深い穴を掘らせた。そして春になり地面が解凍されると、再び囚人たちを連れてその場所に行き、冬の間にそこに放り込まれた十五から二十の遺体の上に、掘った土をかけさせた。埋葬の儀式みたいなものはない。看守が二人、死体を袋に入れ、荷車で運んでいって、穴の中に放り投げる。石灰の粉を上にかける。それは次の死体がくるまで、むき出しのままそこに放置される。

考えれば考えるほど、シャムスディンに相応しいことをしてあげなくてはという気持ちになった。もちろんひとつの理由付けの裏には、また他の理由があるものだ。しかしそういうことについてあまりに考えすぎると、自らの墓穴を掘ってしまいかねない。今にして思えばということだが、私はたぶん彼に対して特別な感情を抱いていたのだろう。なにしろ彼はピング以来、私に僅かなりとも親切心を示してくれた唯一の人間だったのだから。また彼には、どこか父を思い出させるところがあった。考えてみれば私は、過去に戻って父を救おうとしていたのかもしれない。しかし更に奥まで辿れば、もっと単純な動機に行き着く。ピングが死んで以来、私は一人きりで生きていくこつのようなものを見失っていたのだ。

子供の頃、世間を避けて森の中で孤立した生活を送っている老人がいた。そこに近づいてはいけないと親からきつく言われていた。パンコフという名のロシア人で、大きな木彫を作っていた。彫刻は彼の庭に置かれていた。私たちはよくそこの様子をうかがいに行った。私たちの姿を目にすると、彼は私たちを大声で怒鳴りつけ、追い払った。私たち子供にはそれは実に愉快な遊びだった。「あいつは外便所のネズミより頭がおかしい」と父は言っていた。そしてそこに行ったことをうっかりチャーロが漏らすと、父は私たちを叩いて罰した。

私が十二歳くらいのときにパンコフは死んだ。街の長老たちが彼を、その住居の庭に埋めた。彼の住んでいた小屋は以来、年を追って少しずつへたっていって、やがてぺしゃんこに倒壊してしまった。まるで巨大な何かが腰を掛けたみたいに。

その後も私は一度か二度、そこを訪れた。パンコフはあたりの木のすべての幹を、蛇やら、悪魔やら、身をよじる巨乳の女やらの、大きく緻密な彫刻に変えていた。街の長老たちは彼を埋葬するとき、つんとした顔で、そういうものが目に入らないふりをしていた。

小屋をぺしゃんこにしたのが何であるにせよ——雪なのか、それとも木食い虫なのか——それは中にあったものを庭中にまき散らした。ほとんどはありふれたがらくただったが（裂けたシーツ、ロウソク、カビの生えた靴、割れたガラスなど）、中に大量の楽譜が見つかった。きれいな線や黒い点が書き込まれた、数え切れないほどの楽譜のページがそこらじゅうに散乱していた。かくも大量の紙をわざわざ苦労して森の奥まで運んでくるからには、彼にとってそれは何かしらの意味を持っていたはずだ。そして誰かとそれを分かち合うこともなく、また楽器を所有していたわけでもないのに——彼自身の身体が少しずつ衰えていく微かな軋（きし）みやうなりを別にすれば、そこに存在したのはただ沈黙のみだった——それらの楽譜を長い歳月にわたって大事に保管し続けてきたのだ。

　私はパンコフみたいになりたくなかった。待合室にいる人間よろしく何年もただそこに座って、倒壊が私の命を奪ったり、事故のせいで食料が得られなくなる日が到来するのを、おとなしく待っているつもりはない。しかし結局はそうなりかねないのだ。私が若いときに暮らしていた世界と、今置かれている世界との間には深い溝があった。そして想像の中にあってさえ、その溝を越えることは日ごとに難しくなっているようだった。

　人々が空を飛び、食料がふんだんにあり、私たち極北の入植者たちが原始人のように見なされる世界を、私は夢見ていたのだろうか？

　基地での生活は、人間の獣性について知る必要のあることを、ひとつ残らず教えてくれた。しかしなおかつ人生の長い道筋を振り返るとき、それは意味を持たぬただの寄り道のように、私には思えるのだ。

# 2

体力が回復してくると、私は看守用の食堂で食事をとった。彼らの食事は囚人用と同じ内容だったが、肉と、コーヒーによく似た飲み物が余分についた。他の看守たちは、ボースウェイトが私を引き立てたことに、私が驚くほどは驚いていないようだった。

そこは囚人たちが思い描いているような楽園ではなかったが、いちおうましな食事があり、一人になれる時間があった。奇妙なことに、看守たちの間にも緊張のようなものがあった。それがどういうものなのか、私にも計り知れなかった。彼らにはいくつかの特権があった。スチームバスがあり、金券で買い物ができる小さな店があった。それどころか売春宿まであった。私にはそんなものは必要なはずもなく、昼間にポーチの上に出て、おしゃべりをしたり、髪を梳かしている女たちの姿を見るだけで、ピングの姿を鮮やかに思い出すことになった。

私たちはみんな基地の内側で暮らしていたが、上級の看守たちは外側にある村に住んでいた。中には妻帯して、そこに腰を落ち着けているものもいた。

春になったら脱走しようという私の気持ちに変わりはなかった。というか、それは今ではもっとやりやすくなったわけだ。私は油じみた旧式の拳銃を持つようになっていた。そこには二発の銃弾が装塡されていた。どこで馬を盗めばいいか、目星もつけていた。しかしその前にやっておきたいことが私にはあった。

二月に看守の何人かがボースウェイトに呼び出された。ゾーンで労働する分遣隊を送ることになったと彼は言った。そして彼らを護送する十人の看守の一人に私が選ばれた。ボースウェイトの副官のような立場にあるトーリャというロシア人が、一隊を率いることになった。彼は前に何度もゾーンに行ったことがあった。ほかの九人のうち、まだゾーンに行ったことがない看守が、私を含めて四人いた。しかし看守たちの間でも、好奇心を表に出したりあれこれ質問をしたりするのは、不適切なことであるようだった。すべてはとるに足らない日常茶飯事だという風に、我々は振る舞った。他のみんながやっていることを、ただそのまま真似していたのだ。

朝の招集のときに、我々は練兵場で看守一人あたり、それぞれ二人の囚人を列から選別することになっていた。経験の豊富な看守たちは、最も剛健な囚人を選別するのに手間をかけた。服の上から筋肉を調べ、目が濁っていないか点検した。

私の番がくると、私はゆっくりと列の前を歩いた。そして囚人たちを品定めするふりをしながら、そこに並ぶ顔に浮かんだ必死な表情に目をとめないように努力した。私を見る彼らの顔が前とは違っていることに驚かされた。今の私は彼らの命運を左右できるのだ。私はしばらく迷っているふりをした。自分の選択が正しいかどうか今一度再確認しているみたいに。それから私はシャムスディンとズルフガルに向かって、前に進み出るように肯いた。

選抜された囚人たちは隊列を離れ、宿舎に戻って私物を二分間でまとめるようにと言われた。練兵場で彼らは新しいグループにまとめられ、私たち四人がその付き添いになった。全部で二十人だった。基地の中央の門を出て、まわりにつくられた空き地を抜け、看守たちの住む村の端っこにある建物に入った。二階建ての低い建物で、下の階には大きな部屋が二つあった。ひとつは大食堂で、そこでは看守のものと同じ食事が出された。ただし少し冷えている。そこまで運ばれる間に冷めるからだ。もう一つの部屋は宿泊用だ。簡易寝台にはスプリングもついていて、基地の寝台よりは寝心地が良い。

そのあと二時間、彼らは食事をとり、空き地で運動することを許された。それは彼ら全員にとって、これまでになかった自由だ。看守になることに次いで、それは誰もが夢見る最良の成り行きだった。彼らのほとんどは、自分が選別された喜びをあえて隠そうともしなかった。

その季節にしては珍しい、暖かく晴れ渡った日で、一時的にではあるけれど、あるものが囚人であり、あるものが看守であるという区別さえ曖昧になったみたいに思えた。私の心は珍しく希望に満ちていた。ここからゾーンまでは簡単な一歩であるように見えた。未来に対する定まった考えを私は持たなかったが、その形状を触知することはできたし、今度ばかりはそれは、懸念を抱かなくてすむもののように思えた。

シャムスディンは目を閉じ、顔を太陽に向けて一人で立っていた。呼吸するごとに彼の両肩は上下した。空き地の端では、樹木の下に薄く積もった雪を陽光が溶かしていた。ズルフガルは樫の落ち葉が積もったところにしゃがみ込み、棒きれで何かを掘り出していた。彼は顔を上げ、私がそちらを見ているのがわかると、空いた方の手を挙げて振った。私がそこに行くと、彼は地面から何かをぐいと引き抜いた。

彼の手の中には胡桃ほどの大きさの、イボだらけの黒い球があった。彼はそれを私に差し出した。

私は受け取った。それは固く、どことなくナツメグのような手触りがあった。ズルフガルは匂いを嗅いでみろと身振りで示した。「アル・カマート〔訳注・トリュフのこと〕」と彼は言った。「預言者のいうところでは、これは眼に良い」。彼が笑みを浮かべると、金歯が光った。

私の背後で突然叫び声が聞こえた。そして何かが私の腕を打った。看守の一人が私のそばを勢いよく抜け、ズルフガルに体当たりして倒した。ズルフガルは落ち葉の上に仰向けになって、当惑した顔をしていた。あと二人の看守が、銃口で彼を地面に押しつけ、叫んだ。

「こいつは何を持っていたんだ？」

「キノコだよ」と私は言った。「匂いからすると、極上のものらしい」

「そのとおり」とズルフガルも言った。「キノコさ」

看守は彼をゆっくりと立ち上がらせた。ズルフガルは湿った木の葉をズボンからはたいて落とした。

「あんたにやるよ、メイクピース」、彼はよろよろとした足取りで仲間のところに戻っていった。

昼前に囚人たちを宿舎に戻し、二階に連れていった。ボースウェイトがそこで我々を待っていた。囚人たちは学校の生徒のように床にあぐらをかいて座った。

「みんな初めての連中か？」と彼はトーリャに訊いた。トーリャは肯いた。

「よく聞け。知っての通り、ゾーン行きに選ばれたのは、ひとつの特権だ。中には既に、それがどういうことなのか理解できているものもいるようだが、おまえたちは自分が得たものを分かち合うことになる。おまえたちを選抜したものが、おまえたちの労働の上がりの半分を取る権利を持つ」

看守が二人ばかりくすくす笑った。あやうくズルフガルが殺されそうになった先刻のキノコ事件について、ボースウェイトは皮肉を言っているのだ。

看守たちの何人かの暮らしぶりが良いことの理由が、それで私にも理解できた。基地の外に家を持ち、所帯も持っている。ゾーンで働く囚人たちを何人か抱えていれば、それで金持ちになれる。それはボースウェイトがやっているのと同じようなことだ。もっともスケールはかなり小さいけれど。

「冗談はさておき、それは容易い労働ではない」とボースウェイトは続けた。「おれは何もおまえたちを、意味なく脅しているのではない。ゾーンでの労働はそれほど骨の折れる、きついものじゃない。そして報酬はたっぷり出る。しかしある意味では、それは危険な仕事だ。おまえたちが選抜されたのは、おまえたちには常識を働かせるだけのアタマがあると思われたからこそだ。おれたちの指示するとおりに行動しろ。そうすれば身体を壊すことはない。

おまえたちは十日間続けて仕事をする。そのあとここに戻って数日の休みをとる。仕事をしっかりやれば、休める日にちもそれだけ増える。また優秀な成績をあげたものにはいくつかの特権が与えられる。

仕事の内容の詳細については、アポファガトさんから説明していただく」

アポファガト氏は真っ黒な髪で、分厚い眼鏡をかけていた。溶接工のゴーグルのように、それは頭のまわりに固定されていた。彼の話し方には訛りがあった。どこの訛りなのかはわからないが、とにかく英語が母国語でないことは確かだ。

「ゾーンは大きい」とアポファガト氏は言った。そして壁の地図にぴしゃりと手を叩きつけた。「広さ、四百平方キロ近くもある。ここはゾーンの中じゃない。ゾーンは河の向こう岸から始まる。しかし全域が汚染されているわけじゃない。おまえたちの仕事、物体を採掘することだ。どんな物体？　これらのものだ」

彼は手書きされた図面をほどき、地図の上にかけた。そこには一ダースほどの物体が示されていた。色つきのインクで丁寧に描かれ、そのまわりにはおおよその寸法が表示されていた。そのうちのいくつかは見慣れたものだった。電池、無線機のように見えるもの。しかしそれ以外はまったく目にしたことのないものだった。

部屋を囲むように控えていた看守たちは、みんなに正方形の紙と鉛筆を配った。

「この絵、描き写すんだ」とアポファガト氏は言った。

みんなは言われた通りにした。彼らのほとんどは美術的才能を持ち合わせていなかった。アポファガト氏は彼らをチェックして歩き、その絵を見て苛立たしそうに舌打ちした。そして言った。「シリアル・ナンバー書いておけ。シリアル・ナンバー大事だ」

シャムスディンの外科医の指は素晴らしい模写を成し遂げ、そこには陰影までつけられていた。アポファガト氏は喉を鳴らしてその出来を賞賛した。

模写が終わると、囚人たちの鉛筆は取り上げられた。アポファガト氏はより小振りな都市地図を開いた。

「ゾーンにはたくさんのセクターがある。これ、おまえたちのセクターだ。ここを採掘する。オーケー？　さあ、この地図を写すんだ。位置、写すんだ」

それが終わると、彼は囚人たちの作業をまた細かく点検した。それからズボンのポケットに手を突っ込んで、プラスティックのディスクをひとつかみ取り出した。「さて、ここからがとても大事だ。これ、放射線量計。おまえたちの放射線量を量ることが重要になる。ゾーンに戻ったら、この線量計を返すんだ。私たちが線量を量る。線量が高ければ薬を渡す。おまえたちの健康は我々にとって大切だ。おまえたちは貴重な人材だから」、その最後の一言を、彼は甲高い奇妙な笑い声とともに口にした。そしてそう言いながら、みんなにそのプラスティックのディスクを配り、汚い襟にそれをピンで留めさせた。「何か質問はあるかね？」

「おれたちに、どういう特権がもらえるんだね？」と囚人の一人が尋ねた。

ボースウェイトが立ち上がった。「食べ物やアルコールに交換できる得点が与えられる」

シャムスディンが手を挙げた。「その線量計はどのように機能するのですか？」

「反応性フィルム」とアポファガト氏は言った。

シャムスディンがまた手を挙げた。「もしあなたが私たちの探すものが何かを知っていて、それがどこにあるのかを知っているのなら、どうして自分でそれを取りに行かないのですか？」

それに答えるとき、アポファガト氏は満面の笑みを浮かべていた。「それは私の仕事じゃない」

「アポファガトさんにはここで大事な仕事がある」とボースウェイトは言った。「さあ、メモと線量計を持って食堂に行け。今日はもう休んでよろしい。夜明けとともにゾーンに向かう」

シャムスディンとズルフガルは浮かぬ顔をしているように、私には思えた。しかし他の囚人たちはパンで皿に残ったものをぬぐい取り、肉入りのシチューのお代わりを頼んだ。自分たちの青い線量計のバッジを指さし、「おれ、貴重な人材なんだ」と言った。

# 3

夜明けに門のそばで点呼があった。十二頭の馬が一緒だった。そのうちの何頭かは橇をつけていた。我々が「採掘」したものを持ち帰るためのものだ。私は旧式のライフルと、銃弾を何発か渡された。まっとうな毛皮の帽子、そして衣服の新たな一揃いも。衣服は軍用品だった。未使用の新品で、ごわごわして、かび臭かった。ジャガイモの匂いがした。銃もかなりのぽんこつだったが、いざとなれば棍棒代わりにして、誰かを殴りつけることはできそうだ。もとは我々の仲間であった囚人たちをどうやって警護すればいいのか、そういう指示も受けなかった。

囚人の中にフェリックスという男がいて、かなりの美声を持っていた。夜明けの淡い光の中を進みながら、彼の声は高音部でまるで鈴のように心地よく響いた。

私の乗った馬は、隊の中でいちばん歩みがのろかった。だから私はズルフガルとシャムスディンと共にしんがりにつくことになった。

食事も良かったし、他の囚人たちの間には希望が満ちていたにもかかわらず、二人だけは私の前で浮かぬ顔をしていた。

水を飲むための休憩のときに、私は二人を脇に呼んで、何か気になることがあるのかと尋ねてみた。ズルフガルは何も言わなかった。

「彼はバッジの中を開けてみたんだ」とシャムスディンは言った。「中には何も入っていなかった。ただのプラスティックだ。特権とか休日とかの話はみんな嘘だ。おれたちに毒を飲ませるためのな」

それは本当なのか、と私はズルフガルに訊いた。返事をするかわりに彼はバッジをむしり取り、靴のかかとで踏みつぶした。そして中身を私に見せた。それは出来損ないの胡桃のように空っぽだった。

私たちは小さな声で話していた。もしそのインチキを見破ったと知れたら、彼はたぶん射殺されるだろう。そのことが私たちにはわかっていた。

「新しいのをひとつもらってやるよ」と私は言った。そしてトーリャに向かって、四人の一人がマジック・バッジをなくしてしまったんだけどと叫んだ。

彼の反応が二人の抱いていた不安を裏付けた。トーリャはこちらにやってきて、それをなくしたことでズルフガルの頭を引っぱたいたり、何か罰を与えるでもなく、袋の中に手を突っ込み、新しいバッジをひとつ引っ張り出して、こともあろうにわざわざ自分の手で、ズルフガルの襟につけてやったのだ。まるでタネの割れている手品の実演を目の当たりにしているみたいだった。手品師は手を尽くしてこちらの注意をそらせ、手のひらに隠したカードや、帽子の上げ底の中で動くウサギを気づかせないようにしようと努めるのだが、そんなことにはごまかされない。

ズルフガルはトーリャに礼を言った。しかし行進が再開されると、彼は責めるような目で私を見て、雪の中に唾を吐いた。

私はその嘘に危惧の念を抱いた。我々はいったいどこに向かっているのだろうと首をひねり、シャムスディンとズルフガルの行く末について不安を感じた。しかし移動するという行為自体は、私の気分を良くしてくれた。

ゾーンへの道はヤクーツクに向かう古い街道だった。その道路は北に向かって曲がり、レナ河に達して、そこで細くなって轍（わだち）のついた砂利道になっていた。そこから先は「冬の道」〔訳注・河の水面に張った氷を利用した道路。冬期にだけ使用できる〕になっている。昔であれば冬の道は、寒さが到来する頃には通行できるようにきれいに整備されていた。でも今では我々は、放ったらかしにされたままの状態でそこを進まなくてはならない。それは時として危険な道行きになる。ところどころ氷結が十分でない場所がある。近くに温泉が湧いていることもあるし、ただでさえ気候は温暖化している。あるいは河幅が狭くなっている場所では、水の流れが速くなり、氷は不安定になる。

何日か続けてレナ河を逸れ、タイガ〔訳注・寒帯針葉樹林〕を進まなくてはなくてはならないことがあった。そうなると一行の歩みはぐっと遅くなった。雪をかき分けて進まなくてはならなかったからだ。氷結がしっかりしていると確認できたところで、我々はまた河の上に戻った。

北極圏に近づくにつれて、河に張った氷は再び薄くなった。そして最後のところでまた我々は、タイガに戻って北に向けて進まなくてはならなかった。

我々は囚人たちと食料を分け合い、着実なペースで進んでいった。私の経験した基地での生活の中では、それは「連帯感」にいちばん近いものだった。それとともに、北に進むにつれて、囚人たちの間には重苦しく、すさんだ気分のようなものが育ってきた。

通常であれば、囚人たちのおしゃべりを止めさせるのは不可能だった。しかし今ではみんなが何時間も黙りこくっているようだった。聞こえるのは鎖と馬具が立てる金属音と、雪を踏みしめるかしかしという音だけだった。

野営の準備をするために行進を止めるたびに、トーリャは鞍袋から検知器を取り出し、あちこちに向けた。彼はそれを二個持参していた。一度か二度、彼は私にそれをひとつ渡し、薪が汚染されていないかどうか、火にくべる前に調べさせた。

私はこれまでそんなものを手に持ったことはなかった。拳銃程度の大きさだが、先の方が重く、上部にメーターがついており、二本のワイヤが後ろに突き出ていた。私はその機械を使うことにスリルを感じたが、囚人たちは気味悪がった。とくにそれがノイズを発するときには。

木のほとんどはクリーンで、そのまま使えたが、検知器がちちちと音を立てる低木林がいくつかあった。それはブクティガチャクでも同じことだった。毒はいろんなものの繊維細胞にまで染みこんでいるのだ。放射性物質がこの土地一帯に撒き散らされ、樹木は大地からそれを吸い上げた。それは今、樹木の中に閉じ込められている。しかしその煙を吸い込むことによって、人の喉は焼かれ、肺の内側はどろどろにされてしまう。その大地から育った植物は何によらず、それを食した人に害を及ぼす。その土地のものを食べて育った、あるいは育てられた動物もまた、体内に毒を含むようになる。いつかその土地は再びクリーンになることだろう。しかしそれは私が死んで、長い歳月を経たあとの話だ。

レナ河をあとにして二日目の夜、我々は煙の匂いと、木が燃えるぱちぱちという音で目を覚ました。我々は木立を風よけに野営していた。

その夜、トーリャとヴィクターという看守との間で、長い議論があった。どうやら二人のうちのどちらかが、その場所をあまり気に入っていないようだった。我々はとにかくそこに野営したが、薪はずっと遠くから集めてきた。

暗闇の中に炎が上がるのを目にしたとき、トーリャはまさにパニック状態に陥った。その煙に対して彼の検知器が激しく反応し始めたからだ。それは罠にかかった獣のようにすさまじいうなりを上げ、咆哮(ほうこう)した。

囚人たちもまた目を覚まし、パニック状態に陥った。毒にやられるぞ、と彼らは叫んだ。我々は真っ暗な中ですぐさま野営を畳んだ。煙の風下から抜け出し、そのまま北に向かって歩いた。夜が明ける頃には、その燃える森は我々のずっと背後になっていた。そこから立ち上る幾筋もの黒い煙は巨大な雲を作り上げていた。雲の上辺は鍛冶屋の鉄床(かなとこ)のように真っ平らだった。

睡眠不足と疲労のために、未明の光の中で囚人たちの顔は血の気を失って蒼白だった。我々は行進を止め、残りの日照時間を休息にあてた。

その夜の野営の雰囲気はひどく沈み込んだものだった。

トーリャは夜明けに看守を二つの隊に分け、半数を率いて森に引き返していった。誰がそこに火をつけたのか調べるためだ。煙の流れを避けるために、彼らは大きく迂回しなくてはならなかった。

私は囚人たちとあとに残った。薪を見つけるために、トーリャは私に予備の検知器を預けていった。私はシャムスディンとズルフガルと共に薪を探しに行った。

私は必要以上に野営地から遠くまで行った。二人と腹を割って話をしたかったからだ。

彼らが汗だくになって鋸を使い、そしてまた汗だくになって丸太を橇に積み込んでいるのを見ると、いささか申し訳ない気持ちになった。私のせいで彼らは騙されて暖かい場所から引きずり出され、得体の知れない目にあわされているのだ。

私は馬から降りた。雌馬は木の下に生えている一房の草をむしって食べた。私は手綱を木の枝に巻き付け、馬がどこかにふらふらと歩いていって、汚染されたものを食べたりしないようにした。

ズルフガルは少し離れたところまで歩いていって、枯死した樺の木の枝を薪にするために折っていた。私は話をするためにシャムスディンのところに行った。

彼は手斧を使って仕事をしていた。橇に積みやすくするために、木の余分な枝を払っているのだ。私はそのいくつかを彼の脇に運び上げながら、彼を騙したようなかたちになったことについて、詫びを言った。私自身もあんたと同じようにほとんど何も知らなかったんだよ。この先あんたの身に悪いことが起こらないように努力するから、と。

「君の力ではなんともならんさ」と彼は言った。

それには反論しなかったが、私の頭にあったのは、あと二頭の馬を手に入れれば、トーリャが配下の看守たちと戻ってくるまでに、三人でここから逃げ出せるということだった。基地での生活は、看守と囚人を隔てることで成立していた。両者を隔てるのは特権という事実だ。私はシャムスディンにこう言いたかった。売春宿とタンポポの根から作ったコーヒーを与えられても、ボースウェイトが私の忠誠を手に入れることなんてできないのだと。

彼は一抱えの丸太を橇の中にどすんと放り投げた。「ズルフガルの話では、この北に汚染された都市があるらしい。私らがそこにやられるのは、死者たちからものを奪い取るためだと彼は言う。要するに墓泥棒のようなものさ」

「どうしてズルフガルがそんなことを知っているんだい?」と私は言った。それは本当のことのように思えたし、同時にでたらめなうわさ話のようにも思えた。人々は好んでお互いを怖がらせる。ボースウェイトの動機について最も暗い見解を持つ人間は、みんなに一目置かれることになる。

散らばった枝を拾おうとして、私は後ろ向きに滑ってしまった。革ブーツの靴底の隙間に、ばらばらの薄い氷片となった雪が詰まって、滑り止めの役を果たさなくなっていたのだ。私は前に転んで、正面から雪に突っ込んだ。転び方が滑稽だったので、思わず笑ってしまうところだった。

シャムスディンが近くに寄ってきた。たぶん私を深い雪の中から助け上げてくれるのだろうと思った。でもそのとき、彼の手の中で手斧がぎらりと光るのが見えた。彼の目は笑っていなかった。深く思い詰めた何かがそこにあった。

誰にシャムスディンを責められよう。彼の顔にはうまそうな骨を前にした、飢えた犬の表情があった。首につけられた鎖の長さと、骨までの距離を測っている。うまく骨にありつけるか、あるいは直前で首を絞められてしまうか。

彼は一歩前に進んだ。ややこしい転び方をしたせいで、銃は身体の下になっていた。それを取るには身をよじる必要があったし、もしうまく銃を手に取れたとしても、不発に終わる可能性はあった。そうなれば彼は簡単に私の頭を叩き割ってしまう。何がそこで彼を押しとどめたのか、私にはわからない。それは彼の私に対する情愛であり、人の節度であり、あるいは信仰であり、医師として受けた訓練だと思いたいところだ。「何より人に害を及ぼすなかれ」彼らはそう教えられる。たぶんそのことが彼の脳裏をよぎり、再考を促し、その結果、理性が優位を得たのかもしれない。彼ら二人に対して一頭の馬しかいないし、足枷を外すのは簡単ではない。それとも彼にはただ勇気が欠けていた、というだけかもしれない。シャムスディンは旧世界が生み出したに違いない、何百万もの人間の一人だ。聡明で魅力的ではあるが、彼と大地との間の繋がりはとてもか細いものだ。その頭の中には一冊の本には収めきれないほどの知識が詰まっている。そしてもし耳を傾ける気があるなら、なぜ我々の世界が破滅を迎えたのか、大方の人間よりもまともな説を披露してくれるだろう。しかしそれでもなお彼よりは、あのハンソムのようなろくでもない野獣の方が、この世界でよりうまく生き延びることができる。その柔らかな両手が、決定的な一瞬を摑み損ねたのだ。そこにズルフガルがはあはあと息を切らせながら、たくさんの枝を引っ張って戻ってきた。シャムスディンは後ろめたそうに脇に目をやった。私はそのタイミングをとらえて身をひねり、銃を手に取った。

シャムスディンは両手を頭の上にあげた。私は銃を二人に向けて振り、「早くそれを積み込んで」と言った。二人は視線を交わした。空気には危機が通過した直後の匂いが嗅ぎ取れた。

私たちは黙りこくったまま本隊に戻った。

トーリャは午後の遅くにキャンプに帰還した。ツングース人の少年が一人、そのあとをよろけるように従っていた。彼の両手首はロープでトーリャの馬の鞍に縛り付けられていた。少年の片方の目は腫れて、開かなくなっていた。鼻孔には乾いた血がこびりついている。十四歳より上には見えなかった。

「こいつが火をつけたんだ」とトーリャは言った。

看守たちが少年を取り囲んだ。みんなににらまれると、少年は震え上がった。彼の目は自分のぼろぼろの毛皮の深靴を見下ろしていた。それは生皮の紐でひとつにとめてあった。彼の身につけているものはすべて、今にもばらばらになってしまいそうに見えた。身体からは煙のにおいがして、顔は煤（すす）でまだらに黒くなっていた。少年の姿は小さなネズミを思わせた。つまみ上げたら、手の中で恐怖のあまり息絶えてしまいそうなか弱いネズミを。

トーリャは少年の頭を何発も引っぱたき、ほかの看守たちも殴る蹴るの暴行を加えた。

少年はただ殴られるがままになっていた。へなへなと力を抜いてそこに立っていた。それがただ絶望していたからなのか、それとも殴られるときは身を柔らかくしていた方がいいと知っていたからなのか、どちらかはわからない。激しいパンチを二、三発くらったあとで、彼は雪の中に倒れた。薄汚れたシャプカ〔訳注・毛皮の丸帽〕は少し離れたところに飛んで落ちた。

男たちはなおもしばらく子供に暴行を加え続けた。そのぐったりとした身体に、彼らが殺意を抱かなくてはならないような、いったい何があったのだろう？　少年にとっては幸運なことに、彼が倒れたところは雪が深かったし、看守たちのフェルトのブーツが衝撃を和らげてくれた。また囚人とは違って、看守たちは肥満し怠惰だった。深い雪の中で一分か二分、身体を激しく動かしているうちに、すっかり息が切れてしまった。

彼らは少年をそのままにして、そこに立って悪態をつきながら、はあはあと息を整えていた。トーリャの話では、少年は森の中で一人で小さなテントを張って、肉を燻製にしていたのだが、そのテントに火が燃え移り、すっかり焼けてしまったということだった。様子からすると、少年は少なくとも何ヶ月かそこにいたらしい。

銃の先で帽子を拾い上げ、少年の近くに落としてやった。男たちの前でそんな優しいところを見せるのは、あまり賢明なことではないが、私はその子供のことを哀れに思った。私はしゃがんで、知っている数少ないツングース語で、その子に話しかけてみた。少年はボールのように身を丸め、顔を上げて私の顔を見ようとさえしなかった。彼は呆然としているらしく、鼻も折れているようだった。口のまわりには血が飛び散り、よだれが垂れていた。私はピングのことを思い出さないわけにはいかなかった。新しい誰かに出会うたびに、その相手は死んだり、怪我を負わされたりすることになっているみたいだ。

トーリャとステパンという看守が私の背後にやってきて、こいつに何を言ったんだと私に尋ねた。

この子を叩きのめしたところで、何の役にも立たないよ、と私は言った。これじゃもう、まともな話を聞き出すこともできなくなった。ステパンは、こいつにちゃんとわからせてやると言って、少年を揺さぶり、怒鳴りつけた。「おまえはどこから来たんだ？　おまえの仲間はどこに隠れているんだ？　誰のスパイなんだ？」

ステパンはそれほどたちの悪い人間ではなかった。しかし他のみんなと同じように怯え切っていた。基地から一歩出れば、彼らは自分たちの生きる土地のことを何ひとつ知らなかった。そして彼らの頭の中では、その土地は怪物で満ちていた。住み慣れた土地から数百キロ北に来ただけなのだが、まるで月に来たみたいに彼らには感じられたし、落ち着きを失っていた。

気をつけろ、こいつは野生だからな、と一人の看守が言った。「野生」というのはな、言葉もしゃべれず、生肉を食らい、手と足を使って歩き、いざとなれば相手の喉を噛みちぎるんだ。

私はそれを聞いて吹き出しそうになった。私は極北のあらゆる土地に足を運んだ。もし実際に「野生」なんてものがいたら、一人くらいは目にしているはずだ。

私の目には少年はごく単純な頭しか持ち合わせていないように見えた。この子はただの知恵遅れだよ、と私は言った。知恵遅れをひどい目にあわせる人間は、悪運に見舞われるからな。連中を怖がらせるものはそれほど多くないが、迷信の類は何によらず大きな力を発揮した。彼らはお守りや凶兆や黒魔術といったナンセンスを、なにしろ頭から信じ切っていた。

彼らは少年を縛ったままにしておいたが、それ以上手を出そうとはしなかった。

夜になると我々は運んできた干し肉とパンを食べた。汚染の心配があるので、猟で得たものを食べることはできない。看守たちは残り物を少年に投げてやった。少年はしゃがんで座り、身体を揺すりながら、それを食べた。

夜が更けると、彼はたき火の脇にあるカリブーの毛皮の下に潜り込み、眠った。

その夜は星がいつにも増して輝かしかった。樹木の上に銀色の霧が筋となってたなびいていた。焼けた森からはまだ煙が立ち上っていた。

自分の吐いた息が澄んだ空にのぼっていくのが見えた。それらの星はかつてはひとつひとつ名前を持っていた。そして見覚えのある都市の灯りのように下を照らしていた。しかしそれらは日ごとに少しずつよそよそしいものになっていった。私は旅するときの目印として、北極星と北斗七星を知っていた。ほかの星々についても、その昔いちいち説明してもらったことがある。でもそれは大熊座だったか、それとも牛飼い座だったか？　アンドロメダだったか、それともオリオン座星雲だったか？　一月にこの極北で金星を目にすることは可能なのか？

夜空は失われた言語の一ページのようになってきた。動植物の品種のような、我々がかつて観察し、永遠のものとして名をつけたものが、その存在を抹殺されていく。かつてこれらの河はすべて名前を持っていた。丘だってそうだ。いや、風景の中の模様のようにしか見えないもっと小さなものだって、ひとつひとつ名前をつけられていたかもしれない。

かつてここはひとつの場所だったのだ、と私は思った。

祖先たちが苦労を重ねて勝ち得た知識を、私たちはずいぶん派手に浪費してきたのだ。泥の中から僅かずつ積み上げられてきた、すべてのものを。植物、金属、石、動物、鳥、そんなものたちの名前。惑星や波の動き。そんなすべてが色褪せて消えていこうとしている。必須のメッセージを、どこかの愚か者がズボンのポケットに入れたまま洗濯して、その言葉がすっかり読み取れなくなってしまったみたいに。

そして我々はここにいる。ゾーンから一日の距離のところに。そこで我々は汚れた土地の中から、いろんなものをくすね取ろうとしているのだ。我々にはもはやそれらを作り出す才覚もなければ、手段もないものを。そしてそのゾーンも漁り尽くされてしまったら、我々も——もし運が良ければということだが——この少年のようになるしかないのだ。もう名前も持たない森の中で、汚染された動物たちを追い回す。彼こそが私たちのいちばんましな可能性なのだ。

私は眠るために横になりながら考えた。失われてしまったものは惜しいけれど、あるいはこれがいちばん良いことだったのかもしれない。二百年ばかり地球は休みをとるのだ。その間に雨が汚れを洗い流してくれる。そして私たちは歴史の堆積層のひとつとなる。ローマ人たちや、ピラミッドを築いた人たちよりは少し上の部分になる。そうだよ、メイクピース、いつかはおまえの下顎も、博物館のガラスケースに展示されるかもしれない。ヨーロッパ人種、女性。門歯がすり減っている。単調で貧弱な食事のせいで、ミネラルの不足が認められる。好戦的にして野蛮。付近にはいくつかの陶片も見つかった。

長い目で見れば、洪水も引き、太陽は昇り、植物は育っていくだろう。我々のうちの何人かはきっと生き残るだろう。そのことを疑うものではない。もちろん私が生き残るのは無理だ。そして私が集めてとっておいた本も、朽ち果てるか、あるいは鳥の巣にでもされてしまうことだろう。

でも何かは継続されていくはずだ。とはいえ洪水がようやく収まり、かつてはまっとうな人間であった、暗くぬるぬるとしたものが、箱船の中から殻を割るように出ていくのを待ち受けるその日を想像したところで、私には何の慰めにもならない。

# 4

夜明けと共に起きて、移動を開始した。頭上に厚く垂れ込めた厚い雲は、赤と黒に染まっていた。それがその朝我々のあいだに漂っていた雰囲気のせいだったのか、あるいは汚染された大地の耳が痛くなるような沈黙のせいだったのか、どちらかはわからない。しかし一行が向かっている場所のことを思うと、私の心は不安で重くなった。

トーリャが、少年を虜囚にしているのが面倒になって、殺してしまうのではないかと私は心配した。だから私が彼の世話をし、私のあとをゆっくり歩いてついていてくればいいように案配した。少年は家畜のようにおとなしかった。私の馬の背後をとぼとぼついてくることと、私と水を分け合うことのほかには何も望まないようだった。

二時間かけて、昼前に我々は低い丘の麓に達した。長いなだらかな登り道だった。私と少年が最後に到着した。ほかの者たちはそこで足を止めて、行く手の谷間の風景を眺めていた。

それは廃墟と化した都市だった。給水塔の脇にぱっとしない家屋がちまちまと建ち並んでいるような、私が育ったちっぽけな街とは違う。ガラスとコンクリートでできていて、ビルが空に堂々と聳えたっている。河幅が広く、流れの激しいところに橋がかかっている。その都市は灰色に染まり、しいんとしていた。沈黙する通りの上で、鳥たちが輪を描いていた。

四人たちもまたそれを凝視していた。しかし何人かはその機会を捉えて、与えられた水を飲み、パンを齧っていた。トーリャは望遠鏡を持っていて、私たちにも回してくれた。

トーリャの望遠鏡を通して見ると、その都市は歯が残らず腐った口の中のように見えた。建物も窓もがらんどうで、生命の痕跡がなかった。しかし規模だけは大したものだ。ずっと奥の方、都市の裏手の高台に、タワーがひとつ建っていた。高さは百メートル近くはあるだろう。それはとてもひょろひょろとして見えた。吹き飛ばされずに残っているのが不思議なくらいだ。おまけにてっぺんには、まわりにたくさんの窓がついた、大きな円盤のような部分がついていた。自然の法則に逆らって、そこにしっかりしがみついているみたいに見える。河は東端で大きく曲がっていたが、そこに三本の煙突が並んでいた。それぞれ赤と白の縞模様に塗られ、巨大な立方体の箱の上に立っていた。その建物は河べりにうずくまり、そこから送電線が網のように出ていた。送電線は鋼鉄の脚に支えられて対岸へと渡され、そのあとは扇状に広がって、更に遠方へと伸びていた。

休憩のあとで我々は河辺に降り、土手づたいに橋へと向かった。

そこに着くまでにおそらく四十五分ばかりかかった。目的地に近づくにつれて一行の足取りは遅くなった。怖かったからではない。頭に入れておかなくてはならないことが山ほどあったからだ。いろんな細かい事実を呑み込もうと、みんながきょろきょろ首を回していた。

これからその都市の中心に足を踏み入れようとしている囚人たちはみんな、興奮に近い状態にあるようだった。

河の堤はコンクリートで舗装され、河幅は元来より狭くなっていた。そのせいで二月でもそれほど固くは氷結していなかった。

河を隔てた対岸には、高層建築が建ち並んでいた。ここが賑やかに活動していたときには、いったいどれほどの数の人が住んでいたのだろう？　それについて思い巡らせないわけにはいかなかった。そしてまたこうも思った。世界中にいったい何千、何万の、このような都市が存在したのだろう？　その昔は、人は夜に飛行機に乗って、このような街を空から見下ろすことができたはずだ。街灯やら家々の明かりやらが美しく描きあげる光の街を。

私の見た飛行機はきっとこのような都市から――いや、これよりもっと大きな都市かもしれない――飛び立ってきたのだろう。これら都市は各々に知識と慣習を有している。そしてまたそこに住む人々の一人ひとりが、毎朝目を覚ましては、思い出せないほど遥か昔から引き継がれてきた努力の総和に、各々の新しい一切れを付け加えようとするのだ。その一方で私たちといえば、毎朝アダムのように目覚め、庭にあるものから食事や衣服を調達し、木々の名前をいちいち考え出さなくてはならない。

我々は橋を途中までしか渡らなかった。そこでは無人の哨所が道路を塞ぎ、道路を分断していた。錆びた鉄条網を巻いたものが雪の中、そこら中に散らばっていた。そこで我々は分かれた。そこから先に進むのは囚人たちだけだった。彼らは子供のように喋りあっていた。一人が橋から小便をした。ただ物珍しさでそうしてみたかったのだ。彼の小便はアーチを描き、下にあるコンクリートの土台に届く頃には、細かい飛沫になっていた。

我々はそこに立ち、囚人たちが歩いていくのを眺めていた。橋の中央の部分を越え、彼らはのんびりした足取りで前に進んでいった。まるで葬儀会場で、今から席に着こうとしている会衆のように。そのとき、私は彼らを羨んだ。彼らはこれからいったい何を目にするのだろうと。

私はたとえばオーロラに対して畏怖と驚異の念を覚えるが、それが自然の営みであることを知っている。ところが橋の上に立ち、対岸に広がる空っぽの都市を眺めるとき、私の視野の領域に収まるすべては、人の手によってそこに据えられたものだ。電線を張り巡らせた鉄柱も、空にそびえる高層建築も、瓦の敷かれた屋根も、すべてがそうだ。そこにはかつて何百万もの人を養えるだけの食料と飲料水が備えられていた。私は簡単に涙を流すような人間ではない。しかしそのかつての我々の残骸を眺めているうちに、そしてぼろを身にまとった一群の囚人たちが、巨人の死体をついばみに行く小鳥たちのようにそこに向かって歩いていくのを見ているうちに、いつしか目の前がぼんやりと滲んできた。

彼らは橋を渡ったところにある荒廃した空き地に入った。そこで道は三つの方向に分かれている。そのうちの二本は河の堤沿いの道だ。そして残りの一本が都市の中心に通じていた。その道は大通りへと続いている。大通りにはマロニエの高い並木があったが、木はみんな枯死していた。

二人ほどは、これからどうすればいいか決められず、地面にしゃがみ込んだ。そのような馴染みのない感覚が――誰にも監視されることなく、まわりには広いスペースがある――彼らに僅かながらも自由というものの匂いを嗅がせたのだろう。

看守たちは彼らに向けて口笛を吹き、トーリャは銃を振り回して先に進めと怒鳴った。二十四時間後に同じ場所でおまえらが戻るのを待っているからな、と彼は言った。

徐々に彼らは真ん中の道を歩いて、遠のいていった。やがて囚人たちの姿は見えなくなり、彼らが吐く息が凍り、いくつかの雲となって宙に浮かぶのを目にすることで、誰かがそっちに行ったのだなとわかるだけになった。

トーリャはほとんど身動き一つせず、立ちつくし囚人たちをじっと見ていた。彼が歯を嚙みしめたり、離したりするときに、顎の両側の小さなふくらみが動くだけだ。

囚人たちの姿が見えなくなってしまうと、トーリャは私たちに対してこれまでになく親しげになった。自分の袋のひとつから肉の缶詰と、基地で蒸留した酒と、パンの塊を取り出した。缶詰は十個あり、我々は全部で八人しかいなかった。トーリャは缶詰の一個をツングース人の少年に与えた。看守のうちの二人ばかりはそんなに古い肉を食べることを躊躇したが、残りのみんながそれをがつがつかき込んでいるのを見て、またその匂いがまだまともであることを知ると、やはり自分のぶんをしっかり食べた。ツングース人の少年は少ししか食べることができなかった。

それは何かの肉をゼリーに浸したもので、私の好みにも合わなかったが、今はそんな贅沢を言っている場合ではなさそうだった。

トーリャは酒を少しばかり雪の上にこぼしてから、みんなが銘々携帯しているブリキのカップに注いでいった。ゾーンに乾杯だ、と彼は言った。彼らは一気に酒をあおり、その後味を消すためにくんくんとパンの匂いを嗅いだ。

私はその酒を味わうこともなく、カップを下に置いた。看守たちの中にはそれを不快に思うものもいた。それもまた不吉なことだと思われていたのだ。空っぽのカップで乾杯したり、空になった瓶を逆さにしないでおいたり、鏡をのぞき込めるところで食事をしたりするのと同じように。実に多くのものごとが不吉なことと見なされていた。

ステパンが私をからかって、私のカップにもっと酒を注ぐように言った。彼の頬は肉の脂で光り、酒のために目が据わっていた。

私はカップを手のひらで押さえて、それ以上酒が注がれないようにした。しかし仲間と調子を合わせるために、カップの中にある酒は全部飲んだ。考えてみれば、もう何年もアルコールを口にしたことはなかった。

でも彼らは少年には酒を勧めなかった。酒は貴重品なのだ。無駄にはできない。

トーリャが二本目の瓶を引っ張り出したとき、私はその場を離れた方がよさそうだと思った。それ以上飲みたくないし、みんなが酔っ払うのを見ていたくもない。私は立ち上がり、ズボンについた雪を払った。

「どこに行く?」とトーリャが訊いた。

橋を渡って、少しあちら側を見てみたいんだと私は言った。

トーリャは私と一緒にみんなから少し離れ、そして言った。河岸から五十メートルより先には行くんじゃないぞ、と。彼の口調の中にある何かが、私をはっと緊張させた。酒を飲まなければよかったと、私は後悔した。

空に夕暮れの最初の兆しが現れた。頭上の灰色がより重くなり、影が長くなった。みんなの声が聞こえるほどのところに我々は立っていた。

トーリャは私の肩に片手を置き、私の体を橋の向こう側に向けた。荒っぽくではないが、彼が真剣であることをわからせるほどには力を入れて。街の中心地に向かう道路の両側に立った一対の街灯を、彼は指さした。「もしおまえがあれより先に足を踏み入れたら、もうおまえを連れて帰ることができなくなる。わかったか?」

ひとかたまりになって酒を飲んでいる男たちの間で、大きな笑い声が上がった。

彼は声を落とし、私の腕の柔らかいところにぎゅっと指を食い込ませた。「あの都市は汚染されているんだ」と彼は言った。「誰一人ゾーンから出すことはできない」

トーリャは何も言わなかった。そのような行為に罪悪感を持つだけの、旧世代の生き方を送り込まれた連中にとってはずいぶん酷い仕打ちだ、と私は言った。

彼はまだ身中に残しているようだった。自分に与えられた命令を、決して好んでこなしているわけではない。それは私にも見て取れた。しかしそれでもなお、彼は自分の運命を自分で決めることができる幸運な人間の一人だった。四人たちとは違って。

ステパンが私たちに向かって叫んだ。おい、こっちに来て一緒に飲もうぜと。

私は背後をさっと振り返り、橋のたもとで飲んだくれている小さな集団を示した。「あんたが何をするつもりか、他のみんなは知っているのかい？」

「前にここに来たことのあるものはな。あとの連中はまだ知らん」

私の気持ちが顔に出てしまったのだと思う。

「地獄を見るやつもいれば、救済されるものもいる」と彼は言った。「自分が救済された側にいることを喜ぶんだな」

彼は私の腕から手を離し、みんなのところに戻っていった。そしてロシア語で卑猥な歌をうたい、場の盛り上がった空気を損なわないようにつとめて明るく振る舞った。橋を渡っているときも、彼らの冗談や瀆神（とくしん）の言葉が背後から追いかけてきた。

私は道路を塞いでいるコンクリートの障害物をまたいで越えた。風が道路の中央の盛り上がった部分から雪を吹き払っていた。吹きだまりになった雪は、まるで風に追い立てられたような渦巻き状になっていた。四人たちの足がその表面の硬くなった部分を踏み破った痕跡がところどころにあった。それらは人間の足跡というより、動物の蹄のあとのように見えた。

自分が救済された側にいることを喜ぶんだな。

私が救われたのはこれを見るためなのだ、と私は思った。都市からは生命がもぎ取られた。しかしまき散らされた毒の力によって、それは手つかずのままに保たれている。そこは生命が死に絶えた場所だ。しかしその規模といい富といい、人間の手でというより、神の手で作られたもののように見える。それは我々のつぎはぎだらけの衣服と、どこかで漁ってきた食物をあざ笑う場所だ。それをいかなる救済と言えばいいのか？

私は橋の終わるところまで歩いた。囚人たちが座り込んで、休んでいたと思われる場所まで。彼らは放射線について警告を受けていたせいで怖くなって、もっと遮蔽された場所を探そうとしたのだろう。しかしその都市のだだっ広さにはまた、腹にずしりとこたえるものがあった。私は何度か強盗事件の捜査をしたことがある。まだ強盗事件が注意を払われていた時代のことだ。強盗たちは押し入った家の広い場所に、糞便を残していた。それは嘲りの行為のように見えたが、彼らに自分の内部を空にする必要を感じさせたのは、犯罪を犯していることがもたらす恐怖と興奮だった。私たちがそこに送り込んだ盗賊たちも、それと同じことをしていた。かつては小綺麗で配管設備も整っていた都市の街路を、彼らは見事に汚していた。

彼らの足跡は中央の街路を進み、アポファガトの地図が目指すように指示していた場所に向かっていた。街路樹と大きな煉瓦造りの建物が両側に建ち並んでいるせいで、光は遮られていた。しかし五十メートルほど先に行くと、いったん建物が途切れ、通りがまた明るくなっており、そこに家具の姿を認めることができた。椅子、テーブル、引き出しを抜かれたドレッサー、そんなものがみんな雪の上に横倒しになっている。それらは畜殺された動物の臓物のように、建物から引っ張り出され、路上にばらまかれたのだ。それよりもっと手前、まさに通りの角に円形のキオスクがあり、そこにポスターのようなものが何枚か糊で貼ってあった。それは色褪せており、また私のいるところからは距離がありすぎて、内容までは読み取れなかった。トーリャの望遠鏡を借りてくればよかったなと後悔した。舗装道路や高層建築に劣らず、ポスターのいろんな細かい部分や、それを作るために必要とされたであろう技術——用紙、インク、印刷機、接着剤のブラシ——は、資源の豊富さと、蟻のようなたゆまぬ経済活動を物語っていた。

私が戻った頃には、看守たちはほろ酔い加減になっていた。みんなは私が何を目にしたか知りたがったので、その都市の大きさについて話した。彼らの旺盛な好奇心と、気楽な笑い声からすると、トーリャはどうやらまだ囚人たちを殺害する話を切り出してはいないようだった。

大通りのことや、歩道に放り出されていた家具やら、ポスターやらの話を聞いて、みんなはしばし考え込んだ。自分もあちらに行ってそれを見てみたいと言い出すものも一人、二人いた。しかしトーリャはもう暗くなりすぎたと言って、新しい酒瓶を取り出した。

その一本はみんなの口を軽くした。そして彼らは、収容所においてはよほど相手に心を開いていなければやらないことをやりだした。自分の出身地や、家族や、過去の人生について語り出したのだ。

彼らは多くの戦争や紛争を目にしてきた。彼らのちょうど半数は何らかのかたちで兵士の経験があった。それはとくに不思議なことではない。兵隊としての生活は、基地での生活に適合しやすい人間を作り出していくのだろう。

オシップという男は、父親が技師をしていて、一度連れられてパリに行ったことがあると言った。その話は私たちの想像力のすべてを手中に収めてしまった。パリは世界中のどこよりも魅惑的な場所として、私たちの耳に響いた。他の看守たちには、そこの食べ物や、気候や、女たちについて山ほど聞きたいことがあった。しかしみんなが彼を質問責めにしたとき、彼はその場所について、他のみんなと同様、何も知らないことが判明した。その男が知っているのは、誰でも本から知りうる程度のことでしかなかった。彼はフランス語だと自称するものをしゃべったが、もちろんただのでまかせかもしれない。

ステパンは子供の頃に飛行機に乗って黒海に行ったと言った。そこの水は風呂のように温かく、見渡すかぎり葡萄畑が広がっていたと彼は言った。飛行については何も覚えていなかった。思い出せるのは、耳が痛くなったことくらいだった。

トーリャは聖職者になるための教育を受けていた。西部にある正教会の神学校で学び、それからブリヤート族が住む地域にある教会に、専任の司祭として派遣された。そこの教区は長いあいだ司祭がいなかったんだ、と彼は言った。人々は彼のために食事を作り、掃除をしてくれた。彼はまるで領主のような生活を送り、暇な時間のほとんどを聖像(イコン)の彩色に費やした。

彼は上着のポケットを探り、革の小袋を取り出した。その中には小さな肖像画が入っていた。自分が作ったものだとトーリャは言った。それは酒瓶と同じく、みんなの手から手へと回された。

マリアと幼子の肖像画だった。これより小さく細かくは描けまいというくらい小さなものだった。オシップはそれを長いあいだ手にじっと持っていた。私に見せるべく手渡す前に、その金属のフレームに実際に口づけをしたほどだった。

イコン自体はせいぜい五センチ四方ほどのものだった。フレームはトーリャの体温で温かくなっていた。その工芸的な価値については私にはよくわからない。しかしそんな小さなものを絵筆で描くには、相当な器用さが必要とされたはずだ。

飢餓が襲ってきても、彼の村はしばらくのあいだとくに困窮はしなかった。村人たちは食料をたっぷり蓄えていた。南部に旱魃をもたらした熱波も、そこでは耕作の時期を長くしただけだった。

村はウラン・ウデから百キロほどのところにあり、都市の交易商人たちがやってきて、食料を高値で買い付けるようになった。ほどなく村人たちは食料を売るのをやめてしまった。食料の値段はうなぎ登りにあがっていたし、天井値がつくまでじっくり様子を見ようじゃないかというわけだ。おれは村人たちに、それは危険だからよした方がいい、ろくなことにはならないと警告したんだ、とトーリャは言った。その後にやってきた連中は、当然のことながらずいぶん腹を立てた。村人に向かって、おまえたちは汚い金儲けをし、幼い子供たちを飢えさせていると非難した。それから彼らは暴徒と化して食品を略奪し、抵抗したものを惨殺した。

フェリックスは尋ねた。このような大きな都市で育ったものはこの中にいるか、と。一人もいなかった。そして私の他には、都市に住んだことのある両親を持つものさえいなかった。それは偶然ではない。電気や清潔な飲料水がなければ、下痢や渇きが毒薬よりも素速く都市生活者たちを駆逐してしまうからだ。

「おまえはどうなんだ、メイクピース?」とオシップが、友好的と言えなくもない声で尋ねた。私はその中で唯一、自分の生い立ちについて語らなかった人間だった。「どうしてそんなことになったんだ?」

「誰かがこの顔に石灰をかけたんだよ」と私は言った。しばしの沈黙があった。みんなは私の話の続きを待っているようだった。しかし私には、イーベン・カラードのことや、私の身にふりかかった悪しきものごとについて、それ以上話すつもりはなかった。

トーリャは使い古されたランタンに蠟燭を入れた。私たちはたき火なしに夜を過ごさなくてはならなかった。あたりで集めた木はすべて汚染されていたからだ。彼はランタンを手元に引き寄せてそこに立っていた。ランタンが彼の顔と、毛皮の服をブロンズ色に染めていた。

そのとき突然、私は思った。これはすべて筋書き通りのことなのだ。飲酒、身の上話、そして今ではこの、祭壇の灯りにも似たランタン。彼がその昔、教区の人々のために取り仕切った礼拝も、おそらくこのように案配されたに違いない。彼は語った。おまえらがみんなどれくらいかつての暮らしを懐かしく思っているか、おれにはわかる。でもおれたちが生きている間は、もう昔の暮らしに戻ることはないと思え。それが世界の成り行きなのだ。文明は興隆し、そして没落する。そいつはどうしようもないことだ。それから彼は言った。おれたちはまだ幸運なんだよ。ものごとをなんとか本来の軌道に戻そうという計画の一部に、おれたちは組み込まれているわけだからな。

イコンはまたみんなの手を渡って、彼のもとに戻ってきた。彼はそれを握り、神学校の生活について語った。文書は僧侶から僧侶へと書き写され、知識として保たれてきた。そうしなければ、すべて失われてしまったはずの知識だ。

これだけは認めよう。トーリャは美しく深い声を持っていたし、いかにも司祭らしい静謐さを周辺に漂わせていた。そして人々は酔いが回って、暗示を受けやすくなっていた。彼がいったん語り始めると、人々はその話にすっかり引き込まれてしまった。なぜなら彼が口にした言葉は、みんなが聞きたいと望んでいたものだったからだ。

かつてゾーンは橋の上から見えるとおりのところだった、と彼は語った。巨大な工業都市だ。ポリンという名前で、人口は十万を超えていた。

対岸の河沿いにある地域は、少なくとも三百年の歴史を持っていた。街は舟運の要所として造られた。毛皮と木材と黄金が極北からここに運ばれてきて、それらは南方にある道路や鉄道駅まで船で送られた。積み荷は、一年のうちのある季節ははしけで運ばれた。そして冬の、まだ河が雪の壁に囲い込まれておらず、なおかつしっかり凍結している時期には、氷上を道路代わりにして荷物を運んだ。

しかし日中に橋の上から望見できる向こう岸の都市の、そのまた奥には、更に新しい都市がひとつ存在していた。それは独立した別個の都市と言ってもいいようなもので、それが造営されたのは、我々の時代よりせいぜい半世紀ほど前のことだ。それは当時、この地上の他のどんな都市よりも進んだ都市だった。その都市がここに築かれたのは、そこで行われていた作業が極秘事項になっていたからだった。

ほかの都市と緊密に結びついている場所は、その意図には向かなかった。そしてまた辺境のど真ん中にある場所は逆に、人々の余計な関心を引きかねなかった。だからここを造った人々は、この場所をポリンのただの付属物のように見せようとしたのだ。その新しい都市は独自の名前を持たなかったし、建設されてから十年か二十年のあいだ、政府はそんなものが存在することすら認めようとはしなかった。その隠された都市は、緯度の数字をとってポリン66と呼ばれた。

政府はそのポリン66に、当時最も優れた能力を持つ人材を送り込んだ。科学者、学者、医師。そして彼らを工場や、高等研究所で働かせ、また研究させた。ポリン66の各部署に入るには、特別の許可証が必要とされた。たとえばポリンの一般的な市民は、立ち入りを禁止されていた。そして正式な許可証なしにそこにいるところを見つかれば、厳罰を受けた。

そこの気候は、科学者たちの大半が馴れている気候よりはずっと寒冷だったが、都市が与えてくれる生活は安逸なものだった。広いアパートメント、高い給与、良い食事、季節外れの食料品が空輸されてきたりもした。

都市に通じる鉄道線はなかったし、そこから出ていく道路もなかった。交通手段としては、空路しかないも同然だった。タイガが都市の三方を、森林の城壁よろしくぐるりと取り囲んでいた。そして残されたひとつの側面についていえば、そことレナ河の間にはポリンの街が立ちはだかっていた。

その最盛期においては、ポリン66はまさにソドムの市であったという話だ。ハンティングや氷穴釣りが熱狂的に好きな人を別にすれば、極北の地はそれほど多くの、暇をつぶすための娯楽を提供してはくれない。劇場やオペラハウスもあることはあったが、圧倒的多数は酒を飲み、他人の女房とベッドに行くことで自由時間をつぶした。

しかし彼らを刮目すべきものにしていたのはなんといっても、彼らが勤務時間中に取り組んでいることだった。彼らは人類の叡智の粋のごとき存在だった。人類が火打ち石から火花を散らす方法を覚えてこの方、我々がずっと苦しめられていた問題に対し、彼らはなんとか解決策をひねり出そうと努めた。実際にどれくらいの業績があげられたのか、それを推察できる人間はもう一人も残っちゃいない、とトーリャは言った。しかし人類の知識という樹木の枝で、何かしらの付け加えを受けなかったものは皆無だと言っても、言い過ぎにはならんと思う。彼らはより効率の良い燃料を作り、より致死性の高い武器を作り、より収穫の多い穀物を作った。望遠鏡で星々を眺め、人間を宇宙に送り込む計画を立てた。その仕事の視野は彼らに、普通の人間とは違う眺望を与えた。来る日も来る日も彼らは、星々や文明の生誕と消滅を研究し、「創世」と「終末」という見地からものを考えた。どのようにその惑星から生命を焼き尽くし、どのようにその後生命を復帰させるか。

おそらく彼らは、我々が踏み込むべきではない領域のものごとに取り組んでいたのだろう。たとえば、どのようにして死者に生命を回復させられるか、どのようにして人の寿命を二倍に延ばせるか、どのようにして出産という行為抜きで子供を作れるか？

その都市はきわめて重要だったので、国は最後までそこを見捨てなかった。食料品はなんとか途切れることなく補給された。そして戦争と物資の欠乏のために国が混乱状態に陥って、これ以上は持ちこたえられないとなったとき、住人たちは安全な場所に移送された。飛行機に乗せられ、西に運ばれた。そして都市は荒れるがままに残された。

長年の研究の成果はすべてあとに残された。

おまえらは「創世記」を覚えているだろう、とトーリャは言った。アダムとイブが放逐されたあとのエデンの園を護るために、神は燃える剣を持った天使をつかわされた。

その庭には二本の禁断の樹木がある。生命の樹と、善と悪の知識の樹だ。神様はアダムとイブに、その両方の樹の果実を食べてほしくない。そうなれば彼らは神になってしまう。だから神様は彼らの行く手をふさぎ、追放の身とするのだ。

政府もそれと同じことをした。知識と権力は人を神に変えることができる。正しく用いさえすれば、人をほとんど神の域にまで押し上げられるだけのものがポリンにはあった。だから彼らはその都市の全域に燃える剣を配したのだ。

彼がその名を口にしたとき、何人かの囚人たちは十字を切った。キャンプでのおこないを見ていると、こんな連中の中に深い信仰心の襞(ひだ)が刻まれているなんて、まずわからない。彼らは神を自らの奥に押し込んでいたのだ。飢饉のときに手持ちの食料をどこかに隠し、飢えた隣人に向かって空っぽの両手を見せる人のように。

その言葉は私の心に強く、不思議な、そして可憐な印象を与えた。炭疽菌(アンスラクス)。そんな言葉を耳にしたのは初めてだった。それは私の耳には古代の神のように響いた。ツングース人が崇拝するような神だ。あるいはそれは、光塔(ミナレット)やモザイク模様のアーチのあるアジアの有名な古代都市を思わせた。

しかしそれが人に与える作用には可憐なところなど、微塵もなかった。その胞子は瓦礫の中に潜んでいる。そしてしつこく、長生きをする。それは人を殺し、寄生したものを殺す。体中の皮膚にただれを作り、そこから肺まで食い破っていく。それは一種の生き物だが、ただとても単純にできており、その食欲たるやまことに凄まじいものだ。我らが愛すべき神は、いったい何日目にそんなものをわざわざお創りになったのだろうと、首をひねりたくなるではないか。

我々がそういうことを知り得たのはアポファガトのおかげなのだ、とトーリャは言った。アポファガト自身も科学者で、彼は家族と共にかつてポリンに住んでいた。彼はその都市の概略を頭に入れており、だからこそボースウェイトは彼をわざわざ千島列島の避難所から、基地まで連れてきたのだ。

アポファガトも、シャムスディンと同じように、そこを放棄してきたのではないかと私は思った。彼もやはり本からの知識を頭に詰め込んだ男だ。しかしアポファガトは幸運なことに、その知識の価値を認める人間に出会えた。囚人たちは与えられた指示に従って、発掘を今現在おこなっている。我々の生活をより安楽に、安全なものにするために必要な物資を求めて。

男たちはそれに乾杯しようと言った。しかしそこでトーリャは深刻な顔になり、説教の要点を切り出した。囚人たちは、我々が望む物資をこうして探してくれているわけだが、連中を生きてゾーンの外に出すことはできない。おれもおまえらと同様、そんなことをしないですめばと思う。でもやむを得ないことなんだ。その場所は致命的に汚染されているし、毒は封じ込められなくてはならない。

トーリャの話を看守たちは真剣な面持ちで聞いていた。そして話が終わると、質問が一斉に浴びせられた。ゾーンの毒について、あるいは我々がそこから持ち出そうとしている物資について、看守たちは知りたがった。またゾーンから持ち出されるものが間違いなくクリーンだと、どうしてわかるのかと彼らは尋ねた。

トーリャはそれらの質問に答えた。そして彼らをおだて上げた。我々は立派なことをしているのだという意識を、みんなの頭に吹き込んだ。我々の任務を、「献身」や「犠牲精神」

といった美辞麗句で飾り立てた。そういった言葉は、家で沈黙の礼拝をおこなっているときに、全能の神から私たちに気まぐれに送り込まれる雑多なメッセージを私に思い出させた。あるいは私の頭は単純にできているのかもしれない。でもそれらは、空っぽのコーヒー缶に石が当たったときのような、こつんという鈍い空疎な音となって、耳に響いた。

　世界は小さく縮んで、いくつかの単純な事実のみになってしまった。そして人々が単純になればなるほど、彼らを扱うのは容易くなった。私の父は六ヵ国語を話せたが、一本の釘をまっすぐ打つこともできなかった。父は法律問題について、大統領や政府（まだそういうものが存在した頃のことだが）と交渉にあたることができた。彼は、私たちの故郷となった土地の譲渡について談判をしたメンバーの一人だった。その地における私たちの暮らしがどのようなものになるか、そのビジョンを美しく語るための言葉を山ほど持っていた。しかしその暮らしを死守すべき時が到来したとき、そのために握り拳ひとつ固めることはできなかった。彼はこの世界に善きものをもたらすことについて飽きることなく語っていた。でも彼がもたらした善きものは、もう銅貨一枚の値打ちすら持たないようだ。善きことをおこなうのに言葉はいらない。

　トーリャが口にしたことは、私の父の話しぶりを彷彿させた。父が神の御わざを目にするとき、私が見るものは、ただ氷上の陽光であり、巣の中の二つの青い卵に過ぎなかった。そしてトーリャが、人類の知識の失われた宝玉を保護しようとする聖なる男たちについて語るとき、私に見えるのは、これから仲間を撃ち殺そうとする盗っ人の一団に過ぎなかった。

酒を口にしたせいで喉が渇き、夜半過ぎに目が覚めた。月はアヒルの卵のように大きく、そして青白かった。よろめきながら水筒を取りにいくとき、眩しくて目がくらむほどだった。水筒はかちかちに凍っていたので、一握りの雪を口にして渇きをやわらげるしかなかった。暗闇の中で眠っている仲間たちの姿を見て、今こそが逃げ出す好機だと思った。あんたたちは私抜きでも新しい世界を作っていけるよ、と思った。急げばなんとか、八月までに湖畔のキャビンに戻れるだろう。猟犬を一匹手に入れなくてはならない。キイチゴを摘み、空豆を植えなくてはならない。孤独な暮らしよりもっとひどいものは、世の中にいくらもあるのだ。ツングース人の少年を揺すって起こした。辺境に暮らすまともな人間の常として、彼は無言で目覚めた。私は彼に肉の缶詰のぎざぎざになった蓋を与えた。それで紐を切れということだ。

オシップはカービン銃を脇に置いていた。私はそれを取り、自分の銃を代わりに置いた。私の銃は錆び付いた旧式銃で、そんながらくたに自分の命を預けたくはなかった。彼はその音を耳にして何かをつぶやいたが、酔いつぶれてぐっすり寝込んでいた。

私が銃の交換を終える頃には、少年は縛めをすっかり解いていた。私は彼に私の馬の手綱を渡し、我々がやってきた道を指さした。もし彼が頭の働く人間であれば、既に踏みしめられた道を辿るはずで、そうすれば足跡はわからなくなる。

彼はさっと鞍にまたがり、こちらを振り返ることもなく去って行った。

私は望遠鏡を上着に入れた。手早く私物を集め、トーリャの馬をつないでいる紐を解いた。それがいちばん速い馬だった。

河のコンクリートの土手からかんかんと鳴るような音が聞こえた。私は少年に、蹄が立てる音を消すために、雪の深いところを進むだけの知恵を期待していたのだが、おそらく逃げたいという気持ちが先走っていたのだろう。

その騒音はまだ誰かを起こしてはいなかったが、馬たちを落ち着かなくさせ、その雌馬は私をなかなか乗せてくれなかった。暗闇の中で、頼むから静かにしてくれと、声にならない声で懇願しながら、私はなんとか求める方向にその馬を導こうと試みた。馬は今度は驚いて、ひんひんといないた。痛む頭が正気を取り戻そうとする時の、苦しげなうめきがふたつばかり聞こえた。

鞍にまたがった時、私はもう相手の機先（きせん）を制する状態にはなかった。トーリャが武器を探る音が聞こえた。次に何をすべきかまともに考える余裕はなかった。運命を決する何分の一秒か、人の頭は長年訓練され、叩き込まれた動きに無意識に従う。気がついたときには、銃は既に抜かれ、発射され、煙を上げている。もし理性が少しなりとも関与していたなら、それは私にいちかばちか、彼らが私よりも熟知している道を逃げることを命じていただろう。なんとか追っ手を振り切ることを期待して。それとも彼らが足を踏み入れることをためらう場所に向かって進めと命じていただろう。

私は馬を遮断ブロックのところまで急（せ）いて進め、錆びた鉄条網の塊を通り過ぎた。脇腹を一蹴りすると馬は耳を鋭く後ろにやり、そのままゾーンへと突進した。

月光は鮮やかだったから、私は彼らの格好の標的になった。できるだけぴったり馬の首にしがみつくしかない。

キオスクのあるところでは馬を止めなかった。膝を固く締め、がらんとした大通りを速駆けで先に進んだ。二百メートルばかりをただ走り抜けた。彼女の踏む足と足のあいだはますます大きく開き、ついには宙に浮かんでいるみたいになった。我々は極北の暗闇を、風を切って飛んだ。足もとの雪の下には廃物が埋まっていた。捨てられた家具、路面電車の軌道、炭疽菌、他に何があるのかは神のみぞ知る。都市が我々の眼前に展開した。通りの数が増加し、家屋が森の樹木のようにどこまでも広がっていった。都市が――汚染され、息絶え、毒にまみれたその古い都市が――我々を包み込み、抱擁し、覆い隠した。そして長い歳月の末にようやく私は知ったのだ。自由がいかなるものかを。

## 5

夜明けになって、自分のいる場所がポリンの中央広場であることを知った。そこでは巨大な銅製の頭部が、広大な雪原の彼方を、じっと睨んでいた。

頭のはげた、髭を生やした男で、アジア人のようにきゅっと目を細めていた。雪はまるで糊のかかったシャツの襟みたいに、その下顎まで積もっていた。首から上だけの彫像だったが、それでも五メートルほどの高さがあった。私は馬に乗ってそのまわりを二度ばかり回り、足跡の輪を描いた。

もしそれが彼の墓であったとしたら、悪いことをしたと思う。というのは次に私がやったのは、その鼻をよじ登って、大きな禿頭に腰掛けることだったからだ。私はそこから都市に上る朝日を眺めたかったのだ。

最初の曙光に温かみはなかった。しかしそれが銅像の頭部を煌めかせ、礎石に使われた赤い大理石を照らし、広場の四方を囲む四角い大きなビルディングの窓に反射する様には、氷を思わせるはっとする美しさがあった。

その頭部は広場の一方の側の、高くなった台座の上に据えられ、その顔はまっすぐ東を向いて、旧市街の上空と朝日を見据えていた。太陽が上るにつれて、広場はますます眩しく明るくなっていった。目のくらむような処女雪が、三エーカーか四エーカーにわたって続いていた。銅像が目を細めているのもむべなるかなだ。

四人たちがこの広場を、方向をつかむための基点として使っていたことが、雪の上に残った足跡からわかった。広場は彼らが携帯していた地図のもっともわかりやすい目印であったのだろう。足跡は四方のうちの二つの方角の、それぞれに違う地点から広場に入ってきていたが、出ていく方向はすべて同じだった。新市街と、旧市街を隔てる二つの哨所を通り過ぎて、西へと向かっていた。

旧市街にあるビルディングは高くてもせいぜい十階建てだ。しかし望遠鏡を通して見ると、哨所の向こうにあるビルディングの高さはその二倍か、あるいは三倍はあった。そしてそれらの形はいやに鋭く、温もりを欠いていた。素っ気がなく、どの面も直線的で、花崗岩のようにくすんだ色合いで、装飾らしきものはどこにも見当たらない。それらが人類の手によって建設されたというしるしが窺えないのだ。おまけに、それらの建物のうちでもっとも大きなものさえ、その脇に立っている青い鋼鉄のクレーンによって、見事に卑小化されていた。クレーンは巨大な無頭の鳥のように見えた。

このように考える人もいるかもしれない。都市というのは人影がなければ寂しいものだろうと。少なくとも洗濯物を干した紐の一本や二本なければ、通りの角でぶらぶらしている人の姿がなければ、学校へと急ぐ子供たちの姿がなければ、それは不完全なものになるだろうと。しかしポリン66には人影が不足しているという気配はなかった。墓場が人影に不足しているように見えないのと同じくらいに。その都市は、今そこにあるがままの姿で完結していた。すべてがコンクリートで直角に作られ、巨人の頭部によって治められている。

真実を言えば、もしそこに人影が見えたなら、その都市はいくぶん損なわれてしまったことだろう。実際の人間はよたよた歩いたり、あてもなくその辺をうろついたりするものだ。うつむいて歩を運ぶし、まっすぐ直線距離を進むこともないし、歩道に唾を吐いたりもする。望遠鏡を通して私が目にしたその都市は、永遠に向けて気をつけの姿勢をとっているかのようだった。

ほとんどの場所は雪に覆われていたが、ところどころに茶色の草が、かたまりになって繁っているのが見えた。馬はそれに心を惹かれた。でも食べさせるわけにはいかない。その草は地中から毒素を吸い上げているかもしれない。だから私は馬が草を食べないように、口のところに餌袋をつけた。

携帯袋半分ほどの粗挽き穀物があった。馬の飼料だが、それはまた私の空腹を和らげてもくれる。でもそれが尽きたら、私と馬の両方の食料をまかなうことはできない。あとは馬を食べるしかない。それは私にとって初めての経験ではないが、うちまでの道のりを馬なしで歩くとなると、ずいぶん時間がかかることになる。

雪を溶かすことのできる容器を求めて、旧市街を急ぎ足で探し回った。街がどれほど整然と引き払われたかを知って、私は衝撃を受けた。ほとんどの窓は割れていなかったし、どの家の玄関のドアも閉ざされ、南京錠がかけられていた。

橋に戻る道に、黄色い大きな屋敷があった。玄関のドアは蝶番を外されていた。風雨に晒(さら)されてすべては歪み、水気を含んで膨らんでいた。絨毯と壊れた家具が、玄関前の通り道に積み上げられていた。私は長年にわたって、そういう光景をエヴァンジェリンで、いやというほど目にしてきた。誰かが薪を求めてそこに押し入ったしるしだ。

それは豪壮な旧い建物だった。二本の円柱がポーチの屋根を支えていた。その下に１８９７という数字がタイルではめ込まれていた。私はシャワー・カーテンを見つけ、錆びたスキーのストックを一組見つけ、階段の下にたき火のあとを見つけた。

私の頭に最初に浮かんだのは、囚人の一人が与えられた指示には従うまいと心を決め、自分の好きに行動したということだった。私は階段を上っていった。その男と鉢合わせすることを半ば期待して。しかし一階の部屋で彼を発見したとき、その顔に見覚えはなかった。

彼は大きなトルコ絨毯の上に、うつぶせに寝そべっていた。足には、私たちが使っているのと同じ足枷がはまっていた。触りたくはなかったので、玄関の戸棚の中にみつけた雨傘をその腕にひっかけて、身体をひっくり返してみた。

その身体がどれくらい軽かったか、死ぬまで忘れられないだろう。まるでカタツムリの抜けたあとの殻のようだった。途中までしか、彼の身体をひっくり返せなかった。もう一方の腕の何かが化膿して、厚い絨毯に糊付けされたようになっていたからだ。しかし顔にはまったく肉が残っていなかった。その様子からすると、死んで既に一年か二年は経っていた。

浴室では殺された豚の残骸を目にした。彼が死んだのはその豚のせいかもしれない。毒に汚染された土地では、キノコが最も危険な食物となる。なぜならキノコの菌糸は地中浅いところで大きく広がるからだ。しかし豚だってそれに劣らず危険だ。豚はキノコを大の好物としているからだ。

階段は五階まで通じており、そこから屋根の上に出る狭い階段があった。暗い室内から外に出ると、雪に反射する明かりが眩しかった。

私は膝をついて、スレートの上で溶けた雪を飲んだ。

屋根の上からは、河までの風景が一望できた。橋の上の哨所がはっきり見えたし、その向こうに動く人影も見えた。望遠鏡を使うと、一人ひとりを見分けることもできた。彼らはキャンプのまわりでだらだらと時間を過ごしていた。小さなたき火を燃やしているところを見ると、どうやら汚染されていない薪をどこかで見つけたらしい。のろのろと足を引きずって動く様を見れば、みんなの頭が二日酔いで痛んでいることは明らかだった。

十一時頃に囚人たちが姿を現し始め、橋に向かって歩いていった。彼らが橋に到着するところは目にしなかった。溶けた雪を屋根からバケツに移すのに忙しかったからだ。ゾーンで食料が手に入らないことはさして気にならなかった。しかし水がなければ、私も馬も二日ともたない。

二度目か三度目かに屋根に上ったとき、看守たちがフード付きの、白いつなぎの服に着替えていることに気がついた。そしてマスクで顔を覆っている。

その人数を確認することは困難だった。看守たちはみんな同じように見えたからだ。そして囚人たちは、私から見ていちばん手前の橋の側面に、何列かに座らされていた。

囚人たちは一人ひとり前に呼ばれ、発見したものを残らず差し出すように命じられた。彼らは立ち上がり、手にあるものをそこに置き、それから橋の向こう側に移動した。

みんなが手順通りにそれを済ませると、看守の一人が前に進み出て、そこに放り出され、積み上げられたものに、ストラップで背中に負った燻蒸器の煙をホースでかけた。それは気味の悪い見かけのものだった。除草剤の噴霧器と、巣の中の蜂を眠らせるために私たちがかつて使っていたスモーク・マシンとの、中間みたいな代物だ。

私がそんな様子を魅入られたように眺めているときに、最初の銃声が響いた。次に目にしたのは、囚人が二人ばかり駆け出して、橋に向かう光景だった。彼らは橋を渡って対岸に戻ろうとしていた。しかし鎖のせいでのろのろと跳ねるようにしか走れなかった。

一斉射撃があり、一人の囚人が倒れた。もう一人はそれから十メートルから十五メートルほど先まで進むことができた。彼はばったりとは倒れなかった。滑って転び、両膝をついて身体を直立させ、まるで祈る人のような姿勢で死んだ。そんな格好で死んだ人間を私はまだ見たことがなかった。引力がそんなことを許すなんて、考えられないことだ。

夜が近づくにつれて気温が再び下がり始めた。庇は水を滴らせるのをやめ、道路のぬかるんだ雪は再び硬い氷に変わっていった。

階段に馬を繋いだが、私自身は外で夜を過ごすつもりだった。その方が空気もきれいだし、看守たちの動向もうかがえる。

屋根の上から見ると、彼らのたき火は真っ暗な中の、ちっぽけな黄色の火花のように見えた。都市はあまりにも深く静まりかえっていたので、彼らのもぞもぞとした、よく聞き取れない話し声や、笑い声が時折、河を越えて聞こえてくるほどだった。

日没の何時間か前に私は、上の階にあるアパートメントのひとつに押し入り、毛布を探した。

その部屋は完璧な秩序を守ったまま残されていた。台所のテーブルの花瓶にいけられた花はすっかり干からびていた。背覆いのついたソファが二つあり、ガラスの扉がついた書棚にはロシア語の書物が並び、埃をかぶったテレビがあり、ぼろぼろのコードのついたフロアスタンドがあった。

主寝室のベッドはむき出しになって、その上にシーツと毛布の入ったジッパー付きの袋が二つ置かれていた。ベッドサイドのテーブルには一枚の写真と時計と聖書が一冊あった。

二つ目の寝室は主寝室の半分ほどの大きさで、シングル・ベッドがひとつあった。

化粧台の隣にあるコルク・ボードには、黒髪の十代の少女の写真が貼ってあった。いくつかの写真の中で、彼女は氷上の釣りを楽しんでいた。ほかの写真では綿菓子を食べ、観覧車の半球形のガラスの中に立っていた。それがどこの街なのかはわからない。

ずいぶん長い間にわたって無人のまま放置されていたにもかかわらず、その部屋の空気には何かしら甘いものがあった。かび臭さの背後に乾いたバラの微かな匂いがしたし、床の幅木に沿って鼠とゴキブリを駆除する薬が念入りに置かれていた。

化粧台の二番目の引き出しに少女の日記を見つけた。それはロシア語で書かれていたが、どんなことが書かれているかは、読まずともわかった。そこには、その日記をのぞき見しようとするものに対する脅しと呪詛の言葉が書かれている。クラスの男の子たちのうちで、誰が恋人や夫にふさわしいか、品定めをしている。そこには月経の周期が記されている。彼女にとっての最初の、成熟した女性としてのしるしだ。そしてそこには、来るべき未来を——その未来は今ではもう塵となったわけだが——待ちわびる気持ちが切々と綴られている。私にそれがわかるのは、かつては私自身もそんな日記をつけていたからだ。

昔話では、ゴルディロックスという少女が熊の住み処に忍び込む。そして熊の食事を食べ、その寝床で眠る。その夜には、私は自分がそれと逆のことをしているような気持ちになった。悪臭漂う、血と硝煙にまみれた傷だらけの熊が、清潔なシーツと花のある世界に入り込むのだ。

ベッドに腰掛け、自分のどこかの部分が、かたつむりのように抜け出していくのを感じた。それは柔らかく、びくびくしながら、しなやかな角を立てて、陽光の中へと進み出ていく。

私の人生には人間らしい部分などほとんどなかった。少なくともそこには、この部屋にかって暮らしていた少女が理解できたであろう人間らしさはなかった。

私はピングのことを考え、もし彼女の赤ん坊がまだ生きていたらどうなっていただろうと想像した。その子のために私はおそらく、こんな部屋を作ってやれただろうし、何も考えないうちに歳月は過ぎ去っていっただろう。私は自分の畑を耕し、家を修理し、私が愛するべき人間を愛していただろう。広場にある銅像の頭部は、偉大なる思想を持つ人類について語った。しかし私に言わせれば、大方の人が望むのはただその程度のことなのだ。

日記の入っていた引き出しに、コールド・クリームの瓶があった。長い歳月が経ち、中のクリームはすっかり硬くなり、ワックス状になっていた。それを指にとって、風に晒されてかさかさになった唇に塗ってみた。その味は、まるで石鹸をなめたときのように、私の舌を痺れさせた。

瓶と日記を元に戻し、引き出しを閉めようとしたが、何かに引っかかってうまく閉まらなかった。引き出しを抜くと、奥の方で何かがからからと音を立てた。私はそれを取り出してみた。完璧な楕円形、平たくて重い。それは手の中で、七面鳥の卵のように見えた。手のひらがひやりと冷たかった。最初のうち、ペーパー・ウェイトだと思った。でもやがて薄れゆく陽光が、その表側にくっきりとした形を描き出し、それで私にはわかった。これはメモリー・ストーンなのだ。

午前三時頃にまた雪が降り出した。私の目を覚ましたのが音でないことは確かだ。というのは、そこにはどのような音もなかったから。それはあるいは部屋の中の明かりの変化だったかもしれない。雪はまるで裂けた枕が撒く羽毛のように、空から降ってきた。大きな、暖かな天候の薄片に見える。

寝室の窓の外をそれが舞いながら落ちていくと、星の光が倍も明るくなったように思えた。その少女のベッドで私は意識を取り戻し、雪が降っているのを眺め、自分の中に平穏な気持ちがあることを感じた。この惨めったらしい世界にもまだ美しいものがあったことで、私は喜ばしい気持ちになった。

私はまたうとうとしてしまったのだろう。その次に覚えているのは、馬がいなないたことだ。私は階段を半分下りて、その誰だかわからない相手に向かって、ここを立ち去れと叫んだ。そして目はまだほとんど開いていなかったのだが、銃の撃鉄を上げた。

玄関は雪だらけになっていた。誰かが馬の頭絡を緩めようとしていたのだ。彼らは私の叫び声を聞いて走り去った。

私はすぐに鞍にまたがって、そのあとを追った。

相手は一人であることがわかった。私は彼が残した足跡を辿った。彼は足に鎖をつけたまま、苦労して雪の中を進んでいた。私はかつて何人かの男たちを追跡したことがある。しかし今回の追跡はあまり気が乗らなかった。相手はこの気候と、食料の不足で弱りきっている。彼にできる最良のことといえば、どこかの横町の物陰に身を潜め、暗闇の中で私がその姿を何か別のものと見違えることを祈るくらいだ。

彼は私がそのまま通り過ぎることを期待し、辛抱強く息を凝らしていた。疫病と、アパートメントで死んでいたやせ衰えた男のことを考えると、その相手にあまり近寄りたくはなかった。しかし同時に、彼を放置しておくつもりもなかった。これ以上面倒を起こさせるわけにはいかない。

馬鹿馬鹿しいほど長い時間が経過したあとで、私は彼に向かって叫んだ。もし顔を見せなかったら、不審者としておまえを殺す。そのことで心の呵責を感じて眠れないようなことはないからな、と。私はかちっという音を立ててライフルの銃尾を開き、閉じた。私の意図が間違いなく伝わるように。

男は両膝をつき、暗闇から身を揺するようにして出てきた。そしてお願いだから撃たないでくれと懇願した。彼が顔を上げて私を見たとき、上った太陽の最初の煌めきが彼の顔をぱっと照らした。それはシャムスディンだった。

彼は目を細めて私を見て、まるで質問をするかのように私の名前を口にした。その声は渇きのためにしわがれて、だみ声になっていた。

そこで待っているようにと私は言った。そして彼のために水を溜めたバケツをひとつ取って戻ってきた。彼はそれを両手でしっかりとつかみ、顔をバケツに突っ込んで、ごくごくと飲んだ。飲みながら顔を上げ、目を閉じて座り、はあはあと息をした。安堵と疲弊の息だった。水が顎鬚をつたって落ち、バケツの中に戻っていった。彼はバケツを返そうとしたが、そのまま持っていていいと私は言った。

私は生きている彼に会えて嬉しかったと思う。しかしそばに近づいてほしくはなかった。もし相手がチャーロか父さんであったとしても、私は彼らの風下には立ちたくなかったし、十メートルの距離は保っただろう。看守たちが確かな根拠もなしに囚人たちを皆殺しにするとは、私には思えなかった。またただの物好きで、防護服を着たりマスクをかぶったりするとも思えなかった。トーリャは私よりもゾーンの事情をよく知っている。身の安全を保つためには、幸運を信じるだけでは足りないということも。

ほかのみんなはどうなったのかとシャムスディンは尋ねた。

看守たちは対岸で待ち受けていて、私の知る限り、あんた以外の囚人はみんな死んだ、と私は言った。

そのことは私が予想していたほど彼を驚かせなかったようだった。それから私の見ている前で、彼は眠りに落ちた。その顔は老けて、落ちくぼんでいた。皮膚は襞のようになって垂れていた。私は口笛を吹いて、彼を眠りから覚ました。そんなところで眠り込んだら、生きて目は覚ませない。

彼は私のあとからくたびれ果てた様子で、よろよろとついてきた。私は彼を階段の下に寝かせ、アパートメントから持ってきた寝具をたっぷりとかけてやった。

夜明けに私は屋根に上り、都市に日が昇るところを眺めた。太陽は第二の都市の遠くに並んだ窓のガラスを照らした。それは黄金色に、ブロンズに輝き、またあるものはカットした氷のような緑を帯びた青に輝いていた。

私はメモリー・ストーンを持って屋根に上った。そして明るいところに数時間置いて、それが太陽の光を吸収し、生命を取り戻すのを待った。陽光の下で見ると、それはより美しく見えた。ナイフの刃のように眩しく輝いていた。漆黒のスクリーンがあり、前面には小さなロシア語の文字が記されていた。一列に並んだボタンには、それぞれ記号がついていたが、その意味は私には理解できなかった。それらは軽く指を触れるだけで、微かにかちっという音を立てて反応した。私に理解できるのは、裏側に書かれたMade in Chinaという文字だけだった。

看守たちはキャンプを畳み、日の出の一時間後にはそこを引き上げた。彼らはゆっくりと東側の土手に沿って移動した。私は腹ばいになり、望遠鏡で彼らの歩みを追った。彼らは帰りの旅にちょうど十分な数の動物を従えていた。ゾーンから回収された品物で橇はいっぱいになっていた。

死体はそこに倒れたまま放置されていた。両膝をついたまま死んだ男は、夜のうちに転がって横になっていた。ほかの連中は積み重なり、その上に雪が積もっていた。距離が離れていたので、望遠鏡を用いても、その数は勘定できなかった。

シャムスディンが目覚めたら食べられるように、枕カバーに粗挽き穀物を少し入れて置いておいた。

彼をそのような中途半端な隔離状態に置くのは、実に厄介だった。しかしそれ以外に取るべき方法を私は思いつかなかった。彼が私にとって危険な存在なのかどうか、確信は持てない。でも危険を冒すわけにはいかない。彼に触れないように、あるいは彼がさわったり食べたりしたものに触れないように、また彼と同じ空気を吸わないようにするのに越したことはない。

彼は遅い朝に目を覚ました。そして置いておいた食物をぽりぽりと食べるのを、私は階段の高いところから見ていた。

睡眠と水のおかげで、彼はいくらか元気を取り戻したようだった。少なくとも今にも死にそうな様子ではなくなったし、いつもの気取りもいくらか戻ってきた。

看守たちはもういなくなったし、私たちはどこに行くのも自由だよ、と私は言った。自由って、どこに行けと言うんだ、と彼は訊いた。

私は肩をすくめ、あんたの行きたいところにどこでもいけばいいんだ、と言った。私はうちに帰るよ。

彼は私に不審の目を向けた。森の中での一件がまだ胸にひっかかっているようだった。私を殺そうと考えたからといって、そのことであんたに仕返しをしようとは思っていない、と私は言った。赦すのはとても簡単だ。私だって立場が逆なら同じことをしたかもしれないのだから。過ぎたことは水に流そう。

私がそう言うと、シャムスディンは私の方にやってきて、握手しようと手を差し出した。

誤解しないでほしいんだが、と私は言った。私は気持ちの上であんたと握手をする。しかしこのゾーンには疫病があり、強力な毒がある。どちらかがその毒を浴びているかもしれない。私たちの両方が大丈夫だとわかるまで、互いに距離を置いた方がいいと思う。

シャムスディンはそこでわっと泣き出し、私を驚かせた。自分がこれからどこまで落ちていくのだろうと考えると、心が切り裂かれるようだ、と彼は言った。

今更そんなことを気にしてもしかたない、と私は言った。あんたよりも優れた人たちが、もっとひどいところまで落ちていったのだから。

そこを去る前に、私は屋根の上に置いたメモリー・ストーンを回収しに行った。手を触れると温かかったが、そこにはまだ生命はなかった。私はすべてのボタンに手を触れ、振ってもみた。しかしそれはまったく動きを見せなかった。

それを河の方に向けて放ろうと腕を振りかぶったときに、スクリーンが陽光を受け、私の目を射た。私の動きを止めるのに十分なほどの眩しさだった。それを手のひらに載せて、光の中であちこち角度を変えてみた。ガラスは精密にできていたので、鏡の役を果たした。

私はもうずいぶん長い間、自分の顔を間近に見たことがなかった。そして正直なところを言えば、その顔は自分で記憶していたより少しばかりましだった。

二十年の歳月が、私の疵（きず）から怒りを取り去っていた。私はそれなりに年を取っていたが、前よりも穏やかに落ち着いていた。どう転んでも美形とは言えないが、目を背けたくなるというほどではなくなっている。あるいは私は、実際以上にその疵を醜いものと思い込んでいたのかもしれない。

その鏡はとりあえずとっておくことにした。穀物畑の上に吊しておけば、カラスよけになるかもしれない。それが鳥脅しとして第二の人生を送るというアイデアは、なかなか悪くない。私はそれを火口(ほくち)と火打ち石と一緒にコートのポケットに入れた。

いろいろと探し回った末に、ハンマーをひとつ見つけた。シャムスディンの鎖を外すためのものだ。彼はそれを使ってなんとか鎖を外すことはできたが、足枷までは壊せなかった。

昼頃に我々はゾーンを離れた。我々と橋との間にはおおよそ四百メートルの、雪の溶けたぬかるみがあった。私は馬を降りて引いていたが、シャムスディンの十メートル先を歩いた。彼が雪を踏みしめるしゃかしゃかという音が近づくと、少し歩く速度を速めた。

橋に足を踏み入れると、すぐに何かが変化したような感触があった。都市にいる間、自分が常に浅く呼吸していたことに、そのときになって初めて気づいた。目にした最初の死体は、哨所の一、二メートル先に倒れていた。跪(ひざまず)くような格好で死んだ男の遺体だ。ズルフガルだった。私はそこではほとんど足を止めなかった。彼らが使用した銃弾は、柔らかい弾頭のものだったに違いない。それは彼の内臓を、まるで孔雀の羽のような形に雪の上にまき散らしていたからだ。

私は橋を渡ったところにある彼らのキャンプ跡まで行った。馬の数が一頭減ったから、トーリャは食料品をあとに残していかなくてはならなかったのではないかという期待があった。しかし私が見つけたのは空っぽの缶と瓶、そしてもう冷えてしまった調理のためのたき火だけだった。何か食べ残しがないかと思って、その燃えかすを足でかきまわしてみた。シャムスディンは橋の上で何ごとかを、間延びした口調でつぶやいていた。私は顔を上げ、彼が死体のそばにかがみ込んで、頭を垂れ、死んだ男に対する祈りを捧げているのを目にした。彼にあまり近寄るんじゃない、と私は怒鳴った。

彼は大声をあげ、汚い言葉で私を罵った。悲しみに声は濁り、詰まっていた。私は銃を引き抜き、ぬかるみに足を取られながら、彼の方に走って戻った。そして、死体に触れるんじゃない、さもないと射殺する、と言った。彼のいる場所に着いたとき、私は息を切らせていた。しかし私の銃の照準はしっかりと彼の額に狙いを定めていた。シャムスディンの目は怒りで燃え上がり、その顎は私に向けて挑戦的に突き出されていた。ズルフガル好きなだけこの男のそばにいてやる、と言わんばかりに。そして私から顔を背け、ズルフガルの袖を持って引っ張り上げ、そこに座らせた。それから両脇に手をやり、身体を持ち上げて運んだ。

それはいかにも不慣れな持ち上げ方だった。立ち上がりながら、彼はよろけた。私が本気で撃つと思っていたのか、いなかったのか、それはわからない。でもそのとき彼にはもう、どちらでもよくなっていたのだろう。

河べりにある頁岩（けつがん）の土手に、彼は死体を埋めた。シャムスディンが両手と平らな石を使って穴を掘るのを、私は道の上から見ていた。その深さは三十センチもなかったし、死体を見えないように覆うのにしばしの時間がかかった。

光がだんだん長くなり、空が青と金色に染まっていくのを見ながら、我々はゆっくりと南に向かった。夕暮れが訪れるまで、シャムスディンと私は一言も口をきかなかった。

歩を止めると、私は二人が横になるための枝を切った。彼は手伝いを申し出たが、離れたところにいてほしいと私は言った。彼のコートにはまだ死人の血糊が染みになって残っていた。彼は友人を葬り、同時に自分自身をも葬ってしまったことになる。しかし私はまだ葬られたくはなかった。

私は彼の寝床を、なるべく音を立てやすいものにしておいた。そうすれば彼の動きを察知することができる。

三月の初めにしては暖かかったが、それでもやはりたき火なしでは寒かったし、快適とは言い難かった。それに空腹のためになかなか眠れなかった。

私たちのどちらかに病気の徴候が出ないかと、注意を払っていた。私としてはこんなところで、今になって、死にたくはなかった。あと少しで自由の身になれるというのに。

シャムスディンが身を横たえている小枝は、ちょっと身体を動かすとかさこそと音を立てた。

一日か二日すれば、狩りもできるようになるし、たき火もできるようになると私は彼に言った。もう少し南に下れば川に魚もいる。鮭の季節は過ぎてしまったが、カワマスとカワヒメマスはまだいる。氷の上にしばらく載せておいて、それをスライスすればストロガニナ〔訳注・ロシア風の刺身〕として食べられる。葉っぱや苔だって食べられる。いざとなれば松の樹皮から「飢饉のパン」と呼ばれるものを作ることもできる。馬肉を食べたことはあるかと、私はシャムスディンに尋ねた。

承知の上で食べたことはないね、と彼は答えた。

きっと気に入るよと私は言った。馬からは良いソーセージが作れるし、ステーキときたらこたえられないほど香ばしいんだ。ヤクート族は馬の肝臓を凍らせて食べる。まるでアイスクリームみたいにね。

いちどハルピンで四十皿のコース料理を食べたことがある、とシャムスディンは言った。十皿以上は山羊料理だった。

他にはどんなところに行ったことがあるのかと私は尋ねた。彼はずらずらと都市の名前を並べた。そして、君はどんなところに行ったことがあるんだと、私に尋ねた。

ポリンが私の目にした初めての都市だ、と答えざるを得なかった。言うまでもなく。しかし極北の地はずいぶん広く旅したよ。

「メイクピース」と彼は言った。「君は野蛮人だ」

彼はそれを決して悪意で口にしたわけではなかったが、でもそれは真実であるだけに、私をちょっぴり傷つけた。それは私の感じやすい部分なのだ。私の生き方は荒っぽいものだし、かなり乱暴なこともやってきた。自分の無知さを、私と私の両親を隔てるその深い溝を、恥とする気持ちはある。

「文明と都市生活は同義だ」とシャムスディンは言った。「そしてポリンは都市なんかじゃない。あれは墳墓だ」

どれくらいあの街を見たのか、と私は尋ねた。

見過ぎたくらいに、と彼は言った。

橋を渡るとほとんど即刻、囚人たちは二人ずつの組に分かれた、とシャムスディンは言った。

最初のうちそこには興奮した気分があった。みんなそれぞれ、少しずつ食料を持っていた。自由になったような感覚があった。これまで都市に足を踏み入れた経験のないものは、畏怖の念に打たれていた。しかしシャムスディンのような人間にとって、そこには幾ばくかの悲しみがあった。戻るべきでないところに戻ってきたような気持ち、死んだ友の顔を夢の中で見るような気持ちだ。

彼はそこで語るのをやめた。彼がズルフガルを思い出していることがわかった。

何人かの囚人たちは地図を無視して、食べ物や道具を漁りに行った。他の者たちは私が辿ったのと同じルートで街を抜けた。

模写させられた地図は彼らを、大きな頭部の銅像がある広場へと導いた。そしてその先にある、産業が集約された地域へと。トーリャがポリン66と呼んだところだ。

その地域に入ると、すぐに眺めが変わった。タマネギ型の丸屋根を持った教会も、木造住宅も姿を消した。建物はすべて高層で、新しく、通りには戦車やら軍用車両が放棄されていた。それを見て、ズルフガルは神経質になった。道路に地雷が埋めてあるのではないかと心配したのだ。

シャムスディンの考えは私と同じだった。私たちの一隊の前にも、同じような隊がいくつもそこに送り込まれたのだ。小便をしようと入った小路で、彼はべたべたしたぼろ切れと、太ももの骨と、鎖の塊に躓(つまず)いた。

少しずつ、囚人たちのペアがどこかに消えていった。

人間というのはまさに様々だよ、あるものは適当な古いがらくたを拾い上げて、それを持ち帰ることで満足する。彼らが拾い上げたものを思い出して、シャムスディンは笑った。古い自動車のバッテリー、貯水タンクの浮き球、ミシンの歯車。

しかし他の者たちは思い詰めたように、市内の荒廃した地域に足を踏み入れていった。彼らはかなてこを使って倉庫に押し入り、そこで見つけたものを使って、即席の橇を作り上げた。トーリャが口にした約束を守ると信じ込んでいるのではないが、うまくいけば守ってくれるのではないかという希望を抱きつつ。

シャムスディンとズルフガルは都市の更に奥まで歩を進めた。彼らの地図に印をつけられた場所のひとつを見つけようとしたのだ。

着いてみると、そこは遊戯公園だった。靴や空き缶があちこちに散らばっていた。錆びだらけのメリーゴーラウンド、鉄でできた揺り木馬、朽ちたブランコ。

日も暮れかけていたし、もう引き返そうとシャムスディンは言った。しかしズルフガルは、地図に間違いがあるという考えを固めていた。彼は兵士であったとき、重要な目標を隠蔽するために、細部を改変された地図を与えられた経験が何度かあった。不注意な連中はそれに騙される。真の目的地はその二百メートル先にあると彼は計算した。

そこに行くには外壁をよじ登る必要があった。そのときにズルフガルはざっくりと手を切ってしまった。彼は布きれで傷口を縛り、シャムスディンの身体を窓まで押し上げ、内側に飛び降りさせた。

内側は、彼が予期していた以上に高さがあった。落下するときに身体が強ばり、おかげで床で頭を打ってしまった。しばらく意識を失った。それがどれくらい長い間だったか、見当もつかない。意識が戻って上を見上げると、窓はあまりに高いところにあった。とてもそこまで登ることはできない。自分の手に何か生暖かいものが滴るのを彼は感じた。転落したときに鼻が折れていたのだ。

そこで一人で死んでいくのかと思うと、パニックに襲われた、と彼は言った。声が嗄(か)れるまでズルフガルの名前を呼んだ。その建物の床は深いところにあり、漆黒の闇に包まれていた。でもしばらくすると、目は徐々に暗闇に慣れていった。転落の痛みもやがて薄らいでいった。

彼は立ち上がり、両手で壁を探りながら歩を運んだ。床は一方に向かって緩い上り坂になっているようだった。だからそちらに進んでみた。うまくいけば地上に出られるかもしれない。

巨大な地下壕だった。ときどき、頭がおかしくなりつつあるのではないかという思いにとらわれた、とシャムスディンは言った。あるいは自分はもう死んでしまっているのではあるまいか、と思うこともあった。自分は今、来世の階段を手探りで上っているところではないのかと。

何時間もそこを彷徨(さまよ)ったような気がした。そのうちに、足下に割れたガラスを踏みしめる感触があった。見上げると、自分が落下した窓が見えた。ただその部屋を一周しただけだった。

彼はそこで迷路を脱出する希望を放棄した。神を呪い、我が身を思い切り壁に打ち付けた。脳味噌が砕けることを期待して。しかしそのとき、暗闇が彼の前で開けた。戸口のようなところを抜け、よろめきながら奥の部屋に入り込んだのだ。そこには金属の扉があり、青白い淡い光がその下から漏れていた。

意外なことに、扉は押すとそのまま開き、巨大な貯蔵庫のような場所に通じていた。そこには高さ六メートルもある金属製の棚がずらりと並んでいた。

更に不思議なことに、その青い光は窓の外から入って来るものではなかった。それは棚に並んだ青いフラスクから、ぱちぱちと音を立てながら発せられていた。

私は科学を学んだ人間だ。しかしそんなものを、あるいはそこに込められているパワーを、目にしたのは初めてだった、とシャムスディンは言った。彼は基地で描いた模写の紙を探したが、その紙も地図も、窓から転落したときになくしてしまったようだった。

彼が寝床に敷いている枝がぱちぱちと音を立てた。シャムスディンは話をしながら、上着のポケットを探っていた。私は片手を銃床にやった。私はそうしながら息を呑んだに違いない。彼は顔を上げて私を見たからだ。彼は数メートル離れたところにいたが、私はその顔を、蠟燭（ろうそく）の明かりに照らされるみたいに、はっきり見ることができた。眼窩（がんか）の深い影、口に光る金歯。

彼が上着から取り出したのは、話に出た青いフラスクだった。私はそれを電球のようなものだろうと想像していた。しかしそこに収められている明かりは固形のものではなく、一定したものでもなかった。それは動き、ゆらめいていた。それはどう見ても、誰かが火の一部をすくい取って、広口ガラス瓶にそのまま詰めたとしか思えなかった。

彼はそれを私たちの間の雪の上に置いた。

近くで見るほど、それはますます奇妙に見えた。そこには火というものの持つ力がそのまま具（そな）わっていた。見るものの目を惹きつけ、どんな小さなものをも見逃すまいと注意深くさせる力だ。その明かりは炎と同じように、質量と奥行きを持っていた。遠くから見るポリン66の高層建築と同じように。しかしそれは同時に水の特質をも具えていた。動き、くるまり、閉じ、青い炎の小さな筋を放ち、もとの形に戻った。まるでもう一度本来の力を取り戻そうとするかのように。そしてその間ずっと、フラスクから漏れるしゅうっという微かな音を、私は耳にしていた。それはまるで生き物の呼吸音のようだった。

シャムスディンはフラスクを二つ棚から取って明かりとして使い、地下室を抜けてきた。明かりは弱く、またちらちらしていたので、遠くまでは見通せなかった。しかし彼が閉じ込められた場所が、円形に作られているらしいことが徐々にわかってきた。更に一時間ばかりかけてあちこち探し回った末に、内側の壁のひとつに梯子がついているのを見つけた。梯子を上っていくと、屋上に通じる跳ね上げ戸があった。

鋼鉄製の大きな、重い跳ね上げ戸だった。内側からボルトで閉められている。なんとかボルトは外せたものの、戸を持ち上げることが彼にはできなかった。腐った木の葉が蝶番の部分を塞いで、開かないように押さえつけていたからだ。昇降口についた扉から、日の光が僅かに差し込んでくるのが見えた。新鮮な空気を吸うこともできた。自由になりたいという思いが高まり、必死の思いで、両手を使って戸をどんどんと叩いた。すると戸は少しだけ開いた。でもそのときにフラスクのひとつを下に落としてしまった。

思わず身をすくめ、目を覆ったよ、とシャムスディンは言った。ガラスが砕けて火花だか炎だか、あるいはもっとひどいものが飛び散るんじゃないかと。でもフラスクは三メートルから六メートルも下に落ちていながら、まるで鉄でできているみたいにただ跳ね返ったんだ。彼はそれをそのままにしておいた。フラスクは井戸の底に置かれたランタンのように、自らの青い明かりの溜まりの中に静かに横たわっていた。

ずいぶん長くその地下に閉じ込められていたから、ズルフガルはもう彼は死んだものと思って、あきらめてどこかに行ってしまっただろうとシャムスディンは予想していた。しかしズルフガルは同じ場所で、手の治療をしながらじっと待っていたばかりか、大事にしまっていた食料の、シャムスディンのぶんをそのまま取っておいてくれたのだ。

シャムスディンはそれを食べ、自分が閉じ込められていた場所について語った。そのあいだズルフガルはぼろぼろの手袋をとって、そのフラスクに触り、驚嘆していた。

帰還の時刻が近づいていた。そろそろ引き上げなくちゃとズルフガルは言った。そうしないと時間に間に合わなくなる。彼は先に立ち上がり、手を差し出し、シャムスディンが立ち上がるのを助けようとした。

シャムスディンは驚きの目でズルフガルを見た。そして、もう一方の手を見せてくれと言った。ズルフガルはその手の表と裏を見せた。傷口はきれいにくっついて、跡も残っていなかった。

ズルフガルはシャムスディンのコートを荒っぽく摑んで言った。神は偉大なり。

私はシャムスディンに尋ねた。それがフラスクのおかげだと、あんたは確信してるのかい？　間違いない、と彼は違う文言で五回も神に誓った。それは私のいくつかの小さなひっかき傷をも治したのだと。

それからズルフガルはシャムスディンに尋ねた。こいつが貯蔵されていた部屋にもう一度戻ることはできると思うか、と。

ロープとランタンがあれば、そこに戻るのはそんなに難しいことじゃない、とシャムスディンは言った。正直なところ、もう一度あそこに戻りたいという気にはなれないが。

ズルフガルの顔つきが変わった。彼は厳しい顔をして自分が描いた模写を見つめ、そのフラスクに相当する番号を見つけた。彼の喜びはやがて、激しい緊張のようなものに取って代わられた。カード賭博の初心者が勝利間違いなしという手札を配られ、その場の総取りを頭に思い描いて、興奮のあまり汗ばみ、そわそわするみたいに。ズルフガルはそのフラスクと引き替えに、自分たちの自由を獲得する計画を思いついたのだ。

彼は言った。もし俺たちが一緒に橋に戻ったら、看守たちは力尽くでこのフラスクを取り上げてしまうだけだ。誰がそれを持っていたかなんてことにはおかまいなしに。だからそうするかわりに一人だけが向こうに戻り、もう一人はゾーンに残って、こいつをしっかり守っていることにしようじゃないか。彼はシャムスディンにそう持ちかけた。

シャムスディンが手ぶらで橋に戻り、トーリャに自分が発見したものを詳しく報告する、というのがズルフガルの心づもりだった。そして看守たちをその場所に案内するのと引き替えに、一頭の馬と、一週間分の食料を要求する。

時間は刻々と迫っていた。シャムスディンはその計画に対して懐疑的だった。彼は気の小さい方だ。あっさりとフラスクを相手に渡し、あとは看守たちの約束を信頼する方が性格にあっている。

ズルフガルに言わせれば、そんなことは論外だった。彼は雪の中を勢いよく歩きながら、おとぎ話の中の漁師の妻のように、どんどんその要求をつり上げていった。二週間分の食料、いや、一ヶ月分の食料、それぞれに馬一頭、そして銃が一丁だ。

最後の瞬間になって、ズルフガルは決断を下した。シャムスディンが一人であとに残ることになった。彼は友人を信用しなかったのかもしれない。いや、それよりは、条件交渉については自分の方が優れた能力を持っていると思ったのだろう。

ズルフガルの計画の問題点は、看守が人並み以上の知力を持っていることをあてにしたところにあった。いったい何を見つけることを本当に期待されて、囚人たちがゾーンに送り込まれたのか、アポファガト以外の誰かが知っていたとは思えない。手が痺れるまで図を模写することはできる。好きなだけ番号を書き連ねることもできる。でもそのフラスクの現物を見るまで、中で脈打つ明かりを目の当たりにするまで、そんなものがこの世に存在するなんて、まず誰にも信じられないはずだ。

私はそれをこの目で実際に見た。それでもなお、話を呑み込むのにずいぶん苦労したのだ。それにゾーンについてのトーリャの話は、看守たち全員をパニックに追い込んでいた。望遠鏡越しに見ていても、彼らが任務を一刻も早く終えたいと望んでいることは明らかだった。

他の囚人たちと一緒に橋の上で待っているあいだ、ズルフガルは自分が見込み違いをしたと気づいたに違いない。向こう側で解放されるかわりに、彼らは畜殺を待つ豚たちのように、囲いの中にひとかたまりに追い込まれたのだ。

彼は向きを変えて逃げ出した。銃弾を相手に、いちかばちかの賭けに出たのだろう。もしフラスクのところまで戻れたら、勝算が生まれるはずだ。そのあと実際に何が起こったか、その次第を私は屋根の上からずっと見ていた。

そのフラスクは擦り傷を治し、手の切り傷くらいなら塞いでくれるかもしれない。しかしズルフガルの身体に開けられた穴までは埋めてくれない。

食料が不足していたにもかかわらず、それから二日ばかり、私たちはかなり健闘した。鎖がとれたおかげで、シャムスディンは前より速く歩けるようになった。ただ歩みの速くなったぶん、看守たちの一隊に追いついてしまわないよう、注意を払わなくてはならなかった。最初の二日間、私は危険を回避するために、狩りをしたり火をおこしたりすることを控えた。病原菌や放射能を恐れたというよりは、こちらの位置をつかまれるのを恐れたためだ。

しかし三日目の夜に私は罠でウサギを二羽捕らえ、小さな火をおこして、それを炙(あぶ)った。その夜にシャムスディンは高熱を出した。暖かい夜とはまだとても言えなかったのだが、彼は暑くてたまらないと言った。月の明かりしかなくても、彼の顔から汗が吹き出していることがわかった。

そのフラスクは外傷を治すだけではなく、病気に対しても効果があると彼は信じるようになっており、雪を溶かしたり、馬に餌を与えたりするために歩みを止めたとき、それを自分の身体に当てていた。

私はそのことで彼をからかった。それは医学じゃなくて、まじないだよ、と私は言った。

しかしそれがどのように機能するかについて、彼は既に仮説をたてており、私にも使うように勧めまでした。

「私は、自分の今持っている病原菌に運をまかせる。あんたと病原菌を共有するよりはね」と私は言った。

いずれにせよ彼はその魔法の瓶をずっといじりまわしていた。汗に濡れた額の上に瓶を転がし、両腕をそれで上下にさすった。腕が痛むのだと彼は言った。

それは私をいやな気分にさせた。そして実を言えば、私もあまり体調が良くなかった。馬もまた落ち着かず、食べ物を口にしなかった。

私たちがこうして具合が悪くなるのは、歪んだかたちの正義なのだろうと私は思った。

ポケットの中の火打ち石を探しているときに、手がメモリー・ストーンを摑んだ。よく考えもせずに、私はそれを引っ張り出した。三日前に手に取ったとき、それは生命を欠いていたのだが、今では表面は緑の火に彩られ、そこに浮かんだ光は生きているように点滅していた。

ひょっとして青い光からパワーを吸収したのだろうか、あるいはその中で故障していた箇所が、フラスクの近くにあったせいでひとりでに修理されたのだろうか、ふとそんなことを思った。でも私はそのような考えを頭から押しやった。あまりにも馬鹿げた話だ。

シャムスディンは私が動きを止めているのを見て、手に何を持っているんだと尋ねた。彼にそれを見せると、使い方を教えてくれた。

指で押すと、それは光を得て生き返った。スクリーンに色が浮かび、画像が動いた。かつての都市の姿を映した映像だった。通りという通りが息を吹き返し、そこは人々と乗り物で溢れていた。

最初は彼女の姿を見ることはできない。でもやがて少女の声が聞こえてくる。その声が映像の内容を告げる。彼女はロシア語を喋っているので、私には意味がわからない。シャムスディンが翻訳してくれた。

これは私の学校です、と彼女は語っていた。これが私の住んでいるところ、これがお友達のダーリヤ（その少女は顔を手で隠して、くすくす笑っている）。これが私のお父さん。ここを出て行く荷造りをしているところ。

街がごったがえしているのは、みんながそこを退去する用意をしているからだと明らかになる。

どうして彼女がこういうものを作ったか、私には理解できた。私もこういう記念品が残せたらと、よく思ったものだ。それは過去のいくつかの断片を並べた見本品だった。それは彼女と一緒に移転先の都市に持って行かれるはずのものだった。彼女がそれを引き出しの奥に忘れていったのは気の毒だった。

それから彼女がベッドに横になっているところが映った。画像がぶれて、画面の外で女の子が笑っている声が聞こえた。

リュウディ・ブドゥシチェーヴォ、と彼女は言った。あるいは何かそういう風に聞こえることを言った。

シャムスディンはその場に身を起こし、その子はうっかりそれを置き忘れたわけじゃない、と言った。わざとそこに残していったんだよ。

未来の人たち、と彼女は語っていた。誰か知らないけれど、このメッセージを見ているひとたち。私はロシアのポリンで生まれました。十八歳です。これが私の送っていた生活です。これが私という人間です。

これが私の送っていた生活です。これが私という人間です。

シャムスディンがそれらの言葉を口にしたとき、私の身体を寒気が走った。生命がすっかり抜け出てしまった頭蓋骨としての都市を、私はそこに見た。

街道の路傍に残された護符としての小銭やリボンのことを私は思い出した。ブクティガチャクの監房の壁に刻まれた文字。そして無人の広場を護っている頭部の銅像。

自分が何かの終末に居合わせることになるなどと、人は考えもしない、とボースウェイトは言った。しかし彼にはまた、兄の傲慢さも具わっていた。終末とは、人が一命を終えるところだ。そして人が一命を終えるところは、常に何らかの終わりなのだ。だとしたらあんたが、氷点下五十度の寒さの中をよろよろと馬小屋に向かい、冷え切った指を硬くして鞍にまたがり、あるいは息もできぬような夏の土埃の中を、馬に乗って進み続けるのは、いったい何のためなのだ？

書かれているのを目にしたことはあるが、実際に音として耳にしたことがない言葉はたくさんある。どのように正確に口にすればいいのかはわからないのだが、中でもそいつが他のすべての恐怖の背後にあるものだと、私は知っている。

そいつを怖がることはまったく理にかなわない。なぜならそいつが姿を見せるとき、人はそこには居合わせないからだ。人は空腹を恐れ、寒さを恐れ、病気の痛みを恐れる。しかしどうしてそいつを恐れなくてはならないのだ？　なのにそれでも、そいつは私の心を苛む。暗闇の中で、私はそいつにばったり出くわすことになった。少女がそれらの言葉を語るのを耳にしながら。

私が恐怖するのは「絶滅（annihilation）」だ。

ボースウェイトは勝手なことを言えばいい。正気を保った人間なら自分たちが何かの終末に向かっていることくらい承知している。でも、それでもものごとは継続していくだろうという思い、自分たちの葬儀になにがしかの温かい言葉が口にされるだろうという思い、あるいはまたどこかで誰かの中で、自分がここにいたことを無言のうちに知らせる血が脈打っているのだという思い、そんな程度のものでかまわない。それだけで心はある程度まで埋められる。正気の人間が求めているものはそれだ。

その少女は時間という海にメッセージを漂わせたのだ。それを目にする誰かの心の中で、自分が短い一時を再び生きられるように。彼女はそんなことは思いもしなかったかもしれない。しかし結局はそういうことだ。

人は誰しも、自分が何かの終末に居合わせるであろうことを予期している。誰も予期していないのは、すべての終わりに居合わせることだ。

朝に目覚めたとき、私の身体の上には十五センチの雪が積もっていた。身体が熱っぽかったが、シャムスディンは更にひどい状態になっていた。皮膚はどんよりした色になり、喘ぐように呼吸をしていた。私は大丈夫だ、普通にちゃんと歩ける、と彼は言い続けたが、十メートルと進まないうちに足がもつれた。

こっちに近寄るんじゃないと彼は言ったが、私にはもうそんなことはどうでもよくなっていた。彼が手遅れの状態になっているのなら、私だって似たようなものだろう。まず助かる見込みはあるまい。

倒れたシャムスディンを助け起こし、寝床に連れ帰り、ありったけの毛布を掛けてやった。それからウサギのスープを作り、スプーンで一口ひとくちそれを与えた。そのあいだ彼はがたがた震え続けていた。発作的に汗をかいたが、その合間に眠ることはできた。私は彼の頭を膝に載せてやった。赤ん坊のような感触があった。私はピングのことを考えた。彼女の顔を思い描きながら、私は彼に愛していると言った。

彼は眠りの中で何かをつぶやいた。

熱のために紅潮した顔のせいで、彼は驚くほど若返って見えた。

一時間か二時間眠ったあとで彼は目覚め、私に尋ねた。君は来世に望みを託しているか、と。

私は首を横に振った。しかしもし来世に希望を託する資格のある人間がいるとしたら、それはあんただね、と私は言った。

「私はアンダルシアに住んでいた」と彼は言った。「楽園にはきっとオレンジの花の匂いがしているはずだ」

私もそれに似たことを考えていたよ、と私は言った。

それだけ喋ると疲れ果てて、彼はただ私にじっとつかまっていた。やがて熱病は私たちに親密さをもたらしてくれた。孤独と死の恐怖の中で私たちは互いにしがみついていた。

症状が再びひどくなってくると、彼はのたうちまわり、どうか撃ち殺してくれと私に頼んだ。症状が落ち着くと、彼は自分の子供時代のことについて語りたがった。母はいつも私のことを誇りに思っていた、と彼は言った。きっとそうだろうね、と私は言った。ポリンの少女と同じように、彼は目撃者を求めていたのだ。

太陽が上ると、私は彼の上着の前を開け、新鮮な外気を入れた。彼の痩せた胸は、火がついたように熱くなっていた。

その午後遅く、顔に発疹が出始め、感染は肺にまで広がり、彼は身を起こしたまま寝なくてはならなかった。馬も具合が悪くなったが、そちらまでかまっている余裕はなかった。

彼のためにバケツで薬草を茹で、その湯気を吸い込ませてやった。それが効いたようで、その夜彼は前よりは楽に眠ることができた。

夜が明けるとすぐ、私はもっと植物を探しに行った。たくさん見つかった。草を摘んでいるときに、一頭の鹿を目にした。私は銃を持っていた。頭を働かせた。なるようになれ。病気で死ぬのも、トーリャの部下に見つかって殺されるのも、たいして違いはない。少なくとも鹿を撃てば、空腹で死ぬことはない。

熱のために少しふらふらしていたのだろう。そいつを仕留めるのに三発の銃弾を必要としたし、獲物をキャンプまで引きずって帰るのに半時間かかった。

若い雌鹿だった。きっと群れからはぐれたのだろう。

シャムスディンは身体を起こしていたが、ぐったりとしていた。新鮮な肉が手に入ったよ、と私は大声で叫んだ。肝臓を食べさせれば、元気が出るはずだとふと思いついた。だからその部分をまず最初に切り取った。

その調理にかかろうとしているとき、彼の呼吸が再びひっかかるような音を立てていることに気づいた。

そばに行ってみると、両目に膜がかかったようになっていた。彼はレースで全力を出しきっている人のようにぜいぜい息をしながら、私の腕を強く握りしめた。舌はからからで、スポンジみたいになっていた。どれだけ水を飲ませようとしても無駄だった。

もし銃を使っていたら、彼はもっと楽に死ねただろう。でも私にはそれはできなかった。

正午前後にシャムスディンは死んだ。それから馬が死んだ。しかし私は死ななかった。それを運が良かったと言うべきなのだろうか。

# 第四部

# I

馬が死んだあとは、徒歩で進むしかなかった。シャムスディンを埋葬したために、出発の時刻は遅くなったが、とにかく南東に向けて歩を進めた。こちらだろうとおおよその見当をつけ、私を故郷へと導いてくれる街道の入り口を求めて、タイガを抜けていった。

旅にはまさに最悪の時期だった。雪解けの水が、小川のような流れをさえ、渡ることのできない奔流に変えていた。身体を濡らして、もしそのあとに気温が低下したら、ズボンは鎧（よろい）みたいにばりばりに凍りついて、命取りになってしまう。

私はいつだって頑丈で、文句ひとつ言わない人間だった。きつい労働の一日があっても、四時間眠ればしゃんと元気になっている。でも今は身体がずきずき痛み、すぐに息が切れた。一時間おきに、やがては半時間おきに、ついには十五分おきに休憩をとらねばならなくなった。最後には、百メートル歩いて五分休憩を取るようにさえなった。私は持ち物を樺の木のフレームに入れて担いでいたのだが、それが両肩にずしりと食い込んだ。

そうするうちに疲れ切って、もう猟もできなくなった。地面はひどくぬかるんでいたので、最後の力を振り絞って唐松の枝を切り集め、それを積んで寝床を作った。それからそこに横になって、死が訪れるのを待ち受けた。

病気が体内を一周する間、何日かそうして横たわっていたに違いない。昼と夜が車輪のように空を巡った。三日目か四日目の朝、私は流れの水を手にすくって、半リットルばかりごくごくと飲んだ。

どうして命を取り留めたのか、その理由はわからない。後日、ポリンの伝染病は人為的に作られたもので、男性には致死的だが、女性は助かるようにできているという話を聞いた。決して女性保護の立場からそのように設定されたわけではない。男の兵士たちは殺してしまい、女たちはあとからやってくる勝利の軍隊のために残しておいて、子供を孕ませようというつもりなのだ。いかにも荒唐無稽な話に聞こえるかもしれないが、私が知っている他の本当にあった話に比べれば、まだまともな方だ。

起き上がれるところまで身体が回復すると、私はすぐに荷物を持ち上げ、よろよろとではあるが歩き出した。若葉を摘んで、歩きながらそれを食べた。毛虫がついているものもあったが、虫ごと食べてしまった。とにかく空腹だったからだ。弾丸の数を勘定しておかなくてはと私は思った。そして風の中に恐ろしいほどの甘い香りを嗅いだとき、それを使って狩りができるように、何発かを取り分けておかなくてはならない。

更に二百メートルほど進んだところで、薪のように積み上げられた死体の山に出くわした。半ば衣服をつけているものもいくらかいたが、ほとんどは裸にされていた。太陽の下で、彼らのむき出しの四肢はいかにも白々として見えた。私の口の中で毛虫の後味が苦かった。

彼らは刃物を使って殺されていた。何人かは胴体だけになっていた。いちばんてっぺんにトーリャの頭が置いてあった。その口はだらんと開き、垂れ下がった瞼がウィンクしているように見えた。

死体は腐乱のために柔らかくなっていた。目や口に蟻が盛んにたかっていた。殺されてから二、三日はたっているだろう。

攻撃したものたちの足跡は、溶けた雪とともに消えていた。しかしあたりにいろんなものがそのまま散乱しているところを見ると——ブーツや鞍袋やソースパン——戦闘は暗闇の中で行われたようだった。見張り番はしっかり武装していた。彼らが携行していた銃器に匹敵するものは、おそらくこの地域のどこにもないはずだ。彼らを制圧するには、ずいぶん人数が必要だったろう。しかしゾーンを無事に抜け出せたという安堵と、火器の優位性に対する過信が、彼らを油断させたのかもしれない。誰かが夜中にこっそりと忍び寄って、襲いかかったとき、彼らはあるいは酔っぱらっていたか、ぐっすり寝込んでいたかして、防御しきれなかったのかもしれない。

私は泥で顔を黒く塗り、カービン銃にありったけの銃弾を詰め、闇が降りるまでは道路を避けて歩いた。

秋からこの方、いちばん暖かい夜になった。大地は、まるで身体を揺すって水滴を払う犬のように、冬の名残を振るい落としていた。時々枝から雪の塊がどさりと落ちて、人の足音のような音を立てた。その音がひとつ聞こえるたびに、私は身をすくませた。

夜明け前の二時間、私は木の下で身を起こしたまま、うとうととまどろんだ。目を覚ましたとき、あたりはまだ真っ暗でしんとしていた。それから刃物が首にあてられるのを感じた。手が私の口を覆った。土と、カリブーの肉の匂いがした。

ナイフが喉にちくりと刺さり、私は立ち上がることを余儀なくされた。自分が怯えているという意識はなかったが、気がつくと小便を漏らしていた。湖に飛び込んだときと同じように。やがて僅かな光が空から差してきたが、明るくなったことはとくに私の慰めにはならなかった。とくに自分の顎を見下ろし、私を捕まえている男の腕にトーリャの時計がはめられていることに気づいたときには。

男は私を道路まで歩かせた。そして低く口笛を吹いた。森の中から男たちが馬を連れて現れた。

死体の山から三キロとは離れていない。

彼らは喉につっかえたような言葉で静かに話をした。どうやらヤクート語らしい。私はこれまでヤクート族と交易をしたことはほとんどない。でも彼らがタフで、馬を育てる人々だということは知っていた。彼らはカザフ人に似た扁平で色黒の顔をして、手当り次第に重ね着をしていた。見たところ、人々が身につけているコートと帽子のいくつかは、看守たちのものだった。私が驚かされたのは、それほど分厚く重ね着をしても、女性がちゃんと見分けられることだった。

私はぬかるみの中に膝をつき、彼らのやりとりに耳を傾けていた。それは市場で人々の会話を小耳にはさむのに似ていた。ただし彼らは、私を巡って議論をしていた。甲高い女の声が、他のみんなの声を圧していた。彼らが何を言っているのか、だいたい想像はついた。慈悲を与えるか、与えないか。ここで殺すか、あっちで殺すか。誰が私の持ち物を取るか。私の手はひりひりして濡れていた。森を出るときに転んで、手袋をなくしてしまったのだ。でもそんなことは今となっては大した問題ではないだろう。

私の喉にナイフを当てている男も、ときどきその会話に参加した。彼のしゃがれた、ひときわ大きな声が耳の中で響くのを聞きながら、命が縮む思いだった。というのは彼が話すたびに、ナイフの刃先がより強く喉に押しつけられ、それが食い込まないように、頭をのけぞらせなくてはならなかったからだ。

微かな青い霞（かすみ）が東の方から、空をだんだん明るくし始めた。翳（かげ）りひとつない極北の青だ。その彼方で私を待ち受けているものが何もないことを、私はよく知っていた。別の世界もない。母さんも父さんもいない。チャーロもシャムスディンもいない。ピングもいない。それでも私は、知らないうちに「我らが父よ」という言葉を口の中で繰り返していた。まるで苦痛による悲鳴を立てないために、ぎゅっと噛んで食いしばる何かのように。

他の誰かがやってきて、私のそばに立った。その手が私の顔からざっと泥を拭き取った。新しい声が聞こえた。それはしばらく何かを語っていた。ナイフが私の喉仏に食い込むのをやめた。私は腹ばいの姿勢で地面に倒れた。

地面はじめじめして土臭く、キノコのような匂いがした。私は鼻を地面につけてしばらくじっとしていた。そのあいだ人々は私の頭上で、何やかや議論を続けた。私がそこから起き上がっても、誰も止めなかった。私の隣に立っているのは、ゾーンから逃げてきたツングースの少年だった。彼と言い争いをしていた男は、気分を害してぷいと顔を背けた。

あかぎれのできた赤ら顔の女が、赤ん坊に乳を吸わせていた。彼女の傍らの小さな子馬には、十歳くらいの白い肌の女の子が乗っていた。目の色はとても淡く、その部族の血筋とは見えなかった。カールした金髪が、狐の毛皮の帽子のわきから跳ね出ていた。驚きのために思わず声が出そうになった。しかし彼女はまるで銃の照準を定めるような冷ややかな目で、まっすぐ私を見ていた。トーリャのイコンがそのコートの襟にとめられていた。

一人また一人と、ヤクート族の人々は馬に乗って去っていった。最後には、私の隣に立っているのは少年だけになった。彼は私の顔を一度も見なかったし、私に見覚えがあるという気配すら見せなかった。

私は彼らが森の中に消えていくのを見ていた。赤ん坊を抱えた女は、トーリャのコートを着た男のあとを、馬に乗ってついていった。白人の少女は私の方をちらりとも振り返らなかった。

ほどなく、彼らのうちでその開けた場所に残ったのは、二人だけになった。その少年と、ナイフを持った男だ。少年は自分の馬の腹を軽く叩いた。しかしその馬の鞍にまたがる代わりに、私に手綱を手渡し、もう一頭の馬に飛び乗り、友人の背後に相乗りした。

彼は振り向いてほんの一瞬私を見たが、それは見ず知らずの他人の、空白の顔だった。その表情には親切心も、心の交流も、何ひとつ窺えなかった。少年の心にそのときいったい何があったのか、私には知るべくもない。

私が彼になしたことのお返しに、彼が私のために善をなしてくれたと考えると、筋は通る。しかし恩寵がどのように働くかなんて、誰にわかるだろう？　だいたいヤクート語に「慈悲」という言葉が存在するかどうかさえ、私は知らないのだ。

少年が向きを変えて行ってしまったあと、彼の空虚な目が私の脳裏に焼きついていた。二人が乗った馬が枝の下を通り過ぎるとき、雪がぱらぱらと落ちて少年の背中にかかり、彼は首をすくめた。十メートルほど進んだところで、彼らの姿は見えなくなった。やがて雪解け水が滴り落ちるぽたぽたという音が、馬の蹄の音を消した。

河べりで彼を逃がしてやったときの、自分の素っ気ない態度を思い出してみた。猟をしているときにふと気が変わって発砲するのをやめたり、釣った魚が小さすぎて水に戻してやったりしたときのことも。獣も魚も、私の意図についてぐずぐず思案したりはしなかった。

正義というものには一定のパターンがあると考えると、心が安らぐかもしれない。しかしそんなものはどこにもない。これまでの経験から、それは確信を持って断言できる。私の父なら少年がやったことを取り上げて、善行は善行をもって報われる、みたいなことを言い出すだろう。あるいはそれは——きっと雹の中のオタマジャクシみたいに珍しい例だろうが

——実際にそのとおりだったのかもしれない。しかし私が十頭のカリブーを殺し、肉を取り、皮をはいで、そのあとで一羽のウサギを、そのふわふわしたお尻がワラビの茂みにひょいひょいと逃げ込む姿が見たいというだけの理由で、見逃してやったとする。それで私は聖フランシスのような人間になれるだろうか？　まさか。

馬が私の手を舐めた。私の荷物と手袋が、寝込みを襲われた木の下に置いてあった。それを見つけると、私は堅くこわばった身体を持ち上げて馬に乗った。そしてその鼻先を朝日の方向に向けた。

## 2

私は行きに通ってきた道を外れて進んだ。ボースウェイトが、行方不明になった我々を捜索するための部隊をよこすことを恐れたのだ。そのために進む速度は遅くなったが、私としては一夏かけて家に辿り着ければ、それでよかった。

夜になれば、私は自分の進んでいる道筋を空に読み取ることができた。星座の配置の中にそれは示されている。レナ河は大きく西に曲がっているが、その湾曲はポリンのほぼ真南で終わっている。基地のすぐ近くだ。私はその湾曲部をまっすぐ突っ切って、人民委員（コミッサール）の街道にぶつかるまで馬で南東に進むことにした。おおむね正しい方向に進んでいれば、街道を見逃すことはありえない。その道路はまっすぐ東西に延びているわけだから。そしていったん街道に入れば、私とエヴァンジェリンとのあいだには、千六百キロの距離があるだけだ。六週間あれば故郷に着けるだろう。

夜になるとときどき、私はシャムスディンの青いフラスクを引っ張り出した。それは私の荷物の中でがたがた揺られていたのだが、不思議に疵ひとつついていなかった。一度それを手にしたまま眠ってしまったことがある。その夜は悪い夢を見て、次の日、私の額と頬は疼いた。まるで長時間太陽に晒されたあとみたいに。

ある夜、私は進むのをやめて釣りをした。カワカマスを一匹釣り上げ、ガチョウの巣の中に卵を四つみつけた。火をおこして卵の一つを調理し、魚と一緒に食べた。

頭上を鶴たちが飛んでいた。越冬を終えて南方から戻ってきたのだ。薄れゆく陽光の中で、彼らのほっそりとした白い体軀はピンク色に染まっていた。ツングース人にとって鶴は神聖な鳥だ。彼らは鶴の骨をカレンダーに使う。月の満ち欠けの時期を、骨の上に刻み目として記すのだ。シャーマンたちは鶴が彼らを乗せて、最上の天国に運んでくれると信じている。そしてそこには精霊が住んでいて、人間の魂にいたずらを仕掛けるのだと。

それは私にとっては単なるおとぎ話だった。しかし私は一度、呪術師(シャーマン)が病気の女を治療するのを目にしたことがある。ツングース人の女で、胎児を死産しており、それは彼女の子宮の中に悪しき何かを残していた。

シャーマンは重い革のマントを着ており、その上にじゃらじゃらと音を立てる金属のビーズがつけられていた。ビーズは星座表を形作っていた。本なんてものができる前から、そのようなマントが空の地図の役割を果たしていたのだ。シャーマンは彼女の身体のまわりを一時間近くも踊って回った。やがて彼の太鼓の皮に血のように見える気味の悪い網目が現れた。

私自身はシャーマンに話しかけることはできなかった。しかしあとでツングース人の混血のガイドに、代わりにいくつかの質問をしてもらった。

　太鼓を叩いているうちに、自分の身体が空をどんどん上っていくのが感じられた、とシャーマンは言った。彼のまわりの空気は厚く、水っぽくなっていった。霧の中で迷ったときのようだ。時々その霧は薄くなった。その広間のような場所に吹く微風を感じた。それから彼は最後の雲の層を突き抜けて上昇し、開けた場所に着地した。

　シャーマンは山際に沿った小径を進んだ。自分の父親のものだと彼が言う骸骨のわきを通り、明かりの点ったテントへと向かった。

　テントの中には病んだ女が身体を横たえていた。身体は積み上げられた石の形をしており、そこから植物の蔓が伸びていた。シャーマンはその蔓の巻きひげを切っていった。その植物の中心に近づくにつれて、蔓は太くなっていった。中心ではそれは周囲五センチほどにもなった。新しい血が溢れる春の鹿の新しい枝角のように柔らかな毛で覆われ、熱を持っていた。その植物の中心には干からびたものがあった。死せる胎児だ。その魂は地上から戻ろうとして、途中で道を見失ったのだ。

　私をからかうために彼が作り話をしているのか、あるいは彼自身それを信じ込んでいるのか、どちらかはわからない。それは私には、おおむね馬鹿げた話に思えた。しかしその踊りのあと、女が再び受胎可能になったという話を耳にした。

　どこに行っても、私の心はいつもなぜか死んだ子供に戻っていくみたいだ。ツングースの娘の。ピングの。そして私自身の。

私の場合は、三日に及ぶ分娩の末に死産した。それほどの苦痛を経験したことはあとにも先にもない。そのとき街は激しい混乱の最中にあり、一人の医師も見つけることができなかった。

死んだ男児は運び去られ、どこかに埋められた。私たちはそのことについては二度と語らなかった。私は十六歳で、それ以来男性と親しくなったことはない。親しくなりたくないと思っていたわけではない。でも結局そういう流れになってしまった。

街道まで迂回する道筋で、村をひとつ抜けた。古い教会のある村だった。まわりの家はみんな朽ち果て、草が生い茂っていた。しかし教会だけは堅固に残っていた。大きな木製の丸屋根があり、そこにはまだ鐘が吊されていた。

扉は開いていて、その中の空気にはお香と真新しい水しっくいの香りが微かに嗅ぎ取れた。誰かが地下室で、ロシア語で何かを叫んでいた。私はあまりに驚いたので、そこで口にされた言葉をまったく思い出せない。ただひとつ覚えているのは「ボグ」という言葉だ。それは、とんでもない話のようだが、ロシア語で「神」という意味だ〔訳注・bogは英語では便所のこと〕。それから一人の男が両腕にいっぱい本を抱えて、よろよろと階段を上がってきた。そして私の姿を目にして言葉を失ったようだった。

私はたとえ雪男を見つけたとしても、これほどまで驚きはしなかっただろう。そして今にして思えば、彼には実際、少しばかり雪男を思わせるところがあった。背が高くて、長い白い顎髭をはやしていたから。

私たちの間には、まとまった話ができるほどの共通の語彙はなかった。しかし私たちは無言劇の登場人物たちのように会話をすることができた。

彼は村の司祭だった。そしてユーリという名前の男が、助手にして見習い司祭のような役目を果たしていた。ユーリも髭をはやしていたが、その髭は真っ黒で、タマネギの強い匂いがした。年齢はおそらく五十歳くらい、司祭は七十五歳あたりに見えた。

どうやって彼らが、二人だけで生き延びられたのか、私にはわからない。なにしろ一方にはボースウェイトが控え、もう一方にはツングース人たちが控えていながら、なおかつ教会を補修し、維持してきたのだ。おそらく彼らは一組のカサ貝のように、ただそこにしがみついてきただけなのだろう。

二人は教会に隣接した庭に建てられた小さな家に住んでいた。私は納屋の空っぽの馬房に馬を入れた。彼らは私に食事を出してくれた。

塩漬けキャベツのスープとソーセージのようなものを私たちは食べた。そして私はテーブルの上に、私が辿る道筋を描いて示した。

私がどこに向かっているかを教えると、彼らは目をむいた。

それ以上の話ができないのは残念だった。というのは、私には尋ねたいことがいっぱいあったからだ。

夕食のあと、二人は私を地下室に案内し、そこに貯め込んだ大量の本を見せてくれた。老司祭は私に片端からものをくれた。これを持っていきなさいと言って。そしてその品物について何やかやを語り続けた。語りながら、私がその話を理解しているかどうか点検するように、時折私の顔をまじまじと見た。もちろん私には何ひとつ理解できなかった。しかし何であれ、彼がそれに誇りを持っていることは、口調で理解できた。

私が困惑していることがユーリにはわかった。だからなんとか話をそらせようと試みたのだが、老司祭は簡単には引き下がらなかった。「ほら、ごらん」と彼は語っているようだった。「ここにしっかりと蓄えられてある。これが私のジャムであり、これが私のゼリーなのだ」。おそらくはそんなことを言いながら、彼は本や巻物のほこりを払った。

おおよそ一時間後に彼らは教会の鍵を閉め、私たちは家に戻った。ユーリが薬草茶のようなものをいれてくれた。

語り合うことこそできなかったが、それは私がずいぶん久方ぶりに味わった幸福だった。そのお返しに二人に何かをあげられたらと思った。それから突然思い当たった。彼らの言語のいくつかの言葉を、私が荷物の中に持っていることに。

私は荷物の中からメモリー・ストーンを取りだし、テーブルの真ん中に置いた。そして彼らにポリンの少女を見せた。二人は息もつがず立て続けに六回、その映像を食い入るように見つめた。

二人はそれがすっかり気に入ってしまった。とりわけ老司祭が。それを見るたびに、二人は互いの背中を叩きあった。リュウディ・ブドゥシチェーヴォ！　司祭は声を上げて笑った。まるでそれが世界でいちばんおかしいジョークであるかのように。

彼が生き生きした表情を見せるのを目にして、私は嬉しかった。でもそれからいたたまれない気持ちになった。彼はそれがここ最近に撮られたものであり、今もどこかに実在する風景だと思っているのだ。もしその場所を実際に目にしたのでなければ、私だってあるいは同じような考えを持ったかもしれない。

彼らはここ、いわば辺境の前哨地点にいる。聖なる書物のコレクションを護りながら、外なる世界からの報せを待っている。そしてこの私が彼らに「善き報せ」をもたらしたのだ。その誤解は私の心を重くした。私は彼らに言った、「あなたたちは思い違いをしている。これは過去の映像で、この少女はもう亡くなっています。この都市はもうこんな姿をとどめてはいません」と。

しかし私が口にする言葉は、彼らにとってはただの雑音に過ぎなかった。彼らは自分たちの信じたいことを信じた。私は「善き報せを告げるもの」だった。まもなく人々は、連れだってこの村に戻ってくるだろう。通りでは湿ったベッドが虫干しされ、長いあいだ放置されていた庭は、再びシャベルで掘り返されるだろう。沈黙をまもってきた丸屋根の上の鐘は、礼拝の集会が開かれることを晴れ晴れしく告げるだろう。大事な文献を護り通した功績を称えて、司祭の胸に栄誉のメダルが飾られることだろう。

二人はストーブの上のタイルの張り出しに、私の寝床を拵（こしら）えてくれた。床でかまわないと言ったが、どうしてもそこで寝てくれと彼らは主張した。そこは私には温かすぎて柔らかすぎて、うまく眠ることができなかった。そして心ならずも彼らを欺いてしまったやましさを、私は感じていた。二人に間違った希望を与えたことで、気持ちはすっかり落ち込んでいた。

翌朝になっても、彼らの上機嫌は変わらなかった。彼らは朝食に挽き割りのそば粉を出してくれた。そしてもう一度メモリー・ストーンを見せてくれと言った。彼はそのお礼に私は司祭にストーンを渡し、ずっとあなたが持っていていいと言った。彼はそのお礼に私に古い本を一冊押しつけようとしたが、私は固辞した。

二人は村の外れまで歩いて私を見送ってくれた。そして三度別れのキスをした。五度か六度後ろを振り返ったが、二人はまだそこに立って、私が立ち去るのをじっと見つめていた。

大地には春が訪れていた。もうどこにも雪は見えなかった。ある日の暖かい昼間に水浴びをした。馬を繋ぎ、川べりで服を脱いだ。私の両脚は真っ白で、青みさえ帯びていた。川は浅かったが、増水しており、見た目より流れが速かった。足を踏み入れたとき、あやうく転びそうになったほどだ。足を石にあててしっかり踏ん張ると、膝のまわりで流れが渦を巻いた。それから身をかがめ、水に身体のまわりを巡らせた。水の冷ややかさが私の心臓を高鳴らせた。

身体を清潔にすると、服を洗濯し、岩の上に並べて太陽の光で乾かした。

私は堤に横になり、トカゲのように陽光をたっぷりと吸い込んだ。眠気と闘っていたが、川の流れの音を聞きながら、知らない間にうとうとと眠り込んでいた。一時間かそこらは眠ったと思う。目が覚めたとき、私の頭は朦朧として、日差しのせいで視野がかすんでいたから。

意識を正常に戻すのにしばしの時間が必要だった。馬が木から緑の若い芽を食べていた。湿った衣服があった。そして裸の私がいた。足首についた泥が乾いて、まるで靴下をはいているみたいに見えた。

そして突然、流れの音にかぶさるように、ぶううんという音が聞こえた。それはほんの微(かす)かな音だったが、次第に大きくなっていった。東の、おおよそ四百メートル上空に、飛行機の銀色の煌めきが見えた。

私は裸のまま立ち上がり、その飛行機が頭上を横切ったとき、声を限りに叫び、衣服を打ち振った。

進路の角度からすると、飛行機は極北からやって来たようだった。おそらくはアラスカから。

銃を撃てばいいんだと思いついたとき、飛行機は既にずっと南西方向に移動していた。合図として四発か五発を撃った。しかし飛行機がそれに気づいた様子はなかった。エンジンの音に比べたら銃声なんて微々たる音に過ぎない。飛行機は小さな銀色の魚のように、そのまま空の深い青の中に吸い込まれていった。しかし飛行機が背後の森の上空に吸い込まれていったとき、それがどこに向かっているか、私にははっきりとわかった。

# 3

基地(ベース)に着くまでに二日を要した。私は無我夢中で馬を進めた。食べ物を口に入れたかどうかすら思い出せない。ときどき馬を休ませるために、鞍から降りて馬と一緒に歩いた。その間ずっと、私の胸は希望に打ち震えていた。

湖で最初の飛行機を目撃したとき、私はかつてなかったほどの希望を抱いた。私は難破した人であり、飛行機は帆をはためかせ、船首を風上に向け、私を発見するために進路を変える帆船だった。私はその温かい甲板に、華奢な足を踏み入れるのだ。その船倉には絹や丁子(ちょうじ)が山と積まれている。ココナッツやオレンジも。そう、それは馬鹿げた妄想を私の中に生み出したと思う。そういうことだってたまにはある。私だって一人の女なのだ。

二機目の飛行機はそれとは違う種類の喜びを私にもたらした。今度の飛行機は騎兵隊であり、鎧をまとった正義なのだ。私はそれが竜巻のごとく基地に舞い降り、そこにある小屋をざくざくと切り裂くところを思い浮かべた。そして看守たちを鎌で払うようになぎ倒してしまう。囚人たちは解放され、復讐に取りかかる。彼らはボースウェイトを犬のように殺し、彼の奴隷キャンプを根こそぎ焼き払う。

正午頃に基地に近づいた。森がまばらになり始めたあたりで馬を降りた。基地の外壁のまわりは、何も生えていないむき出しの土地になっている。そもそもは木材を得るために丸裸にされたのだが、近寄ってくる人間に遮蔽物を与えないという目的もそこにはあった。私は向こうから見えないように、樹木の裏側に身を隠した。

まず望遠鏡で基地を見渡した。柵の向こう側に不揃いな瓦を敷いた屋根が見えた。鍛冶場と調理場から煙が立ち上っていた。

風が空き地を越えて、便所の悪臭を運んできた。何もかも私が記憶していたよりも小さく、汚らしく見えた。ポリンの壮大さを目にしたあとで、私の目は感覚を狂わされていた。雪がなくなっていることもまた影響していた、雪は出来の悪い仕事をうまく隠してくれるのだ。それは汚いものを覆い、歪んだものを趣深く見せ、悪臭を封じ込めてくれる。

私は樹木のぎりぎりの陰に隠れながら、基地の周囲をぐるりと回り始めた。人影は見えない。しかし正面ゲートのすぐ横、二十メートルと離れていないところに、一機の飛行機がとまっていた。

それは実に美しいものだった。まるで筋肉か刃のようだ。無駄な部分がひとつとしてない。上部の翼からは熱気の波がゆらゆらと立っており、そのせいで飛行機はまだ動き続けているみたいに見えた。

私の覚えている限りでは、それは湖の近くに墜落したのと同じ型の飛行機だった。機体の色は赤と白で、尾翼近くに扉がついていた。山の斜面で私が壊して開けた扉と同じだ。かなりくたびれた飛行機だった。翼についたへこみや継ぎはぎは、それを運航させるために、あちこち手が加えられていることを示唆していた。それでもなお、そんなものが人間の手で造り上げられたなんて、私にはほとんど信じがたいことだった。

基地にあるすべてのものには人の手形が押されていた。すべてのものは人の形状に見合った規模を有していた。どれも人が一日かければ制作できる範囲のものだ。そこにある壁をどれほどの期間で建てられるか、そのまわりの簡単な道路をどれほどの期間で平らにできるか、見ただけでおおよそ判断がつく。それを築くのに使った道具をすべて並べ上げることだってできる。

しかし飛行機を作るとなると、これは見当もつかない。六ヶ月かかるものか、一世紀かかるものか？　そのエンジンの中で、いったいどのような神秘が働いているのか？

その飛行機が色の褪せた草むらの中にとまっている様は、遊牧民の手首にはめられた腕時計と同じくらい不似合いだった。

私は壊れたピアノラに感嘆する。そこに真鍮の針金や、フェルト付きのハンマーや、ピアノ・ロールを読み取るための棘付きの円筒（ドラム）を取りつけた無名の職人に感嘆する。私はその中に詰まっている知識の故に、本の山を大事に保存していた。私は大都市ポリンを目にした。私は毎朝馬に乗って巡回するたびに、死に絶えた故郷の街の美しい残骸を目の前にし、常に驚きの念に打たれたものだ。しかし言葉や数字を金属に置き換え、それに空を飛ばせる――それに勝る奇跡がいったいどこにあるだろう？

こんなことを言うのは異端にあたるかもしれないが、私たち人類は、人類が登場する以前にあったものより、もっと美しいフォルムを作り出してきたのだ。神の仕事は時として粗雑だ。ロブスターくらい醜い生き物はほかにない。カリブーにも美しいところはあまり見当らない。歩き方は不格好だし、ハーネスをつけて身体を圧迫すると、尻の穴から糞をぼとぼとと垂れる。私たちが直線というものを引く以前のこの世界に、そんなものが果たして存在しただろうか？

しかし空を飛ぶ飛行機は、大きな鳥たちのように上下に揺れたり、よたよたと傾いたりはしない。それはまっすぐ、水平に飛ぶ。そして私がこれまでに目にしたどんな鳥よりも速く飛ぶ。

実を言えば、私は操縦士たちを、半ば神として想像していたのだ。

そして彼らは私たちについて何を知っているのだろう？　彼らは空からいったい何を見たのだろう？　そのような人々は、基地における我々の暮らしの悲惨きわまりない事実をどのように考えるのだろう？

きっと彼らは、私がツングース人の単純な考え方（そこにはシャーマンやら精霊やら雪男なんかが含まれる）について抱いたのと同じような印象を、私についても抱くのだろう。私はそう思った。

茂みに戻り、そこで夜を待った。そして熟考した。私は本来せっかちな性格だ。その場の熱い一瞬の中で、最良の結果を出すことができる。長くものを考えすぎると、くよくよしてくる傾向がある。

実際に必要だったというより、心寂しさを紛らすために、私は小さな火をおこし、細く長い小枝を火にくべた。そしてそれがほとんど燃え尽きてしまうまで、端っこを手に持っていた。

乾いた風が吹いて、その燃えさしをオレンジ色に染めた。

最初に目にしてから数年間、飛行機は私にとっての北極星のごとき存在になった。それについて知っているというだけで、私の心は慰められた。私はその機体に実際にこの手を触れたのだ。乗員たちの遺体の一部を私は土に埋めたのだ。私はありったけの願いをそこに注ぎ込んだ。それは、私の世界ではあらざるものすべてを呑み込む容器だった。

しかし今ではそれは、この新しい飛行機に乗ってきた、生きて呼吸する生身の人々とのやりとりになっている。それが私の神経を参らせた。

私の中であらゆる種類の困惑した感情がわき起こっていた。

私の一部はもっと多くを知りたがっていた。しかし別の一部は、大きな声で口やかましく私に告げていた。早くここを立ち去った方がいい、最初の飛行機にもひどい目にあわされたじゃないか。これ以上深入りしない方がいい。どうせろくなことにはならず、がっかりするに決まっているのだから。

飛行機が私の目にどれほど大きく映ったにせよ、私の希望はそこに載りきらないくらい重い積荷だった。

今でもなお私は考え続けている。私がそれまでくぐり抜けてきた苦難を、それだけの価値はあったと思わせてくれる何かが、その飛行機に積まれていた可能性はあったのだろうか、と。

そこに何があったかではなく、そこに何があり得たかと、今こうして考えを巡らすことはとてもむずかしい。

それはとりもなおさず、何があり得たかというきわめて脆弱な形状の上に、鋼鉄の線路を敷くことなのだ。

私はこのことを何度も何度も考えてきた。私は森の中にいて、ちっぽけなたき火に小枝をくべている自分自身を眺める。基地のゲートのわきで翼を休めている無人の飛行機に目をやる。まるでメモリー・ストーンの画像のように、自分を逆向きに馬に乗せ、ポリンの街に引き返させる。途中でシャムスディンの命をよみがえらせる。トーリャや囚人たちとともに後ろ向きに、重い足をひきずって基地に戻る。何年もの囚人生活、数ヶ月の労働の末にボースウェイトの整った庭を荒れ地に戻す。

どんどん過去に遡っていく。ピングが死ぬ前まで。悪い時代が到来する前まで。父と二人でベーリング海に向かって立ち、チュクチ族がセイウチに腸を詰め戻し、海に帰してやるのを眺めている。そしてそれぞれの時点で私は考える。ここだろうか？　それともここだろうか？　それに続くものごとの流れを決定したのは、この選択だったのだろうか？　私がどのような道を選んだところで、結果はいつだって変わりない。いずれにしても悪しきことは起こるのだ。都市は燃える。愛するものは死ぬ。飛行機は墜落する。私は別の飛行機を探す。ようやくそれを見つけたとき、そこにはイーベン・カラードが乗っている。

# 4

彼は年を取っていた。当然のことだ。でもそのことは私を驚かせた。そして彼としばし時間を過ごしたあとでも、私が来る日も来る日も思い浮かべてきた若い当時の彼の顔が、現在の彼の顔にどうしてもかぶさってしまうのだった。

「メイクピースという名前のやつを一人知っていた」と彼は言った。彼は指をぱちんと鳴らして、誰かに酒を注がせた。盲目の人は時として、支配的に振る舞うことができる。私は出身地について、彼に嘘をついた。

彼はボースウェイトの金属製のデスクの、向こう側にある椅子に座っていた。黒ラシャのスーツに身を包み、その曇った目を私の後ろにじっと向けていた。シャツは白く、プレスしたてだった。

「そのしゃべり方には覚えがある」と彼は言った。「入植者のアクセントに違いない」。私を知っているかもしれないというそぶりを彼はまったく見せなかった。「ボースウェイトはおまえのことを高く評価していた」

私は長旅の埃をまだ落としていなかった。六人の彼の部下たちが部屋の中に配されていた。彼らは武装していた。二人は弾帯を巻いていた。中に入るとき、彼らは私が武器を帯びていないことを確認した。

夜明けに私はゲートまで馬を進めた。知りたいという抑えがたい気持ちが、自分の身の安全を案ずる気持ちに勝ったのだ。飛行機に誰が乗っていたかがわかっていれば、もちろん私はまっすぐ家路に着いていたはずだ。しかし私は自分の過去の一部とその飛行機とがどこかで結びつくなんて、考えもしなかった。私の頭の中では、それは私の両親がかつて属していた秩序正しい世界からやってきたものだった。それはノアの鳩がくわえていた小枝のように、まっすぐで緑なる約束をもたらすものだった。乾いた土地がこちらにある。船首をまわせ、と。

歩哨は私の顔を知っていた。しかしもう一人の男が——イーベン・カラードの部下だと判明したのだが——彼の隣に衛兵として立っていた。

衛兵の詰め所から一人が呼び出され、馬を連れていった。その少年に私は見覚えがなかった。その髪には麦わらがついて、眠っていたのだろう、顔にはしわが寄っていた。

馬が連れて行かれたのは、とても残念だった。馬なしでここを出ていくことは簡単ではない。しかし飛行機について知りたいという私の欲望は、ほかのすべての考えを凌駕していた。

滑り出しからして不吉だった。歩哨は扉を引いて開けるとき、陰険な油断のならない目で私を見た。練兵場の突き当たりには、粗っぽい作りの十字架が地面に立てられ、そこには死体が垂れ下がっていた。

風が急に吹き始め、吹き抜けるときに、その男を帆のようにふくらませ、横木の継ぎ目を軋ませた。

男の顔は黒く膨らんでいたが、体格からそれがボースウェイトであることがわかった。その身体と頭部にはいくつかの傷があり、両腕の手首に釘を打ち付けられていた。腹部はガスで大きく膨らんでいた。

その死の模様からすると、囚人たちは自分たちの選んだやり方で始末をつけたのだろう。死んでから少なくとも二日は経過している。飛行機が着陸して間もなく、囚人たちは激しい復讐の念に駆られて、彼に襲いかかったようだった。

正直なところ背筋が寒くなった。私は暴徒たちの正義というものを好まない。自分たちで法律を決める連中くらいおぞましいものはない。

文明と都市生活は同義だとシャムスディンは言った。本当にそうかどうか、私にはわからなかった。私にとっての文明とは、街灯であり、給排水であり、学校であり、理性によって運営されるものごとだった。意図された残虐さには理性の入り込む余地はない。それは私たちの中のいちばん底辺にあるものを過度に表面化するだけだ。

しかし私としては、飛行機でやってきた人々は賢明であり、状況をよく把握していたのだと思わないわけにはいかなかった。他に死者は出ていなかった。壁は崩れておらず、建物は破壊されていなかった。おそらくは十字架の死体が、秩序のための代償となったのだ。

どのような騒擾があったのかはしれないが、私はまだ看守としての身分を維持していた。私の部屋はそこを離れたときと同じく、みすぼらしいまま残っていた。窓の埃は日差しの中で、挽かれた黄金のように見えた。

窓の外ではいつもの営みが開始されていた。朝の整列点呼があり、疲れ果てた囚人たちが鎖を引きずりながら宿泊所から出てきた。彼らがなんとうらぶれて見えたことか。

十五分後に新しい看守の一人がやってきて、カラードさんが会いたいと言っていると私に告げた。その執務室に入るまでに、そこで何を自分が目にすることになるか、おおよその見当はついていた。

そこまで歩いて行く間に、カラードの部下が私に教えてくれた。彼はある婦人の名誉を守るために両目を失ったのだと。私は思わず微笑んでしまった。

最初の会見は短いものだった。私が今までどこにいたのか、彼はそれを知りたがった。どのようにして生き延びることができたのか。私は最小限のことしか語らなかった。部屋に戻って汚れを落とすようにと言われた。

誰かが食事と水と着替えの服を持ってきてくれた。粗い生地のタオルと、石鹸の小さな緑色の塊が与えられた。浴室でそれを使って身体をごしごしと洗い、髪を洗った。これはきっと飛行機で運ばれてきたものに違いないと私は思った。石鹸なんてものを目にしたのは、ずいぶん久方ぶりだ。エヴァンジェリンでは自分たちで作っていた。材料は脂肪と石灰だ。イゼベル。邪悪な女。

こちらの方には微かな香りがついていた。それは私の髪をごわごわにしてしまったみたいだった。髪を洗いながら、どうやったらここを逃げ出せるだろうと考えを巡らせた。夜明けの最初の光と共に出ていくのだ。馬を一頭連れていこう。いや、二頭連れていこう。

涙が私の視野を曇らせた。それは失望のもたらすものだった。結局はこうなるのだ。私は歪められたメッセージを大事に抱える人間だった。私は葬儀屋のようなものなのだ、と私は思った。〈絶滅〉に抵抗するべく、いくつかのものごとをなんとか必死にひとつに繋ぎ止めている。祖先たちの築いた伝統に恥じない人間になろうとしている。私はこれまでずっと、この世界に生きていることに誇りを感じてきた。でも結局、私は父さんと変わりなかった。この現在を修復するための別の世界を必要としていたのだから。

私はこれまでに書いたページを読み返した。そこで私が目にしたのは私自身の書き付けだった。「ものごとが今ある以外のものになる必要を私は認めない」

どこまでも固く独身主義を護ってきた男が恋に落ちたらどんな風になるか、きっとご存じだろう。彼は残っている髪を染め、心の痛手を負うことになる。絶対禁酒主義を貫き、教会活動にうちこんできた女性が、六十歳にしてシェリー酒の味を覚え、アルコールにおぼれて死んでいく。

私はこれまでずっと、氷の上を歩く猫のようにとても慎重に歩を進めてきた。次の一歩の感触を前もって確かめつつ。なのに今回は忍び足で、熊のための罠に踏み込んでしまった。まったく、開けっ放しの窓から災厄が堂々と入り込んでくるなんて。でもそれに対していったい何ができるだろう？　もちろん誰の人生にだって多かれ少なかれそういうことは起こる。しかしもし人が自分から頑丈な金庫の中に入り、もみ手をしながら、来る日も来る日も「私はこれで安全だ」と言い続けていたとしたら……。私が言いたいのはそういう種類のトラブルだ。それがやってくることがみんなには見える。でも当人には見えない。盲点とはそういうものだ。

何年もの歳月が私の目の前に、まるで凍りついた冬の道のように延びていた。心のよすがとし、へそくりのようにいつもあてにしていた希望は、既に消えていた。

ピングが現れる前、あるいは飛行機を目撃する前、私はいったいどのようにして生きていたのだろう？　ほかの誰かの人生が私の人生に組み込まれるという実感もなく、あるいはどこか別の場所では子供たちが歩いて学校に通い、死者たちが丁重に埋葬され、ピアノラが正しい音程で演奏されているだろうという頼みもなしに？　私は冬の間ずっと暗闇の中に座り込み、蠟燭が尽きるのを待っていた。かつてそこにあった生命の響きをなんとか聴き取ろうと必死に努めていた。暗闇の中で目覚め、夜中に自分の銃を掃除し、鞍を肩にかけ、ぱりぱりという足音を立てながら、外の馬小屋に向かった。

そんな人生は受難とさえ呼べない。それは風が雪の上に描いた、長く残酷なジョークでしかない。

# 5

空中には不思議な匂いが漂っていた。正午頃に私を連れに来た看守たちに、私はそのことを尋ねてみた。飛行機の燃料を造るために蒸留器がフル回転しているのだ、ということだった。それは調理場の人手が足りなくなり、大方の囚人たちはいつもの半分の量の食事しかもらえないということを意味する。

それは賢明なこととは言えないのではないかと、私は小声で疑義を呈した。いろんなものが不足し、残虐行為が横行していたにせよ、ボースウェイトは囚人たちにひもじい思いだけはさせなかった。食事の内容はときとしてお粗末だったが、量だけは十分だった。彼は知っていたのだ。食い足りた人間は従順になるということを。実にそのとおりだと私も思う。

彼らは私に付き添って練兵場を横切った。よく知っている道で付き添いの必要はなかったが、看守たちはどうやら私から目を離さないようにと命令を受けているらしかった。

畑では男たちが緩慢な動作で作業をしていた。草を刈り、金網を修理し、ぶつぶつ文句を言いながら家畜を移動させていた。

いつもながらの風景だ。しかし私が留守をしていた間に変化したこともいくつかあった。ボースウェイトとトーリャが死亡したことを受けて、基地の指揮はピュアフォイという男の手に委ねられていた。彼もまた入植者の血を引いていたが、内気な性格の男だった。ボースウェイトが彼を信用し登用していたのは、彼にはリーダーにふさわしい気力や押し出しが生来備わっておらず、また仲間の看守たちから一目置かれているわけでもないからだろうと、私は常々考えていた。

腹は減っているし、かつてのボスはいなくなった。空中には蒸留器の吹き出す蒸気以上のものが漂っていた。私は気が塞いでいたので、その場の匂いをうまく嗅ぎ取ることができなかったのだが、それでも蒸留やら、土やら、便所やらの悪臭に混じって、そこには疑いの余地なく反乱の鋭い気配があった。

ボースウェイトの部屋に宴会の準備が整えられていた。私は何かを食べたいという気持ちにはとてもなれなかった。ピュアフォイと六人ほどの上級看守が同席していた。三人か四人は妻を同伴していた。彼らはきれいに髭を剃り、いちばん上等な上着を着込んでいた。看守たちがイーベン・カラードとその部下たちにぺこぺこする様子は、田舎者の親戚を彷彿させた。

女たちはフォーマルな古くさい身なりをして、別のテーブルにかたまって座っていた。ボースウェイトの奥さんと小さな娘の身に何が起こったのだろうと考えないわけにはいかなかった。

メイン・テーブルには私の席が用意されていた。イーベン・カラードが上席に着き、十四人ぶんほどの食事が並べられていた。食べ物のほとんどは基地で用意されたものだったが、飛行機で運ばれてきたとおぼしきものもふんだんにあった。ここでは栽培もできなければ、産出することもできないものだった。女たちのために甘いワインが用意され、オレンジ色の鮭の卵も小さな山になっていた。鉢に入った角砂糖や、キャンディーや、蟹の缶詰や、ラベルのついたコニャックの瓶もあった。

ひとりの看守から合図があって、私たちは席に着いた。本当に食事を始めていいものかどうか、誰にもわからなかった。緊張の漂った、落ち着かない集まりだった。

イーベン・カラードは指の間でコニャックのショットグラスをぐるぐる回していた。「我々はたまにしかここに来ない」と彼は言った。「だから悪い印象を残していきたくはない。なされるべきいくつかのことがあった。いくつかの厳しい決断を下さねばならなかった。しかしここでそのことを長々しく論じるつもりはない」

彼はボースウェイトのことを語っていた。今でもなお、彼の死体は練兵場に晒され、太陽の光に焼かれていた。彼はいったいどのような過ち（あやま）を犯したと見なされたのだろう。ボースウェイトはおそらく、彼らが望むようなかたちで基地を運営していただけだ。未熟な囚人たちに農作業を教え込み、そこから選抜した何人かをゾーンに派遣し、ポリンの街に残された品物を漁らせた。彼のやり方は、上から期待されていたよりいくぶんやわにすぎたのだろうか？　彼はゾーンから十分な収穫を持ち帰れなかったのだろうか？　あるいは私にはうかがい知れない、長期にわたる政治的事情がそこにあったのだろうか。私がボースウェイトの兄に監禁された時と同じような。

ここで起こったことは、それが何であるにせよ、イーベンがやって来た世界からすれば、ほんの余興みたいなものに過ぎないのだろうと私は推測した。おそらくそのどこかにおける彼の立場は、この極北の地で彼がおこなう冒険によって決せられるのだろう。海峡の向こう側で何かがうまくいかなくなっているらしいと、私は思った。そこは私たちのことを見捨てたわけではない。いやむしろ、その救済のための何かを私たちに求めているようにも思える。

ゾーンについての言及を耳にして、私の意識は即座にその場に舞い戻った。彼の盲目の白い目は、テーブルの末席に着いている私にまっすぐ向けられた。「前回の分遣隊は、いろんな意味で期待外れの結果に終わった。当地を離れる前に、その事情について詳しく知りたいと望んでいる」

彼は乾杯の音頭をとり、グラスを口元に運んだ。テーブルについた看守たちはグラスを空にしたが、彼自身のグラスの酒はほとんど減らなかった。ピュアフォイが歓迎の乾杯を返した。人々は食事を始めた。みんなが銘々勝手に酒を飲み出し、場の雰囲気も和んできた。

隣にいた看守が、ローストされた肉をトレイから私に取ってくれた。彼のことは、囚人を好んでいじめる男として覚えていた。彼は酔いで頬を赤くしながら自分の若い妻を自慢し、私がここにいなかったことで、どれほど面白いものを見逃したか、小声で臆面もなく教えてくれた。

「一年前、連中はやつに最後のチャンスを与えたんだ。ちょうど連中が日本人をアラスカから追い出したときのことだ」、彼はテーブルのいちばん遠いところに座っているアポファガトを顎で示した。

俺もゾーンに行ったことがある、と彼は言った。問題はな、ボースウェイトが軟弱すぎたことにある。一年に十人そこそこの囚人を送り込むくらいじゃ、成果は知れている。連中が求めているのは、基地ごとごっそり、一人残らずゾーンに送り込むことなんだ。

彼が「軟弱」という言葉を口にしたとき、橋のたもとの雪解けのぬかるみのなかに積み上げられた死体の山が私の頭に浮かんだ。

「卵を割らずにオムレツは作れんよ」と彼は言った。


その午後はだらだらと過ぎていった。酒瓶が次々にまわってきた。私は飲まなかったし、イーベン・カラードも飲まなかった。午後の半ばには部屋の騒ぎは耳が痛くなるほど大きくなっていた。男たちは意味の不明な乾杯を重ねていた。看守の妻たちは頰を赤く染めて、くすくす笑っていた。

突然イーベン・カラードの声が、酔っぱらいたちの笑い声を鋭く貫いて聞こえた。「我々はメイクピースの話をまだ聞いていない」と彼は言った。

無礼を働くつもりはなかったのですが、すっかり酔ってしまったもので、と私は言った。部屋の中はしんと静まった。私は意味なく乾杯の音頭をとっているわけではない、と彼は言った。君の口からゾーンのことを聞きたいし、そこでどのようなものを発見したかも聞きたい。

私はそこで目にしたことのおおむねを語った。私が市中に足を踏み入れたことは隠して。ツングース人の少年のことも話した。毒のことも。橋の上で囚人たちを射殺したことも話した。

隣の男が口にした「軟弱すぎた」という表現が私の頭に繰り返し浮かんだ。ズルフガルのことを話し、弾頭の柔らかい銃弾が彼の身体をリンゴのようにくり抜いたことも話した。私は彼らにそのことを知ってほしかった。女性たちにも。なぜならそれは彼らの名前のもとになされたことだったからだ。そんなわけで我々は手ぶらで戻ってこなくてはならなかったのだと、私は言った。

みんなはとくに興味もなさそうに、礼儀正しく黙って私の話を聞いていた。そんなことはわざわざ口には出さないけれど、誰もがとっくに承知してることだとでもいうように。

私は話し終え、イーベン・カラードはその報告に対して謝意を述べた。「ところで、どこまでも正直に話をしてくれたんだろうね？」と彼は言った。

正直に話した、と私は言った。

「というのも、私の部下が何人か、おまえの足跡を林の中まで辿って、地面を掘り返してみたからだ」

彼が合図をすると、誰かが袋を持って部屋に入ってきた。その中に何が入っているか、私は知っていた。前の晩、私はたき火の灰の近くにそれを埋めたのだ。

イーベン・カラードは袋の中に手を入れ、光の波を発する広口瓶を引っ張り出した。そして両手で捧げ持った。まるでそれを祝福しようとするかのように。部屋は水を打ったように静まりかえり、その光が発する微かなうなりまで聞き取れそうなほどだった。

「これを見ることのできる目があったらと思う」と彼は言った。「音からして、いかにも美しそうだからな」

# 6

イーベン・カラードが、わざわざ人前でそのような芝居じみた真似をして、私が嘘をついていることを明らかにするどんな必要があったのか、それはわからない。しかしその一幕が終わると、彼は部下に命じて私を連行させた。中庭に面した部屋に入れられ、身体をきつく縛られ、しばらくそのままにしておかれた。その後で尋問のために引っ張り出された。私は別の部屋に連れていかれた。窓にはぴたりとシェードが下ろされ、暑い日であったにもかかわらず、ストーブがたかれていた。それはときどき火かき棒でかきまわされた。私を焼くつもりでいると思わせるためだ。なぜ私が嘘をついたのか、彼らは知りたがった。それをどこで手に入れたのか？　なぜ隠したのか？　でも本当のところ、彼らが求めているのはただ私をいたぶることだった。

一人が紙片を丸く巻いたものを手に前に進み出て、それを私の前に広げた。

「これらの図を注意深く見て、囚人たちが見つけたものがこの中にあるかどうか、教えてもらいたい」

薄いワックス・ペーパーが六枚あり、そこにかすれた青いインクで絵が描いてあった。絵は非常に克明に描かれ、寸法や数字がそのわきに記されていた。ロシア語の書き込みもあったが、それは私には理解できなかった。いくつかのかたちは見覚えがあった。看守たちが身につけていたようなつなぎ服やマスクだった。あるものはライフルに似ていた。しかし他のものは何がなにやら、私にはさっぱり見当もつかないものだった。

私は弱々しく首を振り、我々が見つけたのはあのフラスクだけだし、それは今あんたたちが持っている、と言った。

彼らは私を一人にして寝かせてくれた。翌日の昼頃、ドアにノックの音がして、食事の皿が差し入れられた。ソーセージと、古いパンと、ビートの入ったスープだった。見たところ、ソーセージは宴会の料理の残り物だった。固くなり、切り口に小さな油の粒がいくつか溜まっていた。

ドアが再び開き、二人の看守がイーベン・カラードを、部屋の中にある予備の椅子に座らせた。

「両手がちゃんと縛られているか、確かめてくれ」と彼は言った。

看守たちは私の両腕を椅子に縛り付け、紐を固く締め上げた。それから合図を受けて部屋を出て行った。ドアが閉まる音が、それに続く沈黙の中でいやに大きく響いた。

それほど長い歳月を経たあとで、彼と二人きりになっても、とくに不思議な気はしなかった。

「どんな外見になったんだ、メイクピース？　顔にあとが残っているということだが」

「だいたい同じ顔だよ」と私は言った。「あんたの目はどうしたんだい？」

「長い話が聞きたいか？　それとも短いのがいいか？」

どちらでもかまわないと私は言った。

彼はテーブルの上に手を置き、そこに何があるかを怠りなく探った。やがてその手はスプーンに触れた。もう一つの手で、彼はスープ皿を探り当てた。そしてスプーンでそのすまし汁を、それが彼の視力のない目のように白く濁るまで、かき回した。

「おまえも知ってのとおり、エヴァンジェリンにやってくる前、うちはエッソの郊外に大きな地所を持っていた。その土地のためにおれたちはアメリカを去ったんだ。大した土地だったよ。大地は火山質で、肥沃で、街の地下には温泉が湧いていた。パイプを打ち込めば、いくらでも温かい湯が出てきた。それを使って温室で、一年中トマトを栽培できた。我々は山の中腹に住んでいて、スキーで滑って降りられたし、ペトロパヴロフスクの街まではほんの三百キロほどだった」。彼は回想に耽りながらため息をついた。「エヴァンジェリンでの暮らしも、きっと快適なものだったはずだ」

彼は言った。「それから何もかもが様変わりした。我々は踏みにじられた。そもそもの最初から、ロシア人やエヴェンキ族や、いくらかの朝鮮人たちがここに住み着いていた。連中は私設軍隊を組織し、自分たち以外の連中をどんどん追い払っていった。おれたちが土地の所有権を持っているかどうかなんて、連中の知ったことじゃなかった。五年ほどは一進一退だったが、やがて防戦一方になった。最初はエッソから追い出された。その次にはジェームズ・ハットフィールドの一派によって、エヴァンジェリンからも放逐された。

おれたちが手ぶらであそこを出ていったことを知っているか？　一群の男たちが松明を持っておれたちの家にやってきた。誰かがジェームズ・ハットフィールドの娘をレイプして、それをやったのはおれだと思われていると言った。

おれは外に出て行ってきちんと話をつけると言った。しかし親父はそんなことはしちゃならないと言った。真夜中のことだ。弁明したところで、理屈が通じるわけはない。その場で吊されてしまうのがおちだ。どうしたものかと協議しているうちに、連中は屋根に火をつけた。おれたちは手につかめるものだけをつかんで、裏口から逃げ出した。

それはおれの十九歳の誕生日だった。おれはそのことを苦々しく思うべきなのだろう。しかしそうは思わん。というのは、まさにそれを契機にして、おれにとっちゃ願ってもない展開が始まったからだ」

彼はなおもスープをかき回していた。何も言わずスープ皿の中身をさらっていた。それからスプーンを落とした。

「おれたちは徒歩でマガダンに向かわなけりゃならなかった。夏のことだ。どのようにして街道を生き延びられたのか、おれにもわからん。おれがそのとき目にしたものからすれば、エヴァンジェリンなんて日曜学校みたいなものだったよ。何度かおれたちは道路を外れ、タイガを突っ切って歩いた。虫たちに生きたまま貪り食われながらな。

おれたちはしばらく交易商人の車に乗せてもらうことになった。イーライ・ローゼンバウムというオデッサ出身のユダヤ人で、ポリンから戻る途中だった。おれたちは彼に巡り合えて幸運だった。いちばんひどいところをおれたちが切り抜けるのを、彼は助けてくれたからだ。ヴェズデホッドって知ってるか？　戦車みたいな乗り物だ。彼はそれを持っていて、運転席には武器が積み上げてあった。銃やら、おれが目にしたこともなかったようなものまで。その当時、道路には遮蔽物があった。しかしそれは徒歩で進む人間を阻止するためのものだ。イーライは夜に移動し、そういうものに遭遇すると、片端から押しつぶし、そのまま前進し続けた。

彼はおれたちが船でプロヴィデニヤに渡るのを助けてくれた。あの街は危険なところだと彼は警告してくれた。でもおれたちはチュクチ族に金を払って、アラスカのノームまで送ってもらうつもりだった。いったんノームに着けば、うちの母の家族がバローの街に住んでいた。彼はおれたちと別れるとき、護身用にと父にピストルを一丁くれた。

そこに着くまでに船で二週間かかった。プロヴィデニヤに行ったことはあるか？　とことんろくでもない場所だ。そこにはかつては軍港だった。しかし艦隊はどこかに消えてしまった。街は腹を減らした船乗りたちでいっぱいだった。彼らは金を求め、西に戻る手だてを求めていた。建物はどれも醜く、薄汚れていた。チュクチ族はロシア人を怖がって、街に近づこうとはしなかった。冷凍乾燥したジャガイモでいっぱいになった倉庫があった。艦隊のための糧食庫だったが、船員たちの一味がその在庫を手中に収めて売っていた。おれたち四人が飢えをしのぐために、金のイヤリングを一対、売らなけりゃならなかった。

情けない話だが、おれたちはとにかく追い詰められていた。連中はおれたちを、絶好のカモだと目星をつけた。おれたちはその夜、放棄されたアパートメントにうずくまっていた。何人かの船員たちがそこに押し入って、うちの父を殴り始めたとき、おれたちは眠り込んでいた。

乱闘の最中、父のポケットから拳銃がこぼれ出て、おれは船員たちに向かって三発を撃った。弾丸は手作りのものだった。最初の二発で船員の一人を倒したが、三発めで銃尾が砕け、金属の破片が俺の片方の目をえぐった。

その大きな音が彼らを驚かせ、そこから追い出した。おれたちは早々にそこを逃げ出した。そして徒歩で、ベーリング海に面したチュクチ族の村に行った。

父はそこでなんとか数日間生き延びた。母は持っていたものを全部チュクチ族に与え、ダイオミード〔訳注・アラスカとシベリアの間にある島で、大ダイオミード島はロシア領、小ダイオミード島はアメリカ領〕まで連れて行ってもらうことになった。ダイオミードにはチュクチ族が住んでいる。知ってるか？　俺たちと同じように、彼らはロシア人でもなく、アメリカ人でもないんだ。

おれたちは父を海に葬った。遺体をただ海中に沈めたんだ。それでよかったんだと、おれたちは思った。異国の地に埋められるよりは、その方がましだ。アメリカに葬ることは不可能だった。おれたちはアラスカの目前までたどり着いていた。匂いが嗅げるくらいにな。しかしどうしてもそこに渡ることができなかった。

ダイオミードのチュクチ族は、おれたちに住むための小屋を世話してくれた。母はそこの学校でしばらく教えていた。しかし暮らしは厳しかった。おれたちは父を失い、家を失っていた。そして現地人のあいだで生活することを余儀なくされていた。おれは何も彼らを貶めるつもりはない。彼らはおれたちに本当に親切にしてくれたよ。でもおれたちはわざわざそんな生活をするために、そこまで苦労してやってきたわけじゃない。そこはみすぼらしい土地で、酔っ払いだらけだった。現地人がどんなだか、おまえも知っているだろう。

海峡は、冬によってはまだ凍結する。流氷が初めて波打ち際に打ち寄せられたときのことを覚えている。俺はアラスカの方を見ていた。まだ見えるひとつの目で、おれはそれを見ていた。それはまるで絵を見ているみたいに扁平に見えた。霧と、砂と、灰色の海しか見えない。おれはそのとき神に誓ったんだ。もしおれたちがなんとかアラスカに着けたなら、おれはこれからどんな場合にも、進んで神の僕となると。そのときを境として、何もかもが変化した。

小屋に戻ったとき、おれが目にしたのは誰あろう、イーライ・ローゼンバウムだった。彼がたまたま会ったチュクチ族の漁師が、俺たちのことを彼に話して、彼はおれたちを助けるためにそこに来てくれたんだ。

彼はおれたちがノームまで渡れるように、黄金で支払いをし、そこからバローまで行ける船を見つけてきてくれた。

バローで目を覚ました最初の朝は、まるで悪夢から覚めたときのようだった。もちろんそこもあまり良い状態ではなかった。しかしおれたちがそれまで経験してきた生活に比べれば……朝食にワッフルと果物だ。それまでの人生で、そんなにうまいものを口にしたことはなかった。自分のサワードウのパン種は百年前から伝わっているものだと叔母は言った。それを耳にしたとき、おれはぽかんと口を開けて母の顔を見た。状況がおそろしく悲惨だと彼らが考えているとしても、そこにはとにかく継承というものがあった……。

その冬の間ずっと、イーライは二ヶ月おきくらいに、うちにやってきた。おれたちがどうしているかと、様子を見に来てくれたんだ。彼はそことチュクチのあいだを行き来していた。そしてニュースを伝えてくれた。やがておれの目にもはっきりしてきたんだが、彼はただ単に隣人愛から、頻繁にうちを訪ねてきてくれたわけではなかった。彼はうちの母にぞっこんになっていて、彼女とつきあいたいと思っていたんだ。

うちの親戚はそのことをあまり快く思わなかった。というのは彼はユダヤ人だったから。しかし母はつれあいをなくしていたし、ほかに選ぶべき相手もいなかった。

母は反対意見には耳を貸さなかった。母は彼らに向かってよくこう言ったものだ。神が私たちを救うためにユダヤ人をつかわされたのは何もこれが初めてではないわ、と。

二人は春に夫婦になり、おれはイーライと組んで仕事をするようになった。

イーライはここで商売をしていた。彼は密造酒や弾丸や、ほかにもいろんなものを商い、ツングース人に金を払ってゾーンに入らせ、武器やその他の道具類を取ってこさせた。そしてそれらをアラスカに運んで、売った。仲買人たちはあらゆる場所から自家用飛行機に乗って、彼に会いにやってきた。彼らはそれらがどこから来ているかを知っていた。そしてその高い価格についてさんざん文句を言った。しかし彼と同じことができる人間はほかにいなかった。

おれは彼と一緒に旅をするようになった。おれは極北のことをおまえと同じくらいよく知っていた。ツングース人の考えることもわかった。イーライはおれを頼るようになった。我々はポリンのあらゆる場所を浚うことができた。そこで見つけたものをアメリカに持ち帰った。しかし働き手を見つけることが日に日に難しくなっていった。ツングース人たちは健康を損ない、死んでいった。そしてゾーンに行くことを拒むようになった。我々はそのたびに違う村をあたってみた。そのあたりのツングース人たちは今でもまだ、おれたちのことを嫌っているよ。最初の頃にそこで起こった問題についてな。

おれたちはこのように考え始めた。もっと簡単なやり方があるはずだと。食べ物がなくて死にかけているたくさんの人間がいて、その一方でこちらは真剣に人手を求めている。そのときにちょうどこの場所に巡り合った。かつての軍の駐屯地だ。我々はここに人員を配した。そして年に二度、人々を働き手としてここに送り込んだ。

最初、おれは自分で彼らをここまで運んだ。ゾーンに足を踏み入れたことはない。しかしその近くまで行くのは望むところだった。放射能汚染は別に恐ろしくはなかった。しかしもうひとつのは……あれはなにしろおぞましいものだった。そいつを外に持ち出す危険をおかすわけにはいかない。最初の二回ほど、我々はゾーンに入った連中を基地まで連れて帰った。そのために病気が蔓延(まんえん)し、全員を根こそぎ殺害しなくてはならなかった。また最初からやりなおしだ。

おれたちも好きでそんなことをやってきたわけじゃない。胸は痛むさ。しかしゾーンから持ち帰る物資なしには、暮らしが成り立たなかった。そいつははっきりしている。おれたちのやってきたことはたしかに、褒められたことじゃない。しかし女房や子供たちに、ツングース人たちと同じ生活をしてくれとはとても言えないだろう。

そして正直な話、囚人たちの大部分はゾーンを一度も見ないままで終わるんだ。もし基地がなかったら、何年も前に死んでいたはずの老人たちがいる。基地は彼らに食事を与え、仕事を与えている。彼らが得た歳月と失った歳月とを差し引きしたら、おそらくとんとんになっているはずだ」

彼はしばし口を閉ざしていた。

「もう一方の目はどうやってなくしたんだい？」と私は尋ねた。

彼は椅子の中で姿勢を変えた。「もう片方は白内障だ。太陽を直視し過ぎたんだ。しかしおまえの顔を見分けられる程度の視力は残っている。

ゾーンについて言えば、歳月を重ねるごとに、簡単に持ち帰れるものは減っていった。我々が求めるものは、見つけるのがどんどん難しくなっていった。それでも最良のものはまだそこに眠っているはずだ。おまえが見つけたフラスクなんて、ただの玩具みたいに見せてしまうようなものがな。そして薬品類。細胞の入った容器。ダニエルの火。だからこそアポフォガトをわざわざここまで派遣したんだ。なのに今になって、ボースウェイトのやつがやわになり、おれの言うことを聞かなくなった」

昔の知り合いだからという理由で、彼は私に向かって自分の正当性を述べる必要性を感じていたのだろうか？　しかし私は口をつぐんで何も言わなかった。彼が部屋の沈黙に向かって心情を吐露するのを見物していた。

「もうこういうことをやめにしたいとあいつは言い出した。結婚しても、子供たちができても、おれはますます激しい戦士になった。自らここまで出向いて、こうして自分のケツを危険に晒している。それというのも、女房や子供たちにまっとうな暮らしをさせたいからだ。しかしボースウェイトは違った。逆にやわになってしまった。やつにとって結婚とは、庭に女房や娘と一緒に座って、アイスクリームを食うことだったのさ」

一瞬、イーベンは頭の中で声を聞いたようだった。彼の残虐性を告発する声――彼の良心がかきたてるこだまだ。彼はそれに対して腹立たしげに顔を赤らめた。「好きでやっていることじゃない。しかしこれがおれの仕事だ。家に帰れば、女房はおれがここでやっていることを知らないし、子供たちがそれを知ることもない。おれがそんなことをするのは、女房や子供たちがそれをせずに済むような世界を作るためだ。そいつは善と悪との間の選択じゃない。『今こうであること』と『そうであるかもしれないこと』との間の選択なんだ」

「頭が良さそうに見せることは簡単だが、善をなすことはそれほど簡単ではない。人はたまたま自分が生きている世界で生きていくしかないんだ。ここにいる囚人たちは、おれのおかげで食べさせてもらっている。海の向こうには未来を望めるいくつかの都市があるが、それらがあるのも、おれの働きのおかげだ」

そのことは彼の良心を満足させたようだった。この男には昔から気分の変わりやすいところがあった。それから突然、彼は内省的になった。

「時はどこに行ってしまったんだろうと考えることはないか？ 急に年を取ったと感じることがあるだろう。歳月はどんどん過ぎ去っていく。憐れみをかけることもなく。今ここにある世界が、かつての世界に匹敵するものだ、みたいなことはとても言えない。我々はごく質素に暮らしている。飛行機を見て間違った結論を出さないでもらいたい。

今となってはもうわからなくなってしまったこともある。我々がもはや手にしていないものもある。もはや作り出せなくなったものもある。おれたち入植者の両親たち――彼らのやっていたのは簡単なことだった。しかしおれは、連中があとに残していった混沌の中から、何かを作り出すべく努めているんだ。おまえにもわかるだろう。未来に対して何かをなすというのは、生半可な仕事じゃない。そんな責務がこのおれの双肩にかかっているなんて、いったい誰に思いつけただろう？」

「そう謙虚になることはないよ」と私は言った。「あんた以上の適役は私には思いつけない。この世界のいたるところにあんたの手形がべたべたついている」

それまでは私は沈黙の中でおとなしく彼の話を聞いていた。私たちの間のかつての経緯は、私にとってもう古代史のようなもので、何の意味も持たなかった。何千、何万という数の人々が、彼よりも悲惨な体験談を持っていることを私は知っている。しかし彼は愚かではなかった。私の声の中に嫌悪感を聞き取ることはできた。

「おれはおまえに指一本触れちゃいないぞ、メイクピース」と彼は言った。「おれはいくつもの褒められないことをやった。おれは真っ先にそれを認める。しかしあの件に関してはおれは無実だ」、彼は茶色の球根のような目でまっすぐ私を見据えた。「あれはおれじゃない。しかしおれがやったとおまえが信じることを責めはしない。なぜなら真実は、おまえが想像するよりもずっとおぞましいものだからだ」

私のくたびれた身体が痛み始めた。長いあいだ荒っぽく扱ってきたせいだ。スープよりももっと濃いものを飲むことができたらなと、私は思った。

「ルディー・ベラスケスのことを覚えているか？」と彼は続けた。「五年ばかり前に彼がアラスカに現れた。おれに会いに、オフィスまでやってきた。もう何年も音信はなかったが、やつの名前は覚えていたから、部屋に通した。ちょっとした友好的なやりとりがあった。あれからどうしたとか、今はどうしているとか、あれやこれや。だいたい中身はわかるだろう。でもおれは暇人じゃない。だから率直に尋ねた。何を求めておれに会いに来たんだ、と。身体の具合がよくないんだ、とやつは言った。やつの声を聞いたときからそれはわかっていた。その声は年老いて、紙のようにぱさぱさしていた。握手をしたとき、まるで細い棒きれの束を握っているみたいな気がした。おれはたまたま、バローに良い医者を知っている。その程度のことならと、俺はほっとした。というのは、たいていの人間はおれに金を借りに来るからだ。あるいは仕事の世話をしてくれと頼みに来る。

それなら役に立てるよ、とおれは言って、彼をそのまま部屋から送りだそうとした。そのときやつは切り出した。自分は援助を求めてここに来たわけじゃない。できれば少し二人きりで話をしたいんだ、と。

そういうのはおれがまずやらないことだ。おれは今でもまだ素速い方だし、一対一なら誰にも負けない自信はある。しかし目が見えないとなると、こちらのハンディは小さくない。おれとしては商売柄、注意深くなる必要がある。だからいちおうやつが武器を持っていないことを確かめさせてから、ボディーガードたちを部屋の外に出した。

長い沈黙が続いた。悪いけど時間があまりないんだ、とおれは言った。それでもやつはまだ何も言わない。しかしようやく、彼は打ち明けた。どうか許してほしい、とやつは言った。実は自分がやったことのせいで、あんたが責めを負わされているんだ、とやつは言った。べつに気にすることはない、とおれは言った。過去のことなんて、今のおれにとっては別にどうだっていいことだ。それにだいたい、良心の痛みに耐えかねるようなひどいことがルディーにできるなんて、おれには想像もできなかった」

私はその意見には異論があったが、黙っていた。

「それがずっと心の重荷になっている、とルディーは言った。だから細かいところまですべてをあんたに知ってもらいたい。その上で、赦す赦さないを決めてもらいたいと彼は言った。告白というのは強い力を持つものだ。

あの夜に、一団の男たちとともにハットフィールドの家に押し入ったのは自分だと彼は言った。かつての消防署のわきで、あらかじめごろつきたちを雇い入れていた。彼らは半額を前金で要求し、現地に集まったときには既に酔っ払っていた。そのときに悪い予感がした。しかしとにかくそれを実行に移した。男たちは制御がきかなくなった。家の中に入ってしまうと、もう誰も彼の指示を聞かなくなった。あとのことは話さずともわかるだろう。

おれはやつに言った。お前に必要なのはおれの赦しではなく、彼女の赦しじゃないか、と。しかしおれの目から見れば、彼の悔恨の情は本物のようだったし、彼を裁くのはおれの役目ではなかった。

おれがそう答えると、やつはずいぶんほっとしたようだった。そのあとすぐに立ち去った。でもおれの方はどうも得心がいかなかった。話の収まり具合が悪いんだ。ルディーのことは以前よく知っていたが、そんなことをするなんて、どうにもやつらしくないのだ。人は性格を環境に適合させていかなくてはならない。とはいえ、ルディーが押し込み強盗をするなんて、まず考えられない。そのことがずいぶん気になったので、おれは部下に彼のあとをつけさせた。

崩れかけた家が密集した地域に、遠縁のものと一緒に住んでいると部下が報告してきた。そこにあるのは、ほとんど土台に戻りかけているような家屋ばかりだ。彼は日々の大半をぼろぼろの部屋の中で送っていた。角という角がすべて歪んでいるような部屋だ。そこでバケツの中に、咳をしては唾を吐いていた。

それでとうとうおれはやつに会いに行った。そして言った、『なあ、ルディー、おまえから聞いた話がどうも納得いかないんだ。おれがお前を赦さないかもしれないなんてことは、露ほども考えるな。おれはおまえのことを赦すよ。というか、ある意味ではおまえに感謝しなくちゃならんくらいだ。というのは、もし連中に街を追い出されなかったら、おれはおそらくここまでのし上がれなかっただろうから』。そして内心こう思った。こんな惨めな部屋で、ただ死ぬのを待っているのは、ひょっとしたら自分であったかもしれないのだと。『どうしても腑に落ちないのは、こういうことだ。おれにはおまえ一人の考えで、そんなだいそれたことができたとは、とても思えないんだ。ジェームズ・ハットフィールドの家に強盗に入るなんてな』

やつはがらがらになった声で言った。『それを計画したのはおれじゃない』と。『お前じゃないとしたら、いったい誰なんだ?』

『おれは言われたとおりにしただけだ』とやつは言った。

『それは誰だ?』とおれは尋ねた。

『ジェームズ・ハットフィールドだ』

しばらくのあいだ、おれは自分が聞き違えたのだと思った。あるいは肺病が彼の頭にまわったんだろうと。しかしそれからすぐに、おれの頭にぱっとでかい光がひらめいた」

イーベンは語り続けた。

「弁護士がよく使う言葉があるだろう。『クイ・ボノ（それで誰が得をするか）』って言ったっけな。つまりおれたちははめられたのさ。あんたの父親は友人を日々なくしていた。もう一方の頰を差し出せと口で言うのはとても立派だ。しかし実際的とは言えない。彼にもそのことはわかっていた。しかしいったん上った山の上から降りてきて、考えを変えましたとはなかなか言えない。とくに彼のような頭がこちこちの人間にはな。

もっと賢明な人間なら、時勢によって立場を変えられただろう。彼には両手を挙げて、こう言うこともできた、『私が間違っていた。事態は私の手には負えなくなった。マイク・カラードの意見は正しい。我々は武装し、今手にしているものを守らなくてはならない』と。しかしおたくの父親の問題点は、人の風下に立てないことだった。彼は正しい人間でなくてはならなかった。たとえ自分が間違っているときでも。

彼を苛立たせたのはうちの父だった。新参の住民で、おたくの父親の慈善心にかつては頼っていた人間だ。その人間が今や、動揺する人心を次々につかみつつあった。おたくの父親は隅に追い詰められ、内心ずいぶん葛藤があったに違いない。そう、だからこそ姑息な策を巡らさなくてはならなかったんだ。

ルディーの話によれば、おたくの父親が彼のところにやってきて、計画を打ち明けた。挑発が必要なんだとおたくの父親は言った。ルディーが男たちの一団を率いて、彼の家に押し入る。中をちょっぴり荒らす。誰も傷つけてはならない。家の中のあれやこれやを適当に壊すだけだ。そういうことがあれば、おれたち一家を非難することができる。街からおれたちを追放し、武器を携行しようという町民の気持ちを変更させる口実ができる。おたくの父親がこう言う声が聞こえてきそうだよ。『あのシモン・ペテロでさえ、我らが主を守るために剣を振り上げたではないか！』ってな。

ルディーは金を受け取りたくなかった。彼がそれを実行したのは、おたくの父親を尊敬していたからだ。彼はルディーに男たちを雇うための金を渡したが、ルディー自身は一銭も受け取らなかった。彼はとくにそのことをはっきりさせたがった。あんな風にことを進めるつもりではなかったんだが、状況は彼の手には負えなくなってしまった。悲劇というしかない。おたくの父親はそれ以上生きていくことはできなかった。悔恨が彼を死なせた、とルディーは言った。

ルディーはおまえに対して、思慕の情以外の何も持たなかったと言った。そしておまえをそんな風に変えてしまったことを、心から申し訳なく思っていた。その事件のあと、おまえは自分の内側に閉じこもってしまったと彼は言った。おまえはいつだって外向的で、じっとしていることができない娘だった。そのことは覚えているよ。まるで玉突き場のボールみたいにな。おまえは大きな夢を持っていた。東へと向かい、アメリカに戻るんだと言っていた。おまえの心は小さな街にとても収まりきるものではなかった。

エヴァンジェリンの瓦礫（がれき）の中に、おまえたちのうちのほんの一握りのものが、まるで難民のように暮らしていた時期があったとルディーは言った。おまえが馬に乗って街を巡回するのを、毎日のように見かけたと彼は言った。まるで——やつはなんと言ったかな——そう、亡霊のように。おまえの変わり果てた姿を目にするのは、やつにとっては心砕かれることだった。おまえがかつてどんなだったか、おれもよく覚えているよ、メイクピース。とても利発な子だった。そして可愛い娘でもあった。男の子たちの多くが、メイクピース・ハットフィールドに恋心を抱いていた。

ゾーンのことでどうしておまえが嘘をついたのか、その気持ちはわかる。しかしおれはおまえの仇（かたき）ではない。おれを見てくれ。時間はおれに対して決して親切ではなかった。しかしその気になれば、おまえは今すぐここから抜け出せる。そのフラスクがあった場所に案内してくれ。そうすればおれたちは飛行機でバローに行ける。あそこでは人々はまともな暮らしをしている。昔の良き時代のここらみたいにな。人々は仲良く近所づきあいをし、敬意を払い合っている。我々は少しずつではあるけれど、子供たちに残せるものを築き上げつつある。すべての父親がおたくの父親のようではないんだよ、メイクピース」

彼は立ち上がり、ポケットから何かを取り出した。「デザートを持ってきてやったよ」、彼はそう言って、私の前のテーブルにそれを置いた。

「おれが口にしたことが、もしおまえを傷つけたとしたら、それは申し訳なく思う。しかしおまえはこのことを知っておいた方がいいと思ったのだ」

彼は看守を部屋に呼び入れた。出て行くには階段を下りなくてはならなかった。彼はそこでいくらかよろめいた。しかしそれを別にすれば、彼が視力を失っているとは誰にもわからなかっただろう。

看守が両手を縛っていた紐をほどいてくれた。

最初彼が置いていったのはリンゴだと思った。しかしそれが何であるかが、すぐにわかった。それを目にしたのは初めてだった。オレンジだ。私は爪でその皮をむき、その香りを吸い込んだ。花とミントと焼いた砂糖が混じったような香りだ。少し後に、海のしぶきの匂いもした。しかしそれを実際に食べることまではできなかった。

その夜に雷をともなう嵐があった。これまでに見たことがないくらい激しい嵐だった。それは東から聞こえる、ドラムロールのような遠い雷鳴で始まった。沿岸の方向から、エヴァンジェリンの方角から、それは聞こえてきた。それから空がにわかに暗くなり、雷光が光った。そして氷の大きな塊が降ってきた。攻撃を受けているのではないかと思ったくらいだった。それは中庭に打ちつけ、樹木をざわざわと騒がせ、囚人たちのバラックのブリキの屋根を叩いた。

私はこれまでの人生を、この地上における自分の使命とは、正しく行動することだという信条を抱いている人々とともに過ごしてきた。それは習慣として私の中に染みついている。

そして今、私は正しさというものが消滅してしまった世界に生きている。私は常にこう信じてきた。父にとって正しさとは真北のように揺らぐことのないものなのだと。それは太陽のようにリアルな存在であり、地図に記載された場所であり、コンパスの針のごときものなのだと。それは義務や、愛や、良心という不変の事実だった。しかし私たちの世界はまさに北の極限まで進んでしまい、そこではコンパスは何の役も果たさなくなってしまった。針はあてもなくぐるぐると回転するだけだ。北という方向は地図から溶け落ちてしまった。北とはすべての方向であり、どこにもない方向である。

　ずいぶん長い間、飛行機が私にとっての真北となった。そして不思議な意味合いにおいて、イーベン・カラードも同じ役目を果たした。そのように、私は希望によってつなぎ止められるのと同じく、負の要因によってもつなぎ止められていた。どこか遠くの都市で、秩序や正しさに類似したものが、私の世界に意味を与えてくれるはずだというのが私の希望だった。しかし私たちはそんな場所を、とうの昔に行き過ぎてしまった。私は暗闇の中に立ち、鍵穴を抜けてくる時折の雷光を頼りに、その部屋の意味を見極めようとしていた。

　真夜中を一時間か二時間過ぎて、雹（ひょう）混じりの嵐は収まり、あたりの空気は静かになり、新鮮になった。私はブリキのカップでドアを叩き、看守を呼んだ。そしてイーベン・カラードに言づてがあると告げた。

飛行機の予備タンクに入れるエタノールを蒸留するのに、更に一日半を要した。二度の飛行に必要なだけの燃料を積み込み、帰りには基地には立ち寄らないという計画だった。

私は以前の自室に戻され、そこで眠った。夜明けに起き、キャラメル色の朝の光の中で、馬たちが後尾の傾斜タラップから飛行機に積み込まれるのを待っていた。馬たちはオイルとアルコールの匂いに尻込みしたが、看守たちは彼らを押し込むようにして機内に入れ、索に繋ぎ、旅行中動けないようにした。かつてはツングース人たちでさえ、飛行機に乗ることもあったという話だ。彼らはとっておきの優良なカリブーを飛行機で運んだのだ。それから我々は馬たちの間に、適当な自分の居場所を見つけた。あるものは荷物の箱の上に座り、あるものは機体の両側についたくたびれた金具から吊られたシートに腰掛けた。機内はスカイ・ブルーに塗られ、ロシア語の文字がステンシルで書きつけられていた。どうみても家畜小屋の内部にしか見えない。そんなものが実際に空に浮かぶなんて、とても信じられない。

プロペラが回転し始めるまで一時間近く、我々はそこに座って待機していた。だから自分

# 7

が選択したことの是非について考える暇はたっぷりあった。シャムスディンなら、私がおこなった取り引きをきっと認めてくれただろう。そんな気がした。「文明と都市生活は同義だ」と彼は言った。彼がここに一緒にいてくれたらなと切に思った。私はまだ変化についていけるほどには若いのだ。

イーベンが最後に乗り込んだ。彼は一番前の、パイロットの隣の席に案内された。そしてパイロットと会話を交わすために、ヘッドギアのようなものをかぶった。

離陸するために、飛行機は基地の外の草地を、ゆっくりごとごとと助走した。行く手の樹木に衝突する前にそれが空に飛び立てるとは、私にはとても考えられなかった。しかし「これはきっとパイロットが離陸の判断を誤ったに違いない」と覚悟したそのときに、エンジンの音が急に変化し、機体はふっと浮かび上がった。そして目に見えない重みが、私をシートに強く押しつけた。

自分が空を飛んでいるのだという思いを、馬たちは私よりずっと冷静に受け止めているようだった。機体が浮かび上がったとき、馬たちは身体を少し揺すった。しかし餌袋から食べるのをやめようとはしなかった。

窓から外を見るには、不格好に身体を曲げなくてはならなかった。飛行機が基地の上空を、大きな弧を描いて旋回すると、地面がどんどん下に落ち込んでいった。基地は我々の眼下にまるで玩具の砦のように広がっていた。

仕事に出るために行進していた男たちは、一斉に空を見上げた。彼らを囲んでいるむき出しの地面は、まるですり切れた熊の毛皮のように茶色く、色褪せていた。北の大地には冬と夏という二つの様相しかない。しかしその二つはあまりにも異なっているので、同じひとつの場所とは思えないほどだ。

それから飛行機はタイガの上空にいた。地平線まで途切れることなく、ただ広漠たる緑が続いている。それを線で区切るのは、あちこちに走る小さな白い水路だけだ。そのあまりの広大さを目にして、首筋がそわそわするほどだった。ずっと先の方に地球の描く微かな弧を認めることができた。

キャビンの騒音はすさまじく、大声を出しても話ができないくらいだった。だから何人かは居眠りをしていた。私の横にいる男たちは飛行のあいだ中、ずっと落ち着きなくそわそわしていた。彼らは私のことを怠りなく監視していた。私が進んで彼らに協力するなんて納得できない、という顔で。操縦桿(そうじゅうかん)を摑んで、全員を飛行機ごと樹木に叩きつけるのは、それほどむずかしいことではなかっただろう。しかし私は自分の約束をしっかり守った。

馬で何週間もかかった行程が、飛行機では半日しかかからなかった。正午前に操縦席から、今ゾーンの上を飛んでいるという合図が送られてきた。

ポリンがどれほど見事な都市であるかを理解するためには、それを空から見る必要がある。その都市は眼下に、太陽に白々と照らされて広がり、まるで壊れた機械の部品の寄せ集めのように見えた。中央広場をハブとして道路が扇状に広がり、わきを流れる河はハンマーで延ばされた鉛のシートのようだ。河は陽光を受け、その鈍い輝きを反射させていた。銅像のあの大きな頭は、ブロンズ色のニキビほどにしか見えなかった。

パイロットは、河沿いにあるフラットな細長い地面に飛行機を着陸させた。地面に近づくにつれ、飛行機の速度は増していくように思えた。やがて木々が我々のまわりを飛びすぎていった。どう見てもこのまま激突するしかないと思えたのだが、飛行機は水の上を跳ねる石のように、二度ばかりひょいひょいと跳ねてから停止した。

飛行機から降りると陽光が激しく目を刺した。プロペラの音が徐々に止み、やがて沈黙が訪れた。耳に届くのは盛大に飛び回る虫の羽音だけになった。地面に降り立った瞬間から、蚊たちが一斉に襲いかかった。我々は蚊よけのネットを頭からかぶっていたが、少しでもむき出しになった皮膚があれば、あっという間にそこに蚊がたかった。そして叩き殺されるか、あるいはふらふらになるほど満腹して飛び立つまで、皮膚にしがみついて血を貪り吸った。

飛行機から荷物を下ろすのに時間を要した。馬たちは再び傾斜タラップから下ろされ、落ち着くまでなだめられた。男たちは途切れなく煙草を吸い、声を荒らげて言い合いをした。その土地が彼らを落ち着かなくさせているようだった。

橋からかなり距離をおいたところにキャンプが設営された。死体の山が悪臭を発したからだ。前にそこにいたときとは、ずいぶん状況が違っていた。我々は寝具や、新鮮な食品や、汚染されていない薪を基地から持参していた。暖を取るための薪ではない。煙で虫を追いやるためだ。

その夜、パイロットは飛行機の中で寝た。しかし残りの全員は屋外で夜を過ごした。交代制で睡眠を取り、常時歩哨を立てた。一方の目でツングース人の襲撃に備え、そしてもう一方の目で私を見張っていた。私が恭順の意を示したことを、彼らはまだ真に受けてはいなかったのだ。


安全のために髪を剃った方がいい、とアポファガトは言った。ゾーンから埃を身につけて帰らないためのあらゆる手段を取るべきだ。だから夜が明けるとすぐに、私は鋏を使って髪を短く切った。それから剃刀でつるつるに剃り上げた。

看守たちは眠っていた。イーベン・カラードは個人用のテントを持っており、二人の男が見張りに立った。本人が言ったように、仕事柄細心の用心が必要とされるのだ。

私はいくつかの道具を与えられたが、武器になりそうなものはなかった。そして彼らが約束を破るのを阻止する手立ては、私にはまったくなかった。相手が私を殺そうとするとき、私にできるのは、なるたけ手早く殺してくれと望むことくらいだ。

私の髪はくすんだ房となってまわりに散らばった。予想していたよりは色が濃かった。でも生まれて初めて、自分の髪に白髪が混じっているのを知った。むき出しになった頭部を指で撫でてみると、つるつるして、妙な感じだった。しかしそれをあやすように撫でていると、なぜか心が落ち着いた。指に温かく、鼓動が感じられた。私はふとピングのことをを思い出した。

私が最後にやったのは、飛行機の翼で作った記念品を捨てることだった。ずいぶん長くそれを身につけていたので、皮膚に染みがついてしまったほどだった。私はそれを取って河に投げ捨てた。それは浮き上がり、飛ぶ鳥のようにひょいと首を下にすくめ、そして消えた。どれほどの希望や確信を抱いたところで、メイクピースとは所詮、生命が自らを更新するべく戦うために顔につけたかりそめの仮面——それは非感傷的で、容赦を知らず、そして醜い——に過ぎないのだ。

イーベンが私に語ったことは真実だろう。私はそれを疑わなかった。ビル・エヴァンズは容疑者を見極めるための経験則を持っていた。それは絶対確実という理論ではなかったが——そんなものがいったいどこにあるだろう——人間を把握するひとつの目安にはなった。彼はそれを「反対の法則」と呼んだ。彼によれば人の真実の像は、本人が他人にこう見てほしいと望んでいる像とは、反対のものである。もし人が誰かを理解したいと思えば、相手の影を捉える方法を会得しなくてはならない。ビルの考えによれば、私たちが最も恐れなくてはならないのは、常にくどくどと善について説いている人間だ。

私の父は、自らの人生を送るためにこれまで捨て去ってきたものごとについて考えるたびに、気持ちが高揚した。自分は都市での生活や富にしがみついている人々よりも、優れた人間だと信じていた。そのような連中は愚かな故に、世界の変化が見えなかったのだと考えていた。しかし実のところ、イーベン・カラードのような人間ですら、彼よりも優秀だったのだ。

イーベンは残酷で無遠慮で実際的だ。自分ではキリスト教徒だと称しているものの、実際の信条はむしろツングース人に近い。そこにはそもそも宗教というものは存在しない。善がシャーマンを惑わせることはない。そこには、ものごとがなされるべきやり方があり、生きていくために役立つものと、役立たないものがあるだけだ。偽善が入り込む余地はどこにもない。

私の父が捧げた祈りは、パリサイ人の祈りだった。彼は神と犠牲について語った。しかし彼の神とは彼の虚栄であり、犠牲とはつまりは私のことだった。

夜明けから数時間後、私は橋を渡り、ゾーンに再び足を踏み入れた。春の訪れが街の様相をすっかり変えていた。メイン・ストリートの栗の木は花をつけ、歩道はその枝から垂れた粘りけのある樹液でコーティングされているみたいに見えた。しかし概して言えば、夏のポリンには死を思わせる、より病的な何かが見受けられた。冬にはそれは凍りついているように見えた。あるいは、おとぎ話に出てくるお姫様よろしく、眠り込んでいるように見えた。しかし夏になると、それが死んでいることがわかった。でもただ死んでいるだけではない。その屍体にはたっぷり蠅がたかっていた。

シャムスディンが言っていた場所を見つけるのに、午後までかかった。そして持ってきた道具で壁に足場を作るのに更に一時間を要した。そのひとつにロープを結びつけた。そして割れた窓から身を小さくして中に潜り込み、地下に降りた。

　そこはシャムスディンが描写したとおりの場所ではなかった。彼の話によれば、貯蔵庫は彼が侵入したところからすぐ近くにあるということだった。しかし実際には、とても近くとはいえなかった。その部屋は予期していたよりもずっと大きく、実際には道路ほどの大きさのある通路になっており、隠された天窓から光が差し込んでいた。そしてほぼ十メートルごとに枝道が分かれていた。たしかにそれは迷路だった。しかし床の白いタイルの上に、泥と乾いた血の跡が残っていた。シャムスディンがつけたものだ。だから私はただそれを辿っていけばよかった。

　彼の足跡を辿るのは、手負いの動物を追跡するのに似ていた。それはときには折り返して逆走し、ときには行き先をとくに定めず、消耗すると休みを取り、やがてまた前進を始めた。その跡には見るからに絶望の気配が漂っていた。この痕跡を残した男には、あと数日の余命しか残されていなかったのだ。そして彼の跡を辿り、迷宮の更に奥深くへと歩を進めながら、私自身の余命はあとどれくらいなのだろうと考えた。彼らは果たして約束を守るだろうか？　戻ってきた私を彼らが橋で射殺する可能性は五分五分というところだろう。それが私の予測だった。

　貯蔵庫は彼が説明したよりももっと深いところにあった。いくつかの傾斜路を下り、いくつかの階段を降りたが、それは彼が言わなかったことだった。おそらくシャムスディンでなければ、それを見つけ出すことはできなかっただろう。そうする以外にここから逃げ出す希望はないと思い定めた人間にしか、この建物のこれほど奥深くまで分け入ることはできなかったはずだ。これほど多くの曲がり角や廊下があり、その無数の組み合わせがあるにもかかわらず、彼はたまたまこの道を選んだのだ。そこには神意が働いているようにさえ思える。もちろん彼の末期を勘定に入れなければだが。

その内奥の、更にまた奥深いところで、両開きの扉のちょうど頭の高さのあたりに、血まみれの手形を私は見つけた。その先が貯蔵庫になっていた。

そこには棚が並び、棚の上には瓶が所狭しとひしめいていた。瓶の中にはちらちらと光る青いエキスが入っていた。最初それらはどれもまったく同じに見えた。でも近くに寄ってよく見ると、その形とデザインにはそれぞれ僅かなヴァリエーションがあることがわかった。ふたつとして同じものはないのではないか。

私はこれまでの人生で、いろんな奇妙な場所に足を踏み入れた。しかしその部屋には、あらゆる予測を超えた何かがあった。そこは墳墓よりも奇異に見えた。何かしら神性に近いものが感じられたが、その神性は私には見覚えのない宗教のそれだった。私は先祖の骨の上に降り立ったシャーマンのことを思った。もしそのとき「ひとつひとつの瓶の中に収められているのは、人の魂だ」と言われたら、そのまま信じたかもしれない。

いずれにせよそんなところに長居したくはなかった。瓶を四つ袋に詰めると、そこからさっさと逃げ出した。

基地の囚人たちはよく冗談でこんな言い方をした。「目標を必要以上に達成する」と。自分たちのチームに新たに配属された新入りが、熱心に働きすぎて、そのために自分たちの立場がまずくなりそうなときに、彼らはその表現を使う。最初の何度かは、彼らは冗談半分でそう言う。しかしその新入りがいつまでも、まるで自分の命運がそこにかかっているみたいに、必死に穴を掘ったり、脱穀をしたりしていると――だいたいは看守に好印象を与えようとがんばっているのだが――彼はみんなに殴られることになる。あるいはもっとひどいことになる。私は一度、足の指を何本かシャベルで切り取られた男を見たことがある。長くそこにいる囚人たちは、必要以上に働くとろくなことにならないと心得ている。

私も目標を上回らないようによく注意を払った。貯蔵庫には、飛行機十機以上をいっぱいにできるほどの量の瓶があった。しかしものごとには適量というものがある。あまりに多くを持ち帰ったら、「これくらいあれば十分だ、こいつはもう必要ない」と彼らは考える。そして私のバロー行きの航空券はキャンセルされることになる。

栗の木の並木道に戻ったときには、夕刻の光は溶けるようなキャラメル色へと、再び退行していた。そこを左に曲がれば橋に通じる。河のコンクリートの壁に沿って、馬の蹄が立てる音と、二人の笑い声が、ずっと遠くからこだましてきた。前回銃声を耳にしたときと、ちょうど同じように。

橋の手前で私は馬を降り、哨所までの最後の直線距離を歩いた。そこでは二人の看守だけが私を待っていた。私は境界を遮断するコンクリートの上に荷物を掛け、看守がそれにスプレーをかけるのを見ていた。

私は馬を繋ぎ、持っていた道具を哨所のこちら側に置いた。そうする取り決めになっていた。ズボンのポケットに残していた昼食用のリンゴを馬に差し出した。彼女は迷いながらその匂いを嗅いだ。鼻孔がぶるぶると震えた。少し後で馬は唇を奥に引っ込め、それを囓った。それから間もなく、私は服を脱ぎ始めた。虫になるべく刺されないように、慎重に身体を動かしながら。やがて私は真っ裸でそこに立っていた。たかってくる蚊を手で叩きながら。そして看守が「こちらに来い」と呼びかけるのを待った。

私を見るために集まる男たちの数がだんだん増えてきた。

着替えが用意してあるようには見えなかった。もし彼らが私を殺すつもりなら、今ここで殺すだろうと私は思った。

叫び声が聞こえた。イーベンとアポファガト氏が、飛行機から橋の方へと、馬に乗ってゆっくり向かってきた。看守たちは彼の合図を待っていた。

イーベンは馬の上で身体の力を抜き、前を見ることを馬に任せていた。馬は粗い石ころをよけながら前に進んだ。「収穫はあったか?」と彼は叫んだ。

「手始めというところだけど」と私は言った。

「四つだけですが、ものはちゃんとしているようです」と袋を持った看守が言った。彼はひとつを太陽の光の中に持ち上げた。彼の両目は、返事を待ちながら、私のむき出しの肌をまじまじと探っていた。

イーベンは鞍からライフルを抜いた。

「そこにはもっとたくさん同じものがある」と私は言った。「何百もあると思う。しかしそれを持ち出すには時間がかかる」。私の声は薄くかすれ、怯えていた。こんな連中の前で真っ裸で死ぬなんて、何はともあれ耐えがたいことだ。

イーベンはライフルを私の声のする方に向けて振った。「前もって決めたように、馬は殺した方がいいぞ」

それは生き残るための数学だった。馬はたくさんいる。一頭が病気になり、それが他の馬に広がるようなリスクを冒すわけにはいかない。一頭を殺しても、残った馬たちは繁殖し、その穴はすぐに埋められる。しかしメイクピースの代わりは簡単には見つからない。彼女は街の地理を頭に入れているし、フラスクの貯蔵場所を知っている。少なくとも、それが私の当てにしていたことだった。

私は遮蔽物を踏み越えた。看守たちは私に石炭酸石鹸のスプレーをかけ、そのあと着替えを渡してくれた。石鹸が目にしみた。私は与えられたズボンをはき、ブーツを履いた。ブーツはサイズが大きすぎて、ぶかぶかだった。それでも安堵の波がどっと打ち寄せ、思わず泣きそうになったほどだった。夕暮れの光は、その中に豊かな生命の約束を含んでいるようだった。私は永遠に生きて、それまでに目にしたすべての美しいものを胸に抱いていたかった。

飛行機の機内から見下ろしたポリンの街。メモリー・ストーンに映っていた少女。人っ子一人いないエヴァンジェリンの街の静寂。針で開けた穴のような光で満ちた夜の空を見上げながら、ときどき私は、どこか別の星にメイクピースを見つけることを想像したものだった。そこにいるのは違う私で、人生の最後の日々を孫たちに囲まれて暮らしている。アラスカで私は静かに年を重ねるのだ。いろんなことをする時間がそこにはあるだろう。これまで失ってきた人生の穴埋めを、私はするのだ。私のみぞおちのあたりは、輝くばかりの安穏でいっぱいになっていた。

「馬を撃つのはかわいそうな気がする」と私は言った。「明日もまだ使えるんじゃないか」

イーベンは肩をすくめた。「アポファガトがなんと言うかな？」

アポファガトは首を振った。「十二時間のうちに症状が進行することもあります。そんな危険は冒せない」

「聞こえただろう」、イーベンは銃をくるりとひっくり返し、銃床を私に向けて差し出した。

美しい連発銃だ。レバーが銃身の下についている。それが作られたのは少なくとも、私が生まれる百年は前のことだろう。光沢のある灰色の金属、木部に使われた栗材はその馬と同じ色合いだった。私はその銃を褒めた。ビル・エヴァンズもそれによく似た銃を持っていた。その銃弾は彼が自分の拳銃に使うのと同じ大きな口径のものだった。

「ウィンチェスター」とイーベンは言った。「その銃には由来がある。いつかそれを話してやろう」

馬の額には白い星がついていた。私はその星に狙いを定め、それから銃身を下ろした。

「馬が音に驚くといけないから、降りていた方がいいんじゃないか」と私は言った。

アポファガトは鞍から降り、橋の土埃の上に立った。しかしイーベンはいかにも泰然と馬上に留まっていた。「おれのことは気にしなくていい、メイクピース」と彼は言った。「早く済ませろ。他の馬たちに病気をうつされると困る」

私は引き金を引いた。銃は音を立て、私の肩を打った。馬はゆらりと揺らぎ、前脚を引き寄せてから地面に倒れた。

銃声に驚いて、イーベンの馬が棒立ちになり、それから足を滑らせた。一瞬、彼はなんとか馬にしがみつこうとした。馬と人は区別もつかぬまま倒れた。馬は地面を打つ前にぐいと身をひねらせた。最初イーベンが脚を折ったのかと思ったが、彼はすぐに立ち上がった。アポファガトは手綱を回収し、手で馬をなだめていたが、イーベンは手綱をひったくり、鞍から乗馬鞭をとると、それを馬に向かって振り上げた。「この畜生！」と叫びながら、馬が白目をむくまで脇腹を打ち据えた。何度か馬を鞭打てば、それで彼の怒りは解消するだろうと思われた。しかし鞭をふるえばふるうほど、怒りはますます募り、獰猛（どうもう）さを増していった。それはどこか別の場所——その残虐さは古代に遡るものかもしれない——に根を張っているもののようでもあった。痛みと、痛みへの恐怖が、馬の腹をぶるぶると震わせていた。彼は怒りに駆られるままに打擲（ちょうちゃく）を続けたが、その振る舞いはいつしか、私にとってひどく馴染みのあるものになった。ベッドの枠が立てるちゃりんちゃりんという音が、まさに耳元で聞こえたほどだ。唾を浮かべた彼の唇がねじれ、更なる呪詛の言葉を吐いた。「この、イゼベルめ！」

私が立っているとおぼしき方向に彼は顔を向けた。

「銃をよこせ、メイクピース」と彼は荒々しく息をしながら言った。「ぐずぐずするんじゃない」

イ、イ、イゼベル。その言葉はまるで酸を垂らしたように、私の記憶をありありと蘇らせた。私がさっき後にしてきた都市から鳥の声が聞こえた。イーベンの背後で渦を巻く河が、一瞬静まりかえったようだった。邪魔ものが間に入らない角度を求めて右手に移動するとき、借り物のブーツを履いた両足は、耐えがたいほど緩慢にしか動かなかった。射撃位置に移動するやり方を指導するビル・エヴァンズの声が聞こえた。右手に動け、右足にリードさせろ。決して足をクロスさせるな。

看守たちの二人はまだ笑っていた。一人は煙草に火をつけるために、身を屈めていた。イーベンは銃を求め、私にしかめ面を向けた。

眉を動かす暇も与えず、私はその身体に二発の銃弾を撃ち込んだ。二発目は彼を橋のわきから下にたたき落とした。

一瞬のうちに流れが彼を呑み込んだ。イーベンはうつぶせに水に落ちたようだった。拳銃に手を伸ばそうとした看守を、私はすかさず撃ち倒した。ほかのものたちは何が起こったのかもわからないまま、口を開けていた。アポファガトは声もなく、私に彼の馬を差し出した。

# 8

前回と同じように、かなり無理をして馬を進めるつもりだった。しかしそれに続く数日の間、私の身体はこれまでになくひどい状態になった。

翌日の朝、ひどい吐き気に襲われた。食べることもできず、食べたものを胃にとどめておくこともできなかった。

最初、みんなが恐れている病気にかかったのではないかと心配した。しかしそれはゾーンの病原菌がもたらすものではなかった。それはいうなればシャムスディンからもたらされたもの——つまり人類最古の患い(わずら)だった。

つかの間のせわしない親愛がそんな結果をもたらすなど、信じがたいことだ。あれから一ヶ月が経過していたが、とくにそんなことは考えもしなかった。私ももう若くはないし、もともと生理周期は規則正しい方ではない。基地で出される貧しい食事と、苛酷な労働のためだ。そして私は毎月、半ば期待したものだった。この身体が早く「営業」をやめてくれればいいのに、と。しかし私の身体はなにしろ執拗だった。たがの外れたどこかの宿屋の主人が、決して訪れることのない客のために、毎日欠かさずシーツと枕カバーを取り替えるみたいに。夏が始まり、夏が終わり、そのあいだ私は大地の表面を移動していった。私が北に方向を転じ、最後の直線距離を進み始める頃には、夜のあいだに霜が降りるようになり、最初の緑のオーロラが見られた。

この何年かの気候が街道を荒廃させていた。場所によってはそろそろと進むか、あるいは馬を降りて歩くかしなくてはならなかった。しかし私は気にしなかった。急ぎの旅ではない。帰りの旅では、私には考えるべきことがたくさんあった。

北の土地の美しさを、そのときほど実感したことはなかった。ほんの些細なものごとが私を魅了した。石の模様、スイカズラの実の青い王冠——かつてロシアの囚人たちがジマラスチと呼んだものだ。縞猫が丈の高い草むらを、忍び足で歩いて行くのを見かけた。かつての飼い猫の末裔が野生化したのだろう。それは私の姿を見ると跳んで逃げた。人間の顔に見覚えがないのだ。その近くに崩れ落ちた家屋があった。私はその土台にしゃがみ込んで小便をした。そして四つ葉のクローバーを見つけた。

それまでの人生においても、そんな場所では見かけるはずのない動物や植物を見かけたことは何度かあった。でも今では一日おきにそういうものに巡り合うようになった。一度オウムを見かけた。水草のような鮮やかな緑色が、そしてその特徴的な嘴が、ぱっと目についた。別の時にはスモモの木を見かけた。そして一度は——信じがたいことだが——猿を目にした。そのピンク色の顔は、小さなライオンのたてがみのようなものに囲まれていた。シダレカンバの木の上から、そいつは歯をむき出して、私に向かってキャッキャとわめいていた。どうやって猿がそんなところまでやってきたのか、私にはわからない。しかし、それらの動物は難破した箱船の生き残りだという考えは、私の脳裏から離れなかった。私は頭に思い浮かべた。箱船がどこかで砕けるか、あるいは座礁するかして、動物たちが檻を開け、その難破船から逃げ出したのだ。そこに集められていた生き物すべてが、這ったり跳ねたりしながら、北へと向かった。より寒い場所へと流れていく河筋を辿りながら。

　思い出せる限り、このずいぶん長い歳月のあいだで初めて、私は満足を感じることができた。ここでようやく、世界は私にとって闘うべき相手ではなくなったのだ。

　街に帰り着いたとき、雨が降っていた。

　長い夏が終わりを迎える前に、作業を終えられたのは幸運だった。その土地から少しなりとも作物を収穫するために、また余分の部屋を準備するために、私は憑かれたように働いた。最初の降雪があったときには私のお腹は、毎朝馬に乗るにはもう大きくなりすぎていた。

　陣痛が始まったとき、私はなんと馬小屋にいた。私はそのあいだずっと立っていた。私は耐えるために棒杭をつかみ、その悲鳴で馬たちを怯えさせた。最初のときよりも、分娩は早く終わった。私が痛みのために身を折り曲げているとき、その恐ろしい見かけの小さなものは、ひょっこりと出てきた。はっとするような黒い髪と、ツングース人のような黒い顔をしていた。四肢を必死にばたつかせ、泣きわめいていた。それが発する声は叫びというよりは、猫の鳴き声に近かった。

# 9

このあいだ、保管してある本の数を勘定してみた。二千七十五冊が武器庫に積み上げてあり、百七十七冊が家に置いてあった。チャーロのかつての寝室には、十六箱の蠟燭が貯蔵されている。一箱あたり十二ダースの蠟燭が入っており、灯心を細くすれば、一本が二時間少しもつ。つまりそれぞれの箱が十二日間、途切れなく光を提供してくれることになる。全部で六ヶ月ぶん以上の蠟燭が確保されているわけだ。

言うまでもないことだが、夏には明かりはほとんど必要ない。六月には真夜中でも、本を読むのに明かりはいらない。もしおまえが本を読むならだけど。一年中どの季節でも、本を読むと私の頭は痛み出す。

蠟燭の話のポイントはこういうことだ。そのうちに私は、更に多くの蠟燭の箱を探し当てなくてはならないだろう。どこに行けばそれを見つけられるか、おおよその見当はついている。しかしそれだっていつかは尽きてしまう。いつしか蠟燭はなくなり、灯心も手に入らなくなるだろう。私が残してきたあの霊魂入りの広口瓶も、何もかも。

そのうちに、チュクチ族が使っているような獣脂のランプをこしらえなくてはならなくなるだろう。あるいは暗闇の中で暮らすことに馴れるか。

この街にはもはや、人間らしい生活は残っていない。


私たちはまだ最後の生き残りではない。一年ほど前のことだが、ベラスケスの家の煙突から煙が立つのが見えた。私は最初恐怖を覚えた。しかしそれは新参者だとわかった。五ヶ月ほどの赤ん坊を抱えた男女だった。

彼らがどうやってここまで来たのか、私には見当もつかないし、彼らにもそれを説明することはできない。男は中国人か、あるいは朝鮮人だった。女はヤクート族とロシア人の混血というところだ。

私たちはお互い関わりようもなかったが、すれ違ったときには会釈をした。私は秋に、少しばかりのキャベツとタイガーバームを彼らの戸口に置いておいた。彼らはおかえしにキムチを少し私のところに置いていってくれた。

この前の冬は厳しい冬だった。私が子供の頃に経験した冬と同じくらいきつかった。でも彼らがなんとか命を繋げたことを私は知っている。というのは三月に、男がブロックに切り出した湖の氷を橇で引いていくところを目にしたからだ。女と子供はしばらく目にしていないが。

もし物事が彼らにとってうまく運んだなら、彼らはなんとかここに落ち着けるだろう。ここに生活を打ち立て、あと一人か二人子供を作るだろう。しかしその確率はよくて五分五分というところだ。そういう世界なのだ。

十五歳のときからずっと、私は見慣れた世界がどうしようもなく転落していく様子を見守っていた。その世界で唯一まっとうに機能しているのは、我が家の裏手にある半エーカーの野菜畑だけだったが、それでさえ季節が様変わりするにつれて、気まぐれな育ち方をした。私にとって時間は狭まりつつある。もしそうしようと思えば、まだここを出ていくことはできるだろう。もう一度南へ向かうか、それとも船を調達してアメリカに戻る手だてを考えるか。でも今となっては、様々な事情を考えれば、あえてそんなことはしないだろうと思う。もっと違う風にできたはずなのに、と私が考えるものごとはずいぶんたくさんある。でもこの人生を後戻りすることはできない。

私が乗り込んだ機が、目にした最後の飛行機になった。

このように書き綴ってきた歳月は、私の人生にとっての秋だった。今では私は自らの冬に向けて歩を進めている。今も昔も変化していないことがひとつある。老いるというのは、冷え込むことなのだ。その冷ややかさはいつの時代も同じだ。

私は年老いて、痩せていく。腰の肉も落ちて、ガンベルトがずり落ちないように、年ごとにそれを短くしなくてはならない。身体も弱ってきた。しかし今でもまだ私は、毎日夜明けどきに馬に乗って、かつてはいっぱしの街であった場所の、日々儚(はかな)さを増す巡回を続けている。そして私は今でもまだ、自分に残されたものすべてに対して貪欲だ。私は日々、一刻も早くおまえを目にすることを楽しみに目を覚ますのだ。私の愛しいものよ。

道路はもう長いあいだ静まりかえったままだ。そこで唯一動くものといえば、夏場の悪魔のような土埃だけだ。ときどき私はそれを見ながら思ったものだ。あそこにあった生命は、みんないったいどうなってしまったのだろう、と。

基地は今ではもう消滅しているだろう。私がこしらえた引っかけ鉤はまだ、あの穀物倉庫の崩れかけた隅できらめいているだろうか？

囚人たちは早晩反乱を起こしたはずだ。いつまでも力尽くで人々を押さえつけておくことはできない。いつかその報いを受けることになる、彼らはいつ立ち上がったのだろう？　その後はどうなったのだろう？

彼らは看守たちを殺しただろう。女たちをめぐって仲間割れが起きただろう。彼らは森の中に散らばり、その子孫たちは――もしそんなものを作ることができればの話だが――私が前に見かけた縞猫みたいになっているだろう。にゃあにゃあと鳴きながら冷えた火床のまわりを歩き、知らない人の姿を見かけたら怯えて逃げるのだ。

毎年秋になると、鶴たちが南に向かってゆらゆらと飛んでいく。年ごとに野生がその勢力を伸張させていく。年ごとにタイガが街の地域を少しずつ浸食し、呑み込んでいく。月ごとにおまえの旅立ちのときが近づいてくる。

そしてひとたびおまえが旅立ってしまえば、あとがどうなるかはわかっている。五年後か十年後か、あるいはもし幸運に恵まれればもっと早く、ある冷え込んだ朝、馬が私を振り落とすだろう。あるいは眠っている間にストーブが引火するだろう。あるいは私はただキャベツ畑の中に倒れているだろう。かつてのような活力はもう私には残されていないだろうし、キャベツの茎を切っていくのはきつい労働だ。私は倒れ、鼻を地面に突っ込み、末期の息を吐く。

それに対する恐怖は、私の中には微塵もない。何があろうとおまえを引き留めようというつもりもない。しかし私がおまえに伝え残そうとしている世界について、あるいはおまえの子供時代と私のそれとの間に存在する深い隔たりについて、いくら考えても考えすぎることはない。あるいは私はそのことに罪悪感を感じ始めてもいるのだ。

おまえに読んでもらうためにこれを書いているのだと思ったこともあった。きれいに清書をし、父さんの辞書で綴りの間違いをチェックし、おまえに渡すつもりだった。でも今ではこう考える。私がおまえに残せる最良のものは、何も書かれていないおまえ自身の真っ白なページなのだと。これは私が保管しておいた他の本と一緒に、ここに残しておけばいい。メモリー・ストーンや、ツングース人が旅の始めや旅の終わりに木の枝に結びつけるお守りのリボンみたいに。絶滅に対抗するささやかな祈りが、ここに書きつけてある。

おまえがここを出ていく準備ができたときには、ウィンチェスター銃と、いちばん速い馬を二頭携えて行くがいい。冬のよく晴れた日が旅立ちには絶好だ。私は消防署の物見台に上り、おまえが雪原に残していく北に向かう足跡を眺めることができるだろう。風がそれをすっかり埋めてしまうまで。そして私は自らにこう言うのだ、ピングが故郷に向かっている、と。

## 訳者あとがき

マーセル・セローの小説『極北（*Far North*）』を手に取ったのは、高名な旅行作家であり、小説家でもあるお父さんのポール・セロー氏が個人的に推薦してくれたからだった。

ポールには全部で三人の息子がいて、マーセルは次男にあたる。次男と三男は、英国人の奥さん（アン・キャッスル）とのあいだに生まれており、ポールとアンが離婚したあとは、二人とも英国で育てられ、教育を受けた。長男はそれ以前に、別のアメリカ人の女性との間にもうけられたのだが、それについて話し出すとずいぶん長い話になるので、ここでは割愛する。

三男のルイ・セローはテレビ・ジャーナリスト、著作家として、主に英国を本拠地として活躍している。一言でいえば、「英国のマイケル・ムーア」みたいな存在で、とても人気がある。この人の書いたノンフィクション『ヘンテコピープルＵＳＡ（*The Call of The Weird*）』も出版され、なかなか評判がよかった。英国人の目でディープなアメリカを取材した、とてもユニークな面白い本だった。

お兄さんのマーセル・セローも、やはりテレビのドキュメンタリー番組のレポーターやホストのようなことをやりながら、その傍ら小説を書いていたのだが、弟の方が先に全国的に人気が出てしまい、お兄さんの方はどちらかというとちょっと影が薄く、作風もいくぶん地味で、お父さんのポールは「あいつ、大丈夫かな」と案じていたみたいだったが、この長編小説『極北』で見事にブレークし、小説家として高く評価されるようになった。本書は全米図書賞の最終候補に残り、フランスのリナペルスュ賞を受賞している。ハワイにあるポールの自宅を訪問したときに、彼は喜んでこの本の話をしてくれた。「これがなかなか面白い小説なんだよ」と言っていた。僕は「それは是非読んでみます」と彼に言ったのだが、正直なところ「全米図書賞の最終候補といっても、まあいろいろあるものな」と、いささか懐疑的だった。ご存じのように、あまり好みにあわない小説を義理で一冊読み通すというのはけっこうしんどいものだ。しかし書店で買い求め、いったん手にとってページを繰り始めると、これがなにしろ面白くて、一気に読了してしまった。そして読後しばらくしてから、「これは僕が訳さなくっちゃな」と思うようにさえなった。昨今読んだ中ではいちばんぐっと腹に堪える小説だった。物語としてのドライブも強靭だし、読後に残る重量感もかなりのものだ。そして何より意外感に満ちている。僕は思うのだけど、小説にとって意外感というのは、とても大事なものだ。「面白いことは面白いけど、こういうの、前にもどこかで読んだことあるよな」と読者に思われてしまうと、小説はそれだけ力をそがれてしまうことになる。

簡単に経歴を紹介しておくと、マーセル・セローは一九六八年にウガンダの首都カンパラで生まれている。父親が当地の大学で教鞭を執っていたためだ。そのあとで、やはり父親の仕事の関係でシンガポールに移り、そこで二年を過ごしている。その後英国に戻り、ケンブリッジ大学で英文学を学んだあと、イエール大学に留学し、ソヴィエトと東ヨーロッパを中心とした国際関係の研究をした。お父さんに聞いたところでは、「優秀な高等教育を受けたおかげで、ロシア語まで話せるようになった」ということだ。テレビ番組にもよく出演し、主にロシア関係や、環境問題の取材に携わっている。また二〇〇九年には日本を訪れ詳しく取材し、「わびさびの探求」という特別番組のホストをつとめた。小説家としては、二〇〇二年に小説『ペーパーチェイス』でサマセット・モーム賞を受賞している。

そういう経歴を見ると、才人と呼ぶしかないような気がする。お父さんがわざわざ案じる必要なんて何もなさそうだけど、やはり親としてはいろいろと心配の種は尽きないのだろう。「テレビの仕事をしていたのは、小説では食べていけなかったからだよ」ということだった。ちなみに、セロー・ファミリーには才能に恵まれた人が多い。マーセルの叔父にあたるアレクサンダー・セローも高名な現役作家だし、従兄弟のジャスティン・セローは有名な若手俳優で、映画に出演するのと同時に、脚本も数多く書いている。

この小説の筋や内容に関しては、ここではあまり詳しく触れないようにしたい。本文より先にあとがきを読む読者もおられるだろうし（責めているわけではもちろんないけれど）、筋の展開をまえもってばらすようなことは、僕としてはあまりしたくない。とくにこの小説は先が見えないというか、話がどんどん意外な方向に伸びていくので、前もって設定や筋がわかってしまうと面白くない。できればまっさらな頭で物語を愉しんでもらいたいと思う。

ただどのようにしてマーセル・セローが、このきわめてユニークな長編小説を書くに至ったかという経緯は、ある程度記しておく必要があるだろう。その出所を知ると知らないとでは、この小説の読み方はけっこう違ってくるはずだ。

マーセル自らが書いたイントロダクションによれば、彼がこの小説の筋を思いついたのは、二〇〇〇年の十二月にウクライナを旅行したときのことだった。それは英国テレビ局の制作する特別番組のために、旧ソヴィエト地域を取材する旅だった。彼はそのときにロシアを四度訪れた。飛行機とトナカイの橇で極寒の北部シベリアを旅し、爆撃で崩壊したチェチェンの首都グロズヌイを現地取材し、まだ混乱の中にあるアゼルバイジャンとウズベキスタンにも赴いた。

また彼はその際、チェルノブイリ近郊に住むガリーナという名の女性を取材した。原発事故現場から半径三十キロ圏内の地域への人々の立ち入りは一切禁止されているのだが、彼女はその禁止令を無視して故郷の小さな村に戻り、勝手に農業を営んでいた。そのような人々の数は少なくなく、彼らは「復帰居住者」と呼ばれている。彼女は五十代後半の寡婦で、一人で牛と鶏を飼い、その放射能に汚染された土地でキャベツを育てていた。

そこで彼女が送っているのは、マーセルの目から見れば、きわめて原始的な人間の暮らしだった。まるで人がすっかり先祖返りしてしまったような、極限に近いシンプルな生活だ。

しかし彼はその女性と会って話をし、その暮らしぶりを観察して、彼女の剛胆さ、実務性、有能さ、自立心、そしてまたそこに自己憐憫がかけらも見受けられないことに、すっかり感心してしまう。

その後マーセルは、地球温暖化問題をテーマにした、英国テレビ局の特別番組の制作に関わることになる。彼はそのときの様々な取材を通じて痛感したことを、このように書き記している。

「本来的な自然のプロセスとの、かつては本能が司っていた関係性を、我々の多くが既に失ってしまっていると感じないわけにはいかなかった。我々はほとんどためらうこともなく、並外れたことをどんどん受け入れるようになった。そしてこの歴史的な瞬間にたまたま生を受けたという純粋な偶然を、あまりにも当然のことと見なしてきた。幾世紀にもわたる技術革新があり、投資があり、犠牲があった。そして地球資源がそれこそ湯水のように使われてきた。そのおかげで我々は何も考えずに生活を送れるようになった。寒さも暑さも感じることなく、自動車のエンジンやら、電話機のマイクロプロセッサーや、冷蔵庫の中の食品がどういう成り立ちなのかも理解することなく」

「二〇〇四年にチェルノブイリを再訪したとき、私はこんな風に考え始めた。もしものごとを逆回しにしてみたらどうなるだろう、と。現代社会においてはガリーナはただの無知な女かもしれない。彼女はインターネットも、携帯電話も、スシ・レストランも知らない。しかし落ちぶれてしまった世界においては、飢饉やら疫病やら戦争やら、あるいはチェルノブイりで起こったような工業社会のもたらす災厄によって困窮の淵に追い詰められた世界においては、またラブロックという学者の凄まじい予言が描き出すような大変動が起こった世界においては、たとえば私の身につけている専門知識などほとんど価値を持たなくなる。どの茸が食べられるか見分けたり、キャベツを栽培したり、食物を保存したり、そういうことを知らなければ、生き残ることはほぼ不可能だ。そして男性よりは女性の方が通常長命であるわけだから、この惑星における人類という存在の最後の局面は、チェルノブイリの『居住禁止区域』での原始的な暮らしに近いものになっていくのではあるまいか。私の頭に、はっとそういう考えが浮かんだ。人々が去ったことで、その土地では野生が再び力を盛り返していた。女たちは子孫を作ることなく、子供を産む年齢は既に過ぎ去り、汚染された土地で作物を育てていた」

僕がこの小説を読み終え、「これを訳さなくてはな」と思ったのは、たしか二〇一〇年の夏だった。つまり二〇一一年三月に東北を襲ったあの大地震よりも前のことになる。しかし今の時点でこの小説を手にとって読まれた日本の読者は、あの悲惨きわまりない巨大な地震と津波、そして福島の原子力発電所の壊滅的な事故を、いやおうなく頭に思い浮かべられることだろう。あえて断るまでもないことだが、あの三月十一日を境として、我々が世界を見る目は、多かれ少なかれ変化を遂げてしまったのだ。

僕は、一人の小説家として、この小説から我々が何を感じ取り、何を学び取るべきか、というようなことはあまり積極的に論じたくない。これはあくまでフィクション（あえて分類するなら「近未来小説」ということになるだろう）であり、よくできたタフな物語である。もしそこに何かしらの啓示や教訓が含まれているとしても、それはあくまで個人的なもの、二次的なものとして留まるべきだと考えている。

しかしそれでも、この小説の中に登場するいくつかのリアルな描写は、多くの読者に思わず鳥肌を立たせることになるだろう。そして我々はそこに描かれている事象が、ただのフィクションの装置ではなく、目の逸らしようもないひとつの現実、あるいは現実に付属するもの、現実を照射するものであることを既に知ってしまっている。我々が物語というシステムをくぐり抜けることによって、そこに見出すのはおそらく、痛々しいまでの共感だ。具体的に言うなら、そこに浮かび上がるのはチェルノブイリと福島との間を結ぶ、太く熱く脈打つ、悲痛な物語の動脈である。

しかしそれにしても、この本を読み終えたとき、あとに残るものはずいぶん重い。地震の起こる前でも、それはかなりの重みを持っていたのだけれど、三月十一日という厳しい分水嶺を越えて再読してみると、言うまでもなく、そこにはまた違った種類の重さがあり、違った種類の感銘がある。優れた物語には常に予感が含まれているものだが、その予感は現実の空気と混じり合うことによって立体的な省察となり、それがまたあらたな予感を生み出していくことになる。それはおそらく物語にしか提供できない、特別なサイクルだ。

この小説くらい、一人でも多くの読者の感想を聞いてみたいと思ったものはない。

最後になったが、校正者の土肥直子さんと、中央公論新社の編集者、横田朋音さんには翻訳のチェックなどで大変お世話になった。一人ではとても手が回りきらなかったところだ。深く感謝したい。

テキストはフェーバー&フェーバー社から出たオリジナル版を使用した。他のエディションとは少しだけ内容が異っている。

二〇一二年三月

村上春樹

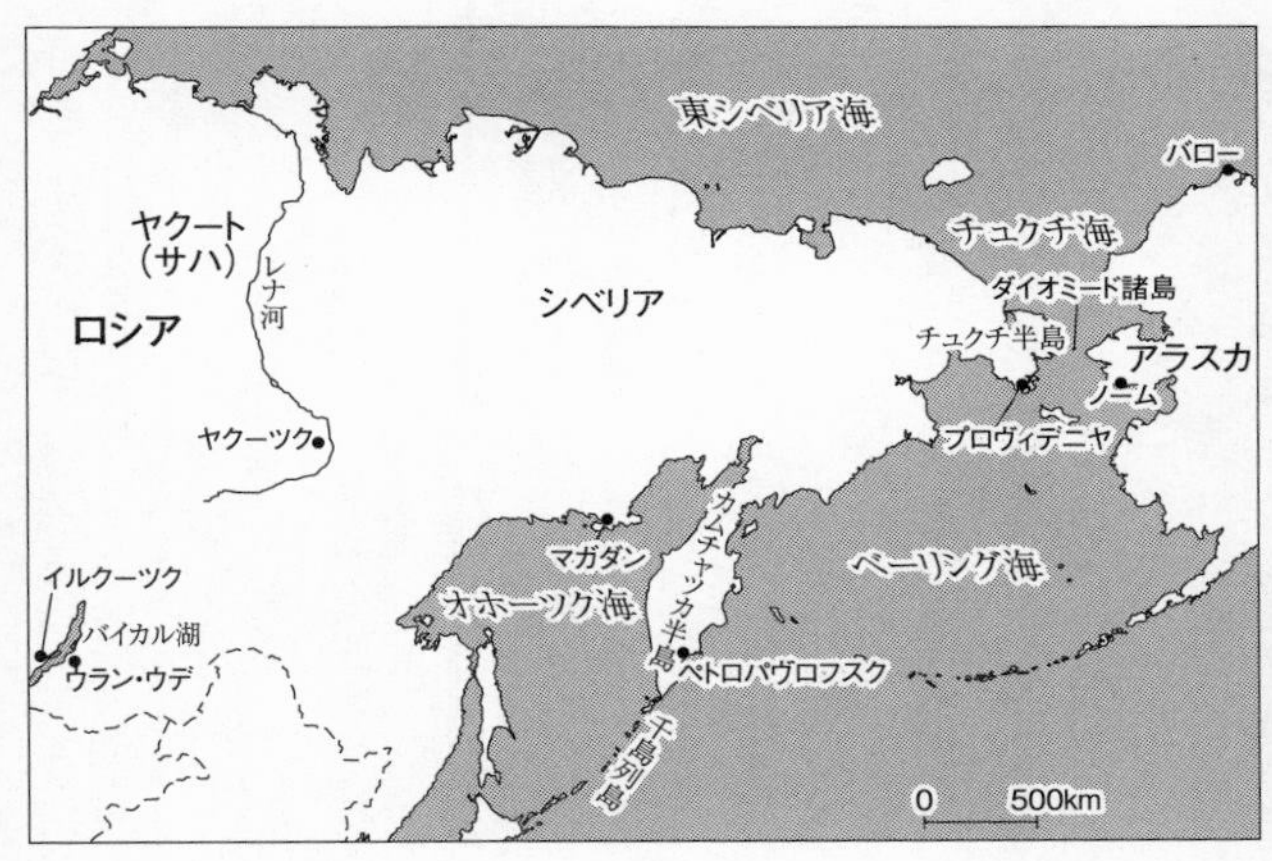
東シベリア海
バロー
チュクチ海
ヤクート
（サハ）
レナ河
シベリア
ダイオミード諸島
ロシア
チュクチ半島
アラスカ
ノーム
ヤクーツク
プロヴィデニヤ
カムチャツカ半島
マガダン
ベーリング海
イルクーツク
オホーツク海
バイカル湖
ペトロパヴロフスク
ウラン・ウデ
千島列島
0　500km

『極北』　二〇一二年四月一〇日　中央公論新社刊

中公文庫

極北（きょくほく）

2020年1月25日　初版発行

著　者　マーセル・セロー
訳　者　村上春樹（むらかみはるき）
発行者　松田陽三
発行所　中央公論新社
〒100-8152　東京都千代田区大手町1-7-1
電話　販売 03-5299-1730　編集 03-5299-1890
URL http://www.chuko.co.jp/

DTP　嵐下英治
印　刷　三晃印刷
製　本　小泉製本


Published by CHUOKORON-SHINSHA, INC.
Printed in Japan　ISBN978-4-12-206829-2 C1197

# 中公文庫既刊より

各書目の下段の数字はISBNコードです。978-4-12が省略してあります。

む-4-3
**中国行きのスロウ・ボート**
村上 春樹
1983年――友よ、ぼくらは時代の唄に出会う。中国人とのふとした出会いを通して青春の追憶と内なる魂の旅を描く表題作他六篇。著者初の短篇集。
202840-1

む-4-4
**使いみちのない風景**
村上春樹 文
稲越功一 写真
ふと甦る鮮烈な風景、その使いみちを僕らは知らない――作家と写真家が紡ぐ失われた風景の束の間の記憶。文庫版新収録の2エッセイ、カラー写真58点。
203210-1

む-4-9
**Carver's Dozen レイモンド・カーヴァー傑作選**
カーヴァー
村上春樹 編訳
レイモンド・カーヴァーの全作品の中から、偏愛する短篇、エッセイ、詩12篇を新たに訳し直した〝村上版ベスト・セレクション〟。作品解説・年譜付。
202957-6

む-4-10
**犬の人生**
マーク・ストランド
村上春樹 訳
「僕は以前は犬だったんだよ」……とことんオフビートで限りなく繊細。村上春樹が見出した、アメリカ現代詩界を代表する詩人の異色の処女〈小説集〉。
203928-5

む-4-11
**恋しくて TEN SELECTED LOVE STORIES**
村上春樹 編訳
恋する心はこんなにもカラフル。海外作家のラブ・ストーリー＋本書のための自作の短編小説「恋するザムザ」を収録。各作品に恋愛甘苦度表示付。
206289-4

シ-1-2
**ボートの三人男**
J・K・ジェローム
丸谷才一 訳
テムズ河をボートで漕ぎだした三人の紳士と犬の愉快で滑稽、皮肉で珍妙な物語。イギリス独特の深い味わいの傑作ユーモア小説。〈解説〉井上ひさし
205301-4

テ-3-2
**ペスト**
ダニエル・デフォー
平井正穂 訳
極限状況下におかれたロンドンの市民たちを描いて、カミュの『ペスト』以上に現代的でなまなましいと評される、十七世紀英国の鬼気せまる名篇の完訳。
205184-3